SÉBASTOPOL

OU

LA TURQUIE SAUVÉE

POÈME HÉROÏQUE

PAR

FÉLIX DE LARIVIÈRE

Chevalier de la Légion-d'Honneur

ANCIEN CAPITAINE DU GÉNIE

LIMOGES

CHAPOULAUD FRÈRES, IMPRIMEURS

1860

SÉBASTOPOL

ou

LA TURQUIE SAUVÉE

POÈME HÉROÏQUE

PAR

FÉLIX DE LARIVIÈRE

Chevalier de la Légion-d'Honneur

ANCIEN CAPITAINE DU GÉNIE

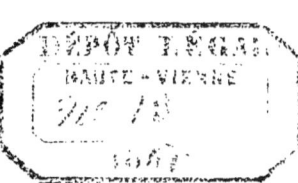

LIMOGES

CHAPOULAUD FRÈRES, IMPRIMEURS

1860

Quatre ans se sont écoulés depuis la fin d'
la guerre d'Orient, et le monde entier retentit
encore du cri d'admiration que fit sortir de
toutes les poitrines l'héroïsme déployé dans cette
lutte de géants par nos soldats aux prises avec
un ennemi courageux et supérieur en nombre,
avec tous les éléments, avec tous les fléaux. Ce
cri n'a même pu être dominé par celui qui naguères, après la campagne d'Italie, saluait
retour de l'Empereur ramenant nos légions triom
phantes.

En France et en Angleterre, historiens et
peintres se sont mis à l'œuvre pour retracer
les péripéties du siége mémorable de Sébastopol,
et la plume a rivalisé avec le pinceau pour
léguer à la postérité le souvenir de ce grand
drame militaire.

La lyre seule du poète est restée muette. Et

pourtant il y avait là, tout aussi bien que dans les aventures d'Ulysse ou dans la prise de Troie, le sujet d'une épopée magnifique !

Puisqu'un nouvel Homère , puisqu'un nouveau Virgile ne s'est pas trouvé ; puisque, en un mot, tous nos grands poètes ont cru devoir garder le silence, j'ai pensé, après avoir longuement attendu, qu'il était temps d'élever la voix, et qu'il ne m'était pas permis, à moi, vieux soldat, que les années attachent désormais au rivage, qu'il ne m'était pas permis, dis-je, de me taire lorsque tous se taisaient ; et, sans consulter mes forces, cédant à mon enthousiasme, je me suis décidé à publier cet ouvrage, qui d'abord avait été écrit pour quelques amis, et n'était pas destiné à voir le jour.

C'est à vous, mes anciens compagnons d'armes, que je le dédie : heureux si votre sympathie et votre approbation viennent me consoler de ne pouvoir, comme vous, m'écrier : « *Et quorum pars magna fui !* »

F. DE L.

Limoges, 1er janvier 1860.

SÉBASTOPOL

ou

LA TURQUIE SAUVÉE

CHANT PREMIER.

Muse, chante un héros, chante les combattants
Par qui fut délivré l'empire des sultans.
Le czar en vain contre eux lança la Moscovie ;
En vain tous les fléaux menacèrent leur vie,
De leur pénible tâche entravèrent le cours ;
Le Ciel à tant d'efforts accorda son secours,
A leurs drapeaux fixa la victoire rebelle,
Fit espérer au monde une paix éternelle,
Au sein de leur patrie, et de lauriers couverts,
Les ramena bénis de cent peuples divers.

1

Toi qui dans tous les cœurs établis ton empire,
Que l'homme vertueux ressent jusqu'au délire,
Amour de la patrie, entretiens mon ardeur,
De tes feux immortéls électrise mon cœur.
Si mes mains, par les ans au repos condamnées,
N'ont pu de nos drapeaux suivre les destinées,
Soutiens ma faible voix, prête à s'évanouir,
Et je t'aurai servi jusqu'au dernier soupir.

O toi, Napoléon, qui sauvas du naufrage
Un navire échoué par son propre équipage,
Qui relevas ses flancs, et qui, loin de l'écueil,
Montres à l'univers ta gloire et son orgueil,
Daigne agréer les chants que ma reconnaissance
Ose unir à la voix des enfants de la France.
Puissent dans l'avenir, sur ton grand trône assis,
Tes neveux s'exalter en lisant ces récits!

L'Europe était en paix; la France et l'Angleterre
Étendaient sur le monde une main tutélaire.
Le bronze était muet. Des champs de Marengo,
D'Austerlitz, de Wagram, d'Ulm, de Waterloo,
L'Écho porta sa voix jusqu'aux bornes du monde,
Et laissa dans les cœurs une empreinte profonde.
Les peuples sur leurs maux avaient fixé les yeux;
Le sang de leurs martyrs leur parlait en tous lieux;
Ils désiraient la Paix : c'était leur espérance.
La Paix, fille du Ciel, gage de sa clémence,
Descendait à la voix des sages souverains,
Versait sur les états ses dons à pleines mains.
A son divin aspect, la Discorde civile
Au fond des noirs enfers fuyait d'un vol agile;

Un monarque nouveau, d'un grand nom successeur,
Des peuples assurait la gloire et le bonheur.
D'un unique désir son âme est dévorée :
Il voudrait de la paix prolonger la durée.

Muse, rappelle-moi quels horribles démons
Sur l'Europe tranquille ont versé leurs poisons.

Par de justes traités, émanés du saint-siége,
Les Latins jouissaient de l'heureux privilége
De prier au tombeau du divin Rédempteur.
L'Envie aux cœurs des Grecs impose sa fureur :
« Fuyez, Romains, disait cette secte en délire :
A nous seuls de ces lieux est dévolu l'empire.
Loin de Jérusalem précipitez vos pas ».
Nos pères répondaient : « Fuir ! plutôt le trépas ! »
Alors les Grecs, voyant leurs clameurs inutiles,
Sur ces lieux vénérés portent leurs pas hostiles.
Les tombes du Sauveur, de Baudouin, de Bouillon,
Le temple de la Vierge, ont subi leur affront,
Et les prêtres, courbés devant la sainte image,
Ont vu des pleurs de sang couler de son visage.
Le faible Abdul Medjid, de ces forfaits témoin,
Abandonnait leur cours à l'arrêt du Destin.

Jodaël, Zédaïr, d'une ardeur mutuelle
Brûlaient. Aux lois du christ Zédaïr est rebelle ;
Jodaël est chrétien ; mais, subissant la loi
De son amant, du Christ elle embrassa la foi.
Le jour où sous l'eau sainte elle s'est inclinée
Vit aussi leurs deux cœurs unis par l'Hyménée.
Sur leurs têtes le prêtre étend ses saintes mains ;
Sa fervente prière a béni leurs liens.

« Allez, dit-il, époux ; au milieu des orages
Conduisez votre barque exempte de naufrages. »
Jodaël sort ; les cœurs accompagnaient ses pas ;
Zédaïr fièrement s'appuyait sur son bras.
Ses grâces, sa beauté, sa modeste assurance,
Attachaient à ses pas la pieuse assistance.
Sur les parvis du temple est un peuple jaloux,
Qui brûle de troubler le bonheur des époux.
Une foule ennemie alors les environne,
A la vierge éperdue arrache sa couronne.
Jodaël, qui retient ainsi ton bras puissant ?
Frappe : un démon le veut ! Non : Dieu te le défend !
D'outrages on l'accable ; on le prend, on l'enchaîne ;
On saisit Zédaïr, et chez elle on l'entraîne.
De sa mère les soins, ses caresses, ses pleurs,
N'ont pu de Zédaïr apaiser les douleurs.
Sa mère, elle, franchit les rives du Bosphore ;
Auprès d'Abdul Medjid elle arrive, l'implore :
« Sire, si mon époux vous fut cher autrefois ;
Si la reconnaissance est la vertu des rois,
Ah ! daignez compatir aux maux de sa famille ;
D'un outrage inouï, Sire, vengez sa fille ;
Rendez à mon enfant, épouse d'un seul jour,
Un époux que la Haine enlève à son amour.
Des sbires furieux l'ont mise sans défense
Dans un cachot affreux malgré son innocence.
Ordonnez : vous pouvez, comme Dieu, dans les cœurs,
Verser à votre gré la joie ou les douleurs ».
— « Oui ! de notre bonté vous pouviez tout attendre :
Par un aveuglement que j'ai peine à comprendre,
Écoutant d'un chrétien l'accent insidieux,
Votre fille a quitté la foi de ses aïeux.

Quand au courroux du peuple il faut que je m'unisse,
Pour un crime aussi grand vous demandez justice !
Non ! votre fille, ici captive sans retour,
Oublîra loin de vous son culte et son amour. »
— « Ah ! voilà votre arrêt ! O mère infortunée,
A des pleurs éternels je suis donc condamnée !
Puisse le juste Ciel ravager tes états
Jusqu'à ce que ma fille arrive dans mes bras !
Tremble ! je ne fais pas une vaine prière.
Oui, j'appelle sur toi la céleste colère :
Tu connaîtras un jour si le Dieu du chrétien
Favorise son culte et condamne le tien. »

En ce jour, des brigands de Perse, d'Arabie,
De meurtres altérés, ravageaient la Syrie.
Les malheureux chrétiens subissaient leur couroux :
Jodaël pouvait seul les soustraire à leurs coups.

Il dort dans sa prison : en ce moment son âme
S'enivrait de l'aspect de l'objet de sa flamme :
Elle fixait sur lui des yeux remplis d'amour ;
Elle sondait son cœur, y trouvait du retour.
Mais une voix amie a frappé son oreille.
Sa vision s'efface ; il soupire, il s'éveille :
« Fuis, Jodaël : par nous ton bourreau garrotté,
Tes verroux en éclats, t'offrent la liberté.
Marchons vers le Liban ! Des hordes sanguinaires
Égorgent les chrétiens : les chrétiens sont nos frères ! »

A ces mots, Jodaël s'élance, d'un seul bond
Saute sur son coursier, le pousse vers le mont.
Par son bras les brigands sont abattus sans vie ;
Aux siens il tend la main, fuit loin de sa patrie,

Abandonne le monde, et, de Dieu serviteur,
Il dépose en son sein sa poignante douleur.

Celui qui dans le monde entretient l'harmonie
Veut que l'iniquité des mortels soit punie.
Tantôt son châtiment frappe les criminels
Au moment où leurs coups font gémir ses autels ;
Tantôt il fait subir son auguste vengeance
Quand de l'éternité l'homme voit la présence.
Aux cœurs des souverains il a plongé les yeux ;
Il lit comme au grand jour dans leurs plis tortueux.
L'un à l'Ambition tout entier s'abandonne ;
Sous un prétexte faux veut élever son trône :
La misère, le sang, deux cent mille trépas,
Pour accomplir ses plans ne l'arrêteront pas.
L'autre, livrant ses sens à l'impure Mollesse,
Au crime, qu'il abhorre, oppose sa faiblesse.
D'autres, suivant la loi d'un rigoureux devoir,
Du bonheur des humains font leur unique espoir.

Aussitôt l'Éternel près de son trône assemble
Les esprits étonnés de se trouver ensemble.
Pour la première fois, les anges, les élus,
Rougissent de se voir aux démons confondus ;
Pour la première fois, les légions fidèles
Aux ordres du Très-Haut voudraient être rebelles.
Où fuir ? où repousser ces êtres odieux
Dont l'haleine fétide empoisonne les cieux ?
« Mon bras, dit l'Éternel, sous les flots des abîmes,
Courroucé contre l'homme, ensevelit les crimes.
Aujourd'hui, quand mon Fils leur prescrit de s'aimer,
Je les vois de poignards avec rage s'armer !

Courez donc vers la terre, esprits, puissances, anges !
Démons, accompagnez leurs guerrières phalanges ;
Abandonnez votre âme à vos plus doux penchants :
Puisqu'ils veulent la guerre, ensanglantez leurs champs.
Marie, ô sainte mère, en ce grand sacrifice,
Sois du cœur vertueux l'auguste protectrice.
Je mets en ta puissance et ma force et mes droits. »

  Il dit : tous les esprits s'éloignent à la fois
Joyeux ou consternés ; à ses accents dociles,
Ils sillonnent les airs sur leurs ailes agiles ;
Ils suivent deux chemins : l'un s'étend radieux ;
L'autre couvre le ciel d'un voile ténébreux.
La blanche légion sur sa brillante route
De célestes concerts fait retentir la voûte.
Ils redisent comment le Souverain des cieux
A rempli l'univers de globes lumineux ;
Comment son bras puissant, sans force, sans matière,
En globes monstrueux rassembla la poussière ;
Comment il enchaîna les mondes dans leur cours,
Et quels êtres il mit dans ces nombreux séjours.
Ils disent les combats où des fils en délire,
Par l'orgueil entraînés, disputaient son empire,
Et l'affreux châtiment, plus dur que le trépas,
Qu'infligea le Très-Haut à ses enfants ingrats.
Sur des accords plus doux ils chantent sa puissance,
Et livrent leurs transports à la reconnaissance.

  La sombre légion, au sein des airs obscurs,
Dans le vide glacé roulait ses flots impurs ;
Les globes éperdus fuyaient sur leur passage.
Tel fuit le laboureur à l'aspect d'un orage.

Les monstres courroucés versaient leur propre sang,
Voulant des bataillons tenir le premier rang.
Leur chef en vain s'épuise à calmer leur colère ;
Mais tout rentre dans l'ordre : on aperçoit la terre.
Le premier qui vers elle apporte ses poisons,
C'est le plus redoutable entre tous les démons,
L'Ambition : ses coups peuvent briser le monde !
Mais il faut dans ses plans qu'un prince le seconde.
C'est à l'odeur du sang qu'il doit guider ses pas.
Sur l'aile d'un vautour il s'abat sur l'Atlas.
Il s'enfuit en voyant les héros d'Algérie
D'un noble dévoûment brûler pour la patrie.
Il court vers le Liban, où le sang fume encor ;
Aux rives de l'Euxin il a pris son essor ;
Il franchit le Danube ; il dirige sa course
Vers ces âpres frimas que glace la grande Ourse.
Partout sur son passage il voyait les mortels,
Ivres de ses poisons, lui dresser des autels.

Il est sur la Baltique une cité puissante
Où réside, entouré d'une cour éclatante,
Un monarque orgueilleux, pontife souverain,
Qui courbe ses sujets sous un sceptre d'airain.
Au nord, son vaste empire, appuyé sur les glaces,
Interdit aux mortels tout accès à ses places.
A l'orient, un trait limite ses états :
Il pourrait d'un seul mot régner sur ces climats,
Et de Saint-Pétersbourg à l'empire de Chine
Leur imposer sa loi temporelle et divine.
Au sud, à l'occident, sont les Turcs, les Germains,
Les Danois, les Suédois et les Norwégiens.

Au sein de l'Océan, prudente sentinelle,
Albion pour eux rêve une paix éternelle.
La France, sa voisine, associe à ses plans
Son or, ses matelots, ses valeureux enfants.
Sur ces peuples, grand Dieu, que ton regard s'abaisse !
Sur eux laisse tomber un rayon de sagesse !

Pétersbourg s'offre au monstre. Il court vers le palais.
Aussitôt vers le trône il trouve un libre accès.
Son cœur bondit de joie; il voit avec délire
Que tout, dans ce séjour, reconnaît son empire.
Il voit le Fanatisme installé dans ces lieux.
Leurs bras se sont pressés; la joie est dans leurs yeux.
Grand Dieu ! pour les humains quel horrible assemblage !
Qui de ce monstre, hélas ! peut conjurer la rage ?
Les peuples, gémissant sous son pouvoir honteux,
Par sa voix excités, se massacrent entre eux.
Il pénètre les cœurs, les ronge, les dévore :
Le frère hait son frère, et son enfant l'abhorre.

D'un règne de trente ans le czar s'énorgueillit.
D'un trône universel le penser lui sourit.
D'un bout de monde à l'autre il franchit la distance;
Il veut tout gouverner; il prend une balance :
« Toi, dit-il, j'en appelle à tes arrêts divins :
Des peuples en ce jour viens fixer les destins ! »

L'active Renommée entretient son oreille
Des faits de l'univers. Sa fureur se réveille
En voyant les chrétiens souffrants dans le Liban,
Jodaël en prison par l'ordre du sultan,
Jodaël, lui chrétien ! lui ce guerrier si brave !
Et Zédaïr chrétienne, elle au sérail esclave !

Les serviteurs du Christ pour leur culte proscrits !
Les Grecs par les Latins accablés de mépris !
Dans le cœur du héros la colère domine.
La balance est levée : à la Guerre elle incline.
Les monstres font entendre un long cri dans les airs.
S'applaudissant déjà des maux de l'univers.

La Paix, l'Humanité, leurs rivales constantes,
Au czar ont adressé leurs prières touchantes.
Son cœur est pénétré d'un transport généreux
Au tableau des malheurs présentés à ses yeux :
« Ah dit-il, que ces maux sur ma tête retombent
Plutôt que par mes mains tant de mortels succombent ! »

La balance à l'instant s'incline vers la Paix.
« Je te laisse, dit-il, le soin de tes sujets,
Abdul Medjid. » Alors l'Ambition exhale
Contre le souverain sa menace infernale :
« Non, tu n'es pas ce czar, ce mortel fortuné
Qui par le monde entier doit être couronné !
Loin de les reculer, rétrécis les limites
Que fixa ton aïeul aux états moscovites !
Les seigneurs orgueilleux, généraux, hospodars,
De ta grandeur frappés, tremblent sous tes regards ;
Et bientôt ils vont dire : « Il a peur de la guerre !
Il n'a pas les vertus d'Élisabeth, de Pierre.
Il est grand, sage, beau, prudent et généreux ;
Mais il ne soutient pas le nom de ses aïeux ! »
Des malheureux chrétiens si le sort t'intéresse,
A toi seul est permis de finir leur détresse.
Ton cœur les abandonne, et les siècles futurs
Verront les Grecs soumis à des peuples impurs ;

Et l'Europe dira : « Jadis en Palestine
Succomba du Sauveur la sublime doctrine. »

Les monstres l'ont ému : leur souffle empoisonné
Abaisse le plateau vers la Guerre entraîné.

« Mais, dit l'Humanité, faut-il que ta grande âme
S'abandonne à l'erreur de ce discours infâme?
Tu n'as pu discerner par ta haute raison
Le vice et la vertu, le baume et le poison.
Pour te punir du Ciel la Vengeance s'apprête.
Les guerriers d'Occident menaceront ta tête.
Tu crois vaincre, et tes chefs, épuisés de valeur,
De revers inouis t'exposeront l'horreur;
Ils verront tes soldats mourir, ou, par leur fuite,
Se soustraire au danger. Outrés de ta conduite,
Ils maudiront ton nom. A Pétersbourg rentrés,
Ils viendront blasphémer sur tes restes sacrés. »

Il se rendait : l'Orgueil, de sa fétide haleine,
Souffle sur le plateau, vers la Guerre l'entraîne.
Les monstres par leurs cris ébranlent le palais,
Et dans tout l'univers répandent leurs succès.
La Guerre, à ces débuts, muette, impatiente,
Au bruit de sa victoire, au prince se présente.
Quelle noble prestance et quelle majesté !
De ses armes l'éclat, sa force, sa beauté,
Dès le premier coup d'œil le remplissent d'extase,
Et de ses feux ardents le souverain s'embrase.

« Sublime déité, je reconnais tes lois,
Dit-il ; souvent le Ciel t'a confié ses droits,
Et les miens sont sacrés ! j'implore ta puissance.

Je te jure à genoux fidélité, constance.
Sans cesse dans ma vie accompagne mes pas :
Je veux te seconder et mourir dans tes bras.
Rassemble mes guerriers; marche vers ce rivage
Où le mortel gémit au sein de l'esclavage.
Arrache de son trône un monarque impuissant. »

Il dit : tel qu'un lion dans les bois rugissant,
Qui, de sang altéré, descend de la montagne,
Va porter le carnage au sein de la campagne,
Met les bergers en fuite, égorge les troupeaux,
Couvre les prés, les champs, de leurs sanglants lambeaux;
Ainsi déjà la Guerre a porté sa furie
Sur les bords du Danube, aux ports de la Turquie.
Ainsi les habitants, en proie à son courroux,
Épouvantés, fuyaient ou tombaient sous ses coups.

Le sérail se parait d'une teinte dorée.
Le sultan contemplait sa riante contrée,
Bénissait dans son âme un seul Dieu, l'Éternel,
Dans l'œuvre qui charmait son esprit immortel.
« Grand Dieu! lui disait-il, accueille mes prières :
Que jamais les méchants n'ensanglantent ces terres!
Conserve à mes états les douceurs de la paix,
Et sur ses habitants épanche tes bienfaits.
Écarte de leurs cœurs l'Injustice et les Haines.
Que jamais la Douleur n'arrive sur ces plaines!
Donne-moi ton secours et dirige mon cœur. »

C'est ainsi que priait le pieux empereur.
Mais les accents lointains du monstre qu'on abhorre
Déjà font retentir les rives du Bosphore.
« Quel monstre vient, dit-il, ici porter ses pas?

C'est du tyran du Nord les sauvages soldats.
Il se trouve à l'étroit dans l'immense Russie.
Tu veux à tes états réunir la Turquie;
De tes sujets, des miens les tristes ossements
Font reculer d'horreur les pâtres de nos champs.
Tu veux recommencer nos misérables guerres;
Tu veux rendre déserts les palais, les chaumières!
La mère pleure encor l'enfant qu'à son amour
Tes soldats forcenés ont ravi sans retour.
Tu crois que, par tes bras, la Turquie épuisée
Doit jeter dans tes mains ma couronne brisée?
N'ai-je pas bien gardé la foi de nos traités?
Viennent-ils librement parcourir nos cités
Tes Russes? Et nos mers livrent-elles passage
A tes nombreux vaisseaux, jusque sur mon rivage
Ancrés? Sache-le bien : du Ciel j'aurai l'appui,
Et t'attaquer à moi c'est t'attaquer à lui! »

Le sultan veut chasser ces funestes pensées :
Sans cesse à son esprit elles sont retracées.
Il voit dans ses états son ennemi cruel
A son dernier sujet donner le coup mortel,
Et dans Constantinople, hélas! leur tristes ombres
Errant sans sépulture au milieu des décombres.
« Grand Dieu! tourne, dit-il, sur moi tes châtiments;
Épargne mes sujets, car ils sont innocents.
Pour gouverner mon peuple en roi plein de tendresse
Je ne t'ai demandé qu'un rayon de sagesse.
Aujourd'hui de ton bras j'implore le secours;
Car, je le sais, par toi l'on triomphe toujours. »

Cette prière au Ciel ne peut calmer les craintes

Dont son généreux cœur éprouve les étreintes,
Il ne saurait chasser l'effroi qui le poursuit.

Ainsi le voyageur, seul, au sein de la nuit,
Frissonne au moindre bruit qui trouble son silence;
Mais il est rassuré, reprend sa confiance
Lorsqu'il tient dans sa main celle de son enfant;
Il parle, et le danger s'efface en l'écoutant.

Tel seul est le sultan : pour calmer son vertige,
Vers sa fille, au sérail, le prince se dirige;
Il la voit, il sourit; sa vue et ses discours
De ses sombres pensers ont fait changer le cours.

« Fatmah, ma chère enfant, dit-il, l'heure est sonnée
Où je dois m'occuper de votre destinée.
Puissé-je vous trouver un tendre protecteur
Dont le soin le plus cher sera votre bonheur! »

Alors Fatmah comblait son père de caresses;
Près d'elle il oubliait ses craintes, ses maîtresses,
Ces êtres arrachés à la clarté du jour
Pour brûler pour un seul de profanes amours;
D'incestueuses lois déplorables victimes,
Qu'Israël respecta pour ses maîtres sublimes,
Que Mahomet protége, et que le Christ proscrit,
Que déjà dans son cœur Abdul Medjid détruit.

Il semble heureux pourtant. Fatmah sur son visage
Voyait briller l'éclair précurseur de l'orage :
« Mon père, vous avez, dit-elle, un noir chagrin,
Et votre amour pour moi m'en dérobe le soin.

Je lis dans vos pensers : quelque démon conspire
Contre votre personne ou contre votre empire.
Permettez que je donne et ma main et mon cœur
A celui qui saura conjurer sa fureur. »

— « Je voulais éloigner le chagrin qui me tue,
Ma fille : au lieu de fuir, il augmente à ta vue.
Sous les armes du czar je crains de succomber.
Nous verrons l'Ottoman sous ses lois se courber;
Et je t'avais promis qu'au terme de mon âge
Je mettrais dans tes mains mon superbe héritage.
De tous côtés je tourne un inquiet regard,
Et je me trouve seul pour résister au czar.
De nombreux serviteurs, soutiens de ma couronne,
Recherchent à l'envi ton auguste personne.
Gabil par ses vertus s'élève au-dessus d'eux.
Lui seul peut conjurer notre péril affreux.
Élevé par mes soins, dès sa plus tendre enfance,
Les universités, les écoles de France,
Gravèrent dans son cœur l'amour de son devoir.
Sur lui seul aujourd'hui je fonde quelque espoir. »

Il dit, laisse Fatmah surprise, consternée,
Mais dont l'âme de feu combat la destinée.
Elle s'agite, parle; elle marche à grands pas;
Elle dit : « Tes projets ne réussiront pas ! »

A peine le vizir apprend que la Russie
A ses vastes états veut unir la Turquie
Qu'il entend une voix qui vibre dans son cœur :
« De l'empire ottoman sois le libérateur !
De ce peuple abattu relève le courage.

Ton zèle et ton talent conjureront l'orage
Qui va fondre sur lui ». Tels les marins instruits,
Des ports sous un ciel noir connaissant les réduits,
Conduisent les vaisseaux à l'abri des tempêtes :
Ainsi contre le czar ses mesures sont prêtes.
Les Français, les Anglais, s'offrent à son regard ;
Il les voit empressés de s'opposer au czar.
Vers les ambassadeurs il marche. Dans les rues
Les musulmans portaient leurs clameurs vers les nues.
Au chagrin calme et froid de ces peuples pieux,
A l'allure des Grecs, à l'éclat de leurs yeux,
A la pâleur des uns, des autres au sourire,
Il lisait le danger qui menace l'empire.

Déjà le muedzin, du haut du minaret,
Implore par ses cris l'appui de Mahomet ;
Déjà les vrais croyants, par d'ardentes prières,
Cherchent à détourner l'ennemi des frontières.
« Le Ciel vous sauvera, disaient les ulémas ;
Mais il faut apporter le secours de vos bras.
L'Éternel des humains punit les injustices ;
Mais sa colère cède aux pleurs, aux sacrifices. »

Gabil était ému ; ses yeux étaient en pleurs :
Il se dirige ainsi vers les ambassadeurs.
Thouvenel le premier vers le vizir s'avance.
Une ancienne amitié les unissait en France.
L'Ottoman à ses yeux expose le danger
Que court Abdul Medjid : « Veuillez le protéger,
Dit-il ; nos ennemis, avec des cris sauvages,
Du Danube déjà font trembler les rivages.
Leurs bataillons nombreux marchent à pas forcés.

Constantinople voit ses remparts menacés. »
— « Ah ! je comprends l'effroi dont votre âme est saisie ,
Dit Thouvenel : le czar convoite la Turquie.
Contre vos ennemis, aux gorges des Balkhans,
Envoyez sans retard de nombreux combattants ;
Hâtez-vous de fermer l'accès de vos contrées
Aux troupes aux combats encor mal préparées ;
Donnez à l'Occident le temps de réunir
Les guerriers qui pourraient à vos vœux accourir ;
Puis à Napoléon, au nom de tous vos frères,
Au nom d'Abdul Medjid, exposez vos misères.
Son cœur à ce tableau ne résistera pas,
Et vous pouvez compter sur l'appui de son bras. »

— « Et moi , dit lord Stratford, je jure sur ma tête
Qu'avec joie Albion à vous sauver s'apprête.
Dites au grand sultan que les ambassadeurs
Appelleront vers lui de braves défenseurs. »

Il dit, et, transporté de foi et d'espérance,
Près de son souverain Ali Gabil s'élance :
« O mon maître, dit-il , mon auguste empereur,
A l'espoir le plus doux livrez tout votre cœur.
Chassez de votre esprit vos lugubres pensées :
Vos prières un jour se verront exaucées :
Des Français ; des Anglais, les redoutables cours
Contre notre agresseur nous prêtent leur secours. »

— « Gabil, dit le sultan, je connais votre zèle :
Aujourd'hui j'en reçois une preuve nouvelle ,
Et vous récompenser est mon plus grand désir.
Que puis-je vous donner ? vous êtes grand vizir !

J'attends de vous pourtant d'autres succès encore :
Ramenez à la paix les rives du Bosphore.
Je dois long-temps souffrir : un bras mystérieux ,
Inconnu, sur moi pèse et s'oppose à mes vœux.
Aux cours de l'Occident adressez ma supplique ;
Du souverain du Nord montrons la politique. »

Le vizir a scellé le précieux travail,
Et, pour gagner le port, s'éloigne du sérail.
Mais l'empereur lui dit : « Par un plus court passage
Traversez mes jardins pour gagner le rivage.
La mort jusqu'à ce jour aurait été le prix
De la témérité d'un homme ici surpris.
La loi fléchit pour vous : votre beau caractère
Vous assure à jamais ma confiance entière.
Brave Ali, de mes vœux ne vous étonnez pas :
Votre tête m'est chère , et je guide vos pas. »

Fatmah , cachée, a vu, du pied de la colline,
Venir le jeune époux que le Ciel lui destine :
« Nous pouvons un moment, dit-elle à Zédaïr,
Retenir ce héros : je veux l'entretenir ».

Zédaïr obéit. D'un berceau de verdure
Elle indique en tremblant au vizir l'ouverture.
Un torrent de pensers se lit dans son regard.

« De vous voir, dit Fatmah , je rends grâce au hasard.
De sauvages clameurs troublent notre retraite :
Daignez rendre la paix à notre âme inquiète. »

— « Le Ciel à la Turquie envoie un châtiment :
Sans secours elle touche à son dernier moment. »

— « Vous saurez, dit Fatmah, détourner cet orage,
Et déjà dans vos yeux j'en lis l'heureux présage. »

— « Oui, Fatmah, dît Gabil : je dois par mon effort
Opposer l'Occident aux cohortes du Nord. »

— « Seigneur, dit Zédaïr, votre espérance est vaine :
L'empire des sultans touche à sa fin prochaine :
C'est un grand corps usé qui s'écroule en lambeaux :
Dieu veut les remplacer par des peuples nouveaux.
Vos crimes trop long-temps lassent sa patience.
Il veut enfin finir la servile existence
Du peuple. Vous luttez en vain contre le czar :
Vous tomberez, Seigneur : mes vœux y prendront part. »

— « Mais qui donc êtes-vous pour verser en mon âme
Des tourments que l'Enfer pour les démons réclame ?
Quoi, vous êtes hostile à notre souverain !
D'adorer, d'abhorrer, je demeure incertain.
D'un ange dans vos traits je reconnais l'image,
Et d'un affreux démon vous tenez le langage.
Abdul Medjid, mon maître, ici qui nourris-tu ?
La beauté pour les yeux est sa seule vertu,
Et ton sceptre doré pèse sur ton esclave.
Pourrait-elle te nuire autant qu'elle me brave ? »

— « Oui, je puis vous braver, suppôts de Mahomet,
Qui poignardez cent cœurs pour gorger un sujet.
Appelle, si tu veux, son courroux sur ma tête.
Tel qu'un navire au port se rit de la tempête,
Ainsi de ses fureurs je ne fais aucun cas :
Au moindre de mes maux vous ne survivrez pas.

Serviteur du sultan , faut-il que je déploie
La cause des malheurs que le Ciel vous envoie ?
Tu la connais trop bien ; mais tu fermes les yeux ,
Tu fermes ton oreille aux pleurs des malheureux.
Sur ces états du Ciel j'appelle la vengeance!
Tu l'auras par tes soins le secours de la France !
Hélas ! la malheureuse , elle devra payer
La faiblesse d'avoir voulu vous appuyer ! »

    Fatmah veut arrêter ces paroles sévères ;
Un déluge de pleurs tombe de ses paupières.
Gabil, pâle , tremblant sous l'œil de Zédaïr,
Aux accents de sa voix sent son devoir fléchir.
Les bras pendants , unis , et la tête baissée ,
Cette voix prophétique accable sa pensée :
« Lève la tête, Ali ; vizir, regarde-moi ,
Dit Fatmah ; de ton cœur bannis au loin l'effroi.
Ali, poursuis ta tâche : à l'empereur prodigue
Ce zèle qui du czar conjurera la ligue.
Quand Dieu voit ta pitié pour le peuple ottoman,
Son bras de sa ruine arrête le moment. »

    — « Sur toi , dit Zédaïr, la guerre se déchaîne
Souviens-toi qu'au sérail il est une chrétienne ! »

    Fatmah se reprochait en secret l'amitié
Qu'obtenait Zédaïr, objet de sa pitié :
« O fatale journée ! ah ! devais-je m'attendre
A dévorer les pleurs que je vous vois répandre?
O vous, tranquilles lieux dont j'ai troublé la paix ,
A mes pas refusez votre entrée à jamais. »

    — « Cruel , quand vous versez la crainte dans mon âme ,

Vous voulez, dit Fatmah, vous attirer le blâme
D'un affreux abandon. Votre cœur généreux
Viendra nous rassurer quelque jour en ces lieux. »

Il part : Fatmah sur lui porte un regard humide.
Vers la porte Marine il court d'un pas rapide.
D'un son aigu soudain l'air vient de retentir.
Le courrier d'Occident signale : il va partir.
Gabil voudrait déjà voler sur cette France
Arbitre de son sort, son unique espérance.
Il court : en un clin-d'œil il a touché le port.
Une barque vers lui conduit le chef du bord.
Il remet en ses mains les dépêches sacrées
Qui peuvent à la paix ramener ces contrées.

Par l'ordre du sultan il convoque soudain
Le conseil qui des Turcs assure le destin.
Des graves magistrats l'assemblée attentive
Sous les yeux du sultan silencieuse arrive.
Tous les ambassadeurs y siégent soucieux.
Gabil parle en ces mots : « Dans un délire affreux,
Déchirant nos traités, l'empereur de Russie
Déjà sur nos états et d'Europe et d'Asie
Pousse ses bataillons ; il prétend des chrétiens
De l'empire ottoman diriger les destins,
Soumettre la mer Noire aux lois de son caprice.
Il veut que le Danube à sa voix obéisse.
Dans les principautés bientôt un hospodar
Ne sera désormais qu'un protégé du czar.
Il veut de Mahomet que la doctrine sainte
Dans les cœurs musulmans soit à jamais éteinte;
Il faut que ses autels deviennent nos autels.
Ce n'est pas le seul but de ses projets cruels :

Il veut à l'univers imposer sa puissance.
Paris, Londres, seront sous son obéissance.
Voici, dit-il, le but de ces projets affreux
Qui lui sont inspirés par les arrêts des cieux.
A ces conditions si vous voulez souscrire,
Le czar va retirer ses troupes de l'empire,
Et vous aurez le sort du peuple d'Israël,
Errant et vagadond loin du toit paternel.
O ma belle patrie! oh! quelle perspective!
Tes enfants vont mourir, ou tu seras captive!
Vous choisirez la mort, la mort en combattant,
En défendant le culte et les droits du sultan.
Mais toi, reine des mers; toi, généreuse France,
Mon pays opprimé vous demande assistance. »

    Il dit : l'ambassadeur de la fière Albion
Peut à peine calmer son agitation.
L'ambassadeur français d'un feu sacré s'enflamme,
Et l'ardeur des combats déjà brûle leur âme.
Auprès du grand sultan ils s'avancent tous deux :
« Défendre votre cause est un devoir pieux,
Disent-ils : les efforts de nos sages puissances
Combleront vos désirs, vos vœux, vos espérances.
Le trouble d'aujourd'hui menace l'avenir.
Il jaillirait sur nous : sachons le prévenir. »

    De la Religion le suprême interprète
Laisse la salle libre à la foule inquiète.
Alors il dit : « Au nom de l'auguste empereur
Abdul Medjid, les Turcs contre leur agresseur,
Le souverain du Nord, vont soutenir la guerre.
Élevez vers les Cieux une ardente prière
Pour que le souverain, soucieux de la paix,

Nous donnne le secours de ces braves Français.
Leur illustre empereur, Louis, aime la gloire.
Ce n'est pas par le sang qu'il cherche la victoire :
Sa grande âme préfère au fer des combattants
Le soc du laboureur qui féconde les champs.
Priez, ô musulmans, que l'Éternel l'inspire.
Son bras des ennemis sauvera notre empire. »

Il dit : Abdul Medjid, de son trône éclatant,
Fait entendre sa voix, chère au mahométan.
« Espérons les secours de France et d'Angleterre ;
Mais vous, Omer Pacha, courez vers la frontière ;
Contre nos ennemis défendez nos remparts.
Dans leur marche arrêtez leurs sanglants étendards. »

La foule à cette voix prête une oreille avide.
De l'illustre héros le nom vole rapide
Jusqu'au dernier village, et l'effroi s'est enfui.
Plus de danger pour eux : la victoire est pour lui.

Tel un nouvel époux, dans un rêve pénible,
Aux vœux d'un séducteur voit sa femme sensible,
S'éveille par le mal qui déchire son cœur.
Il va s'abandonner à sa vive douleur ;
Mais il étend la main : son erreur se découvre ;
Il renaît à la joie, et de baisers la couvre.

Ainsi les musulmans, d'épouvante frappés,
Et de pensers de mort toujours préoccupés,
Au nom seul du héros qui des maux les préserve,
Aux transports du bonheur se livrent sans réserve.

Ils partent ceux à qui les décrets souverains

Ont confié le sort des vulgaires humains,
Et la salle a repris son silence et son vide.
Mais, dans le même instant, leur ennemi perfide
Convoque au même lieu les esprits infernaux,
Autour de lui les range, et leur parle en ces mots :
« Vous que Dieu désigna pour ses premiers ministres,
Pour remplir l'univers de nos projets sinistres ;
Vous, immortels esprits, à qui tout vient s'offrir
Comme à Dieu, le présent, le passé, l'avenir,
De vos brillants succcès ma voix vous félicite ;
A redoubler d'ardeur votre chef vous invite.
Ambition, c'est toi dont les exploits heureux
Nous préparent déjà des triomphes nombreux.
C'est à vous maintenant, Haine, Rage, Colère,
D'enflammer de vos feux l'impatiente Guerre ;
Orgueil, vers Albion va diriger tes pas ;
Guerre, aux yeux de Louis va montrer tes appas ;
Par des discours trompeurs pénètre dans son âme,
Et qu'il soit le héros de cet immense drame !
Amour de la Beauté, transporte le vizir :
Que le sang le conduise au but de son désir.
Montrons à ces humains que sur eux la puisssance
De Dieu s'anéantit devant notre influence.
Vous, tourments des mortels, terribles Passions,
De vos feux dévorants brûlez les nations.
Faites fuir le Bon-Sens, car son flambeau céleste
Serait à nos desseins un obstacle funeste.
Sur l'Europe et l'Asie, enfants, répandez-vous,
Et par tous les fléaux déchaînez mon courroux. »

Il dit ; et les démons s'échappent de la salle ;
Ils commencent entre eux une ronde infernale.

Ils enlacent leurs bras, et d'affreux hurlements
Expriment les transports de leurs embrassements.
Mais le tonnerre gronde ; il éclate, et disperse
Les membres dégoûtants de la troupe perverse.
Sous des masques trompeurs, vers les grandes cités
Ils prennent leur élan à pas précipités.

Des jardins du sérail l'Amour connaît l'entrée ;
Il y voit la victoire à ses vœux assurée.

Fatmah, depuis le jour qu'elle a vu le visir,
Rêveuse sous l'ombrage exhalait un soupir.
Ses yeux, qui souriaient à ces lieux pleins de charmes,
Pour la première fois laissent couler ses larmes.
Le murmure des eaux et le parfum des fleurs,
Des habitants des airs les concerts enchanteurs,
Les flots bleus du canal, la riante montagne
Qui borde le Bosphore, et sa douce compagne,
Qui lui parle du Ciel, qui déploie à ses yeux
Les trésors immortels dus aux cœurs vertueux :
A ces mille tableaux elle est indifférente ;
Elle laisse tomber sa tête languissante.
L'Amour se mêle aux fleurs, aux parfums des Zéphirs,
Et de la vierge pure enflamme les désirs.
Son âme s'ouvre entière aux voix intérieures,
Et le temps sur sa tête a suspendu les heures,
Et le dernier penser qui vers son amant fuit
Est d'un siècle éloigné de celui qui le suit.
Sa compagne ose alors ranimer son courage :
« Fatmah ! pourquoi ternir ainsi ce beau visage ?
S'il vous voyait ainsi ! » — « Vous venez d'arracher,
Dit Fatmah, le secret que je voulais cacher :

2

S'il me voyait ainsi, le soleil qui m'éclaire
Ne serait qu'un point noir, sans chaleur, sans lumière.
Ces berceaux, ces bassins, ces oiseaux et ces fleurs
Perdraient dans mon regard leurs formes, leurs couleurs.
Toi-même, sous l'effet du trouble de ma vue,
Dans la commune loi tu serais confondue.
S'il me voyait ! hélas ! il pourrait donc venir !
Dans cet espoir si doux soutiens moi, Zédaïr. »

— « Fatmah, dit la captive, aujourd'hui votre image
Dans l'âme de Gabil s'épanouit et nage.
Vous l'aimez ; le vizir brûle des mêmes feux,
De ces feux qu'un chrétien avoue à tous les yeux.
Son amour a sa source au sein de Dieu lui-même ;
Car ce n'est pas pour lui : c'est pour vous qu'il vous aime.
En lisant dans vos yeux, il a compris le cœur
Que destine à ses jours l'éternel Créateur.
Ah ! princesse, adressez de ferventes prières
Au Souverain des cieux : que jamais vos paupières
De larmes, de douleurs, ne se puissent rougir !
Priez qu'à votre amour il garde le vizir.
Les plus tranquilles eaux en un moment se troublent. »

Les yeux de la captive, à ces pensers, se couvrent
D'un nuage de sang ; elle tremble, pâlit,
Comme une pauvre fleur, tombe, s'évanouit.
Par les soins de Fatmah bientôt elle respire ;
Elle reprend ses sens ; elle parle, délire,
Tourne vers la princesse un œil fixe, hagard :
« N'était-il pas ici ? j'ai vu son doux regard :
C'est une vision de mon âme abusée.
Je la combats toujours, et ma force est usée.

En portant mes pensers sans cesse vers le Ciel,
Je devrais pour toujours oublier Jodaël;
Mais il veut m'éprouver : toujours nos destinées
Par ses desseins secrets se trouvent enchaînées. »

— « Zédaïr vous souffrez : est-il en mon pouvoir
De soulager vos maux ? Je m'en fais un devoir. »

— « Princesse, à voir Gabil préparez donc votre âme :
Sa flamme, dit l'esclave, à vos pieds le réclame. »

La princesse, à ces mots, rentre dans le palais;
Elle voudrait encore embellir ses attraits.
D'un bain délicieux, que parfume l'essence,
Fatmah vient de goûter la douce bienfaisance.
Une main qu'elle aimait sur des lins éclatants
Parcourait les contours de ses membres charmants.
Oh! qu'elle est belle aux yeux la beauté qui s'ignore!
Combien à tous les cœurs elle est plus chère encore!

Un noir annonce Ali : sa compagne s'enfuit.
La princesse le veut : Gabil est introduit.
Son regard sur Fatmah se porte avec tendresse;
L'éclat de sa beauté le pénètre d'ivresse.
Le silence du lieu, son luxueux aspect,
Sa sainte solitude inspirent le respect.
Peu touché des splendeurs dont l'éclat l'environne,
Son œil se fixe aux pieds de la belle personne.
Contempler son visage est son ardent désir;
Il détourne les yeux en la voyant rougir.
La première elle rompt un pénible silence :
« Aurons-nous, dit Fatmah, le secours de la France?

De ses troupes le czar veut-il nous délivrer ?
Faut-il craindre toujours ? devons-nous espérer ? »

— « Fatmah, dit Gabil, Dieu détourne de nos têtes
Les foudres qui sur nous à tomber étaient prêtes :
La France et l'Angleterre au prix de bien du sang
Promettent d'appuyer l'empire du croissant.
Le valeureux Omer défendra Silistrie ;
Loin d'ici, moi..... » Fatmah par ces mots est trahie ;
Son visage, couvert d'une extrême pâleur,
Montre le sentiment qui règne dans son cœur.

« Mais, dit-elle, en restant, vous servez votre prince.
Peut-être mieux encor que loin de sa province.
Tous les biens de la terre ici viennent s'offrir. »

— « Tous les biens sans l'un d'eux m'invitent à mourir. »

— « Oh ! vous ne mourrez pas sans me dire vos peines.
Du bruit de vos exploits mes oreilles sont pleines.
Lui-même le sultan vous aime comme un fils :
Il veut vous rendre heureux ; aussi moi je le puis. »

— « Il est certains chagrins qu'il faut que l'on dévore.
Au printemps de vos jours, votre âme vierge encore
Ne pourrait m'apporter que mépris et dédain.
Mes désirs à votre âme arriveraient en vain. »

— « Gabil, des vieilles lois du sérail affranchie,
Je veux, et du sultan je suis même obéie.
Maîtresse souveraine, ici comme en cent lieux,
Abdul Medjid se plaît à combler tons mes vœux. »

— « Vous livrer mon secret! dit Gabil : je préfère,
Tombant sur ce tapis , voir mon heure dernière.
Mais vous désobéir c'est vous désobliger :
A résister encor je ne dois plus songer.
Jusqu'à ce jour, Fatmah, l'amour de la patrie
Avait rempli mon cœur d'une flamme chérie.
Un invisible esprit a versé dans mon cœur
D'une autre passion l'invincible fureur.
J'ai craint de pénétrer dans ce séjour tranquille.
Aux désirs du sultan je me montrai docile.
D'un ange dans ces lieux j'ai subi le pouvoir.
Pardonnez! Fatmah : j'aime , et j'aime sans espoir. »

— « Mais qui donc au sérail a pu charmer votre âme ?
Livrez-m'en le secret pour servir votre flamme.
Jamais jusqu'à ce jour nul mortel à mes yeux
N'avait porté ses pas dans ces paisibles lieux.
Eh bien! Gabil , quel est l'objet de vos pensées ? »

Ses mains sont à ces mots de ses lèvres pressées.
Il tombe à ses genoux ; elle touche son front ;
Dans un transport commun leur âme se confond :
« Fatmah , votre bonté me pénètre et m'enivre!
Fatmah, sans votre amour je ne pourrais plus vivre!
Quel que soit le pays qui réclame mon bras,
Votre image partout précèdera mes pas.
Hélas! j'ignore encor quel titre vous allie
Au souverain qui tient le sort de la Turquie.
Pendant que Zédaïr formait des vœux secrets
Et contre le sultan, et contre nos succès,
De vos attraits , des siens , également surprise ,
Mon âme dans son choix est restée indécise.

Vos transports pour la gloire ont pénétré mon cœur,
Et vous touchez de près au sang de l'empereur. »

— « N'ai-je pas avec lui des traits de ressemblance ?
Je tiens d'Abdul Medjid mon illustre naissance.
Vous n'avez pas servi votre empereur en vain :
Pour vous récompenser il vous donne ma main.
Et nous, pour lui prouver notre reconnaissance,
Ramenons sur l'État son ancienne puissance.
Vous trouverez étrange un pareil entretien :
Je voudrais vous montrer la source dont il vient.
Permettez qu'à vos yeux je présente l'histoire
Dont je garde à jamais la pieuse mémoire. »

— « J'écoute, ô ma Fatmah, quel qu'il soit, ce récit,
Passant par votre voix, charmera mon esprit. »

— « Un horrible fléau dès ma plus tendre enfance
Porta dans ce palais son horrible influence.
La première, je fus victime de sa loi :
Mon pèreau désespoir ne comptait plus sur moi.
Le bruit de mon danger en Palestine arrive ;
Le généreux Mansour descend sur notre rive.
Il court vers le palais. Sa généreuse main
Applique sur mon mal un remède certain.
Par ses soins empressés bientôt je fus guérie ;
Mais mon libérateur pour moi perdit la vie :
Mon père pleure encor son trépas douloureux.
A sa veuve il voulut rendre ses soins pieux :
Elle fut attachée auprès de ma personne;
A ses attentions mon père m'abandonne,
Et je trouvai près d'elle, Ali, dans ce séjour,

Un bonheur que je dois à son sincère amour.
Elle partit, laissant dans mes yeux son image,
Et gravant dans mon cœur les principes du sage.
Ses livres m'exposaient les mœurs de l'Occident.
Et j'oubliais ma foi, nos lois, en l'entendant.
Depuis un mois, sa fille, étrange destinée !
Par l'ordre de mon père ici fut amenée ;
Je trouve en Zédaïr une amie, une sœur ;
De sa captivité j'allége la rigueur.
Sans cesse un souvenir la suit et la dévore.
Seigneur, elle est chrétienne, et sans cesse elle implore
Dieu, le Christ et Marie ; elle dresse un autel
Dans un lieu retiré pour prier l'Éternel.
Des fleurs de ces jardins l'admirable assemblage
Figure de la Vierge une charmante image.
Sur des bassins dorés, sur des charbons ardents,
Lorsqu'elle fait monter vers le Ciel son encens ;
Quand je vois son idole au milieu des guirlandes,
J'associe à ses vœux mon cœur et mes offrandes.
Quand elle a satisfait à ses devoirs pieux,
Long-temps vers l'Occident elle fixe les yeux.
Je voyais leur éclat rayonner l'espérance ;
Je suivais sa pensée aux rives de la France.
Ce magnifique empire offrait à mes regards
Ses peuples entourés des merveilles des arts,
Fruits de la liberté. Pour toi, dans la Turquie,
Seule ressentirais-je une stérile envie,
O trésor précieux ? Éloigne ton flambeau
D'un enfant ou d'un peuple encor dans leur berceau ;
Mais notre peuple est mûr, et pourtant nos contrées,
Depuis douze cents ans à leurs chaînes livrées,
Des grands États d'Europe excitent le mépris.

O Liberté, viens donc régner sur mon pays !
Liberté, prends pitié de ces femmes captives,
Jalouses, aux harems, des troupeaux de ces rives.
Accours, ô Liberté, viens montrer tes appas
A ce peuple avili, qui ne te connaît pas.

    » Tel l'oiseau, jeune encore enfermé dans sa cage,
Grandit, sans se douter qu'il est dans l'esclavage
Si la porte est ouverte, il sort, vole à l'entour,
Et rentre quand la nuit vient remplacer le jour :
Ainsi les Ottomans, attachés à leurs plaines,
N'ont pas encor senti le fardeau de leurs chaînes.
Le nom de Liberté ne leur est pas connu.
Qu'il retentisse enfin ! le moment est venu.
Rendre ce peuple grand est la tâche où j'aspire.
Les guerriers d'Occident vont sillonner l'empire :
Dans un grand sacrifice ils vont verser leur sang.

    » Le peuple, dit Fatmah, sera reconnaissant ;
Les braves qui pour eux défendront nos frontières
Ne deviendront-ils pas de véritables frères ?
Oui, je l'espère, un jour les Anglais, les Français,
Seront aux Ottomans attachés à jamais.
Si Dieu permet parfois une haine cruelle,
C'est pour en retirer une entente éternelle.
Quand sa main sur nos champs a versé tant de biens,
L'homme en serait privé ? Sont-ce là ses desseins ?
Lui fait-il un soleil pour qu'il vive dans l'ombre ?
Ah ! pour moi l'avenir ne me paraît plus sombre.
En voyant les produits de leurs grandes cités,
Par l'admiration nos peuples excités
S'instruiront des moyens d'obtenir leurs richesses,

Et de Dieu nous pourrons recueillir les largesses.
Pour atteindre ce but formons des combattants :
Je veux à ce projet livrer tous mes instants.

» O France, quels soucis tu prends pour les armées !
Des femmes, dit Fatmah, d'amour pur enflammées,
Abandonnant leurs toits à leurs pieux regrets,
Des mourants, des blessés entourent les chevets ;
Jusqu'au sein des combats elles cherchent leurs frères,
Arrivent auprès d'eux, et leur servent de mères.
A leur aspect souvent ils ont vu fuir la mort.
Combien de nos guerriers est différent le sort !
Jamais au cœur du chef la pitié n'étincelle.
Tous les coups sont fatals ; toute plaie est mortelle.
Sur le sol délaissés, ils meurent sans secours,
Quand une main amie eût pu sauver leurs jours.
Un seul bouton de rose embaume le bocage.
Une seule pensée abordée au rivage
Peut faire d'un désert un séjour enchanté :
Quel objet par mes vœux pourrait être enfanté !
Je veux que désormais notre belle patrie
Reprenne sa grandeur ; je veux que la Russie,
Veuve de ses soldats, punis par les Destins,
Se repente à jamais de ses affreux desseins.

» Quand le sultan viendra me montrer un visage
Heureux par vos exploits, ce sera le présage
De l'étroite union qui doit fixer mon cœur
Au héros qui des Turcs assura le bonheur. »

Gabil avec transport accueille ses pensées ;
Sans cesse à son esprit elles sont retracées.

2*

« Pars, sers bien ton pays : tu reverras Fatmah.
Sa main sera ton bien, et son cœur l'est déjà ! »

Elle dit; et depuis cette voix douce et tendre,
Dans le cœur de Gabil toujours se fit entendre.
Il va prendre aussitôt les ordres du sultan ;
La Turquie à sa voix devient un vaste camp ;
Par son activité sans cesse renaissante ,
Le Danube déjà roule une onde sanglante.
Pour la première fois les Russes sont surpris
De céder à ces Turcs dont ils faisaient mépris.

Les navires, quittant leurs mouillages tranquilles,
Vont porter leur message aux monarques dociles.
Les uns guident leur course aux rives de l'Euxin,
Et s'arrêtent aux ports qui ceignent son bassin.
D'autres vont demander à de riches rivages,
Dans les camps, des soldats; aux ports, des équipages;
Aux tribus, des coursiers ; aux cales des vaisseaux,
Des armes et du fer; du bronze aux arsenaux.
L'Hellespont, l'Archipel, la Méditerranée,
Voient écumer leur eau par les nefs sillonnée;
Et le pacha d'Égypte et le bey de Tunis,
De l'empire ottoman gouverneurs affranchis,
Mais attachés encor par une loi commune,
Du chef de l'islamisme embrassent la fortune.
Ces braves Africains s'apprêtent aux combats
Qui doivent du sultan protéger les états.
Par de semblables soins, les pachas de Syrie
Rassemblent les guerriers de leur cavalerie :
La Victoire souvent fut perfide aux drapeaux
Qui, pour la soutenir, ont manqué de chevaux.

Par terre, des courriers sillonnent les provinces
Pour transmettre aux pachas les ordres de leurs princes.
A l'appel de leurs chefs, les braves musulmans
Entourent leurs drapeaux de nombreux combattants.

De ses toits élevés Constantinople admire
Ses enfants occupés au salut de l'empire.
Elle voit un Arabe incessamment franchir
L'espace qui s'oppose aux transports du vizir,
Et le peuple ottoman considère avec joie
L'ardeur qu'à son salut Ali Gabil déploie.

La Nuit avait à peine arrêté les travaux ;
Sa couche était déserte après un court repos.
Dans un léger sommeil, l'âme toujours active,
Gabil regrette une heure, une minute oisive.
Il écoute; il entend : c'est son noble coursier
Qu'en laisse lui conduit son fidèle écuyer.
Encore fatigué des courses de la veille,
Son pied ne frappe plus l'arène; son oreille
Est baissée, et sa tête inclinée, et ses yeux
Semblent avoir perdu pour toujours leurs beaux feux.
Mais bientôt, à l'aspect de son généreux maître,
Il sent et son courage et sa force renaître.
Fier de son noble poids, il part avec vigueur,
Et montre aux habitants une nouvelle ardeur.
Il conduit le héros aux lieux où sa présence
L'appelle. Un beau vapeur arborait sa partance.
Gabil se rend à bord. Ses généreuses mains
Aux ardents matelots prodiguent les sequins.
Il s'assure que rien ne manque à l'équipage.
Sa voix verse en son cœur le zèle et le courage.

Puis il porte ses pas vers d'autres ateliers.
Sous des voûtes en feu brûlent mille brasiers.
L'airain liquéfié dans la cuve bouillonne,
S'élance, et met au jour les jouets de Bellonne.
Les bombes, les obus, les boulets encor chauds,
Vont tous s'ensevelir dans les flancs des vaisseaux.
Tout y marche à son gré. Bientôt il court rapide
Sur d'autres ateliers, les suit d'un œil avide,
Signale leur progrès. Ses libéralités
Doublent les nerfs des bras aux travaux excités.
Les biens de sa famille et ceux de Sa Hautesse
Portent dans tous les cœurs la joie et l'allégresse.
Naguère indifférents et frappés de stupeur,
Les Turcs sont aujourd'hui pleins d'une noble ardeur,
Et, par des chants joyeux égayant leur ouvrage,
D'une fête éternelle enchantent le rivage.
Amour de la patrie, amour de la beauté,
Vous faites de la terre un séjour enchanté !

Un cri se fait entendre : il se répand sinistre ;
Il vient frapper soudain l'oreille du ministre :
D'une poutre en chantier Mohammed renversé
Vers la masse est sanglant; son corps est affaissé.
Gabil à peine apprend la fatale nouvelle
Que la compassion vers le blessé l'appelle.
Il s'empresse vers lui; pour étancher son sang,
Il réduit en lambeaux son dernier vêtement;
A de savantes mains sa pitié le confie;
Un peu d'or au blessé le rappelle à la vie.

La Nuit vient. Pour goûter un instant de repos,
Gabil rentre au palais. Il y trouve ces mots :

« Fatmah n'ignore rien : vous êtes digne d'elle.
Son choix est assuré sans épreuve nouvelle. »
Une larme s'échappe ; il sent un doux transport
Dans son cœur ; il repose ; il songe , et puis s'endort.

   C'est ainsi que Gabil occupant ses journées
Appelait sur l'État d'heureuses destinées.
La nuit, il combinait des projets à loisir,
Et dès le point du jour courait les accomplir.

CHANT II.

Bientôt la Renommée, active messagère,
Arrive vers le czar sur une aile légère.
Le génie aux cent voix lui montre le sultan
Résolu d'implorer l'appui de l'Occident :
« Dans ce moment, dit-il, une armée aguerrie
Protége les Balkhans, et défend Silistrie.
Déjà les musulmans ont banni leur stupeur,
Et l'Égypte s'unit contre leur agresseur.
Les cours de l'Occident lui donnent l'espérance
Que de nombreux guerriers viendront à leur défense. »

A ces mots, on eût vu le monarque pâlir :
« Quoi ! l'Angleterre aussi veut-elle me trahir ?
O mon frère, par toi ses nefs sont souveraines
Des mers ; tout notre sang ruissela sur nos plaines.
Pour sa prospérité, disons pour son orgueil,
De nos grandes cités j'ai vu fouler le seuil ;
Pour la sauver j'ai vu Moscou réduit en cendre ;
J'ai vu près de tomber l'empire d'Alexandre.
Nous pouvions à nous deux régner sur l'univers :
Moi le roi de la terre, elle reine des mers.
Et l'Anglais sur moi porte une jalouse rage !

Ah ! tant d'ingratitude et m'étonne et m'outrage.
Du sang de vos aïeux , Russes, voici le prix !
Sans vous jamais l'Anglais n'eût aperçu Paris.
De fidèle alliée, ô comble d'infamie !
Tu vas donc devenir ma mortelle ennemie ?
Que tu perds dans mon cœur, ô perfide Albion !
Quel retour, peuple ingrat !... » — Alors l'Ambition
Croit à jamais perdu tout le fruit de sa trame :
« O monarque, dit-elle, ainsi déjà ton âme
Pour un faible revers commence à s'affliger ?
Oui, c'est un embarras, mais non pas un danger.
Que peuvent contre toi la France et l'Angleterre ?
Souviens-toi de ces jours lorsque l'Europe entière ,
Dans un délire affreux , poussait sur tes états,
Guidés par un héros, d'innombrables soldats ;
Lorsque le Tout-Puissant , dont la main te protége ,
Ensevelit leurs corps sous un linceul de neige ,
Et que ton ennemi subit tes justes lois.
Garde-toi d'arrêter le cours de tes exploits !
La Russie aurait-elle à craindre une rivale ?
Est-il une puissance en richesses égale ?
Les Grecs, dans l'Archipel, pour toi formant des vœux ,
Portent avec plaisir ton joug mystérieux.
La Perse à tes projets fidèlement s'allie
Pour frapper d'un seul coup sa mortelle ennemie.
Regarde : vois le trône ébranlé du croissant
Qui croule sous les pieds d'un monarque impuissant.
Les chrétiens d'Orient subissent avec peine
Les lois des musulmans , qui les tiennent en haine.
Sans cesse tourmentés dans leur culte chrétien ,
Ils veulent un appui : cet appui c'est le tien.
Dans leurs tristes cités ton âme généreuse

Voit—elle sans horreur, sans colère pieuse ,
Le divin Rédempteur dans ton cœur tant aimé
Outragé par les Turcs , et son nom blasphémé ?
Ta tâche est difficile : elle en sera plus belle.
Pour un si noble but la Victoire est fidèle .
Ah ! garantis ta foi du contact infecté
De l'Erreur, confondue avec la Vérité !
Apprends que la Turquie est en proie au Délire ;
Qu'elle veut protéger l'accès de son empire. »

Un jour, grand Dieu, quel jour ! le démon de la Guerre
De son manteau sanglant couvrait l'Europe entière ;
Paskiéwitch , jeune encor, montra dans les combats
Et l'art et la valeur d'un chef et d'un soldat.
D'un peuple belliqueux les vaillantes cohortes
De ses cités en deuil avaient brisé les portes ;
La flamme est dans Moscou ; mais , ô revers affreux !
Le froid de leurs vainqueurs glaça les bras nerveux.
Ils fuirent à leur tour en laissant sur leur route
D'innombrables débris , témoins de leur déroute.
Les restes échappés au courroux des frimas
Virent les champs français foulés par les soldats
De Paskiéwitch. Son char, d'une escorte guerrière
Entouré, de Paris soulevait la poussière
Sur le peuple vaincu. Le souverain vainqueur
Sur l'heureux général répandit la faveur.
Son épée au fourreau demeura vingt solstices
Avant d'offrir à Mars de nouveaux sacrifices.
Tel est le serviteur que le czar veut choisir
Pour le vaste projet qu'il brûle d'accomplir.

« Paskiéwitch, vous avez toute ma confiance :

Elle est de vos vertus la juste récompense.
Cent mille cavaliers, deux cent mille soldats,
Sont prêts...... Au champ de gloire allez guider leurs pas.
Que pensent mes guerriers ? et que dira l'histoire ?
Que ma puissance est vaine et mon règne sans gloire ?
Sous les coups des Français vingt peuples ont tremblé;
Du héros d'Austerlitz la gloire m'importune.
Leur domination sur l'Europe a pesé.
Sous le marbre doré, la misère commune
Implore son génie; il sort de son tombeau.
A son auguste aspect, le terrible fléau
Qui dévorait son peuple éteint sa torche infâme,
Et le peuple, à genoux, l'implore et le réclame.
O prodige ! soudain la céleste faveur
Le rend à ses sujets, et lui rend sa grandeur.
Paskiéwitch, à mon cœur la peur est inconnue,
Et pourtant à son nom je sens ternir ma vue !
Sera-t-il contre nous ? Il aime la paix. Non.....
Surtout qu'en ce palais on me taise son nom.
Grand Dieu, suggère-lui des pensers pacifiques!
Oh ! combien je craindrais ses soldats héroïques,
Ses brillants généraux par nos fers mutilés,
De leurs revers sanglants encore inconsolés !
Éloigne leurs pensers du désir de vengeance.
Je crains peu les Anglais, mais j'ai peur de la France
La Justice, le Droit, la Puissance est son bien.
Napoléon, sois neutre ou deviens mon soutien.
Hâtons-nous d'envoyer au sein de la Turquie
Mes braves bataillons vainqueurs de Varsovie.
Les soldats exercés loin de leur empereur
De ceux que j'ai formés n'auraient pas la valeur.
Levons des matelots; doublons les équipages;

D'une terre ennemie assiégeons les rivages.
Que j'apprenne bientôt qu'au milieu de leurs ports
Mes vaisseaux ont brûlé les derniers de leurs bords.
J'attache à mon succès une telle importance
Que je mourrais si Dieu trompait mon espérance !

   Il dit ; et Paskiéwitch, à son palais rentré,
Se trouve tout-à-coup de spectres entouré.
La Fatigue, la Soif, la Douleur, la Famine,
La Fièvre, l'Insomnie et le Chagrin qui mine
Dans leurs bras décharnés entraînent le héros,
L'abattent à leurs pieds, étouffent ses sanglots,
Le lancent vers les cieux. Il tourne dans l'espace ;
Par des cris suppliants il leur demande grâce.
Mais, sourds ou sans pitié, par leurs ricanements
Ils répondent en chœur à ses gémissements.
Sur le sol retombé, ses entrailles résonnent.
Par ces jeux infernaux ses forces l'abandonnent ;
Il délire, et son corps est couvert de sueur.
Mais les monstres font trève : il revient. La pâleur
De son front abattu s'étend sur son visage :

   « Est-ce un songe ? dit-il, ou serait-ce un présage
Que je dois échouer dans cette mission ?
Qui peut causer mon trouble et mon émotion ?
Si j'échouais, grand Dieu ! quelle atteinte à sa gloire !
Mais non : je suis certain d'obtenir la victoire.
Mes bras par le repos ne sont pas énervés.
Tels que les feux du ciel dans les airs conservés,
Par l'ordre du Très-Haut s'enflammant dans la nue,
Des timides mortels obscurcissent la vue,
A mes ordres ainsi des feux plus meurtriers

S'échapperont bientôt des rangs de nos guerriers.
Ils tonneront plus prompts et plus sûrs que la foudre
Contre nos ennemis, qu'ils réduiront en poudre.
L'espoir est dans mon cœur : que m'importe le sang !
Nous devons le verser au nom du Tout-Puissant.
C'est notre souverain, c'est le Dieu des armées,
Qui guident au combat nos troupes enflammées.
Oh ! je vous vois déjà, mes braves légions,
De lauriers immortels faire d'amples moissons. »

Pour ses succès nombreux il est plein d'espérance,
Et suppute le fruit de son obéissance ;
Et déjà son orgueil le place au premier rang
Parmi les serviteurs de son maître puissant.

Tel, quand l'astre du jour, quittant notre hémisphère,
Va brûler de ses feux une zône étrangère,
Les sinistres oiseaux oracles d'Apollon
Abattent sur les champs leur affreux tourbillon,
De même Paskiéwitch sur les plaines glacées
Pousse de ses gueriers les colonnes pressées.

Pendant que devant lui défilant ses soldats,
Il croit voir la Victoire attachée à leurs pas.
En secret il défie et l'Europe et l'Asie :
Il voit à leur aspect que tout cède et tout plie.

Ainsi, quand, le matin, l'impatient chasseur
De la forêt voisine atteint la profondeur,
Dans les yeux de sa meute il lit l'heureux présage
Qu'il doit tout espérer de leur zélé courage :
Tel aussi Paskiéwitch s'abandonne à l'espoir
D'un succès qu'aux regards des troupes il sait voir.
Il sourit. Le tableau des fermes renversées,

Des champs couverts de morts, n'atteint pas ses pensées.
Il est inaccessible aux plaintes comme aux pleurs,
Et, semblable au démon, se nourrit de douleurs.
Dans son cœur endurci la pitié s'est éteinte.
La volonté du czar, telle est sa règle sainte.

Alors de tous les points de ces vastes états
Marchent vers les Balkhans trois cent mille soldats.

Immobile, debout auprès de sa chaumière,
Le vieillard soucieux, sur la fière bannière
Portant un œil humide au sein d'un régiment,
Après un triste adieu, cherche encor son enfant :
« Il me faudra, dit-il, à la moisson prochaine,
Sans l'aide de ton bras débarrasser la plaine,
Et seul sur les épis j'abattrai mon fléau ;
Seul il faut me livrer au soin de mon troupeau ;
Seul de nouveaux sillons je couvrirai la terre.
Et pourrais-je espérer une moisson prospère ?
Que t'offrirais-je enfin lorsque tu reviendras ?
Combien de tes amis ne retourneront pas ! »

Près de son foyer vide une femme éplorée
Aux accents des clairons voudrait fermer l'entrée.
Leur éclat fait vibrer la mouvante cloison,
Épouvante son cœur, et trouble sa raison.

Et pourtant des enfants la troupe insoucieuse
Poursuit de rang en rang sur la route fangeuse
Un soldat fatigué, muet, transi de froid,
Qui pleure sa famille, une amante et son toit.

Ailleurs, sur le coteau qui touche le village,

Le peuple échelonné contemplant le passage,
Par des signaux amis qui flottent vers les cieux.,
Prolonge leur présence et leurs tristes adieux.
La ville, le hameau, le château, la chaumière,
Ont payé leur tribut au démon de la Guerre.
Les lambris décorés et les noirs soliveaux
Tremblent en répétant les douloureux sanglots.

Iwanowna surtout, baronne, châtelaine,
Donnait un libre cours à sa poignante peine.
Son fils, unique objet de son unique amour,
Doit suivre en Orient les seigneurs de la cour,
Qui, blasés de plaisirs, de festins et de fêtes,
Volent aux jeux sanglants gaîment offrir leurs têtes.
Elle pleure; elle abhorre une fatale erreur
Qui fait abandonner tant de biens, de bonheur,
Pour l'honneur, pour mourir loin des yeux d'une mère.
« Ah ! dit-elle, faut-il que mon enfant préfère
Exposer sa poitrine au courroux des boulets
Plutôt que de rester au sein de son palais
Sous les yeux de sa mère et d'une amante aimée,
Ravissante beauté de ses feux enflammée? »

L'infortunée, en proie à son profond tourment,
Du départ de son fils voit venir le moment.
L'heure rapide fuit : « A mes désirs, dit-elle,
Verrai-je de mon fils le cœur toujours rebelle?
Il ne me comprend pas! S'il lisait dans mon cœur,
Ah! qu'il y trouverait une vive douleur !
S'il m'aime, mon enfant: qui n'aime pas sa mère?
S'il m'aime, il doit se rendre enfin à ma prière. »

Ulrich pour son départ fait ses préparatifs :

Cent valets diligents, à sa voix attentifs,
Préparent ses harnais, polissent son armure,
De ses nobles coursiers caressent l'encolure,
Apaisent de leur sang la bouillonnante ardeur.
Tardeff essaie un mors éclatant de blancheur.
Ornineff à son casque attache le panache,
Et sa mère debout, au tissu qui la cache
Appliquant son regard, assiste à ce tableau
Dont chaque personnage est pour elle un bourreau.
Eudoxie, avec soin composant son visage,
Fait de son cher amant entasser le bagage
Dans les coffres profonds d'un char armorié,
Cachant sous un front calme un cœur désespéré !
Ivanowna descend, de douleur éperdue :
« Mon fils, dit-elle, assez ! car ce jeu-là me tue.
Oui, c'est un jeu, dis-moi ; tu voulais m'éprouver ?
Ulrich, de mon amour tu voulais t'assurer ? »

Muet, les yeux au ciel, Ulrich gémit, soupire,
S'empare de ses mains, partage son délire :
« Ah ! mon fils, ce départ ne s'effectuera pas :
Pourrais-tu me priver du secours de ton bras ?
Qui te force à partir, enfin, quand Varsovie
De ton malheureux père a consumé la vie ?
Le czar ne prive pas les veuves de leurs fils ;
Sa sagesse à leurs jours attache quelque prix.
Pour que du souverain les états s'agrandissent,
Il faut que des époux dans les larmes gémissent,
Maudissant le Destin qui ravit leur enfant !
Mais pourraient-ils donner au czar un régiment ?
Moi, pour te conserver, t'éloigner de la guerre,
Je donnerais au czar une cohorte entière.

Envoyez-moi, grand Dieu, misère et pauvreté,
Pourvu que mon enfant repose à mon côté.
A qui livrer mon bras lorsqu'en mes promenades
J'irai porter secours aux pauvres, aux malades?
Qui pourra surveiller tes champs et tes forêts?
Pour tes plaisirs du jour, source de tant d'attraits,
Quel est donc ton espoir? Ton immense héritage
Ne t'offre-t-il donc pas tous les biens en partage?
Que peux-tu rencontrer aux champs de l'Orient?
La fatigue, la soif, sous un soleil brûlant;
La gloire? Aux grands blasés, vivant sans espérance,
Laisse de ses attraits la vaine jouissance.
N'est-il donc pas de gloire à consacrer ses jours
Au bonheur de sa mère, à de tendres amours?
Ciel, quel pressentiment! une main étrangère,
La main du serf viendra me fermer la paupière!
Pour toi j'ai refusé cent partis séduisants,
Et je devrai mourir, et seule, et sans enfants!
Et cependant c'est toi que mon âme fuyante
Attendait pour fermer ma paupière mourante! »

  Ulrich est ébranlé; mais l'image du czar
Portait sur son front pâle un sinistre regard;
Et sa voix bienveillante, aujourd'hui courroucée,
Le vouait à l'opprobre en lisant sa pensée.
« Parmi tous les seigneurs comblés de mes bienfaits,
Toi qu'au fond de mon âme à tous je préférais,
Quand j'ai pris tant de soins d'élever ton enfance,
Ton père a consacré la plus noble existence
A servir sa patrie, à porter plus d'éclat,
De grandeur, à mon trône et de gloire à l'État.
Mérite mes bienfaits. Les Mânes de ton père

Veillent, ainsi que moi, sur ta belle carrière.
A toi je ne dois rien ; à ton père je dois
Reconnaître en son fils ses glorieux exploits ;
Tu veux m'abandonner lorsque ma voix réclame
Ton bras pour la patrie, et ton cœur, et ton âme,
Et ton zèle, pour moi ? De tous mes favoris,
Ulrich, toi le plus cher, Ulrich, tu me trahis !
Tu dois être un exemple à tes hordes grossières,
Et tu serais oisif au milieu de tes terres !
Alors que mes héros, par un heureux retour,
Pleins de gloire et d'honneur, embelliront ma cour
Où mon cœur te gardait une première place,
Pourras-tu sans rougir considérer en face
Un seul de mes soldats ? La honte et le mépris
A leurs yeux sur ton front désormais sont écrits.
Pourras-tu des seigneurs subir les railleries ?
Cœur ingrat, homme lâche, eusses-tu mille vies,
Elles succomberaient aux chagrins des affronts !
Crains le poids de leurs pieds, le choc des éperons.
N'en sens-tu pas déjà tes jambes lacérées ? »

   Que pouvait une mère aux flots de ces pensées ?
C'en est fait. Tel qu'un roc, sous les coups incessants
De l'éclat de la Foudre et de l'effort des Vents,
Tressaille, et vers le ciel lève sa tête altière,
Tel le guerrier résiste aux larmes de sa mère.
Il la presse en ses bras pour la dernière fois :
Il la trouve insensible, immobile, sans voix.
« O ma mère, dit-il, accusez la Patrie
D'être au fond de mon cœur la première chérie. »

   Les vassaux, consternés, s'abandonnaient aux pleurs ;

A son ordre fatal, ses nombreux serviteurs
Sont prêts pour le départ ; sur son coursier agile
Il saute, et se dérobe au chagrin inutile.

Eudoxie a gravi jusqu'au sommet des tours ;
De la longue avenue elle suit les détours.
Ulrich s'arrête, et voit la blanche banderole,
Qui lui disait : « Mon cœur à toi sur tes pas vole ;
Je suis fière de toi ; marche à la voix du czar,
Et que notre pays ait aussi son Bayard. »
Grâce aux soins empressés, la baronne en délire
Renaît, mais la douleur la tient sous son empire.
On cherche dans son âme à porter le repos ;
Mais sa poitrine éclate en pénibles sanglots.

La Nuit disparaissait : les troupes assemblées
Entraînaient sur deux rangs leurs lignes déroulées.
La baronne, affrontant les humides brouillards,
A fui de sa demeure, et déjà ses regards
Des chemins tortueux consultent l'étendue ;
Sur les premiers guerriers elle fixe la vue,
La ramène à ses pieds, la porte à l'horizon
Où se perd l'étendard de chaque légion.
La troupe s'écoulait, triste, silencieuse,
A peine regardant la foule curieuse.

« Ulrich, l'aide de camp de notre souverain,
Va-t-il bientôt passer ? » — « Comtesse, il n'est pas loin. »
— « Guerriers, d'Ulrich bientôt verrai-je la litière ? »
— « Qand le Jour aura fait le quart de sa carrière. »
— « Ah ! je vais donc bientôt le serrer dans mes bras !
Peut-être pour toujours j'arrêterai ses pas. »

Elle pleure, elle attend, et ses regards se plongent

3

Dans les rangs des soldats, et bien loin s'y prolongent.
Rien ne paraît pour elle, et ses regards en pleurs
Ne voient qu'un long ruban de diverses couleurs.

Seule elle était d'abord ; bientôt de la contrée
Des seigneurs, des barons elle était entourée.
Tous ont voulu jouir du spectacle imposant
Qu'offrent ces bataillons partant pour l'Orient.
Une flamme ternie en leurs yeux étincelle.
A d'anciens souvenirs ce tableau les rappelle :
Ils osent envier le sort de ces soldats ;
Ils accusent les ans d'avoir glacé leurs bras.

Voici les escadrons aux cuirasses brillantes.
Les coursiers, écumant sous leurs masses pesantes,
Semblent s'enorgueillir du poids des cavaliers.
La baronne fixait ces braves officiers.
Puis voici des dragons l'étendard qui s'avance ;
Puis les guerriers, armés de leur terrible lance,
Qui sur les malheureux échappés aux combats
S'incline, et s'allongeant leur porte le trépas.
Ils avaient feint la mort, ils fermaient la paupière,
Et la Mort les atteint couchés dans la poussière.
Déjà voici venir les grenadiers du czar,
Portant avec respect le brillant étendard.

Ainsi, quand au hameau les gerbes étendues
De coups mal alternés sur l'aire sont battues,
Sous les pieds des chevaux ainsi le sol glacé
Répétait le bruit sourd d'un pas non cadencé.
Comme un torrent noirci d'une subite pluie
Ils passent : sur leurs pas marche l'infanterie.
Les plus grands généraux. Liprandi, Menstchikoff,

Dannenberg et Luders, le prince Gortschakoff,
Roulent entre les rangs leurs brillants équipages,
Voulant à leur histoire ajouter d'autres pages.
Pendant long-temps encore, ainsi qu'un long serpent,
Ces mornes bataillons s'écoulent lentement.
Ils sont passés. Alors c'est un bruit de tonnerre
Qui vient frapper l'oreille ; on sent trembler la terre.
Si les chariots chargés de globes meurtriers,
Gémissant sous leur poids, accablant les coursiers,
Si les affûts roulant sous leur masse pesante
N'apparaissaient à l'œil de la foule tremblante,
On croirait que l'effort des brasiers souterrains
S'apprête à dévaster le séjour des humains.
Pourtant cet appareil aux yeux si redoutable
Rend la guerre plus courte et la paix plus durable.
En entendant rouler ces chars majestueux,
On demande en secret si jamais en ces lieux
Ils reviendront. Le peuple, à la même pensée,
Semble tenir son âme en soucis affaissée.
Tous répètent : « Ils ont une tâche à remplir
Si pénible ! un chemin si long à parcourir !
Les fleuves à leur marche opposeront leurs ondes ;
Les montagnes, leurs pics, leurs escarpes profondes ;
L'ennemi, ses boulets, ses bombes, ses obus :
Tout fait appréhender qu'ils ne reviendront plus. »

A leurs sourds roulements une marche guerrière
Succède, et des hussards l'éclatante bannière
Flotte au milieu des airs ; puis viennent les chasseurs.
L'armée a disparu, et des parents en pleurs
Montrent sur le chemin leur figure attristée,
Et gagnent à pas lents leur ferme inhabitée.

La route est libre enfin. Il fut bien long ce jour !
La baronne l'accuse encor d'être trop court :
« Je suis donc seule au monde ! en proie à ma tristesse,
Au Ciel seul désormais j'offrirai ma détresse ».

   La Nuit sur les mortels étend son voile noir.
La baronne reprend le chemin du manoir,
Et, le cœur déchiré par sa vive infortune,
Se dérobant aux yeux d'une suite importune,
D'un sentier solitaire elle suit les détours,
Afin que de ses pleurs rien n'arrête le cours.
Elle traînait ainsi sa marche chancelante ;
Le ciel était serein, et la lune brillante
Reflétait ses rayons sur le terrain glacé.
Elle approche. Soudain, dans l'ombre balancé,
Un objet éclatant se présente à sa vue.
Comme un éclair la Nuit apparaît dans la nue ;
Pourtant, par intervalle, un rameau de cyprès
S'agite, et des rayons arrête les reflets.
Son cœur, tout au chagrin, était alors sans crainte,
Quand, près d'elle, un soupir, puis des pleurs, une plainte,
Qu'exhalait une voix, qu'une voix interrompt,
De ce lieu vient troubler le silence profond.
Elle arrive ; elle voit, à travers la feuillée,
Un coursier qui foulait la terre dépouillée.
« A sa housse dorée, à ses brillants harnais,
C'est son coursier, dit-elle, oh ! je le reconnais !
Son casque se balance à l'arçon de la selle :
C'est lui qui dans mes yeux fit jaillir l'étincelle.
Elle s'arrête, écoute, elle fait quelques pas ;
Elle voit Eudoxie : il la tient dans ses bras ;
Il fixait à son cou sa fourrure d'hermine ;

Sur son sein tendrement il pressait sa poitrine,
Et de chastes baisers il rougissait son front.
« Supporte avec courage un départ aussi prompt,
Disait-il : mon absence aura peu de durée.
Que ta crainte en ton cœur pour moi n'ait point d'entrée
Reçois de mon amour ce gage précieux,
Ce portrait que ma mère a fait de mes cheveux.
Qu'elle ignore toujours que c'est moi qui l'en prive.
Prête à tous ses désirs une oreille attentive;
Puisses-tu découvrir la fatale raison
Qui d'un refus constant frappe notre union!
Qui pourrait découvrir cet étonnant mystère
Quand lui-même le czar ne peut fléchir ma mère ? »

« Ces vœux seront mes lois ; que je t'embrasse encor
Conser —moi ton cœur, mon unique trésor.
L'image d   a gloire adoucira, je pense,
Les ennuis qu'e   on cœur causera ton absence. »

Ulrich pousse un soupir,   échappe de ses bras,
Saute sur son coursier, et rejoint ses soldats.
Le sang d'Ivanowna se glace dans ses veines,
Et la main de la Mort la dérobe à ses peines.
Eudoxie a pâli : la consternation
Est partout au palais ; la disparition
De celle dont la main active et généreuse
A ses mille vassaux rendait la vie heureuse,
Qui portait au hameau des baumes aux souffrants,
Des présents aux époux, des jouets aux enfants,
Cause un deuil général. Sur l'ordre d'Eudoxie,
Que pousse un souvenir, de cent flambleaux suivie,
Elle court sur les lieux où la chute d'un corps

De ce cœur malheureux a troublé les ressorts.
On arrive à l'endroit témoin de cette scène.
La baronne à genoux, le front contre un vieux chêne,
Semblait prier. On craint de troubler son repos;
Son immobilité surprend; mais des sanglots
Poussés subitement par la pauvre Eudoxie
Font penser que la Mort s'était appesantie
Sur ses yeux. On s'empresse, hélas! soins superflus!
L'air retentit des cris : « La baronne n'est plus! »

Voici ton premier coup, ô Guerre impitoyable,
Et tu n'as pas brandi ton glaive inexorable!

Tout dort : pour Eudoxie il n'est pas de sommeil.
Par son double malheur son âme est en éveil.
Le czar repose aussi : quand la pointe d'un glaive
Menace sa poitrine, il s'éveille, il se lève;
Son bras cherche des coups à parer la fureur :
Il n'atteignait que l'air, lorsque d'une lueur
Sa chambre resplendit; au sein de la lumière
Ivanowna paraît; son humide paupière
Laisse couler des pleurs. Au milieu des sanglots
Qui l'oppressent, au czar elle adresse ces mots :
O toi que la Nature, à l'excès libérale,
Combla de tous les biens à ton heure natale,
Qui parmi tes aïeux comptes Pierre le Grand,
Qui reçus en ton cœur son courage et son sang,
Quand on admire en toi la beauté du visage;
Toi qui de tous les rois paraissais le plus sage,
Qui comprenais d'abord ta haute mission,
Qui voyais ton grand peuple acclamer ton grand nom,
Ton règne va finir par un trait de folie.

Sais-tu ce qui t'attend dans l'éternelle vie ?
Tous l'ignorent encore : apprends donc par ma voix
Quelles sont du Très-Haut les immuables lois.
Dans la voix de la Mort aurais-tu quelque doute ?
L'erreur vient des vivants, non de la tombe. Écoute :
Dieu par d'affreux tourments punit les meurtriers :
Tu réponds des trépas commis par tes guerriers....
Tous les pleurs répandus sur leurs fils par les mères
Pendant l'éternité mouilleront tes paupières;
Jusqu'au fond des enfers la voix de tes soldats
Viendra te reprocher leur injuste trépas.
Ils marchent à la mort : ne crois pas leur survivre.
La moitié déjà tombe, et l'autre va les suivre. »

    e monarque, à ces mots, sent un affreux frisson.
De ses mains, de la voix il arrête le son ;
Il ferme son oreille ; il craint que cet oracle,
A ses plans arrêtés vienne porter obstacle ;
Puis il entend : « Mon âme, au séjour éternel,
Te punira bientôt de mon trépas cruel.
Arrête tes soldats, arrête leur furie,
Car ils accableront ton éternelle vie
Du poids de tous les maux qu'ils souffrirent pour toi. »

    Elle fuit. Le monarque est pénétré d'effroi ;
Mais, écoutant la voix du démon qui le pousse
Il prépare à l'Europe une horrible secousse.

    La Guerre désormais, dans ce vaste pays,
Occupe tous les bras, frappe tous les esprits.
Les chemins sont couverts d'armes et d'équipages ;
La même activité règne sur les rivages.

Des bandes d'ouvriers, rassemblés dans les ports,
Sur les rocs de granit élèvent forts sur forts ;
Ici les blocs, cédant à l'effort des poulies,
Pour les créneaux joignaient leurs surfaces polies ;
Là, dans les froids arceaux, le bronze à triple rang
Présente à l'horizon son tonnerre arrogant.

A voir ces bras nerveux, à l'ardeur qui les guide,
On sent que l'œil du czar à ces travaux préside.
Sweaborg, Bommarsund, dans la paix négligés,
Par des remparts nouveaux se trouvent protégés.
Le Czar défie alors la superbe Angleterre,
Appelle sur ces bords sa flotte téméraire.
Les feux de leurs vaisseaux, dirigés contre lui,
Enlèveront aux Turcs un précieux appui.
Il parcourt les quartiers de ses troupes dociles,
Qu'il place sous les mains des chefs les plus habiles,
Leur parle, leur adresse un regard souriant,
Et son grand front si fier se montre bienveillant.
L'hiver à ses projets ne prête plus d'obstacles ;
D'infatigables bras enfantent de miracles.
Il court sur d'autres lieux ; son état-major suit ;
Vers le port à grands pas sa marche le conduit.
Sur le pavé glacé son éperon résonne ;
Le poste, en le voyant, sort, et le clairon sonne
La porte du port s'ouvre, et la garde lui rend
Les suprêmes honneurs. Le tambour bat au champ.

Le chef de l'arsenal avec respect s'avance.
De nombreux officiers le suivent à distance.
Il parcourt aussitôt les cales, les chantiers,
Encourage les chefs, flatte les ouvriers.

La neige tombe à flots ; la Brise glaciale
Lance sur son manteau sa piquante rafale.

« Ces vaisseaux sont finis : que le plus avancé,
Le plus fort, dit le czar, sous mes yeux soit lancé ! »
Soudain mille ouvriers, que ses yeux électrisent,
Courent vers le vaisseau ; ses entraves se brisent.
Les vents sont enchaînés, et l'onde du bassin,
Honteuse du repos, l'appelle dans son sein.
Tout obstacle est levé : il s'ébranle, il chancelle,
Il s'avance, il s'incline ; une frayeur mortelle
A glacé tous les cœurs. On pousse mille cris :
On croît être écrasé sous son flanc en débris.
Mais il s'avance encor, il gagne de vitesse ;
Il passe comme un trait, son élan le redresse ;
Il atteint l'onde omère, il l'entr'ouvre, et soudain
Fait bouillonner les flots, qu'il fait jaillir au loin.
Il disparaît aux yeux de l'assemblée immense.
Sur l'onde, le géant s'élève et se balance ;
Et le peuple comprend la loi qui donne à l'eau
Le pouvoir de porter cet immense fardeau.
Aussitôt on procède aux soins de la mâture.
Déjà les gabiers ont fixé sa voilure,
Et la vergue mobile autour du corps des mâts
Étendait gravement sur la mer ses deux bras.
Ces supports réclamés pour les appuis des voiles
Se dessinaient en noir sur la blancheur des toiles.

Quand d'un vent modéré le paisible courant
Entraîne devant lui l'orgueilleux bâtiment,
Les gabiers oisifs foulent à pas tranquilles
Ce pont pour qui leurs bras deviennent inutiles.

3*

S'ils entendent siffler le vent dans les haubans ;
S'il fait grincer les mâts sous ses coups violents,
Au sifflet de leur chef cette troupe fidèle,
Ces gabiers, soudain transportés d'un beau zèle,
Accourent à leur poste ; ils saisissent les ris,
Et la voile remonte enfermée en ses plis.

Tels sur des rameaux nus les oiseaux de passage
Rangent leurs corps obscurs à l'aspect d'un orage :
Ainsi les gabiers, noirs habitants des airs,
Sur les vergues penchés, oscillent sur les mers.
« Qu'il soit prêt à partir, dit le czar ; qu'on s'empresse
De montrer à mes yeux son degré de vitesse ! »

A ces mots, l'équipage escalade le pont,
Et jusque dans la hune il élève son front.
Là l'horizon s'étend sous l'œil de la vigie :
C'est là que de tireurs une troupe choisie
Sur un hostile bord lance un plomb meurtrier.
Les bas mâts, les hauts mâts, grand et petit hunier,
De la poupe au beaupré, du pont jusqu'aux étoiles,
Vergues, cordages, mâts, gémissent sous les toiles.

A l'entour du vaisseau mille embarcations
Approchent de ses flancs vivres, munitions ;
Puis l'airain caverneux pointe sa gueule sombre
Sur le roc s'il se brise, en pleine mer s'il sombre,
A peine a-t-il quitté son tranquille berceau
Que l'esprit est craintif sur le sort du vaisseau ;
Mais le vaisseau, produit de tant d'efforts sublimes,
Montre qu'il peut des mers affronter les abîmes.
« Moi souverain du Nord, bientôt de l'Ottoman,
Je veux que ce vaisseau se nomme le Sultan ;

Que son avant, sculpté par une main habile,
Représente un monarque à mon projet hostile,
Et que sur un champ d'or ce roi chargé de fers
S'incline sous leur poids, et pleure ses revers. »

Puis le Christ est à bord ; son ministre fidèle,
Les yeux levés au ciel, du fond du cœur appelle
Sur la superbe nef les secours tout-puissants.
De la Reine des cieux, de la mer et des vents,
« Vierge, dit-il, des airs modérez la vitesse ;
Faites qu'un flot ami doucement le caresse ;
Faites que les écueils s'écartent de son bord,
Et qu'un voyage heureux le reconduise au port. »

— « Monarque, dit Marie, on me verra propice
Aux mortels vertueux, mais jamais la complice
De ceux dont les esprits, en proie aux passions,
Veulent porter le trouble au sein des nations. »
Lui seul entend ces mots. Le vaillant équipage
Lève l'ancre. La nef s'éloigne du rivage.
L'habile timonnier, par un facile effort,
Fait mouvoir le vaisseau sur l'un ou l'autre bord,
Montre sur l'onde sombre et la voûte azurée
Ses mâts blancs, ses flancs noirs et sa poupe dorée.
Le peuple rassemblé le dévore des yeux,
Admire ses hauts mâts, son port majestueux ;
Sur l'horizon noirci ses voiles se dessinent ;
Sur l'onde tour à tour ses larges flancs s'inclinent ;
La longue banderole unit, dans les hauteurs,
Au pavillon du czar ses brillantes couleurs.
Les voiles, par le vent, qui les pousse tendues,
Caressent à la fois et les flots et les nues.

Il semble avoir une âme, il semble avoir un cœur ;
Ses premiers pas sont lents : il ressent la douleur ;
Des pleurs et des regrets signalent son absence ;
Autour de son berceau l'on sanglotte en silence.
Il connaît son destin, comprend sa mission.
Gloire, honneur et respect au noble pavillon !
Des nations l'éclat, leur fortune, leur gloire,
Leur splendeur fut toujours le fruit de sa victoire ;
Il reçoit les vaincus dans son sein généreux ;
Il leur montre son pain, qu'il partage avec eux.

On a vu des vaisseaux sur la rive africaine,
Sanglants et mutilés et se traînant à peine,
Trahis par la Fortune, ouvrir leur propre sein,
Et portant dans la poudre une tranquille main,
Éclater dans les airs, tomber dans l'onde amère
Pour qu'un vainqueur altier, sur la terre étrangère,
Ne pût pas insulter à sa gloire, au malheur,
Et disparaître aux cris de Vive l'empereur !

De l'homme telle est l'œuvre et puissante et sublime ;
Mais Dieu guida son bras alors que son abîme
S'ouvrit pour engloutir les peuples criminels,
Et le premier vaisseau sauva tous les mortels.

« Vingt vaisseaux, dit le czar, mouillent dans la Baltique :
Korniloff, montrez-les à l'Europe, à l'Afrique.
Traversez l'Archipel, pénétrez dans l'Euxin ;
De ce vaste rivage explorez le bassin.
Que j'apprenne bientôt que ces rives lointaines
Ont reconnu la voix de mes lois souveraines. »

Un jour l'onde grossit ; son remous insolent

Fit entendre ces mots aux peuples d'Occident :
« Assez long-temps captifs sous notre ciel de glace,
A votre doux soleil nous voulons trouver place ;
Assez t'enorgueillir de tes fiers matelots !
Abandonne, Albion, ton règne sur les flots :
Par les glaces du Nord tu seras renversée. »
Cette menace fuit ainsi que la pensée...

Dans la cité guerrière on entend cette voix :
« Tu foules sous tes pieds les têtes de cent rois ;
Ton glaive tient encor des peuples la balance :
D'un autre Waterloo déjà l'heure s'avance. »

De ces bords belliqueux le sage souverain
S'étonne, puis sourit d'un superbe dédain.
La flotte cependant, par une brise heureuse,
S'avançait sur les mers lente et majestueuse.
L'Angleterre et la France avaient les yeux ouverts
Sur celui qui pouvait seul troubler l'univers.

Hamelin et Dundas, au nom de leur puissance,
Portent sur les vaisseaux leur sage surveillance ;
Déjà la nef rapide a touché Gibraltar ;
Alger déjà s'attend à voir les nefs du czar ;
De son aspect prochain déjà Malte est instruite ;
Le Bosphore déjà tremble sur sa conduite.

Korniloff s'approchait du superbe canal
Quand tout-à-coup Dundas lui montre un flanc fatal,
Et, d'un ton qui commande et veut l'obéissance :

« De vos nombreux vaisseaux je connais la puissance :
Isolés, sur ces mers qu'ils aient un libre accès,

Dit-il, et de ces bords ne troublez pas la paix.
Un seul de vos boulets lancés sur cette terre
Est un défi lancé qu'accepte l'Angleterre.
Poursuivez à distance, à travers le détroit,
Votre marche, et gagnez vos ports : c'est votre droit. »

— « Ah ! si je n'écoutais que ma force et ma rage,
Votre sang laverait notre sanglant outrage,
Dit Korniloff : je dois entre nos nations
Éviter tout conflit, toutes collisions.
J'accède à vos désirs ; mais que ce sacrifice
Puisse rendre à nos vœux l'Angleterre propice ! »
Il dit : chaque vaisseau, morne, silencieux,
Défile lentement à distance à ses yeux.
On entend dans leurs flancs comme un flot qui murmure,
Comme un lion blessé qui maudit son injure.
Constantinople voit dans leurs regards perçants
La haine et, dans leurs bras, leurs glaives menaçants.
Mais déjà de l'Euxin ils ont gagné les plaines ;
Ils dirigent leurs caps aux rives criméennes.

Tels dans un camp guerrier des postes avancés
En observation par les chefs sont placés :
Ainsi Sébastopol veille sur la Crimée.

Telle que de vautours une troupe affamée,
Dirigeant sur les champs leurs sinistres regards,
S'apprêtent à tomber sur les oiseaux épars :
Ainsi les mâts cachés dans cette rade immense
Attendaient le moment d'exercer leur puissance,
Et les rivages turcs, libres à leur accès,
Voyaient pointer sur eux l'arme de Damoclès.

Les nefs poussaient les flots sur les roches blanchies ;
Jusqu'au fond du grand port les ondes sont grossies,
Et la Tchernaïa s'étonne que ses eaux
Retournent vers sa source au remous des vaisseaux.
L'airain tonne ; la voile à ses supports remonte ;
Le navire est captif sous sa chaîne de fonte.
Tout s'émeut dans la ville à l'aspect de ces mâts :
Ouvriers, citoyens, femmes, enfants, soldats,
Remplissent l'air des cris de leur joyeuse ivresse.
La foule sur les quais se rassemble et se presse ;
La nuit couvre les flots d'un voile ténébreux,
Mais des bords jaillissait une ligne de feux.
Cent canots, détachés du nœud qui les amarrent,
De feux vénitiens se couvrent et se parent ;
Sur le fond noir des eaux glissant vers chaque bord
Croisaient leurs feux d'azur, de vert, de pourpre et d'or.
Des vastes monuments les frises, les croisées,
Des drapeaux du monarque ont été pavoisées ;
Les rangs de mille feux, chassant l'obscurité,
Comme dans un beau jour éclairent la cité.

Et le peuple, à l'envi remplissant les terrasses,
Les rivages, les quais, les jardins et les places,
En ce tableau présente une telle grandeur
Que jamais nul regard ne vit tant de splendeur.
Sébastopol se voit de Stamboul la rivale,
Et de l'empire russe une autre capitale.
Déjà de tous les points accourent les marchands ;
Le village y conduit le produit de ses champs.

Tel fut Saint-Pétersbourg à la voix du Génie
Quand cent mille habitants, délaissant leur patrie,

Aux abris des pêcheurs, à leurs frêles canots,
Substituaient des ports, des palais, des vaisseaux.

Ainsi des ouvriers les bras infatigables
Rendaient par leurs efforts la place inexpugnable ;
Mille canons, sortis des prisons, des vaisseaux,
S'alignent dans les forts et dans les arsenaux.
Des vins les plus exquis les caves se garnissent ;
Sous des monceaux de blé les soliveaux gémissent ;
Les produits précieux de la terre et des mers
S'entassent dans les docks jusques à leurs couverts.
Le cuivre, l'argent, l'or le plus pur des deux mondes,
Étendaient leurs lingots sous les voûtes profondes.
La modeste maison s'écroule sans regrets,
Et fait place aussitôt au superbe palais.
Les marbres de Paros, sous des ciseaux habiles,
Servent de hauts supports aux vastes péristyles,
Et, depuis le rivage où l'écume blanchit
Jusqu'au sommet du mont couronné de granit,
L'œil découvre au milieu de tapis de verdure
Les chefs-d'œuvre de l'Art et ceux de la Nature.
L'auteur de tant de biens, Dieu, n'est pas en oubli :
A la voix du pasteur le temple est agrandi ;
Sur son dôme doré s'élève la croix sainte,
Et le peuple pieux encombre son enceinte.

Enfin Sébastopol, ivre de ta splendeur,
Sois une autre Sion sans terme de grandeur.
Conserve bien la paix ; sur ton heureuse plage
Crains d'un autre Titus d'appeler le courage.

CHANT III.

La Nuit, développant son voile ténébreux,
Guidait sur l'univers son char silencieux ;
Le Calme en descendait, ramenant sur les ondes,
Sur la terre, aux mortels les frayeurs vagabondes ;
Les animaux dormaient au fond de leurs forêts;
L'homme seul au repos ne donnait pas accès.
Les guerriers descendus de la froide Russie
D'un bras victorieux foulaient la Valachie.
Paskiéwitch les arrête, et dispose ses camps
Des rives du Danube aux portes des Balkhans.
Les postes avancés, les gardes, les védettes,
Veillaient sur le repos de ses troupes muettes ;
Les patrouilles marchaient d'un pas lent et craintif,
Cherchant à dérober sous un épais massif,
Dans l'antre d'un rocher ou dans le creux d'un chêne,
Leurs pas aux tirailleurs répandus dans la plaine.
Le Silence régnait. Non, Danube, tes flots
Troublaient seuls de la nuit le calme et le repos.
Tais-toi, permets aux Turcs qui protégent tes rives
D'observer l'ennemi dans leurs marches actives.

Déjà Kissleff s'avance : il vient de tressaillir.

Sous son pied un rameau brisé peut le trahir.
Il s'arrête, il écoute, retient son haleine,
Il accuse ses yeux de leur puissance vaine.
L'obscurité lui cause un tel aveuglement
Qu'il sent bondir son cœur d'un affreux battement.
Vers lui des tirailleurs s'avancent à plat ventre,
S'abritent sous un roc, se cachent dans son antre;
Sur une longue ligne, à peine respirants,
D'autres guerriers rampaient ainsi que des serpents.

Koraski devant lui dans l'ombre voit un saule;
Il semble distinguer comme une arme à l'épaule,
Et sur son tronc obscur il croit voir un turban.
S'il tire, il va soudain mettre en émoi le camp.
Il revient sur ses pas; à ses amis il montre,
Encore épouvanté, l'objet de sa rencontre;
Ils marchent à genoux, ils s'aident de leurs bras,
Ils approchent. Le feu précède les éclats
Du tonnerre; le plomb frappe en pleine poitrine
Wousileff; mais Bourloff, qui près de lui chemine,
Le mousquet à l'épaule et guidé par l'éclair,
Tonne; la balle siffle au passage de l'air,
Frappe. Le sol gémit sous le choc d'une masse
Qui tombe, crie et râle, et se débat sur place.
A ses accents plaintifs d'angoisses, de douleurs,
Les compagnons d'Hamout sont frappés de stupeur:
« Laisserez-vous, dit-il, mon corps sans sépulture
A la merci du Russe ou servant de pâture
Aux hôtes des forêts? » Conduits par ses accents,
Émus par la pitié, les pieux musulmans,
Vers le saule rougi serrent leurs intervalles,
Et, sur le sol courbés, se dérobent aux balles.

CHANT III.

L'herbe est un faible abri contre l'a~ plomb :
~ur, l'autre au front,
Résid, Füad, frappés, l'un au~
~ompagnon d'armes,
En volant au secours de le~
~mp de carnage et d'alarmes.
Forment un nouveau ~
A relever les mort~ ~es vivants occupés
Par d'invisibles ~~~ps étaient soudain frappés.

Sur ~ ~ieu teint de sang déjà la Nuit moins sombre
~~ ~et aux combattants d'accourir en grand nombre
Dans sa course rapide, atteint d'un coup mortel,
Mahmed tombe : sur lui s'ouvre un nouveau cartel ;
Bientôt, sur tous les points, les cruels adversaires
Tombaient, se disputant les restes de leurs frères.
Le plomb impatient, suspendu sur leurs bras,
S'enfuit quand l'œil découvre une proie au Trépas.
Les troupes, à ce bruit, s'émeuvent et s'agitent ;
Vers le front de bandière elles se précipitent ;
Déjà l'infanterie a rompu les faisceaux ;
Déjà les cavaliers ont gravi leurs chevaux ;
Le canon sur les flancs de l'enceinte mouvante
Protége les abords de la troupe haletante ;
Les héraults des combats, les tambours, les clairons,
Précipitent l'ardeur des vaillants bataillons.

Déjà les combattants resserraient leur distance ;
Les tirailleurs rentraient ; le canon les devance,
Roule, tourne, s'arrête, et sur les ennemis
Pointe sa gueule sombre, et les boulets vomis
Parmi les combattants se tracent un passage,
Sillon où les obus font éclater leur rage ;
Puis le plomb meurtrier, s'échappant des mousquets,
Tombe comme la grêle au milieu des forêts.

SÉBASTOPOL.

Sourd aux cris ...blessés étendus sur la plaine,
La Vengeance dans ... ...et dans le cœur la Haine,
On s'approche, on s'attei... ...ransportés de courroux,
Les guerriers de leurs fers se po... ...t mille coups.

Le Soleil paraissait au sommet des ...tagnes ;
Ses rayons dissipaient les ombres des can... ...gnes ;
Mais, au spectacle affreux du sang et de la m...
D'une obscure vapeur il teint son disque d'or.

A la voix de Luders , les cohortes nombreuses
Sur le centre des Turcs s'élancent furieuses.
Le canon les déborde, il menace leurs flancs ;
Ils vont être cernés ; le chef des musulmans
Devine son rival ; il replie en arrière
Ses ailes, puis son centre ; il cède la carrière,
Montre à ses ennemis un formidable front,
Qui recule sans fuir, et les couvre de plomb.
Le jour est obscurci par l'épaisse fumée
Que lance dans les airs la matière enflammée ;
Les Vents, calmes et lourds, laissent leurs tourbillons
Suspendre leurs vapeurs au sein des bataillons ;
Sous les pieds des chevaux on sent trembler la terre.
Ici le char conduit son terrible tonnerre,
Et là des combattants , haletants, harassés ,
Par un dernier effort courent à pas forcés,
Les uns pour échapper aux fureurs du carnage ,
Les autres pour fermer aux fuyards tout passage ;
Sous le bronze du czar, sous le bronze ottoman ,
La Terre a tressailli jusqu'en son fondement ,
L'air en est ébranlé ; dans le court intervalle
D'un sinistre silence, un blessé crie ou râle.
Dans l'homme en ce moment tout sentiment s'enfuit.

Sans pitié pour un autre, et sans crainte pour lui,
Il voit d'un pareil œil la Mort qui le moissonne,
Et les coups qu'il reçoit et le trépas qu'il donne.
Les guerriers, de la Rage écoutant les transports,
Couvrent ces vastes champs de blessés et de morts.
Les longs exploits du jour, le besoin, la fatigue,
La nuit, à ce torrent opposent une digue.

Omer, à la faveur du voile ténébreux,
Par une marche habile, abandonne ces lieux ;
Vers le fleuve il conduit ses troupes fugitives :
« O Danube, dit-il en abordant ses rives,
Je suis vaincu ! le sang versé loin de tes bords
N'a pu des ennemis arrêter les efforts.
Du souverain du Nord les troupes sanguinaires
Demain viendront fouler tes rives tutélaires ;
Tout tombe sous leurs coups : ô fleuve bienfaisant,
Si long-temps protecteur de l'empire ottoman,
Fais tomber sur leur front le fléau qui nous presse ;
Prends pitié de nos maux et de notre détresse ;
Oppose à leur fureur la fureur de tes flots ;
Rends leur rage stérile, arrête leurs travaux.
Notre sang va couler sur tes rives paisibles ;
Montre ton front altier à ces hordes horribles ;
Qu'après de vains exploits les Russes accablés
S'éloignent de ces bords injustement troublés. »

Il dit, le flot s'abaisse, et sa rive franchie
Permet aux musulmans d'entrer dans Silistrie.
Sur le champ où la mort déchaîna sa fureur
Le glorieux Luders promène un pied vainqueur ;
Il voyait les mourants, en proie à leur souffrance,

L'inviter à finir leur cruelle existence ;
D'autres, à la lumière enlevés pour jamais,
De cent fossés nouveaux remplacent les remblais,
Et cette œuvre de Dieu si parfaite naguère :
Gît perdue à jamais sous un amas de terre.
Quelle pitié si tout était perdu pour eux !
Mais leur âme est déjà de retour vers les cieux.
Des entraves du corps le nœud qui les dégage
D'un bonheur éternel leur donne le partage.
Pleure, mère, ton fils, l'objet de tes soucis :
Il ne reviendra pas comme il l'avait promis ;
Mais pour te consoler tu verras, empressées,
Et son âme et la tienne échanger leurs pensées.

Luders a satisfait à ses devoirs pieux :
Le soin qu'il a des morts rend les vivants heureux.
Des guerriers égarés la foule décimée
A repris dans les rangs sa place accoutumée ;
De fatigue accablés, pâles, mourants de faim,
Leur bras se rend à peine à ce premier besoin ;
Le généralissime au courage intrépide,
Fier des premiers succès et de nouveaux avide,
A rassemblé ses chefs ; il leur tient ce discours :

« Premiers guerriers du monde, à l'aspect de ces tours,
Je vois qu'en votre cœur s'accroît votre courage :
La première victoire est un heureux présage.
Dans l'empire ottoman nous avons libre accès :
Qui pourrait dans leur cours arrêter nos succès ?
A la force, au bon droit vous unissez le zèle,
La Victoire à vos pas sera toujours fidèle ;
Chaque jour vous aurez des triomphes nouveaux.

Les plus nobles lauriers orneront vos drapeaux.
Donnons à la Russie, à notre grand monarque,
De notre dévoûment une éclatante marque.
Le czar, Jésus-Christ, Dieu, vous parlent par ma voix :
Déjà leur main puissante a béni vos exploits.
Ce que le monde veut, ce que le Ciel désire,
C'est que le Turc au czar concède son empire.
Songez à vos aïeux, songez à l'empereur,
Qui de vous seul attend sa gloire et sa grandeur.
A ces nobles travaux marchons donc sans relâche :
Ne nous arrêtons plus qu'au bout de notre tâche ;
L'ange exterminateur marchera devant nous
Jusqu'à ce que les Turcs soient tombés sous nos coups.
Soldats, votre repos demande encore une heure ;
Puis nous irons saper cette infâme demeure
Des ennemis du Christ, ces odieux mortels
Qui chargent les démons de leurs vœux criminels.
Une heure, et leur bannière, en la boue étendue,
Verra la sainte croix s'élever vers la nue.
Des vœux de l'empereur informez vos soldats ;
A l'arme mutilée au milieu des combats
Rendez tout son brillant ; que le sang qui la souille
Disparaisse ; aux mousquets qu'on enlève la rouille.

Il dit. Les officiers, dociles à sa voix,
Courent vers les soldats, et leur dictent ses lois.
De divers sentiments les troupes oppressées
Abandonnent leur âme à diverses pensées ;
Les popes à l'œil noir, aux longs cheveux flottants,
A la barbe tombant sur leurs longs vêtements,
S'avancent lentement, les bras sur la poitrine,
Implorant, le front haut, l'assistance divine.

Ils parcourent des rangs l'éternelle longueur,
Des flammes des bivouacs partagent la chaleur,
Et, couvant du regard la vivante muraille,
Épouvantée encor du bruit de la bataille,
Accusent en secret le charbon des brasiers
De garder trop long-temps leurs aliments grossiers.

« Mourgoff, vous regrettez une mère chérie.....
Loin d'elle vous craignez d'abandonner la vie.....
Loin de vous rejetez ces pensers douloureux ;
Confiez votre sort au Souverain des cieux :
Il destine vos bras à sauver cet empire,
A propager la foi dont votre cœur s'inspire.
Recevez ce présent : placez sur votre sein
L'image du patron de notre souverain.
Il vous protégera lorsque la balle folle
Conduira contre vous sa sifflante hyperbole.

» Vous, prenez ce portrait : la mère des humains
Accorde à vos efforts des triomphes certains.

» Varleff, du Rédempteur cette croix vénérée
Est pour vous de bonheur une source assurée. »

Ces serviteurs de Dieu, par leurs pieux discours,
Donnent à la Victoire un sublime concours.
Les braves, consolés et remplis d'espérance,
Attendent le signal avec impatience.
Luders conduit leurs pas contre les Ottomans.
Tels, sur les bords d'un lac, on voit les cormorans,
Dirigeant d'un vol lourd leur phalange vorace,
S'abattre sur les eaux et couvrir sa surface :
De Silistrie ainsi les bataillons épars

Envahissent les champs jusqu'aux pieds des remparts.
La brillante cité sous leurs yeux se déploie ;
Ils s'écriaient enfin : « La voici notre proie ! »
Le signal est donné : le canon retentit ;
Luders court au Danube, aussitôt le franchit.
Sur ses pas , les soldats, que son exemple anime,
S'élancent sur les ponts qui règnent sur l'abîme.
Protégé par les feux de ses nombreux canons,
Luders sur l'autre bord range ses bataillons.

Alors la charge bat ; le mousquet à la hanche,
Les Russes sur les Turcs, ainsi qu'une avalanche,
ondent, et, les poussant par un élan fougueux,
Parviennent aux redans, qu'ils franchissent comme eux.

La ligne de défense , encore trop imparfaite,
N'a pu des Ottomans protéger la retraite ;
Et ces braves guerriers, harassés, haletants ,
Au pied de leurs remparts viennent tomber mourants.
Luders des ennemis fait un si grand carnage
Que les corps des vaincus encombrent son passage.

Omer de l'Éternel implore le secours :
Sans l'appui de son bras, la place pour toujours
Tombe au pouvoir du czar. Une mort imminente
Glace les habitants de crainte et d'épouvante.

Une mère a laissé s'échapper de ses bras
Son enfant. Sur le sol il trouve le trépas.

Dans son pieux séjour, Zaïra, fiancée,
Par des rêves d'amour occupait sa pensée;
Aux premiers coups du bronze, elle a pâli de peur.

4

Son amant de son sort comprend toute l'horreur,
Soudain, de son pays violant la loi sainte,
Il brise tout obstacle, et parvient à l'enceinte
Où réside l'objet de ses tendres amours.
« O Zaïra, dit-il, c'en est fait de nos jours !
Pardonne à mon transport si, d'un pas téméraire,
J'ose franchir le seuil de ton saint sanctuaire,
Et m'exposer sans guide à tes regards surpris !
Au pied de nos remparts hurlent nos ennemis,
Plus nombreux que les feux de la voûte étoilée.
Ils vont bientôt fouler la ville désolée.
Pour nous tout est perdu ! pour nous point de pitié !
Sous les yeux des brigands ton cœur serait souillé. »

— « Non, reprit Zaïra, c'est moi qui t'en convie,
Puisqu'il n'est plus d'espoir, arrache-moi la vie,
Et de fange et de sang tu devras me couvrir.
Je te précèderai dans les champs du martyr. »

Abdallah lui répond : « Au ciel tu montes pure ;
Mais je te vengerai : par mon fer je le jure !
Ou je te rejoindrai. » Il dit, et sur ses yeux
Il étendit la main ; il frappe, et fuit ces lieux.

Sur l'arbuste épineux victime de la grêle
Ainsi tombe la fleur contre sa tige frêle.
Ses compagnes autour la soutiennent encor ;
Le fléau de la vie a détruit le ressort.
Elle tombe, et bientôt ses pétales fanées
Se dispersent, au loin par les vents entraînées.
Ses parfums sublimés prennent cours dans les airs ;
Ses principes grossiers sont de terre couverts :

Telle était Zaïra. Son âme erre sans guide,
Cherchant de Mahomet la cour d'un œil avide.
Tout l'empire des Cieux paraît à ses regards :
Dieu, Marie et Jésus s'offrent de toutes parts.
Au sein des régions que la nuit environne,
Dans un rapide essor Zaïra s'abandonne ;
Une invisible main l'entraîne au noir séjour
Où tout espoir d'aimer est perdu sans retour.
Elle allait s'engloutir dans cet obscur abîme
Quand un Esprit retient la force qui l'anime :
« Tu n'iras pas plus loin. Plonge en ces profondeurs :
C'est là qu'est Mahomet : entends ses serviteurs
L'accabler de mépris, de reproches, de plaintes,
Pour avoir de leur cœur arraché les lois saintes.
Regarde son royaume : où sont donc ces houris
Qui des mortels pieux devaient être le prix ?
Ses louanges pour lui sont des concerts d'injures,
Juste punition due à ses impostures.
Sans cesse de la croix il veut se rapprocher :
Un bras le pousse au loin quand il croit la toucher.

» Zaïra, dit l'Esprit, à la cour de Marie
Vas recevoir le prix d'une innocente vie.
Souviens-toi de la terre, où ton souffle puissant
Doit ouvrir aux vertus le cœur de ton amant. »

Il dit, et Zaïra vole au champ de carnage,
Inspire à son amant la force et le courage.

Abdallah, pénétré d'un céleste transport,
Court vers les ennemis pour y chercher la mort.
De nombreux citoyens, partageant ses alarmes,
Le suivent à grands pas. Il se trouve sans armes ;

Un lourd éclat de bombe apparaît à ses yeux :
« Voici leur bien, dit-il : il servira contre eux ;
J'en veux armer mon bras, et briser leur poitrine. »

Un coursier dételé, qui près de lui chemine,
Laisse traîner à terre un cuir abandonné ;
Il le prend sous les yeux d'un public étonné ;
Il le fixe aussitôt dans l'œil du projectile ;
Il l'essaie, et s'élance aussitôt hors la ville.
L'ennemi s'avançait : il s'oppose à ses pas ;
Il imprime au débris tout l'effort de son bras.
Dix Russes, d'un seul coup, succombent sur la place,
Et leur lambeaux meurtris jaillissent dans l'espace.
Un second rang subit l'effort du mouvement ;
Sur lui, le front brisé, tombe le commandant.
La masse, décrivant sa courbe continue,
Abat ce qu'elle touche, ou le lance à la nue.
Il allait recevoir au cœur un coup mortel :
Le mousquet et les bras, brisés, volent au ciel.

Omer, pour soutenir cet exploit insolite,
Vers lui de ses guerriers, a dirigé l'élite.
Les Russes, acharnés à dérober le corps
De leur chef, le couvraient de blessés et de morts.

D'Omer, de son renfort, le courage intrépide
Défend aux assaillants de recombler leur vide ;
En vain la voix des chefs les excite aux combats :
Ils ne voient qu'un danger suivi d'un vain trépas.
Ils quittent en fuyant les abords de la place,
Laissant de leur défaite une effroyable trace.
Luders accorde aux siens une nuit de repos :
« Demain, dit-il, nos bras planteront nos drapeaux

Sur ces remparts. » Les Turcs, dans un profond silence,
Travaillent ardemment à pousser leur défense.
Les prêtres, les vieillards, les femmes, les enfants,
Des déblais des fossés élèvent les redans;
Les combattants dormaient. L'aube du jour arrive:
Les Turcs en un instant sont sur la défensive.
Le canon dans les airs fait retentir sa voix;
Les guerriers de Luders s'élancent à la fois.
Par trois fois des redans l'enceinte est envahie;
Trois fois par les remparts la mitraille vomie
Les chasse, les poursuit; puis le canon se tait:
La distance du but rend ses coups sans effet.
Au cœur des Turcs régnait une vague espérance.
Les Russes déploraient leur défaite en silence.
En proie à la douleur, le malheureux Luders
S'affaisse sous le coup de ce cruel revers.
Et ses guerriers, coulés au creuset du monarque,
D'un orgueil abattu portaient la juste marque.
Une main sur leur cœur, et l'autre sur leur front,
Ils veulent se punir, et cacher leur affront.

« J'aurais dû ménager mes troupes harassées,
Panser leurs pieds meurtris par les marches forcées.
Verrai-je, dit Luders, moi seul des généraux,
Mes soldats arrêtés dans leurs nobles travaux?
Leurs yeux, pleins des vapeurs d'une liqueur perfide,
Ont mal guidé leur tube : ils ont frappé le vide.
Mais assez déploré ce triste évènement :
Par des moyens plus sûrs hâtons le dénoûment. »

Il convoque à l'instant les héros dont l'étude
Des siéges réguliers leur donne l'aptitude.

Sur des champs éloignés Paskiéwitch combattait ;
La Victoire fidèle à ses pas s'attachait ;
Mais, au bruit des revers que ses troupes subissent,
Sur son siége il bondit, et ses lèvres pâlissent.
Il choisit aussitôt les plus braves soldats ;
Vers les bords du Danube il dirige leurs pas ;
Des guerriers du génie il rassemble l'élite :
Ulrich et Totleben, par ordre de mérite,
Marchent à ses côtés. Au quartier général
Il entre, et sur le cercle il jette un œil fatal.

« Seigneurs, dit Totleben, toute place est perdue
Lorsque pendant le siége elle n'est secourue.
Silistrie est la clef de l'empire ottoman :
Nous n'avons pour la prendre à perdre un seul instant.
Un esprit immortel guide notre entreprise ;
Suivons le grand Vauban : la place sera prise. »
Et, déroulant son plan aux avides regards,
Il montre les glacis, les fossés, les remparts.

Luders couve des yeux l'ingénieuse image,
Et ne peut contenir son dépit et sa rage.
Il indique le front de ses futurs exploits.
Tous les ingénieurs s'accordent sur son choix,
Puis le style, guidé par une main habile,
De mille traits noircis enveloppe la ville.

Là cent canons, cachés sous des abris épais,
Iront porter le trouble au sein des parapets ;
Là vingt pièces prendront les courtines d'écharpe,
Des flancs des bastions menaceront l'escarpe ;
Ici les défenseurs, dans les chemins couverts,
Par dix bouches à feu seront pris à revers ;

Mais là devra s'ouvrir une profonde allée,
Qui, des feux de la place en tous sens défilée,
Se garnira d'engins, dont les coups meurtriers
Des sommets des remparts chasseront les guerriers.
Dans les chemins couverts, vingt pièces en bataille
Du bastion d'attaque ouvriront la muraille ;
Puis dans la contre-escarpe un travail souterrain
Jusqu'au fond des fossés ouvrira le chemin
Aux colonnes d'assaut. La brèche est ameublie :
Un facile chemin leur ouvre Silistrie.

Tout est prévu, Luders ordonne sans délai
Que l'exécution succède à ce projet.
Le jour vient de finir : une vapeur humide
Dérobe aux assiégés leur ennemi perfide.
Le silence s'observe, et les ingénieurs
Guident sur le tracé de nombreux travailleurs.

Le signal est donné : les terres détachées
Forment vers les cordeaux de profondes tranchées.
Avant le point du jour, l'assiégeant, sous les yeux
Des remparts, se promène à l'abri de leurs feux.
Dans les canaux creusés dans le sol et la pierre
Roule comme un torrent le matériel de guerre.
Sombres, silencieux, sur un rang, les guerriers
Transportent à pas lents les engins meurtriers.
Les énormes chevaux aux croupes arrondies
Traînent les lourds affûts au sein des batteries.
Contre les travailleurs le froid s'obtine en vain :
Le siége dans la nuit marche d'un pas certain.

Du haut de ses remparts l'active sentinelle

Prolonge avec souci son regard autour d'elle.
Dans l'air le Crépuscule étend une lueur
Qui permet à son œil d'en sonder l'épaisseur.
Son horizon lui semble avoir changé de place :
Une ligne de monts en retrécit l'espace.
Le soldat, étonné, devient plus attentif.
La terre soulevée épaissit un massif.
Les postes sont soudain frappés du cri d'alarmes.
Aussitôt les soldats, les chefs, sont sous les armes ;
Ils courent aux remparts, bordent les parapets,.
Auprès de leurs canons entassent les boulets.
Les artilleurs sont prêts : le feu prend; l'airain tonne ;
De ses coups redoublés l'air obscurci résonne ;
Les globes en fureur vingt fois frappent le sol,
Et vingt fois dans les airs ilsreprennent leur vol.

Tel le marin au port se rit de la tempête ,
Et voit insoucieux l'ouragan sur sa tête :
Tel le Russe, à l'abri sous ses épaulements,
Rit du boulet , qui frappe et la terre et les vents.

Omer de ses soldats enflamme le courage ;
Il traverse leurs rangs : tout à coup son visage
S'épanouit de joie; il voit que, dans son art,
Un des ingénieurs a commis un écart.
Dans toute sa longueur la tranchée enfilée
Au flanc du bastion se trouve dévoilée.

« Dieu, dit-il, à l'impie envoie un châtiment ! »
Il place vingt canons sur son prolongement;
Ils tonnent, projetant une grêle infernale
D'obus et de boulets, sans aucun intervalle.
Là tous les assiégeants rencontrent leurs tombeaux ;

Leurs membres palpitants s'enlèvent en lambeaux.

« Viens, superbe empereur, viens repaître ta vue
D'une scène aux mortels jusqu'alors inconnue.
Ne crains pas de ces morts la malédiction :
Le temps leur a manqué pour prononcer ton nom.
Pourrais-tu reconnaître un seul de tes esclaves ?
Le sang de tes chevaux se mêle au sang des braves.
Vois leurs membres épars de leurs troncs arrachés,
Leurs os réduits en poudre, et leurs muscles hachés.
Grand pontife d'un Dieu qui fit à son image
L'homme, t'a-t-il permis d'en faire un tel usage ?
Les hommes sont pourtant tes frères devant lui.
Loin de les affliger, donne leur ton appui.
Par pitié, laisse en paix les peuples du Bosphore,
Et songe à tes sujets, que le Trépas dévore.
Quel repentir pourra racheter tes forfaits,
Lorsque la mort d'un seul nous condamne à jamais ?
Les imprécations vont pleuvoir sur ta tête......
Il en est temps encor, arrête, ô czar, arrête ! »

Luders voit ses soldats consternés, abattus,
Leurs chefs leur reprocher de se trouver vaincus ;
Il sent que de leur cœur s'enfuit la confiance.
« Son orgueil, disent-ils, dépasse sa science. »
Il s'indigne ; il gémit ; il cherche avec ardeur
A trouver quelle cause a produit ce malheur.
Lorsque sur son armée il a porté la vue ,
Lorsqu'il voit son maintien, son silence le tue.
Ce jour à sa vengeance est à l'instant marqué :
Il dit ; et son conseil est déjà convoqué.

Dix heures ont sonné. Cependant dans sa tente

4*

Ulrich repose encore : il songe à son amante.
Les travaux de la nuit ont abattu son corps ;
Mais son esprit est plein de ravissants transports.
Qui peut mieux consoler des soucis de la guerre
Que les pensers d'amour de l'objet qu'on espère ?
Il rêve aux compagnons de ses nobles travaux ,
Qu'il voit dans Silistrie arborer leurs drapeaux ;
Il voit les bataillons maîtres de la Turquie ,
Et les Turcs repoussés refoulés en Asie.
Son rêve lui montrait leurs fertiles pays
A son auguste maître à jamais asservis.
Marchant victorieux de contrée en contrée ,
Au palais du Sérail il faisait son entrée.
Il se voyait aussi, plein de gloire et d'honneur,
Déposant ses lauriers aux pieds de l'empereur ;
Et, transporté d'amour, il voyait sa maîtresse
Presser entre ses bras l'objet de sa tendresse.
Il rêve : il est heureux. Des armes en faisceau
S'abattent sur le sol ; il s'éveille en sursaut.
Totleben est vers lui. Ce compagnon fidèle
Gémit , n'ose aborder la fatale nouvelle.
« Parle , lui dit Ulrich ; car je vois dans tes yeux
Que tu dois m'informer d'un accident affreux.
Les Turcs sur nos travaux ont fait une sortie ?
Paskiéwitch ou Luders auront perdu la vie ?
Parle : je ne crains rien. J'ai préparé mon cœur
A braver le récit du plus affreux malheur.
Quand la bombe en éclat me fit une auréole ,
Je la vis sans effroi..... Je craindrais ta parole ? »
— « Je crains, dit Totleben, et je tremble pour toi.
J'éprouve sur ton sort le plus terrible effroi.
La mitraille , apprends-le, par les remparts vomie

A réduit ta tranchée en une boucherie.
Qui donc l'a dirigée ainsi sous leur canon ?
On accuse l'auteur de haute trahison.
Le sang de nos guerriers demande une vengeance :
Cours au conseil de guerre exposer ta défense. »
Sous ce coup son ami ne l'a pas vu pâlir :
Qui sait bien commander sait bien mieux obéir.
Totleben, en pleurant, a reçu son épée ;
La garde le reçoit dans sa double rangée.
Il marche. Sur son front se peignait la candeur.
Tel chez Pilate allait notre divin Sauveur.
Les chefs et les soldats, en voyant sa prestance,
En secret du guerrier proclamaient l'innocence.

Le conseil est formé de ces héros fameux
Dont l'Europe connaît les exploits glorieux.
Les uns contre la France ont montré leur courage ;
Les autres sur les Turcs ont déployé leur rage,
Et soumis le sultan à de honteux traités ;
D'autres, à Varsovie au carnage excités,
Ont réduit la Pologne au joug de la Russie.
Depuis les Polonais ont perdu leur patrie.
A voir ces ennemis du grand Napoléon,
On croirait assister au conseil de Pluton.
La rage, le dépit, la honte, la vengeance,
Donnaient à leurs regards une horrible apparence.
La tente se remplit d'officiers, de soldats,
Qui de quelques amis déploraient le trépas.

Ulrich au tribunal s'avance tête nue.
De son noble maintien la foule s'est émue ;
Mais malheur à celui qui, cédant à son cœur,

Oserait dire un mot de blâme ou de faveur !

L'assemblée observait un rigoureux silence.
Ulrich lui-même prend le soin de sa défense !
« Je déclare, dit-il, à mes accusateurs
Qu'à ce haut tribunal j'arrive sans frayeur.
De mes juges sacrés j'implore la justice.
Que la vérité seule à ma voix obéisse !
Ah ! repoussez, seigneurs, cette sévérité.
Qu'ai-je dit ? qu'ai-je fait ? qu'ai-je donc mérité ?
Cet appareil affreux que pour moi l'on déploie
Aux chagrins les plus vifs laisse mon âme en proie.
J'ai mis dans mon travail un soin minutieux :
Il était garanti de tout point dangereux.
La tranchée, en entier sûrement défilée,
Convergeait au sommet d'une tour isolée.
Éloignez de vos cœurs le terrible soupçon
Ou de mon ineptie ou de ma trahison.
Tout le sang de mon cœur à ma tête reflue,
Et je demande au Ciel qu'il la brise et me tue.
Mais, pour commettre un crime, il faut un intérêt :
Que pouvais-je obtenir de cet affreux projet ?
Ah ! du sultan j'aurais accepté les promesses !
Les Turcs ont à mes pieds déposé des richesses !
Ne suis-je pas comblé des biens de l'empereur ?
Et je l'aurais trahi ! Mais sa seule faveur
Me tiendrait lieu de tout. Quelle cause infernale
A provoqué les maux de cette nuit fatale ?
Je l'ignore, et voudrais, au prix de tout mon sang,
Racheter ce désastre, et je mourrais content.
On a vu, dira-t-on, des hommes en démence,
Pour satisfaire aux vœux d'une affreuse vengeance,

Porter la flamme au sein des toits, des arsenaux,
Et sourire aux lueurs qui sortaient des vaisseaux.
Mais parmi nos guerriers je ne vois que des frères;
Ils m'ont vu partager leur joie et leurs misères;
Il n'est entre eux et moi qu'un noble sentiment :
L'amour de la patrie, un commun dévoûment.
Oui! mon vœu le plus cher fut d'avoir leur estime.
Lisez dans leur regard s'ils m'imputent ce crime.
Ne livrez pas vos cœurs à des transports cruels :
Vous vous prépareriez des regrets éternels.
Aux manes des guerriers s'il faut un sacrifice,
J'offre mes jours, mais non pour me rendre justice.
Qui voudra mon trépas sait que dans le danger.
Mon bras sut le défendre, et vint le protéger. »

Il dit. L'accusateur prend soudain la parole :
« Ulrich, c'est à regret que j'accepte mon rôle.
Vous êtes le jouet d'un horrible démon,
Qui pervertit mes sens, et trouble ma raison.
Quand mon cœur vous absout, ma raison vous condamne
Un esprit infernal sur votre tête plane.
Notre armée est en proie au plus affreux malheur :
On ne peut le nier, vous en êtes l'auteur.
Votre fatale main a dirigé la trace
De la ligne exposée aux canons de la place.
Vous avez dit : « C'est là! » Vos dociles soldats
Ont suivi sous vos yeux vos ordres pas à pas ;
C'est une illusion, une erreur de la vue,
L'ombre, l'empressement, du tracé l'étendue,
Qui, trompant votre zèle et vos sages efforts,
De notre siége heureux ont détruit les ressorts.
Quel revers! quel affront! et quelle perte immense!

Vos juges pourront-ils croire à votre innocence ?
La guerre, je le sais, a ses retours fâcheux :
Un jour leur jugement pourrait tourner contre eux. »

Il se tait. Le verdict pour lui défavorable,
Par ses juges Ulrich est déclaré coupable.
Le guerrier avec calme, à l'arrêt qu'il entend,
S'incline, et voit pâlir le conseil haletant.

Le czar doit approuver la terrible sentence ;
Puis le siége reprend toute sa violence.

« Les Turcs, dit Paskiéwitch, ont reçu des renforts :
Il faut sur d'autres lieux attirer leurs efforts.
Des glaces de l'hiver la Crimée affranchie
Nous permet d'attaquer les rivages d'Asie.
Que vingt mille guerriers, et que tous les vaisseaux
Qui dans Sébastopol s'indignent du repos.
S'élancent sur l'Euxin, et portent sur ses rives
Nos troupes, dans nos forts trop long-temps inactives. »

La charmante Sinope embellit le bassin
Où se bercent les flots de l'inconstant Euxin.
Dans les temps reculés, elle donna naissance
A Diogène ; au roi qui sut, par sa puissance
Et sa haute valeur, disputer aux Romains,
Par trente ans de combats, leurs titres souverains ;.
A Mithridate enfin, dont la sanglante épée
S'échappa de sa main devant le grand Pompée.

Le soleil commençait à dorer les coteaux.
Sébastopol du port voit sortir ses vaisseaux.
Tels les hardis faucons, dégagés de leurs chaînes,
Du poing de leurs chasseurs s'élèvent sur les plaines,

Planent sur les guérets des ailes, des regards,
Pour saisir le gibier dans les sillons épars.
Ainsi les matelots, entraînés par les voiles,
Sur Sinope marchaient sous un ciel sans étoiles.
Alors les Ottomans, tranquilles dans leur port,
Dormaient sous leurs vaisseaux; dans la cité tout dort.

L'amiral Korniloff, pour cacher sa présence,
Fait éteindre ses feux, et garder le silence.
Quelques lueurs de terre apportaient leur éclat.
Il range ses vaisseaux, se prépare au combat.
Nul bruit ne s'entendait, dans cette nuit profonde.
Que le clapotement monotone de l'onde.
A bord de l'amiral une tonnante voix
Fait trembler les maisons, et soulève les toits.
C'est le signal de mort. Mille coups lui répondent ;
Puis le cris des mourants, des blessés, se confondent.
C'est le terrible bruit, image des concerts
Donnés par les démons enchaînés aux enfers.
Par les globes en feu les poudres enflammées
Lançaient aux cieux les nefs à demi consumées,
Et la flamme, attachée aux flancs des bâtiments,
Éclairait tout le port de leurs embrasements.
Au sein des tourbillons de fumée et de cendre,.
Les Turcs volaient en l'air. On a pu les entendre :
A leur moment suprême, ils prononçaient un nom,
Un cri, leur seul espoir : « France! Napoléon! »

Malheureux Ottomans, n'est-il donc que la France
Et qu'un cœur généreux prêts à votre vengeance ?
Votre voix cède-t-elle au doux pressentiment
Que vos maux sont sentis des peuples d'Occident.

Non : vos âmes, déjà libres dans l'étendue,
De ce drame sanglant ont découvert l'issue.

La nuit durait toujours. Pour la première fois,
Les coursiers du soleil furent sourds à sa voix ;
Pour la première fois, leurs brûlantes narines,
Se ferment aux vapeurs du sang et des ruines.
Dieu dit : « Partez ! » Soudain le disque radieux
S'élève sur ces bords tristes, silencieux ;
Et de tout ce qu'il vit avant ce jour funeste
Rien ne reste debout ; la mer couvre le reste.

Dundas de ce tonnerre entend le dernier coup.
Il presse sa vapeur ; bientôt il connaît tout.
Il gémit ; car le sort, trompant sa vigilance,
A la triste cité défend son assistance.
Ses courageux guerriers s'élancent de leurs bords,
Aux toits incendiés apportent leurs efforts.
Le pavillon français, la flamme américaine,
Confondent leurs regrets sur le lieu de la scène.

Korniloff, satisfait de son facile exploit,
Aux rivages voisins va répandre l'effroi.
Sur la nef pavoisée, et tout fiers de leurs crimes,
Les vainqueurs insultaient aux mânes des victimes.
Moscovites, chantez : vous êtes encor loin
D'avoir rempli les vœux de votre souverain.

Sur les ailes des vents vole la Renommée :
De cet affreux malheur l'Europe est informée.
Sous le chaume, au palais, chez cent peuples divers,
Elle dit du sultan le terrible revers.
Tous prêtent à sa voix une oreille attentive :

Pour les uns, élle est fière, et pour d'autres, plaintive.

Pour l'Occident, Sinope est un présage affreux
De troubles éternels et de combats nombreux.
Alors le czar porta ses yeux vers Silistrie,
Dont le destin doit perdre ou sauver la patrie.

Luders est abattu, mais non découragé :
De son cruel affront il veut être vengé.
De ses hardis guerriers les bras infatigables
Entourent les glacis de travaux redoutables,
Et Paskiéwitch, le cœur et l'âme des combats,
Ranime la fureur des dociles soldats.
Les colonnes d'assaut sont prêtes pour la brèche,
Quand de Saint-Pétersbourg arrive une dépêche,
Qui le trouve occupé à ses préparatifs,
Même à forger les fers destinés aux captifs.
Il a saisi le pli ; soudain il le déploie ;
Au plus fort battement il sent son cœur en proie.
Dès le premier coup d'œil qu'il porte sur l'écrit,
Une vague terreur pénètre son esprit.
Sur un signe, où se peint la colère impuissante,
Tous ceux qui l'entouraient s'éloignent de la tente.
Ses lèvres de la mort empruntent la couleur,
Et son corps est couvert d'une froide sueur.
Il lit ; la feuille tremble entre ses mains crispées,
Mains qui n'ont pas tremblé sous le choc des épées.

« Sont-ce là les succès que vous m'aviez promis ?
Avez-vous fait accord avec mes ennemis ?
Car vous m'avez trahi pour sauver leur empire.
Votre horrible revers met mon âme en délire.

Si de me desservir vous eussiez fait serment,
Vous n'eussiez pu jamais agir différemment.
Moi qui, dans ma pensée, annexait la Turquie
A mes vastes états et d'Europe et d'Asie!
De l'Egypte Luders était le vice-roi;
Les Turcs de Paskiéwitch reconnaissaient la loi.
Tout est perdu pour moi; car Albion, jalouse
De ma grandeur future, en ce moment épouse
La cause du sultan; mais vous savez qu'un jour
En guerre peut détruire un succès sans retour.
Ainsi donc hâtez-vous. Victoire à la bannière
Qui sous ses murs maudits s'offrira la première!
Et vous vous arrêtez aux confins du pays!
Est-ce ainsi qu'Alexandre a su prendre Paris?
Strasbourg, Metz et Verdun ont-ils vu nos cohortes
S'arrêter dans leur marche, et renverser leurs portes.
Je ne survivrai pas à cet affreux malheur.
Vous fuyez lâchement devant les infidèles!
Je n'ai plus de guerriers : je n'ai que des rebelles!
Et j'ai fait tout pour eux! Ils jettent leurs mousquets;
Ils s'inclinent, tremblants, sous le vent des boulets,
Et, pour comble d'horreur, ils ont laissé leurs frères
Morts, blessés ou captifs dans des mains étrangères.

» Luders et Paskiéwitch, malheureux généraux,
Vous vendez au sultan mes orgueilleux drapeaux.
Ces nobles étendards, si chers à la patrie,
Iront montrer ma honte à l'Europe, à l'Asie.
Je vous ai confié des guerriers pleins de cœur,
Et votre voix glacée a détruit leur ardeur
Car de mes bataillons n'étaient-ils pas l'élite,
L'espérance du trône et du nom moscovite?

De leurs vaillants aïeux n'avaient-ils pas appris
Qu'ils n'ont qu'un seul devoir : mourir pour le pays ?
Du manîment du fer avaient-ils l'habitude,
Quand sous mes propres yeux ils en ont fait l'étude ?
Ont-ils manqué de pain ou de munitions ?
Mais de tout j'ai pris soin de remplir vos caissons.

 » De ce malheur Ulrich est reconnu coupable.
Malheureux ! Mais le chef n'est-il pas responsable ?
C'est lui qui des succès recueille les honneurs ;
C'est lui qui des revers doit subir les malheurs.
Je suis donc arrêté : faut-il que ma personne,
Remplaçant par un casque une lourde couronne
Comme Napoléon, mène dans les combats
Des hommes à regrets marchant devant vos pas ?

 » Cent officiers iront gémir en Sibérie,
Portant la marque au front : « Traîtres à la patrie ».
Ulrich, s'il a failli, que sous le plomb fatal
Il subisse l'arrêt de votre tribunal.
Soutenez mon honneur, princes ; je le repète,
Vengez mes bataillons, ou mourez à leur tête.
Soyez, car je le veux, prodigues de leur sang :
La mort à qui recule, et gloire au succombant !
Renoncez pour jamais à mes yeux à paraître
Si des champs ottomans vous ne me rendez maître. »

 A ces mots, le regard du prince se ternit ;
Une masse de plomb presse son cœur. Il dit :
« Pourquoi le dernier coup tiré de Varsovie
N'a-t-il pas terminé ma glorieuse vie ?
Et le voilà rempli, ce noir pressentiment
Qui porta tant d'effroi dans mon cœur, en partant. »

Le clairon, le tambour, appellent dans sa tente
Les guerriers dont la main sur la feuille glissante
Des hauts faits des combats signale les récits.
Le souverain le veut : ils y seront inscrits.
Une larme souvent vint mouiller leur paupière ;
Mais quand l'ordre du jour à la troupe guerrière
En cercle déroula la colère du czar,
La rage, la stupeur, éclairaient leur regard.
Leurs lèvres en secret murmuraient l'injustice
Dont le monarque ainsi payait leur sacrifice.
Dans ces dociles cœurs en proie au désespoir
La discipline seule imposa son devoir.
Le tambour bat : « Rompez les rangs » ; ils se débandent,
Des accents de douleur dans le camp se répandent.
Ils étaient consternés des reproches ingrats,
Qui frappaient sur les chefs comme sur les soldats.
Les uns contre les Turcs demandent avec rage
Qu'on les mène au combat éprouver leur courage ;
D'autres, pour se venger, au sein d'un bataillon
Semaient le noir venin de la rébellion.
La plupart, prosternés, les yeux fondant en larmes,
Songeaient contre leur cœur à diriger leurs armes,
Ceux-ci aux flots du fleuve ont demandé la mort ;
D'autres en désertant cherchent un meilleur sort.

Paskiéwitch, à travers le tissu qui l'abrite,
Frappé de ces transports, au camp se précipite.
De la droite à la gauche une vague rumeur
Grondait, comme le flot d'une mer en fureur.
Les soldats près de lui suspendaient leur murmure
Il s'éloigne : il entend le reproche et l'injure.

Quand les pôles du monde au disque radieux

Sous deux angles égaux se présentent tous deux,
Le colon de l'essaim va détruire l'ouvrage;
Les insectes ailés poussent des cris de rage,
Par leur bourdonnement expriment leur courroux,
Et de leurs dards aigus lui portent mille coups.

Tel le héros gémit des plaintes répétées
Que lancent contre lui les troupes irritées.
Il s'arrête : on se tait. Il leur tient ce discours :
« A vos ressentiments donnez un libre cours;
Jetez sur votre chef l'injure et le blasphème;
De vos propos grossiers souillez le trône même.
Allez y publier vos revers inouis;
Allez montrer vos pleurs aux enfants du pays.
Quand vous leur promettiez des aigles triomphantes,
Rentrez comme un troupeau de bêtes ruminantes,
Sans armes et sans chefs, sans ordre, sans drapeaux.
Vous direz que l'aspect de vos nombreux rivaux,
Que l'aspect des turbans, que la lame éclatante,
Ont porté dans vos cœurs la crainte et l'épouvante;
Et pourtant vous aviez promis à l'empereur
De vaincre ou de mourir! Oui! je serai vainqueur;
Car vous voulez encor tenir votre promesse.
Du supplice d'Ulrich le théâtre se dresse.
Cessez de murmurer : vos pleurs sont superflus :
Quelques instants encor, Ulrich ne sera plus.
Il doit à vos revers cet acte de justice.
La victoire suivra ce digne sacrifice. »

CHANT IV.

Le courrier d'Orient, bien long-temps attendu,
Auprès de Nicolas est enfin parvenu.
Le rapport de Crimée à ses yeux développe
Les succès obtenus dans le port de Sinope.
Korniloff lui montrait la flotte du sultan
Jusqu'au dernier vaisseau coulée en un instant,
Les forts réduits en poudre, et la place, livrée
Aux coups de ses obus, par leurs feux dévorée.
« Bientôt Varna, dit-il, aura le même sort;
Mais l'Anglais soucieux en surveille le port.
J'attends que, fatigué de cette surveillance,
Il livre enfin la route à mon impatience.
Vingt mille combattants sont prêts, remplis d'ardeur;
Ils brûlent sur ces bords de montrer leur valeur.
Là ces fiers bataillons, l'orgueil de la patrie,
Attendront les guerriers qu'arrête Silistrie.
Rien ne peut entraver le rapide succès
Qui vous livre Stamboul, et l'assure à jamais,
Les vaisseaux ennemis, désertant ces rivages,
Semblent à vos désirs abandonner ces plages. »

Tel un chêne obscurci par de sombres vapeurs

Au souffle du zéphir a repris ses couleurs ;
Ainsi le front du czar, aux noirs soucis en proie,
Rayonne à ce récit son orgueilleuse joie.
Il sent que le succès qu'il obtient sur les mers
Des champs silistriens balance les revers ;
Du plus flatteur espoir son âme est pénétrée.

    Quelqu'un auprès de lui demande avoir entrée ;
« Oui, qu'on entre ! » dit-il. Eudoxie, à ces mots,
Tombe aux genoux du czar, en fondant en sanglots.

    « Levez-vous, mon enfant ; votre chagrin m'offense :
Vous doutez de mon cœur, ou bien de ma puissance ?
De ce trône à mes pieds encor mal assurés
Votre père en un jour affermit les degrés.
Dissipez vos ennuis ; comptez sur ma tendresse :
Mon cœur doit les changer en transports d'allégresse. »

    — « Sire, ce qui m'amène en ces lieux aujourd'hui,
C'est le Ciel, qui pour moi demande votre appui.
Près de l'impératrice, en un temps plus prospère,
Votre bonté, seigneur, avait fixé ma mère.
En ce palais brillant, dans le sein des grandeurs,
Votre main nous comblait et de biens et d'honneurs.
Quand vous vous reposiez du soin de votre empire,
A mes jeux enfantins vous aimiez à sourire.
Alors un bel enfant aux yeux bleus, grands et doux,
Aux blonds cheveux, venait embrasser vos genoux.
Vous lui disiez : « Un jour, toi, tu seras mon page ».
Puis, votre auguste doigt caressant mon visage,
Vous saisissiez nos mains ; vous disiez : « Mes enfants,
» Je voudrais vous unir quand vous serez plus grands ».

Sire, depuis ce jour nos cœurs sentent sans cesse
Pour vous comme pour nous redoubler leur tendresse.
Sa mère loin des camps voulut le retenir :
Oh! qu'elle eut de regret en le voyant partir !
Sire, ce beau seigneur aujourd'hui dans l'armée
Des plus braves guerriers atteint la renommée.
Entre vous, entre moi, s'il partage son cœur,
La plus grande partie est pour son empereur.
Aux plaines d'Orient, pour vous rempli de zèle,
Il combat aujourd'hui contre un peuple infidèle.
Le plomb de ses soldats doit terminer son sort. »

— « Qui vous fait, dit le czar, appréhender sa mort ? »

— « Sire, la nuit dernière, un songe épouvantable
Offrait à mon esprit une scène effroyable.
Je fus saisie alors d'affreux pressentiments ;
Je cherchais un remède à mes cruels tourments.
J'avais entendu dire, enfant, à ma nourrice
Qu'au sort des malheureux un ermite propice,
Et nourri par les soins des hôtes des forêts,
Avait du sort le don d'expliquer les secrets.
Il savait, disait-elle, interpréter un songe.
Je traitais ces récits d'erreur et de mensonge.
Hier, des serviteurs évitant les regards,
Et soutenant les pas d'un débile vieillard,
Des sentiers dont la trace est à ses yeux perdue,
Sa mémoire et mon bras suppléant à sa vue,
Nous allons vers l'ermite. Oh! quel spectacle affreux!
Le sommeil sans réveil fermait déjà ses yeux.
Une biche, long-temps sa compagne fidèle,
Lui présentait en vain sa féconde mamelle.

Au bruit que font nos pas, de crainte elle frémit.
De l'ermite aussitôt la paupière s'ouvrit.
Il étendit vers nous une main défaillante :
Je la pris, l'appuyai sur ma lèvre tremblante ;
Je pleurais, il sourit : quel sourire, seigneur !
Mon pauvre compagnon, abîmé de douleur,
Car c'était son ami, s'incline vers sa couche ;
Il saisit l'autre main, qu'il presse sur sa bouche ;
Il trouve encor des pleurs à joindre à ses sanglots.
Ému par nos regrets, le saint parle en ces mots :

« Mon âme, mes amis, était impatiente
» De regagner des cieux la demeure éclatante ;
» Mais elle avait encore une tâche à remplir :
» Je voulais vous revoir avant que de mourir,
» Et je vous attendais. L'auteur de toute chose
» Fit les esprits divers ; sur eux il se repose.
» Ils règlent l'harmonie au sein de l'univers,
» Et proclament son nom par leurs bienfaits divers.
» Parmi tous ces esprits, dont je sens la puissance,
» Est le Pressentiment : c'est à son influence
» Qu'aux mortels est donné de prévoir l'avenir :
» C'est lui qui me disait que vous deviez venir.
» De cet ange on entend la voix intérieure
» Qui de notre trépas nous fait connaître l'heure ;
» Une mère par lui de ses douloureux jours
» Dans les bras de ses fils a terminé le cours.
» Dans des pays lointains, du pays sans nouvelle,
» Au moment de sa mort, il se trouve près d'elle.
» D'un pouvoir invisible ils ont subi les lois. »

— « Ange, si les mortels se rendaient à ta voix,

5

» Céïx n'eût pas des mers éprouvé la furie ;
» Achille au camp des Grecs n'eût pas perdu la vie,
» Et, par la main d'un monstre, un roi, le Béarnais,
» N'eût pas aux pleurs si tôt condamné les Français. »

    — « De cet ange le Ciel limite la puissance ;
« Car, s'il parle trop haut, il chasse l'Espérance.
» Je cherche à prolonger ce paisible entretien ;
» Car son terme, Eudoxie, hélas ! sera le mien.
» Je le vois, le malheur le plus grand vous menace :
» C'est un nuage noir que le Zéphire chasse.
» Je vous écoute enfin ; faites-moi le récit
» Du songe douloureux qui frappe votre esprit. »

    — « Bon ermite, j'ai vu sur de lointains rivages
» Des aigles furieux et des vautours sauvages
» Entre eux se disputer les membres palpitants
» D'un coursier abattu dans des combats sanglants.
» Les aigles parvenaient à conquérir leur proie
» Quand un reptile affreux, par une étroite voie,
» Glisse furtivement sur ce théâtre obscur,
» Dérobe les lambeaux de ce cadavre impur.
» Des aigles aussitôt le conseil se rassemble.
» Pour l'obtenir du Ciel ils décident ensemble
» Que le plus bel aiglon qui vola sous les cieux
» Serait emprisonné sous les flancs caverneux
» D'un rocher jusqu'au jour où le Dieu du tonnérre
» Lui rende son éclat, ou le livre à la terre.
» Ce songe, bon ermite, est un avis secret
» Qu'un ange bienveillant à mon âme transmet ;
» Car Dieu se joûrait-il d'une pauvre mortelle ?
    doute à son secours un malheureux m'appelle ;

» Ce bon ange vers moi s'est fait son messager :
» Donnez-moi les moyens d'écarter le danger. »

   — « Mon ami, mon enfant, écoutez : le temps presse.
» A votre sort je vois que le Ciel s'intéresse,
» Et sa bonté vous donne un avertissement
» De la mort qui menace aujourd'hui votre amant.
» Cet aiglon , c'est Ulrich; le coursier, Silistrie;
» Les aigles, les vautours, les troupes en furie
» Des Russes et des Turcs ; le reptile, un guerrier
» Que l'audace conduit par un obscur sentier,
» Et dont la main détourne un appareil flexible
» Pour exposer l'ouvrage à l'action terrible
» Du feu des assiégés. Trouvez ce musulman :
» Son aveu doit sauver un héros innocent.
» Jupiter, c'est le czar, dont le pouvoir suprême
» Doit conserver les jours de celui qui vous aime.
» Mon ami, mon enfant, je vous bénis... Je meurs...
» Je vais rendre au Très-Haut compte de mes erreurs.
» Comtesse, regagnez la ville impériale ;
» Informez notre czar que sa guerre fatale
» Couvrira ses horreurs du crêpe souverain ,
» Que ses plus chers amis subiront son destin. »

   » Ce fut son dernier mot : sans pousser une plainte,
Sa paupière se ferme , et sa vie est éteinte. »

   Elle se tait. Le czar semble encor l'écouter ;
Mille pensers cruels viennent le tourmenter.
« Ma fille, lui dit-il, ce récit m'intéresse :.
Pour vous, comme pour moi, je le sens , le temps presse.
De ce drame sanglant tout m'est donc découvert !
O mes braves soldats, mon cœur vous est ouvert.

J'ai douté de vos cœurs : mon regret est extrême.
Vous fûtes les jouets d'un affreux stratagème.
Puissiez-vous oublier l'excès de ma rigueur
Et les premiers effets de ma vive douleur !
Partez donc, Eudoxie ; en toute diligence
Rendez à tous ces cœurs la joie et l'espérance. »

— « Sire, votre bonté dépasse mon espoir :
Que les bienfaits de Dieu sur vous viennent pleuvoir ! »

La comtesse partit, abandonnant son âme
Aux discrets sentiments de sa divine flamme.

Les Russes déserteurs, les Turcs hospitaliers,
S'entretenaient alors des hauts faits des guerriers.
Les Russes signalaient l'odieuse injustice
Dont l'empereur payait leur zèle et leur service.
Ils déploraient les coups de cette horrible nuit
Où d'un siége abrégé tout espoir fut détruit ;
Mais ils seront vengés : l'auteur de leurs alarmes
Aux yeux de tout le camp doit passer par les armes.

Un ange s'est enfui de la céleste cour ;
Au milieu des mortels il fixe son séjour,
Et, par son doux langage et sa grâce infinie,
Il répand dans les cœurs une douce harmonie.
Les plus vives couleurs, les plus sublimes traits,
Chercheraient vainement à peindre ses attraits.
Aux yeux du corps caché, visible aux yeux de l'âme,
Son aspect y produit une divine flamme.
A peine la douleur lui montre ses besoins
Qu'il s'élance près d'elle, et lui donne ses soins.
Il verse dans les cœurs la joie et l'espérance,

Puis se dérobe aux vœux de la reconnaissance.
Devrais-je te nommer, céleste déité?
A ces traits verra-t-on la Générosité?
C'est toi, doucé vertu, dont le souffle sublime
Vint embraser le cœur d'un héros magnanime,
D'Abdallah, qui résout d'arracher à son sort
Un vaillant ennemi dont il cause la mort.

A tous les bruits du jour les Turcs livraient leur âme.
Abdallah seul connaît le début de ce drame ;
Il veut s'en réserver aussi le dénoûment.
Suivant l'impulsion de son doux sentiment,
Il rassemble vers lui dix compagnons fidèles,
Et feint de surveiller de près les sentinelles.
Sous une voûte sombre ils quittent leurs remparts.
Le soldat qui la garde a sur eux ses regards.
Il leur crie : « Halte là ! » Cette troupe s'arrête.
« Qui vive? » A faire feu déjà l'arme s'apprête.
Abdallah du guerrier seul s'approche à grands pas ;
Ils échangent deux mots de l'accent le plus bas.
La sentinelle prend sa marche accoutumée ;
La troupe fuit la ville, à tout autre fermée.
Elle aperçoit bientôt les postes ennemis,
Leurs mousquets éclatants, leurs uniformes gris,
Et les champs sillonnés de rondes soucieuses.
Le chef de ses amis prend les mains généreuses,
Les presse sur son cœur, à leur devoir les rend,
Et vers les ennemis se dirige en courant.
Par les gardes bientôt sa marche est aperçue :
Il avance toujours; il déploie à leur vue
De leur religion le signe vénéré :
C'est son yatagan, un pistolet serré

En croix sous les anneaux de sa longue ceinture.
Orloff (un noir souci pâlissait sa figure)
Marche vers Abdallah : « Prête-moi ton secours,
Dit le Turc : d'un guerrier je viens sauver les jours.
Hâtons-nous : le temps fuit ; point de discours futiles,
Ou l'innocent succombe aux coups des projectiles. »

Innocent ! que dis-tu ? quel ange te conduit
Quand de le conserver tout espoir est détruit ?

Déjà les bataillons que le tambour entraîne
Arrivaient consternés sur l'odieuse plaine ;
Déjà l'on entendait le fatal roulement.
Abdallah s'écria : « Grâce ! il est innocent ! »
Il brave avec transport la terrible menace
Qui condamne à mourir quiconque crîra : « Grâce ! »
A cette loi terrible il ne s'arrête pas ;
Droit vers le chef suprême il dirige ses pas.
Trois fois le même cri l'Ottoman le répète.
Les mousquets vont tonner ; mais le chef les arrête.
« Cessez, dit Abdallah, vos terribles apprêts,
Ou préparez vos cœurs à d'éternels regrets. »

Cet accent ennemi, cette ferme assurance,
Font vibrer dans les cœurs le soupçon d'innocence.
Le chef lève l'épée. A l'instant les tambours
Roulent, et, sous leurs coups, prolongent leurs sons sourds.
Ce subit accident semble arrêter l'orage,
Et s'offre à tous les yeux comme un heureux présage.
Aussitôt par Luders l'étranger est pressé
De faire le récit de ce qui s'est passé.

« Seigneur, vous le voyez : je défends Silistrie ;

Je prodigue mon sang à qui je dois la vie.
Un soir, illustre chef, prévoyant les travaux
Qui devaient dans nos murs entraîner vos drapeaux,
Seul, et favorisé par une nuit intense,
Jusqu'au pied des glacis, en rampant, je m'avance.
Pour cacher mon aspect je faisais peu d'efforts :
Au moindre bruit, j'étais couché parmi les morts.
Vos gardes effleuraient mes mains au sol fixées :
J'avançais aussitôt qu'elles étaient passées.
Quelques groupes courbés marchaient isolément,
Des travaux de la nuit traçaient l'emplacement.
L'un d'eux vers moi s'avance. On disait à voix basse :
« Enfants, surtout restons défilés de la place.
» Voyez ce bastion, remarquez son saillant :
» Dirigez notre ligne à vingt pas en avant. »
Ces mots, que le guerrier dit en accent de France,
Me suffiraient, seigneur, pour sa reconnaissance.
Ils allaient me fouler, et déjà la frayeur
D'horribles battements venait briser mon cœur,
Et je voyais perdus et mes soins et ma vie.
Mais en ce même instant leur tâche était remplie.
Ils s'éloignent. Le bruit de leurs pas est éteint.
Je m'élance au cordeau ; bientôt il est atteint.
Je trouve son support ; soudain je le déplace ;
Je fixe sa longueur sous les feux de la place,
Puis je vis vos soldats, sur un rang et sans bruit,
Sur cette fausse trace acharnés, et j'ai fui. »

    — « Oses-tu, malheureux, t'offrir à ma colère,
Et de notre désastre étaler le mystère ?
Dit Luders. Je devrais, aux yeux de mes soldats,
Faire tomber ton front sous l'effort de mon bras. »

— « Je conçois, dit le Turc, le dépit et la haine
Qu'un tel fait contre moi dans votre cœur déchaîne.
Votre juste courroux ne m'a pas arrêté...
Un Russe égale un Turc en générosité. »

— « Voudrais-tu me braver ' Mais ton acte, sublime
Aux yeux des Ottomans, à mes yeux est un crime !
Il ne sent pas combien son aspect m'est affreux !
Trainez-le vers Ulrich : qu'ils périssent tous deux !
Tout ton horrible sang, celui de tes semblables,
Ne saurait expier les maux dont tu m'accables.
A la mort ! » — « A la gloire ! » — On l'entraîne.... Un
    bruit sourd
Des postes éloignés, le clairon, le tambour,
Sur les ailes de l'Air, aux plaines du supplice
Arrive. On bat aux champs... Ce singulier indice
A fait bondir les cœurs de cent mille guerriers.
Une escorte soudain de brillants cavaliers
Pour approcher Luders a traversé la foule ;
Ils sont couverts de boue, et l'écume à flots coule
Des mors de leurs coursiers. Un jeune et beau seigneur
Présente au général l'écrit de l'empereur ;
Puis, portant vers la plaine une inquiète vue,
Vers son extrémité pousse bride abattue.

La ligne des soldats, s'étendant en carré,
Formait un vaste champ de lances entouré.
Mornes, silencieux, fixes et l'œil humide,
Ils suivaient le seigneur dans sa course rapide.
Celui-ci tout à coup distingue un prisonnier.
Il arrête aussitôt son agile coursier
Par un coup sec du mors. Plein d'une ardeur soudaine,

Le noble cavalier du pied foule la plaine.
Il montre aux yeux du chef les ordres souverains.
Les fers de l'Ottoman sont tombés de ses mains,
Et sa garde étonnée aussitôt se retire.
Vers son libérateur, que son regard inspire,
Abdallah marche, incline avec respect son front,
Et fléchit les genoux. A son émotion
L'étranger s'abandonne, et contre sa poitrine
Pressant le Turc, bientôt vers Ulrich s'achemine.

Les soldats qui devaient porter le coup fatal
Virent avec plaisir retarder le signal.
L'ordre de l'empereur à leurs yeux se déploie.
Ils partent aussitôt le cœur rempli de joie.

Ulrich, les yeux au ciel, debout, les bras croisés,
Priait pour ses bourreaux dans son âme excusés.
Il voudrait dégager son âme ivre de peine
Des liens que la vie à cette terre enchaîne ;
Et, dans l'immensité qui règne autour de lui,
Il demande indulgence à l'éternel appui.
Malgré lui cependant une pensée amère
Des régions des cieux le ramène à la terre :
« Que vas-tu devenir, objet de tous mes vœux,
Eudoxie ? » Une larme a coulé de ses yeux
Quand l'inconnu vers lui rapidement s'élance :
« Reprends ta liberté, dit-il ; ton innocence,
Le czar la reconnaît ; il le veut : tu vivras. »
Son casque, son manteau, tombent, et dans ses bras
Ulrich presse, enivré de joie et de tendresse,
Les charmes haletants de sa belle maîtresse.
« Eudoxie, oh ! merci ; sois contente de moi,
Car mes derniers pensers, mon ange, étaient pour toi ! »

                                        5*

— « Dieu seul, dit Eudoxie, a droit à ta pensée :
Il détourne le coup de leur rage insensée.
C'est Dieu qui m'annonça qu'on menaçait tes jours ;
C'est Dieu qui m'a permis d'aller à ton secours.
Ce Turc, de ton arrêt connaissant l'injustice,
Pour te sauver allait partager ton supplice.
Allons vers tes amis, qui sont impatients
De se livrer sans crainte à tes embrassements. »

Paskiéwitch prolongeait sur la vaste carrière
Son regard soucieux ; son escorte guerrière
A son ordre aussitôt s'élance à fond de train,
Et porte aux bataillons l'odre du souverain.
Alors la ligne immense est formée en colonne ;
Le tambour à l'instant à leur tête résonne ;
Les guerriers, transportés de joie et de bonheur,
Défilent tous aux cris de « Vive l'empereur ! »
Ce cri, l'expression de la reconnaissance,
Au czar de ses soldats rendait la confiance.

La Nuit était venue : un silence pieux
Succédait aux rumeurs des soldats généreux.
Le Turc se retirait pour gagner Silistrie,
Quand il est retenu par la main d'Eudoxie :
« Magnanime ennemi, dit-elle, permets-moi
De te prouver combien j'ai d'estime pour toi.
Dois-tu partir avant que ma reconnaissance
Développe à tes yeux l'effet de sa puissance ?
Regarde ces faisceaux : là sont nos prisonniers,
Tes frères enchaînés sous l'œil de nos guerriers.
Vois sur leur front combien leur cœur ressent de peines.
Prends-en dix à ton choix : tu briseras leurs chaînes.

Pour prix de ce bienfait, près de nous, en ces lieux,
Charme encore un moment notre cœur et nos yeux.
Quant à tes compagnons, dès ce soir, dans la place,
Qu'ils rassurent tes chefs de ta courte disgrâce,
Et dès le point du jour à tes frères surpris
De ta noble action tu feras les récits. »

Elle dit : Abdallah soudain choisit dix braves,
Et de leur liberté dispersant les entraves :
« Frères, dit-il, voyez cet ange de beauté ;
Reconnaissez l'auteur de votre liberté. »
Il les voit s'éloigner, à ses ordres dociles,
Et gagner leurs remparts. Bientôt de longues files
De soldats empressés d'un élan spontané
Se portaient sur les pas du couple fortuné,
Semblables aux enfants qui retrouvent un père
Dont le départ fatal est pour eux la misère.
De tous les bataillons officiers et soldats
A l'envi s'approchaient, et volaient dans leurs bras.
Les femmes des héros entouraient Eudoxie,
Qui cherchait un sourire, un baiser d'une amie.

Au printemps de ses jours, à l'âge où la beauté
Étale de ses dons toute la pureté,
La jeune et noble épouse, encor tout étonnée
Des premières lueurs du flambeau d'Hyménée,
Entend les cris de guerre..... Ils déchirent son cœur,
Comme au flanc d'un vaisseau des vagues en fureur.
En vain les doux accents de l'époux qu'elle adore
Cherchent à dissiper l'effroi qui la dévore :
La séparation s'offre horrible à ses yeux.
Cette idée en son âme excite un trouble affreux.

Le plus cruel des maux pour elle, c'est l'absence :
Auprès d'un tendre époux il n'est pas de souffrance ;
Elle n'a plus qu'un vœu : partout suivre ses pas :
Sa présence pourrait éloigner le trépas.

Ainsi, sur tous les points du moscovite empire,
Écoutant les transports que l'amour leur inspire,
Des essaims de beautés fuyaient de leurs foyers
Pour suivre leurs époux sur des bords étrangers ;
Au sein des bataillons leur magique présence
Exaltait dans les cœurs le zèle et la vaillance.
Les charmes de leurs yeux dissipaient tous les maux,
Et le moindre soldat devenait un héros.
Leur aspect leur rappelle une sœur, une amante,
Ineffables trésors de la patrie absente.

La princesse voyait ces aimables beautés
Avec empressement entourer ses côtés ;
Elles montraient leurs yeux encor mouillés de larmes,
Et leurs vêtements noirs attestaient leurs alarmes.

« Rendez, dit-elle, hommage à ce Turc généreux :
Lui seul a prévenu ce supplice honteux.
Sans sa voix, j'arrivais sur ces plaines funestes
A la main des bourreaux pour disputer des restes.
Abdallah, quel triomphe ! Ah ! permets à ton cœur
Qu'il partage en ce jour ma joie et mon bonheur. »

Paskiéwitch dévorait dans des transes cruelles
De son affront sanglant les heures éternelles.
D'un pas lent, assuré, d'un air respectueux,
Eudoxie aborda le prince soucieux.
Elle parle en ces mots : « Ma tâche est terminée ;

Je quitte cette rive , à l'oubli condamnée.
Ulrich ira chercher l'honneur dans les combats :
Si sous de nobles coups il trouve le trépas ,
En mourant pour le czar et pour la Moscovie,
Il bénira le Ciel, seul maître de sa vie. »

— « Seigneur, ajoute Ulrich, je quitte sans regrets
Des juges qu'en mon âme ont flétris leurs arrêts ;
Mais ils seront punis : regardez cette armée :
Cette place à ses pas est à jamais fermée.
Je prévois l'avenir par les faits du moment.
Puissé-je me tromper dans mon pressentiment !
J'entends autour de vous une voix qui vous crie :
« Non jamais Paskiéwitch ne prendra Silistrie ,
» Et sur ces mêmes champs vos malheureux drapeaux
» Au monde attesteront vos revers et vos maux ».
Je suis illuminé d'un rayon prophétique :
Le Ciel avec horreur voit cette guerre inique.
Vous la rendez encor par vos cruels excès
Plus infâme : le Ciel s'oppose à vos succès. »

Il dit : l'œil, le sourcil du général, expriment
Par leur mobilité les transports qui l'animent.

Ulrich part. Il est nuit : aussitôt des brandons
S'échappent, enflammés, du flanc des bataillons.
Ils portent près de lui leur lueur éclatante :
C'était de ses amis la foule impatiente
Qui venait du guerrier recevoir les adieux.

Il est près du Danube un bois délicieux
Qui cache dons son sein un luxueux asile
Qu'habitait Abdallah dans un temps plus tranquille.

C'est là qu'il conduisit, à l'aide des flambeaux,
Le couple et ses amis pour jouir du repos.
Au premier bruit des pas, un chien donne l'alarme;
Mais la voix de son maître aussitôt le désarme.
La porte s'ouvre. Alors les zélés serviteurs
A ses hôtes nouveaux du lieu font les honneurs.
Eudoxie entretient ses compagnes d'enfance
De ces mille récits que réclame l'absence.

Dans une vaste salle un repas apprêté
Offre des mets exquis à la société.
L'esclave diligent, sans effort et sans peine,
Rassemble les trésors de la cour, de la plaine
Les fruits délicieux que le Printemps produit,
Que l'Automne répand, et que l'Hiver détruit.

Comme un autre Abraham, plein de son sacrifice,
Abdallah priait Dieu de se montrer propice,
Et, du saint patriarche empruntant les accents,
Il appelait la paix sur ces cœurs gémissants.
Il voit ces fronts si beaux préparés aux orages
Que portent dans leurs flancs les sinistres nuages,
Attristés, inclinés sur leurs habits de deuil,
S'abandonnant aux pleurs que demande un cercueil.

Les lampes pâlissaient; les heures avancées
Disposaient les esprits aux lugubres pensées.
Les brumes de la nuit recevaient les vapeurs
Qui sortaient des tombeaux. Les paniques terreurs
Se glissaient dans les airs; les hideuses images
Des guerriers abattus sur ces sanglants rivages
S'avançaient lentement; leurs doigts ensanglantés

Montraient le fer fumant dans leurs flancs emportés.
Des ombres des martyrs de la lutte fatale
Les légers tourbillons envahissent la salle ;
Ils laissent exhaler des plaintes , des sanglots.
De leurs membres le sang s'écoulait à grands flots.
L'effroi glace les cœurs ; la poitrine s'oppresse
A cette horrible vue. Aussitôt la princesse
S'écrie : « Amis, prions ! » Les fronts sont inclinés ;
Les vœux par la prière aux Cieux sont entraînés.
Une divine main du profond des abîmes
Au céleste séjour enlève les victimes.
La salle resplendit d'une vive clarté
Que le silence suit , que suit l'obscurité.
Les cœurs avaient banni leur vive inquiétude ,
Et les corps abattus , frappés de lassitude ,
Sur des tapis soyeux qui bordent les lambris
Livrent au doux repos leurs membres engourdis.

Abdallah seul veillait. De ses rouges paupières ,
De sa bouche coulaient les pleurs et les prières.

Le jour vient. Eudoxie apprête son départ.
Ses compagnes vers elle arrivent, avec art
Couvrent ses vêtements sous d'épaisses fourrures ,
Et leurs soins des frimas repoussent les injures.

La diane déjà fait entendre sa voix ;
Le service appelait les guerriers sous ses lois :
Dans leur cœur parle haut l'aveugle obéissance.
Loin du camp c'est assez prolonger leur absence.
Du repas du matin les serviteurs muets ,
Courant de tous côtés, activent les apprêts.
Il reste encore une heure à la triste assemblée.

Elle avance à grands pas , la figure troublée ;
Elle approche, elle arrive ; on entend un soupir
Dans les flots du passé tomber et s'engloutir.
C'est l'instant des adieux : les larmes des paupières ,
Comme sur un tombeau , coulent long-temps amères.

Eudoxie a rempli sa chère mission ;
Elle sort de son sein un riche médaillon :
« Prends , dit-elle , Abdallah , ce faible témoignage
Dont ma reconnaissance aime à te rendre hommage. »

— « O toi, de ton pays trop vaillant défenseur,
Dit Ulrich , viens sentir pour toi battre mon cœur.
Le Russe, l'Ottoman, divisés par les guerres,
Par la religion , par les vertus sont frères.
Abdallah, pars : tu dois ton bras à ton pays ;
Loin de ces lieux charmants n'en porte pas soucis.
Tant que nos bataillons fouleront la Turquie,
Ils seront protégés par le nom d'Eudoxie.
Aux arbres des bosquets , aux murs de ta maison
Une main respectée imprimera son nom.
Quel que soit le pays où le Destin me place,
Ta vertu dans mon cœur conservera sa trace.
S'ils tombent vos remparts, si par d'heureux combats
Le czar de la Turquie augmente ses États,
Ah ! souviens-toi d'Ulrich : vainqueur plein de tendresse,
Il veut comme son cœur partager sa richesse...
Que dis-je ? quel espoir ! pourrons-nous échapper
Aux coups des combattants qui doivent nous frapper ? »

Il se tait : Eudoxie dispose son escorte.
Ulrich d'un bond s'élève, et son coursier l'emporte.

Abdallah les suivit long-temps de ses regards,
Et par une autre voie il gagna ses remparts.

A peine l'Ottoman retourne dans la place
Que grondent près de lui l'injure, la menace ;
Mais les Turcs délivrés la veille par ses mains,
Pressés autour de lui, protègent ses destins.
Leurs parents, leurs amis, exposent à la foule
Le tableau de ce drame ; elle écoute, et s'écoule.
Il avance ; bientôt il trouve sur ses pas
Le corps du tendre objet qui tomba sous son bras.
Accablé de douleur, il frissonne, il s'arrête ;
Il se joint au cortége, et se place à sa tête ;
Aux pleurs des assistants il unit ses sanglots ;
Les larmes de ses yeux découlent à grands flots.
Sur la fatale route où le peuple se presse
On entendait l'appel à la loi vengeresse.
On arrive à la tombe, où la terre et les fleurs
Se mêlent aux regrets des assistants en pleurs.

« La mort à l'assassin ! dit-on ; mort à l'impie
Qui brisa les ressorts d'une innocente vie ! »
Aussitôt de la tombe on entend cette voix :
« Amis, de l'Éternel j'ai dû subir les lois.
Apprenez que ma mort, enflammant son courage,
Lui permit des vainqueurs de repousser la rage.
Sans ma mort, de leur peine ils recevraient les fruits ;
Aujourd'hui sans ma mort nos murs seraient détruits.
Pour nous sauver le Ciel voulut son sacrifice :
Ma mort et ses regrets vous le rendent propice,
Ma mort des ennemis vous délivre à jamais.
Bénissez le héros auteur de vos succès.

Celui que vous blâmez n'a pas commis un crime .
Au sacrificateur il fallait la victime. »

La foule est apaisée : alors vers ses soldats
Le Turc va s'apprêter à de nouveaux combats.

Paskiéwitch et Luders aux murs de Silistrie
Poursuivent leur attaque avec plus de furie ,
Et , pour les seconder dans leurs rudes efforts ,
Nicolas chaque jour y pousse des renforts.

La déesse aux cent voix fait retentir l'Europe
Des combats du Danube et du sort de Sinope.
Mais Dieu s'est réservé d'apprendre aux souverains
D'Occident les forfaits qui troublent les humains.

Le Silence , la Nuit , régnaient sur ces contrées ,
Et le Sommeil qui fuit les têtes couronnées
Qui des plaisirs du trône occupent leurs esprits ,
Et qui de leurs devoirs ne portent nuls soucis ,
Sur les deux souverains , des rois parfaits modèles ,
Épanchait ses douceurs. Sur leurs légères ailes,
Les Songes , du Très-Haut dociles messagers ,
Transportent leurs esprits sur des bords étrangers.

Napoléon voyait sur ces lointains rivages
Son aigle prendre essor avec des cris sauvages ;
La reine d'Albion voyait son léopard
Pour les mêmes climats suivre son étendard ;
Au sol il enfonçait ses griffes furieuses.
L'aigle traçait dans l'air ses spires orgueilleuses ;
Une chaîne invisible , aux anneaux infinis ,
Par des liens d'amour les tenait réunis.

Le croissant, dans l'azur d'une nue écartée,
Portait sur ce tableau sa lumière argentée.

Quand un monstre enfoncé dans les marais du Nord
Sur ses membres fangeux se dresse avec effort,
Brise à coups redoublés sa demeure fragile,
Et sur les mêmes bords accourt d'un pas agile,
Il répand en tous lieux l'épouvante et l'horreur.
L'aigle et le léopard, enflammés de fureur,
A la force du monstre opposent leur courage.
Le léopard aux flancs s'attachait avec rage ;
L'aigle, au cou cramponné, lui déchirait les yeux.
Ses membres sont brisés ; son cadavre odieux,
Mobile encore, roule, et sa bave écumante
Coule comme un ruisseau sur la plaine sanglante ;
Puis, traînant de son corps les fétides lambeaux,
Il regagne le sein des croupissantes eaux.

Les souverains à peine entr'ouvraient leur paupière
Que près de leur chevet l'active messagère
De leur songe commun a frappé leur esprit.
De sinistres projets l'Éternel les instruit.
Des charmes de la paix leur âme pénétrée
Appréhende de voir terminer sa durée.
Ce songe singulier, les publiques rumeurs,
Aux peuples d'Occident signalent des malheurs.
Tout est sur pied au sein de la cité guerrière :
Citoyens, chars, coursiers, parcourent la carrière.
Quoique préoccupés de ses vastes projets,
L'empereur près de lui donne un facile accès.

A peine il était jour qu'un brillant équipage
Dépose en son palais un noble personnage

Qu'envoie Abdul Medjid, en proie aux noirs soucis,
Implorer le secours des guerriers de Louis.

L'envoyé du sultan à ses yeux se présente.
Louis lui tend la main, cette main obligeante :
« Ali, dit l'empereur, je sais votre désir.
Dieu ! quelle mission vous avez à remplir !
Mon refus, c'est la mort de votre bel empire ;
Mon secours, c'est la guerre affreuse, qui déchire
L'Europe et l'Orient, et donne à mes sujets
Des maux affreux au lieu des douceurs de la paix.
Ne perdons point de temps en discours inutiles !
Qu'à l'instant dans ces murs mes ministres habiles
Soient rendus ; mais surtout je veux voir d'Albion
L'ambassadeur guider notre décision. »

Il dit : Billault, Vaillant, Walewski, Cowley, Magne,
Fortoul, sont annoncés; Rouher les accompagne.
Hamelin complétait ce conseil imposant.

« Ali, dit l'empereur, de ton souci cuisant
Expose à nos regards le sujet déplorable. »

— « Magnanime empereur, quand la souffrance accable
Un homme, quel qu'il soit, citoyen, étranger,
On s'empresse vers lui ; l'on veut le soulager :
S'il a faim, il reçoit une ample nourriture ;
S'il saigne, mille mains étanchent sa blessure ;
Car le Ciel dans les cœurs mit la compassion.
Ce n'est pas un mortel : c'est une nation.
L'empire des sultans, la superbe Byzance
Va tomber sous les coups d'une hostile puissance.
Du souverain du Nord j'ai vu les combattants,

Porter la flamme impie au milieu de nos champs.
Chaque jour Nicolas de ses troupes nombreuses
Foule d'un pied sanglant nos plaines malheureuses.
Sinope a vu ses nefs s'abîmer sous les flots,
Et pour notre défense il n'est plus de vaisseaux.
Constantinople tremble : à leur forces livrées,
C'en est fait pour toujours de nos belles contrées.
Elles ne seront plus qu'un immense tombeau.
France, le seul aspect de ton noble drapeau
Repousserait au loin leur coupable furie ;
Anglais, un seul vaisseau protégeant ma patrie
Rendrait aux Ottomans le bonheur et la paix.
O reine d'Albion, empereur des Français,
Par pitié secourez ce malheureux empire. »

La voix d'Ali faiblit ; sur sa lèvre elle expire.
Une larme long-temps circule dans ses yeux,
Roule, et frappe les cœurs de pensers douloureux.

Tel que le naufragé poussé vers le rivage
Du flot qui le poursuit ne peut vaincre la rage,
Soulève sur l'abîme une débile main,
Et d'un bras généreux implore le soutien ;
Tel Ali du fléau qui fond sur sa patrie
Attend que le conseil arrête la furie.

« Dans son auguste main la reine d'Albion
Tient seule le destin de votre nation,
Dit Louis : lord Cowley, c'est votre auguste reine
Qui peut guider nos pas dans leur route incertaine. »

Le noble Anglais se lève, et dit : « La volonté,
Le vœu de mon pays et de Sa Majesté

A vos cœurs généreux va se faire connaître.
J'aime trop mon pays pour flatter votre maître,
Français ; mais l'Angleterre a pour votre empereur
Une admiration égale à sa grandeur ;
Elle veut contracter une étroite alliance
Entre le penple anglais et celui de la France.
C'est son vœu, son désir, et l'univers surpris
Verra qu'à ses liens elle attache un grand prix.
De la terre en nos mains nous tiendrons l'équilibre.
Faites la paix, la guerre : elle vous laisse libre.
Si la paix convient mieux aux yeux de l'empereur,
Qu'il laisse Nicolas s'installer en vainqueur
Sur l'empire ottoman ; si, dans son âme émue,
Le sultan enchaîné se présente à sa vue ;
S'il voit, les mains au ciel, un grand peuple à genoux
Le prier d'arrêter au moins les derniers coups ;
S'il sent que les Français conservent pour la guerre
Cette bouillante ardeur qui fait leur caractère,
Au nom de l'Angleterre et de Napoléon,
Que Nicolas renonce à son intention ;
Qu'il retire aussitôt ses troupes de Turquie.
Si nos vœux en son cœur n'ont point de sympathie,
Que les deux nations, unissant leurs efforts,
Couvrent de défenseurs ses villes et ses ports ;
Qu'à délivrer les Turcs ils attachent leur gloire.
Anglais, Français, ensemble allons à la victoire ! »

— « O grand Dieu, dit Billault, éloignez de mes yeux
Des guerres, des combats, les spectacles affreux !
Ces trésors que mes mains entassent avec peine
Vont-ils s'ensevelir sur la plage lointaine ?
Votre or, Français, soustrait à vos longues sueurs,

Deviendra-t-il pour vous des sujets de douleurs?
Vos offrandes pouvaient enfanter des merveilles :
J'employais à ce but et mes jours et mes veilles.
Reconnaissant si bien les douceurs de la paix,
Pouvez-vous renoncer si tôt à ses bienfaits?
L'ouvrier verrait donc l'or prix de son salaire
Manquer à ses besoins pour défrayer la guerre! »

— « Pour la gloire et l'honneur il faudrait un milliard :
Les Français, dit Louis, l'offriraient sans retard. »

Hamelin, qui des mers connaît toutes les plages,
Au milieu des combats comme au fort des orages
Qui se montra toujours avec un front serein,
Dit ainsi les pensers qui couvent dans son sein :

« Sire, n'en doutez pas, la marine de France
Sans danger au sultan peut donner assistance.
Nicolas sur les mers ne prétendra jamais
Contre nos matelots lutter avec succès.
Partout où nous serons, ses voiles effrayées
Par ordre souverain se tiendront reployées.
Nos vaisseaux, trop long-temps languissants dans nos ports,
Aspirent de l'Euxin à protéger les forts.
A son ambition le czar prête l'oreille :
Après Constantinople il frapperait Marseille,
Puis Toulon, Gibraltar. Il se ferait un jeu
De couvrir nos pays sous un torrent de feu.
La moitié de l'Europe à sa voix despotique
Du fond de la mer Noire aux bords de la Baltique
Obéit; ses agents gouvernent l'Archipel.
Agrandir son empire est son soin éternel.

Maître de la mer Noire, ô triste destinée !
Il nous interdira la Méditerranée,
Et ce serait pitié que pendant quarante ans
Nous eussions sur les mers mille vaisseaux flottants,
Pour les voir dans nos ports, à l'incendie en proie,
Offrir à ces marins de vastes feux de joie.
Il est temps d'opposer à son intention
Les forces de la France et celles d'Albion.
Je ne l'ignore pas : c'est un grand sacrifice ;
Mais dans deux ans du czar nous obtiendrons justice.
Les Turcs à nos enfants qui viendront sur leurs bords
Rendront en amitié bien plus que nos trésors. »

Le ministre Fortoul à l'illustre assemblée
Développe les vœux de son âme troublée :

« Sire, seigneurs, dit-il, reconnaissez le prix
Des bienfaits que la Paix verse sur le pays.
Après des jours affreux, jours d'horrible mémoire,
Après ces temps de deuil inconnus à l'histoire,
Une invisible main conduisit parmi nous
Un astre qui répand ses rayons les plus doux.
La Paix vint avec lui tranquilliser nos plaines ;
Il purgea tous les cœurs de leurs jalouses haines.
La France s'est donné le chef cher à son cœur ;
Le peuple en son élu retrouve le bonheur.
Goûtons tranquillement le bienfait qu'il nous donne.
Certes je ne crains pas d'exposer sa couronne :
Elle est bien assurée, alors que tant de vœux
Pour un si noble front s'élèvent vers les Cieux ;
Mais son cœur gémira de la souffrance affreuse
Qu'au peuple doit causer la guerre même heureuse.

Préparez donc vos bras à creuser des tombeaux,
Et condamnez aux pleurs votre auguste héros.

» Quoi ! le czar envahit le sol de la Turquie,
Et le Turc est l'objet de votre sympathie !
Quoi ! pour eux nos soldats, aux plaines du Croissant,
Sous un ciel meurtrier, iront verser leur sang !
C'est la religion qui rend les peuples frères :
Est-il de nations dans leur foi plus contraires ?
Le Turc frémit de rage au seul nom de chrétien :
Un Anglais, un Français, à ses yeux est un chien.
La voix du fanatisme en son cœur infidèle
Entretient contre nous une haine éternelle.
Le czar, régnant un jour sur cette nation,
Imposerait la loi de sa religion !
La doctrine chrétienne en ces lieux répandue,
La paix à l'univers pourrait être rendue.

» L'Éternel à son gré conduit les conquérants ;
Il réduit leurs États alors qu'ils sont trop grands.
Quoi ! plus de trois mille ans de fautes et d'épreuves
Rendent les nations dans leur marche encor neuves !
Et les décrets du Ciel, si bien peints à leurs yeux,
Ne peuvent traverser leurs bandeaux ténébreux ?
Mais c'est un accident horrible que la guerre ;
C'est un volcan qui s'ouvre aux accents du tonnerre ;
C'est un Dieu se vengeant des forfaits des humains :
Elle ne doit jamais s'accomplir par leurs mains. »

Il se tait : Walewski soudain prend la parole :
La Paix est pour son cœur la plus riante idole ;
Mais il veut que la France aux yeux des nations

6

Porte un nom glorieux ; que ses fiers pavillons
Montrent sur l'Océan , du couchant à l'aurore
Et du nord au midi, leur flamme tricolore ;
Que le peuple français, au commerce excité,
Par l'éclat de son nom soit partout respecté.

« Si nous devons du czar supporter le caprice,
Pourquoi nos cœurs ont-ils horreur de l'injustice ?
Le Français à son gré peut-il changer son sang,
Et rester insensible aux vœux d'un conquérant ?
Mais à Saint-Pétersbourg l'ambassadeur de France
Du souverain, des grands, subirait l'insolence !
Ils diront que du czar le nom nous a troublé,
Et que Napoléon, que la France ont tremblé.
France, noble Albion, poursuivez votre tâche ;
Abandonner les Turcs, ce serait une tache,
Non de sang, mais de boue. » Il se tait ; et Rouher,
Qui des mille réseaux de ses chemins de fer,
Par cent mille ouvriers, a sillonné l'empire ;
Qui suit l'agriculteur, le seconde et l'inspire ;
Qui pousse sur les mers les nefs dans tous les ports
Qui de tous les pays reçoivent les trésors ;
Rouher se lève, et dit : « C'est la Paix qui nous donne
Les présents de Cérès et les dons de Pomone ;
Mais ces divinités ne livrent leurs présents
Qu'aux travaux assidus des habitants des champs.
Les bras des laboureurs enlevés aux domaines
Laisseront les moissons se pourrir sur les plaines,
Qui, restant sans culture et sans fertilité,
Refuseront leurs fruits aux gens de la cité.
Voyez les ouvriers, sans travail, sans salaire,
Rêveurs, se figurer leur prochaine misère,

Errant sur le pavé sur quatre rangs de front,
Demander d'un ton sourd ou du pain ou du plomb...
Le sort des indigents, les familles en larmes,
Inspirent à mon cœur mille sujets d'alarmes.
Loin de les détourner, ménageons des secours
Qui peuvent soulager et prolonger leurs jours.
Ne sont-ils pas les nerfs et le cœur de l'empire ?
La gloire de leur plaire est la seule où j'aspire.
Enfants de la patrie, écoutez bien ma voix.
Jusqu'au dernier soupir je défendrai vos droits.
Votre prospérité, votre vie est trop chère
Pour vouloir l'exposer sur la rive étrangère. »

Il dit : alors Vaillant, que le chef de l'État
Choisit sur cent héros pour soutenir l'éclat,
La gloire et la splendeur de sa lourde couronne ;
Vaillant, le ferme appui de Louis et du trône,
Qui voit, à son signal, dociles à sa voix,
Six cent mille soldats se mouvoir à la fois ;
Dont le cœur brûle encor du feu de la jeunesse,
Qui dans son large front captive la sagesse,
Vaillant se lève, et dit : « L'empire du sultan,
Comme une tendre proie au tigre dévorant,
S'offre au czar ; et pourtant le temps est proche encore
Où son glaive a rougi les rives du Bosphore ;
Mais son dernier traité lui laisse des regrets :
Il a trop limité le fruit de ses succès.
Ses regrets sont bannis : une courte entreprise
Doit mettre en son pouvoir l'état qu'il convoitise ;
Aujourd'hui ses vaisseaux et ses nombreux soldats
De l'empire ottoman dévastent les États ;
Ses bataillons, au sein d'une puissance amie,

Signalent leur fureur, y portent l'incendie.
Le czar voile son but sous des prétextes feints ;
Un voile ténébreux entoure ses desseins.
L'Europe s'en indigne : elle serait charmée
De voir nos bataillons abattre son armée.
Sur les projets du czar si nous fermons les yeux,
Nous léguons à nos fils un héritage affreux ;
Car il veut aux Latins fermer la Palestine ;
Que notre pavillon devant le sien s'incline ;
Et n'entendez-vous pas comme un bourdon cruel :
« La Russie a rêvé le trône universel » ?
Elle agit aujourd'hui ; son plan se réalise ;
Le sang coule déjà ! La Turquie est conquise
Si vous tardez encore à lui porter secours ;
Et pourtant Albion nous prête son concours.
Quoi ! des États du czar la grandeur vous effraie
Lorsque cette étendue est pour eux une plaie ?
Comptez vos ennemis, et comptez les soldats
Que l'Angleterre et nous lancerons sur leurs pas,
Et chassez les soucis dont votre âme est atteinte.
Pleins d'espoir et de foi, marchons contre eux sans crainte.

     » Des douceurs de la paix Nicolas pénétré
De respect et d'amour se voyait entouré ;
Mais de ses officiers l'épée était oisive :
Ils accusaient le Sort de la laisser captive.
Nous aussi nous avons de nombreux bataillons
Maudissant en secret, au sein des garnisons,
Un repos sans honneur pour leur chère patrie,
Qui consume sans fruit leur vaillante énergie.
A leur bouillante ardeur il faut donner l'essor :
Il est temps d'employer ce précieux trésor.

Abdul Medjid attend avec impatience
L'appui de nos soldats , sa dernière espérance.
Seigneur, souvenez-vous de ces jours pleins d'horreur
Où le czar se ligua contre notre empereur ;
Où lui-même, guidant ses troupes en personne,
De son auguste front fit tomber la couronne.
Quand pourrai-je effacer ces cruels souvenirs ?
Jamais. Je vois toujours le sang de nos martyrs
Baigner ses champs ; je vois leurs dépouilles, glacées
Comme un marbre, gisant sur la terre entassées ;
Je les vois s'abriter dans les flancs des chevaux :
Ils y trouvent la mort et la fin de leurs maux.
O France, tes enfants , laissés sans sépulture,
Des bêtes des forêts devinrent la pâture !

» Pendant que ses soldats foulaient notre pays,
Que son drapeau flottait sur les murs de Paris,
Que faisait le sultan ? Il nous restait fidèle ;
Il plaignait d'un héros la disgrâce cruelle.
Pour la deuxième fois ses champs sont ravagés ;
Il voit dans ses États ses sujets égorgés.
Loin de moi d'exciter vos cœurs à la vengeance !
De cet affreux démon j'abhorre la puissance ;
Mais, peuples du Midi, par un commun accord,
Sachez dans leurs confins contenir ceux du Nord ,
Ou vous verrez bientôt la France et l'Italie
Et les États voisins subir leur barbarie.

» Vous, ardents protecteurs des sciences et des arts,
Craignez de voir encor dans les cités épars
Les débris des palais , et vos plus beaux ouvrages
De leurs sauvages mains éprouver les ravages.

Les champs qu'ils ont foulés, de ruines couverts,
Aux regards soucieux n'offrent que des déserts.
Exécrable tactique ! en un jour ils détruisent
Les plus beaux monuments que des siècles produisent !
Je n'imputerai pas ces forfaits aux guerriers
Qui guident aux combats des bataillons grossiers.
Aux officiers du czar j'aime à rendre justice ;
Ma voix avec regret contre eux ouvre la lice :
Ils sont remplis d'honneur ; ils sont instruits, vaillants ;
Mais combien leurs soldats en tout sont différents !
Le froid glace le sang qui coule dans leurs veines ;
Il engourdit leurs bras, les retient dans ses chaînes.

» Chaque soldat français peut faire un officier :
De la guerre en naissant il pressent le métier.
Enfant, au sein des champs, sur les places publiques,
Il forge en ses ébats les ressorts élastiques
De ses bras ; plein de feu, d'ardeur, d'agilité,
Bravant le froid, la pluie, et l'hiver et l'été.
Soldat, dès que sa main brandit la baïonnette,
Son rival à ses pieds accuse sa défaite.
Le mépris de la mort et l'amour des combats
Donneront l'avantage à nos braves soldats.

» Faudra-t-il vous parler des soldats d'Angleterre,
Qui seuls, s'il le fallait, soutiendraient cette guerre ?

» N'hésitons pas : la voix de mes pressentiments
M'assure de la paix avant qu'il soit deux ans.
D'un œil encourageant la terre nous contemple ;
Des peuples généreux vont suivre notre exemple.

Sur le sort des combats notre immortel héros
Du haut des cieux sur nous veillera sans repos;
Son âme sur nos pas, au sein de la Turquie,
Embrasera nos cœurs du feu de son génie. »

Il se tait. Mais Louis reste encore incertain :
Un mot du monde entier doit fixer le destin.

« A vos débats, dit-il, livrez-vous sans contrainte.
L'irrésolution dont mon âme est atteinte
Exige qu'un instant j'abandonne ce lieu. »

Il sort, va confier ses angoisses à Dieu.

CHANT V.

L'image qu'à Louis présentent ses ministres
Dans son âme éveillait mille pensers sinistres :

« Quelle douleur ! dit–il. Je verrai donc la Paix
Refuser pour long-temps ses douceurs aux Français !
Peuple qui sur mon front plaças le diadème,
Qui confias ton sort à mon amour extrême,
Lis au fond de mon cœur, et vois mon désespoir
Quand j'ignore la ligne offerte à mon devoir.
Les uns veulent la paix ; d'autres veulent la guerre ;
Toujours l'homme avec l'homme est d'un avis contraire.
Hélas ! il faut qu'ainsi tout se passe ici–bas.
Le Ciel peut seul ouvrir une route à mes pas.
Mon esprit, en ce jour, pourrait-il se résoudre
Lorsque de toutes parts j'entends gronder la foudre ?
Pour éclairer mon choix, au corps législatif
Faut-il que je provoque un arrêt décisif ?
N'ai–je pas le sénat, cette assemblée illustre
Qui sur notre pays projette un si beau lustre ?
Ne puis-je consulter le vœu du peuple entier ?
Qu'il m'exprime un désir pacifique ou guerrier,
Oh ! combien à sa voix l'on me verrait docile !
Combien ma tâche alors se trouverait facile

Si, comme un homme seul, les Français en ce lieu
Venaient me présenter leur unanime vœu.
Mais la moitié, brûlant d'une bouillante flamme,
Au seul nom de la guerre et l'accueille et l'acclame !
Amants impétueux des terribles combats,
Ces généreux enfants trancheraient les débats ;
Les autres, éprouvés par de fréquents orages,
Sur la plus faible ride exclament des naufrages ;
L'un s'électrise au nom de gloire et de grandeur ;
L'autre fait dans la paix consister le bonheur.
Quel que soit le destin que le Sort me réserve,
De leurs divisions que le Ciel me préserve !
Dieu, parle ! Que Paris sacrifie au Croissant
Sa gloire et son honneur, ou son or et son sang ! »

Le prêtre de l'office avait devancé l'heure.
Sans suite et sans éclat, dans la sainte demeure
Louis marche : il confie aux mystères sacrés
Les écarts du chrétien de son cœur abhorrés.
Au moment où le prêtre appelait sur l'hostie
Le miracle éternel qui lui donne la vie,
Pieux, les yeux baissés, humble, Napoléon
Vers les degrés du temple avait courbé son front.
Aux sublimes pensers livrant son âme entière,
De l'histoire des temps il sondait la carrière.
Le sacrificateur présente au suppliant
Du Rédempteur divin et la chair et le sang.

« Dieu ! dit-il, qui créas tout être et toute chose,
Que je vois en montant de l'effet à la cause,
Qui conduis l'univers par d'inflexibles lois,
Sur l'homme tu voulus abandonner tes droits.

Aussi, quand l'univers montre son harmonie,
La Paix pour les humains est à jamais bannie.
Ah ! reprends ton bienfait ; reprends la liberté,
Puisqu'elle est un fléau pour notre humanité ;
Ou permets, ô mon Dieu, que dans ton sein je puise
Les moyens de guider sa raison indécise.
Oui ! bien loin d'appeler sur moi d'autres bienfaits,
Je veux compter mes jours par ceux que j'aurai faits. »

A peine il a reçu le sacrement sublime
Qui, pour notre bonheur, naquit du plus grand crime,
Qu'il sentit que son sang abandonnait son cœur.
Ses membres abattus sont remplis de langueur,
Et sur ses yeux s'étend comme un épais nuage.
De son être soudain son âme se dégage.
La pourpre de son siége a reçu le héros ;
Sans souffrance il s'endort dans un profond repos.
Le ton qui sur ses traits en rose se colore
Montre que dans Louis la vie existe encore ;
Mais l'émanation de la divinité
A repris sa puissance avec sa liberté.

Si Dieu voit à la fois tous les points de l'espace,
L'âme de l'empereur tour à tour les embrasse ;
Car l'âme est un rayon des flambeaux infinis
Dans la main de Dieu seul ensemble réunis.

Louis s'élance au sein des plaines éthérées.
Des sphères en tous sens sillonnent ces contrées :
Par d'invisibles nœuds des globes enchaînés
A l'immobilité se trouvaient condamnés.
Des sphères autour d'eux, d'une course rapide

Précipitant leur masse , avançaient dans le vide.
Les deux pôles du monde , étendant leurs déserts ,
Offraient à ses regards leurs abîmes ouverts.

   Là des sphères sans feux , opaques , ténébreuses ,
Roulaient leur poids glacé dans des brumes neigeuses ;
Des globes isolés , dispensateurs des jours ,
Sur leur centre tournant , dirigeaient dans leur cours
Les corps où les mortels trouveront leur demeure ,
Où de ses attentats le damné souffre et pleure.
Il sent ses pieds brûlés par des brasiers ardents ,
Et voit renouveler sans cesse ses tourments.
Des remords déchirants oppressent sa poitrine ;
Il pleure sans espoir sa première origine.
Son corps , développé par un esprit hideux ,
Offre un aspect maudit même à ses propres yeux.

   Là s'offre à ses regards l'astre des parricides.
Tout sourit à leurs vœux dans leurs âmes avides
Du jour de leur naissance au printemps de leurs jours ;
Mais , quand de leur bonheur ils croient jouir toujours ,
Un meurtrier , armé de la lame tranchante
Qui frappa sur la terre une tête innocente ,
De leurs chairs lentement détache des lambeaux ;
Ils foulent sous leurs pieds ces éternels fardeaux.

   Louis vit aussi l'astre où d'horribles tortures
Accablent les mortels à leurs serments parjures.

   Les êtres dévorés par la soif des trésors ,
Qui dans l'obscurité marchaient courbant leur corps ,
Pour dérober le fruit d'un pénible salaire ,
Étaient emprisonnés dans une affreuse sphère.
Les biens qu'ils ont acquis pour leurs urgents besoins
Leur étaient enlevés par de rapaces mains.

Il voit le globe sombre où le menteur habite ,
L'astre du paresseux , l'astre de l'hypocrite.
Bien loin , plus loin encor, les souveraines mains
Ont semé dans les cieux des séjours aux humains.
C'est un astre glacé : là vit l'Ingratitude;
C'est l'astre où, succombant à son épreuve rude ,
L'homme pauvre, jouet des faiblesses du cœur,
Peut encore aspirer à l'éternel bonheur ;
Le globe où l'homme en proie à des peines amères
Efface ses délits par des larmes sincères.
Il vit venir la Mort dans un long repentir,
Et s'offrit en exemple aux peuples à venir.

Mais des globes cléments réservent leurs délices
A ceux qui de leurs bras ont fait de bons offices;
A l'homme qui pour l'homme est embrasé d'amour ;
A ces pauvres enfants morts en voyant le jour;
Au soldat courageux qui servit sa patrie ;
Aux ministres de Dieu qui consacrent leur vie
A rendre l'homme juste; aux zélés serviteurs;
Au magistrat intègre ; aux bons législateurs ;
Aux rois qui, méprisant le vain éclat du trône,
Pour faire des heureux acceptent la couronne.

Ministres dévoués , aux flatteurs odieux ,
Marchez au premier rang dans ces séjours heureux.
Vous aussi , malheureux soumis à l'indigence,
Qui n'avez d'autres torts que ceux de la naissance ,
Si d'un père prudent, qui prévit vos besoins,
Vous n'avez pas trompé les désirs et les soins ;
Vous, époux dont la sage et juste économie
Permit à vos enfants une honorable vie,

Que votre esprit en paix s'élève dans les airs !
Des champs délicieux à vos pas sont ouverts.

Anges, esprits, élus des plaines éthérées,
Donnez un libre cours aux riantes pensées ;
Dans les corps des mortels multipliez les sens
Soumis à des besoins sans cesse renaissants.
Pour seconder leurs vœux, que l'Univers s'empresse
D'apporter le tribut de toute sa richesse.
Vous n'atteindrez jamais au tableau du bonheur
Qu'à l'homme vertueux réserve son auteur.
Ainsi la race humaine, à la terre enchaînée,
Doit seule y préparer une autre destinée.

Il est entre la terre et le dôme étoilé
Un globe, du soleil dix fois plus reculé.
La splendeur de ce corps, sa forme merveilleuse,
Excitent en Louis une ardeur curieuse ;
Son âme prend l'essor : l'intervalle est franchi.
De l'œuvre du Très-Haut il se sent ébloui.
Quoi! dit-il, du soleil telle est donc la puissance
Que ses rayons ici portent leur influence ?
Par un disque entr'ouvert ses rayons arrêtés
Ne vont pas s'abîmer dans les immensités ?
De cet astre éclatant la chaleur bienfaisante
Prodigue ses trésors aux êtres, à la plante.
Le pôle peut jouir d'un éternel printemps ;
Les ténèbres des nuits, les feux des jours brûlants,
Sont inconnus. L'aurore aux nuances rosées
D'une clarté suave inonde ces contrées.

« Voici, dit le héros, le séjour bienheureux
Que l'Éternel destine à l'homme vertueux.

Le plus faible rayon de son intelligence
Pourrait de mon esprit écarter l'ignorance. »

Il s'arrête en ces lieux où l'homme est dépouillé
De cette abjection dont la mort l'a souillé.
L'œil n'est jamais frappé des substances impures
Qui jettent leur venin au cœur des créatures.

Dans le sein d'une fleur, sur le bord d'un ruisseau,
Louis devient l'objet d'un prodige nouveau :
De l'éternel auteur l'étincelle émanée
De mille corps divers se trouve environnée.
Ces êtres matériels errant à ses côtés
Lui portent le tribut de leurs propriétés.
Au milieu des parfums son esprit flotte et nage :
Il s'empare des sucs que la plante dégage,
Et, sans cesse occupé de fixer leur emploi,
Forme les appareils pour le but qu'il prévoit.
Cet ouvrage complet est une œuvre sublime :
C'est l'image de Dieu lorsque son feu l'anime.
Sur notre terre, hélas ! cette œuvre est un mortel ;
Elle produit un être ici presque éternel.
De l'esprit du héros la puissance suprême
Développe son corps par une ardeur extrême,
Et le temps qu'il consacre à ce beau monument
Est celui d'un éclair au sein du firmament.
Il lui semblait alors qu'il sortait d'un doux rêve ;
Ses yeux autour de lui se portent ; il se lève.
Alors des chants de fête aux suaves accords
Du gaz aérien font vibrer les ressorts.
Le sol fuit sous ses pas ; ses yeux et ses oreilles
Sont frappés et ravis de nouvelles merveilles.

Il précipite alors sa marche vers les lieux
D'où partent du concert les sons harmonieux.
Il est nu; mais partout les arbres et les plantes
Étalent à ses yeux, à leurs branches pendantes,
Les tissus que les fleurs placent sur leur contour
Pour cacher aux regards leurs mystères d'amour.
La Nature, savante et sage pourvoyeuse,
Des vêtements humains est l'artiste soigneuse :
C'est l'insecte qui fixe aux flexibles rameaux
Ses fils, et de ses doigts compose les réseaux.
Le héros est frappé de l'art et de l'adresse
Qui donnent aux tissus la force et la finesse.
La maille, resserrée et large tour à tour,
Avec grâce dispose et le plein et le jour.
De la couleur des fils l'admirable mélange
Fait penser que l'insecte est guidé par un ange.
Des mêmes ornements le roc est tapissé.
Le héros dans son choix était embarrassé :
Il faut qu'il obéisse au vœu de la Nature :
Ses mains en un instant ont fixé sa parure.
Il s'avance : couvert de ces habillements,
Il présente l'aspect des autres habitants.

Tels, instruits par Dieu seul, les chantres du bocage
Communiquent entre eux par leur divin langage :
Ainsi Napoléon possède les moyens
D'exposer ses pensers aux autres citoyens.
Il retrouve en ces lieux la terre en toute chose
Sur un plan plus heureux, plus beau, plus grandiose;
Il touche les abords d'une vaste cité
Où tout porte le sceau de l'immortalité.
Des dômes brillants d'or élèvent dans les nues

Leurs vastes fronts ornés de mobiles statues.
Il distingue déjà les palais, leurs frontons,
Que l'Art a ciselés de superbes festons.
Des colonnes d'argent montrent leurs longues files
Supportant les plafonds de vastes peristyles.
Au sommet des clochers élevés dans les airs,
Cent globes de cristal, instruments des concerts,
Résonnant sous les doigts d'un habile génie,
Propagent jusqu'aux cieux leur divine harmonie.
La terre n'admet pas ces chants délicieux :
Leur douceur les rendrait à l'homme dangereux.
La musique est la voix des célestes phalanges;
De l'âme elle est l'accent. L'homme est frère des anges :
Elle réveille en lui le cruel souvenir
Du jour de l'attentat où Dieu dut le punir.

Sur ce peuple d'élus Louis portait sa vue.
De son calme innocent son âme était émue;
Sur son front, dans ses yeux, règne l'aménité,
Et sa bouche et ses mains n'avaient jamais coûté
Une larme. Sur lui ses regards se promènent.
Des charmes inconnus à ses côtés l'entraînent.
Il s'avance avec eux; il marche au monument
D'où les accords sacrés montaient au firmament.
La foule près de lui passait inattentive;
Soudain, à son aspect, elle devient craintive.
De pénibles pensers s'élèvent dans leurs cœurs.
On s'écarte, on recule; alors, les yeux en pleurs,
Les bras tendus au ciel, le héros les appelle.
Tous ses traits sont empreints d'une douleur cruelle.
Il implore en ces mots, d'un accent suppliant,
Ce peuple à son aspect de tous côtés fuyant :

« Peuple chéri de Dieu, dites-moi quel génie
Me fait trouver en vous une fibre ennemie !
Pourquoi me fuyez-vous ? Par quel comble de maux
Ma présence ôte-t-elle à ces lieux le repos ?
Vous savez qui e suis : la terre me vit naître,
Et c'est le même Dieu qui nous a donné l'être.
Vous êtes ses élus : devenez mes amis.
Parlez ! de vous entendre , ah ! qu'il me soit permis !
N'ayez pas de frayeur ; soyez sans défiance :
De vos concitoyens n'ai-je pas l'apparence ?
C'est votre humanité que j'implore aujourd'hui.
Misérable mortel, sans secours , sans appui ,
C'est guidé par l'amour que dans ces lieux j'arrive.
Rendez un peu d'espoir à mon âme plaintive,
Et ne refusez pas vos soins au malheureux
Qui se voue au bonheur d'un peuple généreux.
Si je parais ici, n'accusez que mon zèle.
Le Dieu que nous aimons auprès de vous m'appelle.
Vous le savez trop bien, les lieux que j'ai quittés
N'offrent pas un seul sa   leurs vastes cités.
Dieu , qui lit dans mon cœur, à tous mes vœux accède.
Il me conduit ici pour trouver un remède
Aux peines des humains. » Il se tait : ses accents
Du sage Philothée ont dominé les sens ;
Il s'approche de lui : « Fils ingrat de la terre,
Dit-il, ici tu viens étaler ta misère !
Ta présence pour nous est un sujet d'horreur.
Ton âme à nos regards offre sa profondeur.
Ils y voient les forfaits dont tu connais l'histoire,
Et l'homme à qui Dieu parle et qui ne veut le croire;
Ses penchants odieux et les crimes divers
Dont, pendant six mille ans, vos fronts se sont couverts.

Le peuple aimé de Dieu, qui pourtant te délaisse,
Tu peux le voir à toi venir plein d'allégresse.
De ton âme à l'instant chasse l'impureté.
Qu'un baptême de feu par toi soit accepté.
Abandonne ton corps à d'horribles tortures ;
Alors au premier rang parmi les créatures
Tu marcheras. » — « De Dieu je bénis les décrets,
Dit Louis. O mon peuple,.... agis : je me soumets. »

Philothée, à ces mots, le couvre d'un long voile.
On s'arrête... Ses yeux fixent la sombre toile.
Par un disque éclatant le voile est enflammé.
Sur le sol le héros s'affaisse consumé.
Un seul mot s'échappa de la cendre rougie :
« Que je souffre, mon ·Dieu ! mais je vous remercie. »
Le feu du sacrifice a consumé les chairs,
Et de débris gazeux noirci le champ des airs.
Un prodige éclatant s'offre alors à la foule :
De l'âme de Louis l'histoire se déroule.
Tout ce qui sur la terre avait frappé ses sens
Prend un corps, une forme et des traits saisissants.
La Générosité, sur un trône de gloire,
Recevait un triomphe inconnu dans l'histoire.
Un grand peuple, soumis au joug de cent tyrans,
Fait retentir les airs de ses cris déchirants.
Il demande au Très-Haut de punir leur audace.
Une couronne en poudre erre au sein de l'espace ;
Chaque étincelle d'or tombe sur chaque front,
Glisse jusques aux yeux, aux larmes se confond.
Le Ciel reçoit les vœux et les larmes brûlantes.
La couronne reprend ses formes éclatantes,
S'élève et redescend, affermie en son choix ;

Sur celui que chacun contemplait à la fois.
L'air retentit soudain de clameurs d'allégresse ;
Près du trône éclatant un grand peuple se presse.
Des spectres, à l'entour, avides de trésors ;
Étendaient leurs longs bras, et souillaient les abords.
L'Ignorance crédule, en phalanges grossières,
Fait retentir leurs os sous un torrent de pierres,
Et ces monstres hideux, de leurs débiles mains,
Jettent sur le carreau leurs poignards assassins.
Pour jamais dégoûtés de complots inutiles,
Le cœur encor gonflé du venin des reptiles,
Ils meurtrissaient leurs flancs de leurs membres hideux,
Et par de longs combats se déchiraient entre eux.
Ces immondes objets, l'horreur des créatures,
S'élèvent dans les cieux dans des sphères impures,
Entraînant avec eux les penchants, les forfaits,
Qui si long-temps du monde avaient troublé la paix.

Puis l'âme de Louis retombe vers sa cendre,
Et la vie en son sein commence à se répandre.
Son corps renaît, s'accroît par la douce chaleur,
Et le héros s'offrit dans toute sa splendeur.
Son âme était sans tache : elle est régénérée.
Il voit autour de lui la foule rassurée.

Philothée aussitôt le serre dans ses bras.
Philothée chaque jour attendait le trépas ;
Son front comptait alors trente fois cent années :
Les roses de son teint sont loin d'être fanées ;
Et pourtant de ses jours les degrés sont remplis.
Pour la dernière fois il regarde Louis,

S'affaisse lentement ; il tombe sur la terre,
Et dort comme un enfant sur le sein de sa mère.

On vit alors son corps s'entourer de vapeurs,
S'étendre et se parer de brillantes couleurs,
Gagner en grandissant les plaines éthérées.
Une urne d'or contient ses cendres vénérées.
Le peuple vient prier sur ses pieux débris.
Un globe recevait ses immortels esprits.
D'une vive clarté soudain il s'illumine,
Monte, s'élève au lieu que le Ciel lui destine,
S'arrête, brille au loin dans l'espace étoilé,
Astre caché le jour, par la nuit dévoilé.

Louis mêle des pleurs, des pleurs sans amertume,
Aux pleurs que dans les cœurs son souvenir allume.
Pendant qu'il s'abandonne à son recueillement,
Une main sur son bras se pose doucement :
« O surprise ! c'est toi que la France révère !
O grand Napoléon, le frère de mon père !
Si la joie arrêtait les mouvements du cœur,
L'héritier de ton nom périrait de bonheur. »

— « Je connais le dessein qui dans ces lieux t'amène,
Dit l'illustre martyr du roc de Sainte-Hélène :
Si tu voulus régner, c'est moi qui t'inspirai ;
Sur un trône abattu c'est moi qui te guidai ;
C'est moi qui dans ton cœur éveillai ton courage
Pour l'opposer aux coups du plus terrible orage
Qui menaçait la France, et le Ciel aujourd'hui
Veut que ma voix encor te donne son appui.
Suis mes pas : à tes yeux qu'en ce jour je présente
Les moyens d'écarter le soin qui te tourmente. »

Il dit. Les deux héros s'avancent sur un mont
D'où se développait un immense horizon.
A leurs regards soudain se présente une sphère :
« Vois, dit-il à Louis : reconnais-tu la terre ?
Là vont se dérouler tous les évènements
Qu'entraîne dans son cours le grand fleuve des temps. »

La terre leur offrit sa riante figure ,
Ses mers, ses continents , ses forêts, leur verdure.
Puis l'Europe et l'Asie étalent leurs cités,
Leurs peuples et leurs rois de soucis tourmentés.
L'Amour et la Pitié s'éveillent dans son âme ;
D'une trop longue absence en secret il se blâme :
« O sphère infortunée, obéis à ma voix :
Montre, dit le héros, ta naissance et tes lois. »

La force qui retient en masse sa matière
Cesse. Le globe entier se résout en poussière ;
Ses gaz et ses vapeurs sont réduits au néant ,
Et reposent au sein de l'abîme effrayant.
Tel était l'univers lorsque l'Être suprême
Dans l'espace infini ne voulut que lui-même ;
Qu'il était seul la vie et l'unique flambeau.
Le globe anéanti conserve son noyau ,
De la division limite imperceptible ,
Qui présente à Dieu seul un élément sensible.
Doués par son esprit d'un pouvoir immortel,
Les atômes voisins courent à son appel ,
Se rangent en tous sens en ordre à sa surface,
Fondent leurs corps légers dans sa naissante masse.
Par un essor plus prompt les corps privés d'appui ,
Par le vide attirés , sont entraînés vers lui.

A peine les débris ont touché l'étincelle
Qu'ils sont réduits en feu ; ils flambent autour d'elle.
La cendre est attachée au noyau rutilant
Qui déjà dans l'espace offre un globe brillant.
Tout s'ébranle à l'instant dans la voûte profonde :
L'éclair étend ses feux, et le tonnerre gronde.
Vers le centre commun accélérant ses pas,
La matière se livre à d'horribles combats.
Les métaux embrasés, et les gaz, et la glaise,
Liquides ou durcis, fondent sur la fournaise.
Leurs blocs et leurs torrents, avec un bruit affreux,
De ce vaste incendie alimentent les feux.
La terre à chaque instant voit accroître sa masse
Par la chute des corps qui désertent l'espace.
Divers, à l'infini, de forme et de grosseur,
Nouvellement formés, mus par la pesanteur,
D'immenses bancs de fer, de terres et de roches
Du centre de la terre atteignent les approches.
Il oscille, il s'ébranle, et dans l'immensité,
Comme le bloc qui tombe, est au loin transporté.
Il fuyait ; sous ses lois le soleil le ramène,
Par un double lien à son foyer l'enchaîne,
Et, pour conserver seul l'empire de ces lieux,
Sous un épais limon engloutira ses feux.

Ses torrides rayons contre eux poussent et chassent
Les humides vapeurs qui dans les airs s'entassent.
Elles planent au sein des froides régions,
S'étendent sur la terre en épais tourbillons,
Et forment autour d'elle un océan immense
Qui sur ses propres feux s'appuie et se balance,
Se rapproche, s'éloigne, éprouvant à la fois

Et la fureur des feux et des vapeurs le poids.
La liquide vapeur, bouillonnante de rage,
Jusqu'au sein du brasier s'ouvre un large passage ;
Mais, impuissante encor, cédant à sa fureur,
En brumeux tourbillons fuit, gagne la hauteur.
Le froid glace ses flancs ; la voûte alors s'affaisse,
Puis se relève encor par l'effort qui la presse.

 L'astre ne reçoit plus le tribut généreux
Que ses rayons sans cesse apportaient à ses feux ;
Leur ardeur dévorante en vains efforts s'épuise ;
L'onde étouffe en son sein le feu qui la divise ;
La terre avec effroi voit la fin du combat ;
Son disque s'obscurcit : elle perd son éclat.
Les astres d'alentour la cherchent dans l'espace :
Ils ne voient de ces feux qu'une légère trace.
Du sombre réservoir des perles à grands flots
S'abattent tout à coup sur les vastes fourneaux,
Remontent vers le ciel, à d'autres font passage
Qui tombent en grondant de fureur et de rage,
Subissant à leur tour le pouvoir des rayons,
S'élèvent dans les airs en épais tourbillons.
Pendant long-temps encor cette lutte acharnée
D'un triomphe certain retient la destinée.
Le liquide élément pourtant à chaque pas
Sent faiblir son rival, et redescend plus bas.
Tout à coup le feu cède. Alors, comme une trombe,
Sur le globe vaincu l'Océan entier tombe.
C'en est fait pour toujours : le brasier est éteint :
Il gronde sourdement sous l'onde qui l'étreint,
Soulevant jusqu'aux cieux une fumée impure,
Qui cache l'astre entier sous une voûte obscure.

La surface n'est plus qu'un océan boueux
Roulant sur le brasier ses flots tumultueux ;
La terre désormais reçoit un joug étrange ;
Ses feux sont engloutis sous un amas de fange,
Qui bientôt se dessèche au contact des fourneaux,
Et reste molle encor sous le torrent des eaux.
Mais le dernier torrent tombé sur sa surface
De la terre ébranlée a fait tourner la masse
Sur un axe central. La terre, tour à tour,
Présente tous ses points aux feux du dieu du jour.

Louis prévoit déjà qu'avec un plan si sage
Dieu fera de ses biens un inégal partage.

« O grand Dieu ! dit la Terre, errante dans les cieux.
Je ne montrerai plus qu'un globe ténébreux.
Les flots de ton abîme, en délayant ma cendre,
M'empêchent désormais de rien plus entreprendre.
Accorde à ma prière une seule faveur :
Puissé-je publier ta gloire et ta grandeur ! »

Elle dit, et soudain ses vastes flancs frissonnent;
Jusqu'au terme des cieux ses cavernes résonnent
Les feux emprisonnés sous les flots vagabonds
Soulèvent les parois de leurs lourdes prisons,
Et lancent autour d'eux un immense mélange
De débris calcinés, de laves et de fange.
Le flot qui les recouvre a subi leurs efforts :
Il contemple le gouffre ; il mugit sur ses bords ;
Il se gonfle, il s'élève ; un instant il hésite,
Puis, ainsi que la foudre, au fond se précipite;
Sur les débris brûlants il s'élance, il bondit ;

Au sein de l'incendie il s'allonge et mugit.
A l'ardeur des brasiers , dans cet abîme immense,
L'onde vaporisée ajoute sa puissance.
Puis tout change d'aspect dans ce séjour d'horreur :
Ce n'est plus des torrents de lave ou de vapeur :
C'est un peuple en courroux , au flamboyant visage,
Aux membres monstrueux , qui dans les flammes nage ;
C'est un géant armé de rochers rutilants ,
Qui prépare à lutter ses nombreux combattants.
Sur la lave rougie ici le serpent roule ;
Là des yeux du lion la flamme à flots découle;
L'aigle étend ses longs pieds contre le flanc de l'ours ;
Un énorme taureau se défend des vautours.
Tous ces êtres affreux ont des têtes humaines;
Ils respirent la flamme, elle court en leurs veines;
La flamme est leur coiffure , elle est leur vêtement ;
La flamme est leur boisson et leur seul aliment.

Le dôme est ébranlé : c'est une voix tonnante
Qui presse à ses devoirs la légion ardente.
C'est la voix de leur chef : « Des cieux vous habitants ,
Qui de Dieu partagiez et l'espace et le temps,
Verrai-je encor,. dit-il , votre illustre phalange
Captive dans ses feux sous un dôme de fange ?
Fuyons ! pour l'empirée abandonnons ces lieux :
Que cette voûte cède à nos bras vigoureux ! »

Il dit. De mille cris le globe entier résonne ;
Du centre à ses confins la troupe s'échelonne ;
Ils unissent leurs bras en un même faisceau,
Et frappent à grands coups leur torride tombea ,
Tout pétris de charbon , de salpêtre et de soufre.

7

Ils portent leurs efforts sur tous les points du gouffre.
De leur lourde prison repoussant les parois,
Ils tracent sur le sol le cours de leurs exploits.
Par des monts aux longs flancs la voûte se découpe ;
Le dôme résistant, ils façonnent leur croupe.
Sur mille points divers la fureur des démons
Par des chocs furieux ébranle leurs cloisons.
Repoussé par leur coups, le dôme se soulève ;
Ils redoublent d'efforts : il tremble, il tonne, il crève.
Alors les bataillons s'élancent par torrents,
S'échappent en poussant d'horribles sifflements.
Armés de rocs brûlants, de laves enflammées,
Ils fuyaient leur prison par de larges trouées.
Ils voulaient entraîner ces débris vers les cieux :
Leurs impuissantes mains les retournaient contre eux.
Ils tombent sur le gouffre ; ils ferment le passage,
Et de nouveau captifs y concentrent leur rage.
Mais, privé des appuis échappés de ses flancs,
Le sol s'affaisse au bruit d'affreux mugissements.
Ils soulèvent des monts aux gigantesques cimes,
Et sillonnent le sol par de profonds abîmes.

La terre reprenait son aspect lumineux,
Couronnée en tous sens par des gerbes de feux ;
Mais cet éclat bientôt en ténèbres se change :
Les débris retombés s'éteignent dans la fange,
Roulent avec fracas dans les gouffres béants,
Étouffent pour jamais l'ardeur des combattants.
Ces démons sont captifs au sein des incendies
Pour y subir le prix de leurs forfaits impies.
Cet horrible brasier doit être le séjour
Qu'aux âmes des méchants le Ciel réserve un jour.

La terre n'offre plus désormais à la vue
Des héros que des pics qui menacent la nue,
Des abîmes profonds. Ce dôme dévasté
Leur montrait un succès chèrement acheté.
A ces pieux témoins cette scène émouvante
Offrait de l'Éternel partout la main puissante.

Les siècles à venir verront avec horreur
Les feux emprisonnés ranimer leur fureur :
Ils briseront encor leurs voûtes souterraines ;
D'affreux déchirements sillonneront les plaines ;
Au sein de leurs cités les peuples effrayés
Verront le sol tremblant s'entr'ouvrir sous leurs pieds.
Un jour le laboureur, en cultivant ses terres,
De son soc heurtera mille débris de pierres ;
D'un œil plein d'épouvante il verra le rocher,
Incliné sur son front, sur sa tête pencher :
Il le contemplera surplombant sur sa base ;
Il entendra cés mots : « Recule , ou je t'écrase !
Puis suppute mes ans et les combats affreux
Que j'ai dû soutenir pour résister aux feux ».

Mais, telle qu'une mère aux souffrances en proie,
Après de longs efforts, s'épanouit de joie
En sentant son enfant s'agiter sur son sein,
Déjà rêve pour lui le plus heureux destin :
De ces horreurs ainsi la terre délivrée
De trésors infinis va se voir entourée.
Elle s'enorgueillit de ses déchirements ,
Et d'un œil plein d'espoir voit ses débris fumants.

Déjà les eaux des monts abandonnent les cimes ,
Roulent en mugissant dans le fond des abîmes,
Dans leur rapide course excavent les sillons ,

Et préparent des lits à leurs flots vagabonds ;
De bassins en bassins et de pentes en pentes
Jusqu'aux derniers bas-fonds s'écoulent écumantes.
Le globe montre alors, sur tous les points divers,
Des torrents voyageurs et de tranquilles mers.

Mais un gaz enfanté par cette affreuse guerre
Entasse autour du globe une aride atmosphère ;
Gaz de vapeurs avide et de soif dévoré,
Qui trace vers les cieux son vol désespéré.
« Astre qui me vis naître, hélas ! ma voix t'implore.
Terre, apaise, dit-il, la soif qui me dévore.
Moi le plus doux produit échappé de ton flanc,
Fais qu'un sort plus heureux caresse ton enfant :
De ton onde avec moi fais un juste partage. »
Il dit, laisse aux rayons un facile passage.
Ils s'échappent soudain de leurs brûlants déserts,
Et dardent sur les champs de la terre et des mers.
L'onde aux premiers baisers du feu qui la caresse
Se livre, et dans ses bras le presse avec ivresse.
Elle tremble, frémit, partage ses transports,
De son sein dilaté lui livre les trésors.
Témoins de leurs ébats et de leur jouissance,
Sur l'humide élément l'air planait en silence.
Il voit sortir des flots en légers tourbillons
Les invincibles fruits de l'onde et des rayons.
Il ouvre à leur essor son limpide domaine ;
Et jusqu'à ses confins mollement les entraîne.
« Ah ! dit l'onde, mes fils, ne soyez pas ingrats :
Élevez-vous aux cieux ; retournez sur vos pas ;
Par de nobles exploits enfantez les nuages,
Et revenez bientôt visiter mes rivages ;

A vos ébats livrez votre joyeuse ardeur,
Mais n'enfantez jamais qu'une vaine frayeur. »

Ces enfants ont trompé les désirs de leur mère;
Vers la voûte éthérée ils poussent leur carrière,
Et loin d'elle, en silence, ils planent triomphants.
L'onde donne naissance à de nouveaux enfants.
L'air ouvre à leur essor ses tranquilles domaines;
Les zéphirs et les vents troublent déjà ses plaines.
Invisibles d'abord, les légers tourbillons
Se groupent dans l'espace en sombres bataillons;
Sans cesse, lentement, serrant leurs intervalles,
Ils semblent s'avancer pour des luttes fatales.
L'air fait pour résister un effort impuissant;
Écrasé sous leur poids, il fuit en mugissant.
Courant de tous les points opposés de l'espace,
Des nuages épais s'élancent sur sa trace;
Poussés l'un contre l'autre, ils se heurtent entre eux,
Et de leurs sombres flancs jaillissent mille feux.
Ce n'est plus des vapeurs : en onde sur la terre
Ils tombent par torrents, et vont joindre leur mère.
Le trouble au sein des airs, sur la terre et les flots,
Offre un globe en ruine aux regards des héros.
Cependant des rayons la troupe flamboyante
S'empresse d'arrêter cette lutte effrayante.
Au séjour de l'orage ils aiguisent leurs traits;
Dans son humide sein ils s'ouvrent un accès,
Frappent les tourbillons, les lancent dans l'espace;
De leur présence enfin ils détruisent la trace.
Le monde redevient calme, silencieux,
Et l'air teinte d'azur le grand dôme des cieux.
Mais les feux du soleil s'attachent à la terre,
Et versent les vapeurs au sein de l'atmosphère.

Les héros sont témoins d'un spectacle enchanteur,
Qui d'admiration fait palpiter leur cœur :
Les rayons, doucement pénétrant dans les plaines,
Préparaient le passage aux humides haleines ;
Dans des temples secrets ces amoureux enfants
A leur douce union abandonnaient leurs sens.
De ces lits débordants de licite luxure
Surgissait en tous lieux la riante verdure.
La plante croît, s'élève, et couvre les coteaux.
Déjà l'arbuste étend ses flexibles rameaux
Sur les bords verdoyants ; les montagnes chenues
Élèvent les grands pins et les cèdres aux nues.
Leur regard se portait sur les champs radieux,
Et plongeait dans le sein des grands dômes ombreux.
Combien à cet aspect leur âme était ravie !
Mon Dieu, quelle grandeur, quelle douce harmonie !
Quel esprit prévoyant ! La nuit succède au jour ;
Du jour bientôt l'aurore annonce le retour ;
Sur le tendre feuillage et sur la plante avide
Elle agite les pleurs dont son voile est humide ;
Puis le soleil s'élève, et ses rayons brillants
Couvrent ce grand tableau d'un flot de diamants,
Qui, par mille couleurs, dans un air sans nuage,
Rayonne en faisceau d'or son éclatante image.
L'astre veut à la terre enlever ses trésors ;
Mais pour les conserver elle fait ses efforts :
Elle ouvre sous leur poids des routes souterraines.
Captives dans son sein, les eaux brisent leurs chaînes,
Remontent vers les cieux en légères vapeurs,
Et sur la terre encor se répandent en pleurs.
Cette succession entretient sa verdure,
Et de fleurs et de fruits embellit sa ceinture.

✻

Oh ! qu'elle est belle ainsi ! Les astres radieux
La suivent dans son cours, de son sort envieux.
Une éternelle vie est enfin son partage :
Lui-même Dieu, charmé, sourit à son ouvrage.
Dans le fond des vallons, sur le bord des ruisseaux,
La plante se suspend aux troncs des arbrisseaux,
Fixe à ses tendres bras ses tiges sinueuses,
Entoure leurs rameaux de courbes gracieuses,
Mariant son feuillage orné de mille fleurs
A leurs fleurs., et luttant de formes, de couleurs,
Et, jusqu'à leur sommet élevant leurs guirlandes,
Ils semblent prier Dieu d'agréer leurs offrandes.

Qu'il est puissant Celui dont l'habile compas
A la vile matière a donné tant d'appas !
Ce n'était pas assez de cette symétrie
De formes, de couleurs, par ses mains établie :
Dieu répand dans la plante un gaz délicieux,
Qui parfume les airs, et monte vers les cieux.
L'air, la chaleur, unis aux innocentes tiges,
Offrent à ces héros mille nouveaux prodiges.
Sous la frêle enveloppe aux merveilleux tissus
Mille êtres animés, sensibles, sont issus.
La plus petite feuille est un vaste domaine
Où l'animal éclôt, s'accroît et se promène.
D'une sublime chaîne admirables anneaux,
Ils trouvent leur pâture auprès de leur berceau.
Cette œuvre merveilleuse, en beautés si féconde,
S'agrandit sous leurs yeux, sur la terre, dans l'onde.
A la voix du Seigneur naissent des animaux :
Ils peuplent les forêts. Au milieu des rameaux,
Mille oiseaux, variés de forme et de plumage,

Expriment leur bonheur dans leur charmant langage,
Pendant que le mammouth, pour assouvir ses flancs,
Jusqu'aux plus hauts sommets porte ses larges dents.
De tous ces êtres Dieu borna la destinée ;
Mais il leur imposa la loi de l'hyménée :
Les fleurs, les animaux, soumis à ses attraits,
Peuplèrent l'eau, les airs, les champs et les forêts,
Louis attendait l'homme avec impatience :
Aux desseins du Très-Haut il manque sa présence.
Alors il vit des corps, sous les flots engloutis,
Rouler leurs grandes eaux par le froid endurcis,
Qui, du Maître des cieux dociles émissaires,
Exploraient en courant les vides sous-tellaires.
Il les voit dans leur cours s'approcher des flambeaux,
En légères vapeurs sublimer leurs cristaux ;
Il les voit s'élancer vers les astres torrides,
Qui repoussent au loin leurs substances humides.
Si jamais par ces corps ils étaient envahis,
Par leur onde leurs feux seraient anéantis.
Vers le sombre côté de cette errante masse
La vapeur prend l'essor, autour d'elle s'entasse ;
La glace fond, s'enfuit vers le disque éclairé ;
Le liquide bientôt se trouve évaporé.
Cette nouvelle gerbe en l'espace s'élance,
Appuie au corps glacé sa pyramide immense,
Que poursuit vers les cieux la fureur des rayons
Qui portent leur éclat aux autres régions.
Ces corps, précipités dans la vague étendue,
Roulent vers cent soleils, qu'ils passent en revue.
L'un défie en son cours et l'espace et le temps ;
L'autre cède aux efforts des globes plus puissants,
Retourne sur ses pas par un détour immense.

Tout à coup vers la terre une masse s'avance ;
Ces corps vont se heurter : « Je tremble, dit Louis :
Leur choc jusqu'à nos pieds va lancer leurs débris. »
— « Non, répond l'immortel : la force qui les guide
Pousse chacun des corps sur un seul point du vide.
Tous deux obéissant à différentes lois,
Le point ne peut s'offrir aux masses à la fois. »
Les mers quittent leurs bords, s'élancent sur les cimes,
Mettent à découvert le fond de leurs abîmes.
Arrachés par les vents, les arbres, les forêts,
Voltigeant dans les airs, étaient leurs vains jouets ;
Les rochers des longs flancs des plus vastes montagnes
Tombent dans les vallons, et couvrent les campagnes ;
Les bassins sont fouillés jusqu'en leurs profondeurs,
De leurs larges débris reforment les hauteurs,
Et des feux souterrains la muraille amincie
Leur permet au dehors d'exercer leur furie.
Puis le corps s'éloigna du globe dévasté ;
Mais la terre à ses pas le retint arrêté.
Les héros spectateurs de l'horrible tourmente
Y découvrent de Dieu la main toute-puissante.
La terre recevra, pour prix de tant de maux,
Et des charmes sans nombre et des bienfaits nouveaux.

Les jours avaient d'abord une même durée :
Une zône toujours par les feux dévorée ;
Deux zônes gémissaient sous d'éternels glaçons.
Le printemps caressait deux autres régions.
Les pôles de la terre, en restant immobiles,
Voyaient sous les frimas leurs plaines infertiles,
Et semblaient protester, mornes, silencieux,
Ou contre la puissance ou l'équité des Cieux.

7*

Le corps dévastateur devient un satellite ;
Il dirige son cours dans un nouvel orbite ;
A la terre fidèle il attache son cours ,
Des rayons qu'il reçoit lui porte le secours.
L'obscurité des nuits sous son poids s'évapore,
Et se trouve changée en une blanche aurore.
A son aspect , les mers veulent franchir leurs bords ,
Mais retombent bientôt après de vains efforts,
La terre a donc perdu sa brillante parure ,
Mais recèle en son sein sa richesse future.
Son axe a dévié de ses premières lois :
Elle trace en son cours les saisons et les mois ,
Et leur durée ainsi put mesurer les âges.
Le feu, le froid sévit moins contre les rivages.
Elle recouvre enfin de ses premiers attraits
La tombe de ses fils engloutis à jamais.
Une vague douleur la fatigue et l'obsède ;
A son chagrin secret elle cherche un remède.
Elle adresse au Très-Haut sa suppliante voix :
« Daigne exaucer mes vœux pour la dernière fois.
D'un regard de pitié contemple mon empire ,
Que la souffrance habite , et que la mort déchire.
Parmi les animaux qui vivent sur mon sein ,
Nul ne peut adorer l'ouvrage de ta main.
Je souffre de les voir , errants à l'aventure ,
Occupés seulement d'amour et de pâture.
Crée un être nouveau qui songe à son auteur,
Qui de tes sages lois comprenne la grandeur,
Qui chante ta bonté, ta gloire et ta puissance,
Et se livre aux transports de sa reconnaissance. »

Dans un lieu que le Ciel a pris soin d'embellir,

Le Créateur voulut exaucer son désir.
Il était habité par ces êtres paisibles
Qui n'ont jamais senti les appétits horribles
Du sang et de la chair, où la plante des champs
Ne reçut dans son sein les poisons malfaisants.
Un grand fleuve argenté le borne à son rivage ,
Et mêle sa fraîcheur à celle de l'ombrage.
C'est là que des humains est le premier berceau.
Les premières lueurs du céleste flambeau ,
Les premiers chants de joie échappés des bocages,
Des plantes et des fleurs, et les premiers ombrages ,
Les premières douceurs des baisers du zéphir,
S'apprêtent à fêter l'homme qui va venir.
Il vient : le monde entier s'extasie à sa vue,
Et par ses doux concerts l'acclame et le salue.
Dieu lui donna son âme, et, pour former son corps ,
De la nature entière épuisa les trésors.
« Sois immortel, dit Dieu ; sois libre, et que ton âme
Bénisse son auteur et sans cesse l'acclame ! »
Mais un être jaloux, le démon l'entendit :
Il parle : l'homme cède. Hélas ! il est maudit.

Aux yeux des deux héros les annales humaines
Étalaient leurs exploits et leurs fatales scènes.
Ils voyaient s'écouler dans le fleuve du temps
Des longs siècles passés tous les évènements.
Louis sentit cent fois s'abattre son courage.
A l'aspect des tableaux de sang et de carnage ,
Il voulut fermer l'œil. Son oncle le retint.
« Attends encor : bientôt tu sauras ton destin. »
Tout à coup l'onde sort de ses profonds abîmes ,
Et couvre dans son sein et bourreaux et victimes.

La terre, ravagée et réduite aux abois,
Tremble de succomber une seconde fois,
Et sous la fange encor la malheureuse expie
Les forfaits consommés par une race impie.

   La terre cependant a repris son éclat :
Tout redevient bientôt dans son premier état.
D'un vaste continent les routes se remplissent
De guerriers ; les échos de hourras retentissent.
Aux rives du Bosphore, un peuple malheureux
Appelle à son secours un peuple généreux.
Un ange est à leur tête, et guide leur bannière,
Et soudain des combats il ouvre la carrière.
Des tourbillons de poudre, élancés des canons,
D'un grand nuage noir couvrent les bataillons.
Les longs traits des éclairs les coupent, les sillonnent ;
Le tonnerre et le bronze aux champs des cieux résonnent ;
La guerre assouvissait la soif de son poignard,
Et sur les malheureux faisait rouler son char.
Les héros spectateurs de la lutte acharnée
En hâtaient de leurs vœux l'heureuse destinée.
Les bataillons du nord, à pas précipités,
Dans leurs vastes remparts fuyaient déconcertés.
Sur le champ du combat, où les blessés se roulent,
Où râlent les mourants, où des flots de sang coulent,
Louis-Napoléon y tenait attachés
Ses yeux, qui de ses mains sont tout à coup cachés.
Il voyait un héros environné de gloire
Payer par son trépas le prix de sa victoire.
Il exhale un soupir ; des pleurs mouillent ses yeux.
Il veut se dérober à ce spectacle affreux.
« Dieu ! quel pressentiment vient torturer mon âme !

Ô mon ami, dit-il, la généreuse flamme
Qui te donna la vie, et fit battre ton cœur
Pour ton noble pays et pour ton empereur,
S'élève dans les cieux sur la plage lointaine.
Horrible vision, sois mensongère ou vaine. »

    Auprès de ce héros est un chef adoré
Qui de lui recevait l'insigne vénéré.
Ses compagnons de guerre acclament sa présence,
De la mort de leur chef allégent la souffrance.
Le guerrier emportait un triomphe nouveau,
Et son front s'inclinait devant chaque drapeau.
Puis le champ se couvrit d'un grand manteau de neige ;
La Peine, la Douleur, leur sinistre cortége,
Sévissaient avec rage au milieu des brouillards
Contre les combattants sur les glaçons épars.
Un météore issu de la France africaine
A traversé les mers. Il s'abat sur la plaine,
Qui resplendit soudain d'éclatantes lueurs.
La cité disparaît, et de tant de grandeurs
Il n'est plus que débris, solitude et silence :
Les bataillons vainqueurs ont regagné la France.
Napoléon les voit déposer à ses pieds
Les drapeaux mutilés à leurs soins confiés,
Et ceux qui de leur sang ont payé la victoire
Disaient : « Prince, les morts bénissent ta mémoire ».

    Un héros attachait ses regards sur Louis ;
Il lui tendait ses bras, faibles, appesantis ;
Il lui fait ses adieux, puis au séjour des anges
Il s'élève, suivi de ses nobles phalanges.
O grand Dieu, dit Louis, puisque de tes décrets

Tu daignes me montrer les augustes arrêts,
O toi qui m'accordas tous les biens en partage,
Adoucis les malheurs que ta voix me présage. »

D'un voile tout à coup le tableau s'est couvert.
La terre est effacée : il ne voit qu'un désert.
Ses yeux sont impuissants ; sa tâche était remplie.
Napoléon premier lui tend sa main amie,
Le presse sur son cœur, et lui fait ses adieux,
L'embrasse, et tout à coup disparaît à ses yeux.

Louis porte ses pas où son devoir l'appelle.
Une voix lui criait de s'y montrer rebelle :
« Pourquoi quitter ces lieux si remplis de douceurs ?
Renonce pour jamais au séjour des horreurs ;
Abandonne ton peuple : un jour l'ingratitude
Pourrait être le prix de ta sollicitude. »
— « Non, dit Louis : je pars ; j'abhorre tes discours,
Je connais mon devoir : il m'appelle ; j'y cours. »

Pour la dernière fois il regarde la sphère,
Et d'un rapide essor s'élance vers la terre.
Il accourt à sa chaîne, auprès des malheureux,
Ou pour les soulager, ou souffrir avec eux.
Son âme touche enfin aux rives de la Seine.
Il s'émeut en voyant sa cité souveraine,
Et l'aspect de ces lieux chers à son noble cœur
Le fait bondir d'espoir, de joie et de bonheur.

CHANT VI.

Au palais cependant la savante assemblée
Était dans ses débats incertaine et troublée.
Le silence régnait. Tout à coup à ses yeux
D'une flamme paraît l'éclat mystérieux ;
Puis d'un orbe brillant le conseil se couronne.
Ces guerriers, ces héros qu'aucun forfait n'étonne ,
Que, sous un roc roulant pour les ensevelir,
Nul n'aurait vu broncher, ni trembler, ni pàlir,
Entendirent ces mots : « Les peuples de la terre
Attendent de la France une ère plus prospère.
Parmi les nations elle reprend son rang.
Un sacrifice affreux, sacrifice de sang,
Réclame ses soldats au bord de la mer Noire ;
Il appelle sur eux une éternelle gloire.
Par l'honneur entraînés, des héros étrangers
Doivent dans les combats partager leurs dangers. »

La parole s'éteint, l'auréole s'élève,
Disparaît : le conseil écoute encore et rêve ;
Ce prodige étonnant lui trace son devoir :
C'est la guerre. Ali sort le cœur rempli d'espoir.

Le vizir, délivré du souci qui l'oppresse,
Abandonne son cœur à la plus douce ivresse.
Il ne craint plus la guerre; il ne veut plus la paix :
Il veut que Nicolas, ferme dans ses projets,
Aveuglé par l'orgueil, et le cœur en délire,
Trouve sur son rivage, au sein de son empire,
De ses complots pervers le juste châtiment.

Puis son penser le porte au palais du sultan.
Oh! qu'il voudrait l'instruire! Il maudit la distance
Qui sépare l'Euxin des rives de la France.

Napoléon, qui lit au fond du cœur humain,
Attendait le vizir. Le sceau du souverain
Imprimait sur la pourpre une aigle impériale.
A l'instant du palais Ali franchit la dalle;
Au noble bienfaiteur de ces fortunés bords
De sa reconnaissance il montre les transports.
« Prends, lui dit l'empereur, ce pli pour ton monarque :
De nos intentions il trouvera la marque.
Pars. Le moindre délai pour son généreux cœur
Est un siècle rempli de peine et de douleur. »

Le vizir a quitté les rives de la Seine;
La torride vapeur vers Marseille l'entraîne
Sur les lignes de fer. La vapeur sur les flots
Unissait sa puissance aux bras des matelots,
Poussait l'aigle de France aux portes de l'aurore,
Et bientôt le vizir entrait dans le Bosphore.
Soudain sur son vaisseau la puissante Albion
Près de celui de France hisse son pavillon;
Puis celui du sultan entre eux monte à la nue.
L'éclat de vingt canons aussitôt les salue.

De la grande cité le peuple soucieux
Roule vers le rivage en flots tumultueux.
A ses cris, le sultan vers son balcon s'empresse.
L'air porte jusqu'à lui des clameurs d'allégresse ;
Il quitte ses salons à pas précipités,
Et franchit à l'instant ses jardins enchantés.
Dans son cœur rayonnait la plus vive espérance ;
Mais, dès qu'il entendit ces mots : « Vive la France ! »
« Mon empire est sauvé ! Grand, généreux Louis,
Dit-il, de ton éclat je ne suis pas surpris.
Le Ciel, en te donnant le plus noble des trônes,
Te choisit pour soutien des peuples, des couronnes.
Quand tu vis la Folie acharnée à tes pas,
Pourquoi n'es-tu venu te jeter en mes bras ? »
Là garde qui veillait aux portes du rivage
Au grand-vizir alors donnait libre passage.
Le regard radieux, la joie au fond du cœur,
Il remet au sultan l'écrit de l'empereur.

Abdul Medjid des yeux dévore l'écriture.
Une larme de joie interrompt sa lecture.
A la dernière ligne, à genoux sur le sol
Il tombe, et sa prière au Ciel étend son vol.

Telle une jeune mère, au berceau qu'elle berce,
Mouille son pâle enfant des larmes qu'elle verse,
Consulte à demi-mot, le cœur privé d'espoir,
Celui qui de la Mort conjure le pouvoir.
Il a souri : le Ciel veut conserver sa vie :
« Il vivra donc mon fils ! Dieu, je vous remercie ! »
A ces mots, à genoux, bénissant le Seigneur,
Elle éclate en transports de joie et de bonheur.

Ainsi des musulmans le monarque et le père ,
Qui voit ses beaux États préservés de la guerre,
Ordonne qu'en tout lieu les temples soient ouverts,
Et que des chants pieux résonnent dans les airs.

C'était l'heure où la fleur et la plaine liquide
N'élevaient plus aux cieux leur tourbillon humide,
Où les champs, les vallons, calmes, silencieux,
Attendaient les bienfaits qui découlent des cieux.
Depuis le jour qu'Ali quitta ce beau rivage,
Fatmah de son amant n'a pas perdu l'image :
Des parfums les plus purs l'amour flattait ses sens.
Le Ciel charmait son cœur de doux pressentiments ;
Elle cède soudain à la voix qui lui crie :
« Celui que vous aimez, dont vous êtes chérie,
Qui d'un peuple joyeux exalte les transports ,
Comme un dieu tutélaire arrive sur ces bords ».
Qui peut la retenir ? Le sultan abandonne
Sa fille libre aux soins de sa propre personne.
Elle sort du palais ; sa compagne la suit
Sous des bosquets voilés par l'ombre de la nuit.
Sa compagne s'arrête. Elle, d'un pas rapide ,
Sur le gazon s'élance ainsi qu'une sylphide.

Du voile de Fatmah l'éclatante blancheur
A travers le feuillage a frappé l'empereur.
« Viens vers moi, mon enfant, dit-il à la princesse;
Viens, toi que mon bonheur doit combler d'allégresse, »
Elle court vers son père ; arrive dans ses bras,
Et cache sur son cœur son pudique embarras.
« Près du vizir pourquoi te vois-je ainsi troublée
Quand son âme vers toi de joie est accablée ?

Je pensais en ce jour, en prince généreux,
Si ton cœur y consent, vous fiancer tous deux.
Je ne puis lui donner plus douce récompense. »

Ali par son regard trahissait son silence.
Fatmah tendit la main. Ivre de son bonheur,
Il y pose un baiser qui fait bondir son cœur,
Une perle de joie a coulé sur ta joue,
O Fatmah, le rubis qui sur ton front se joue
A moins d'appas. « Ce jour est le plus beau des miens,
Dit le sultan. Le Ciel bénira vos liens.
De votre longue absence écartez la tristesse.
Je suis heureux, Ali, d'accomplir ma promesse.
Lorsque dans mon palais le bonheur vient d'entrer,
Que dans les cœurs que j'aime il puisse pénétrer. »
L'étoile pâlissait ; aux flots de l'Atlantide
Elle éteignait ses feux dans sa marche rapide.
L'astre du jour paraît. Les ministres, les grands,
Qui veillent au destin des États musulmans,
Occupaient du palais la salle impériale.
Abdul Medjid arrive ; à leurs yeux il étale
Le pli baisé trois fois au sortir de son sein ;
Il lit : « Grand empereur, gracieux souverain,
Les peuples d'Occident, à tes vœux favorables,
Tenteront d'arrêter tes rivaux redoutables.
Compte sur nos vaisseaux, compte sur nos soldats :
Les efforts de leurs cœurs ne te manqueront pas.
A tes hautes vertus le monde rend hommage :
Sans cesse de la paix tu parlas le langage.
La France et l'Angleterre ont fait vœu solennel
D'expulser de tes bords ton ennemi cruel.
T'attacher à nos cours voilà notre espérance ;

Ton affranchissement sera ta récompense.
L'Occident à ton peuple offre un noble concert ,
Dont le temple à ses pas sera toujours ouvert.
Sois béni : nos soldats aux rives du Bosphore
Vont marcher ; car jamais en vain on ne m'implore.
Pour la dernière fois auprès de Nicolas
J'exposerai des vœux qu'il n'écoutera pas. »

Tel , quand , aux plus longs jours , la canicule ardente
Porte au sein de tout être une soif dévorante,
Le soleil tout à coup voile son disque en feu ;
L'éclair brille et prélude au grand concert de Dieu :
Bientôt la pluie à flots s'écoule des nuages ;
La verdure renaît au sein des pâturages ;
L'air retentit au loin du concert des oiseaux ,
Qui rendent grâce à Dieu de terminer leurs maux.
Ainsi cette promesse aux peuples étalée
Apporte le bonheur dans l'illustre assemblée :
« Puisse , dit–elle , hélas ! l'empereur des Français
Trouver le czar sensible aux accents de la paix ! »
Des cris, les mêmes cris , ont rompu le silence :
« Vivent Napoléon , l'Angleterre et la France ! »

Alors la politique allait sur d'autres bords ,
Pour obtenir la paix , tenter d'autres efforts.

Lord Russel , de Morny, de leurs cours mandataires ,
Du monarque du Nord avaient touché les terres ;
Deux coursiers vigoureux , qui blanchissent le frein ,
Rapides les portaient auprès du souverain.
Leurs vœux sont exposés aux serviteurs fidèles
Près de Sa Majesté premières sentinelles.

Le czar, facile aux vœux de ces ambassadeurs,
Les reçoit entouré des grands et des seigneurs.
Sur son superbe front brille le diadème ;
Dans sa main du pouvoir est l'insigne suprême ;
Son port majestueux inspire le respect ;
Il exige de tous : tout tremble à son aspect,
Car on le vit toujours outré, soit qu'il dispense
Ou la punition ou bien la récompense.
Vers les ambassadeurs un signe de la main
Leur montre qu'il écoute. « Auguste souverain,
Dit de Morny, du Ciel la sagesse profonde
Vous a donné l'État le plus vaste du monde.
L'Occident avec joie à vu jusqu'aujourd'hui
La splendeur et l'éclat que vous versez sur lui.
Mon maître à vos vertus rend un saint témoignage,
Et de son amitié vous présente l'hommage.
Au nom de votre gloire et de votre équité,
Permettez que j'expose à Votre Majesté
Les vœux du souverain dont je suis l'interprète.
Puisse, grand empereur, ma voix rester muette
Si mon discours, trompant sa noble intention,
D'un mensonge hideux vous montrait le poison !

« Sire, de vos soldats l'invincible courage
Porte le désespoir sur un lointain rivage.
Des cris de vos guerriers l'univers est troublé.
Au sein de leurs cités les peuples ont tremblé.
Vous foulez en vainqueur le sol de la Turquie.
Constantinople aura le sort de Varsovie.
L'Occident aussi tremble ; il sent que, quelque jour,
Il devra partager son destin à son tour.
Dites un mot, seigneur : le bonheur et la joie
Banniront la frayeur dont l'Europe est la proie. »

Morny se tait. Le czar répond à ce discours :
« Nobles ambassadeurs, vous direz à vos cours
Que j'ai pour mes desseins employé bien des veilles !
Le pontife de Rome a frappé mes oreilles
Des graves embarras que j'assume sur moi.
L'Occident m'est contraire, et le vois sans effroi ,
Car la religion seule anime mon zèle.
Jamais la guerre n'eut une cause plus belle.
Mes yeux sont encor pleins de ces âges pieux
Où les croisés allaient mourir pour les saints lieux ;
Où la France, Albion , l'Espagne et l'Italie ,
L'Allemagne, à l'envi, s'élançaient sur l'Asie.
L'Europe avait pour but de sauver les chrétiens :
Les droits qu'ils se donnaient sont devenus les miens.
Protecteur dévoué de la foi catholique ,
L'étendre , l'enseigner sera ma tâche unique.
Loin de porter ainsi l'alarme dans vos cœurs ,
Je vous verrai jouir du fruit de mes labeurs.

» Vous invoquez la Paix quand je vois l'Angleterre
Porter sur les Birmans les horreurs de la guerre ?
Lorsque l'Algérien sous les coups des Français
Tombe jusqu'au dernier, vous m'imposez la paix ?
Faites donc de la Paix une si belle image
Pendant qu'autour de moi l'on se livre au carnage....
M'a-t-on vu quelquefois m'opposer à vos plans ?
Menez, Français, Anglais, vos nombreux combattants
Partout où vous croirez chasser la barbarie,
Où vous ferez fleurir les arts et l'industrie.

» Le Ciel même à mon âme a dicté son dessein :
Il conduira mon aigle aux rives de l'Euxin.

Je veux que le sultan renonce à sa doctrine;
Qu'aux pieds de Jésus-Christ son Mahomet s'incline.
Contre ce fils de l'homme, exécrable imposteur,
Je me voue en entier aux enfants du Seigneur.
Russel, Victoria, ma constante alliée,
De mes projets est-elle aussi contrariée?
Dois-je m'attendre, hélas! à frapper ses soldats? »

— « Sire, dit lord Russel, l'avenir des États
Se présente à nos yeux rempli d'inquiétude.
Si nous avions, seigneur, la ferme certitude
Que ce trône éclatant où l'on vous voit briller
Eût un czar tel que vous toujours pour héritier,
Concourant aux projets que vous croyez si sages,
On nous verrait marcher sur ces mêmes rivages,
Protéger les chrétiens de l'empire ottoman,
Substituer la Bible aux pages du Coran :
La Turquie aussitôt serait évangélique.
Mais cet espoir encor n'est-il pas chimérique?
Si la Guerre décide entre le Rédempteur
Et des mahométans le prophète menteur,
Les grecs et les romains, par un semblable zèle,
Se feront dans deux ans une guerre nouvelle
Pour décider des grecs, romains, ou protestants,
Qui d'eux imposera sa doctrine aux croyants.
Contre le fanatisme alors plus de refuge....
Le sang remplacera l'eau d'un nouveau déluge.
Dans son opinion toujours persécuté,
L'homme perdra la vie ou bien la liberté.
Ah! laissez les humains, libres dans leur croyance,
Louer, adorer Dieu suivant leur conscience;
Que, sur toute la terre, à la grâce soumis,

Ils puissent à leur choix chercher le lieu promis !

« Dieu veut-il que ce soit le fer sur la poitrine
Qu'on impose aux mortels telle ou telle doctrine?
Au partage des cieux menez l'homme à la mort
En montrant à ses yeux quel doit être son sort;
Faites que l'homme ici vive heureux et tranquille;
Par d'équitables lois protégez son asile,
Et dans tout l'univers le prêtre à son autel
Unira votre nom au nom de l'Éternel. »

Le czar répond : « Il n'est qu'un seul soleil qui brille
Pour la terre : un seul chef doit régler sa famille;
Un seul dogme pour Dieu, pour le monde une foi.
Ce chef, ce dogme unique et cette foi, c'est moi! »

— « Quand Votre Majesté pour la paix des deux mondes
Nous montrait son amour par des preuves profondes;
Quand vos soins, dit Morny, comprimèrent l'ardeur,
Le délire insensé des partis en fureur,
Ah! prouvez-nous encor que votre cœur désire
La paix pour nos États comme pour votre empire;
Suspendez donc, ô czar, l'élan de vos soldats;
Que loin de la Turquie ils dirigent leurs pas!
Traitez directement avec votre ennemie :
Vous verrez à vos vœux docile la Turquie.
Nos vaisseaux quitteront les rives de l'Euxin.
Que Votre Majesté goûte ce beau dessein,
Qu'approuve ainsi que nous la reine d'Angleterre :
La paix est rétablie, et règne sur la terre.
Ce projet ne saurait, czar, blesser votre honneur :
Écoutez les accents de votre noble cœur.

Hélas ! par un motif que je ne puis comprendre,
Si Votre Majesté ne veut pas nous entendre,
La France et l'Angleterre abandonnent au Ciel
Le soin de décider ce débat solennel. »

— « Quoi ! le Ciel, dit le czar, prendra votre défense,
Peuples sans foi , livrés à la concupiscence !
Assez et trop long-temps vous l'avez outragé :
Il vous hait : par moi seul il veut être vengé. »

— « Voilà donc le secret de votre politique,
Qui roula jusqu'à nous des flots de la Baltique?
Dit Morny. Les Français de fables ont traité
Par le démon lui-même un projet inventé.
Ils n'ont pas cru qu'un czar successeur d'Alexandre
Voulût réduire un jour toute la terre en cendre :
Il l'eût pu votre père : aujourd'hui c'est trop tard :
Paris ne tremble plus dans un faible rempart.
Quand vos guerriers, gonflés d'une juste arrogance,
Dans un réseau de fer avaient cerné la France ;
Lorsque tout l'univers, attentif à ses vœux ,
Précipitait du trône un héros valeureux,
Ce noble souverain à Sainte-Hélène tombe.
Les fils de ses guerriers gémissent sur sa tombe
Contre ses oppresseurs ils ont gardé leur sang.
Ils vous attendent, Sire, aux plaines d'Orient.
Au nom des souverains de France et d'Angleterre,
A Votre Majesté nous déclarons la guerre.
Aux Turcs nous assurons les secours de nos bras :
L'honneur, l'humanité, guideront nos soldats. »

Morny se tait ; le czar semble écouter encore :

8

Il fixe l'orateur, du regard le dévore,
Signe les passeports. Les deux ambassadeurs
S'éloignent attristés, et gagnent leurs vapeurs.
Vers leur cour aussitôt leur ardeur les emporte.
Paris, Londres, les voient; la Guerre les escorte.
Autour d'eux on entend un bourdonnement sourd
Comme le bruit lointain sans timbre d'un tambour.
Une vague rumeur les suit et se propage,
Et s'étend des cités jusqu'au moindre village.

En un beau jour d'été, quand le premier soleil
De la ruche endormie interrompt le sommeil,
Les abeilles alors, actives, diligentes,
Se croisent en tous sens, s'abattent sur les plantes,
Et dans le sein des fleurs recueillent le butin
Qu'elles vont pour l'hiver porter en magasin :
Tels le peuple français et celui d'Angleterre
Se livrent sans relâche aux apprêts de la guerre.
L'air retentit des coups des mousquets, des canons,
Et du bruit des tambours, et du son des clairons;
Là partent des coursiers, ici d'autres reviennent;
Là des groupes gaîment de guerre s'entretiennent;
Le bras des citoyens, par les cris excités,
Semble heureux de sortir de son oisiveté.
Dans les ports, sur les eaux, mille barques se croisent;
De brillantes couleurs les vaisseaux se pavoisent;
Le peuple à pleins poumons hume l'air des combats,
Et de Mars il voudrait précipiter les pas.
La Guerre, la Discorde et leur cortége impie
Exaltent leurs transports de joie et de folie.
Telle, élevant sa tête aux champs aériens,
Échappée au courroux des temps diluviens,

Une roche, broyant l'argile qu'elle foule,
Se rompt, brise ses nœuds, s'abat rapide et roule.
Le chêne monstrueux, aussi vieux que le mont,
A son effet brutal oppose en vain son tronc :
Abattu par son choc, il mesure la terre.
Les rocs à son passage offrent une barrière :
Il fond sur eux, les broie; il recule, il bondit,
Sur les débris fumants s'élance, les franchit.
Bien loin de ralentir sa course furieuse,
Ils la rendent plus prompte et plus impétueuse.
Les éclats, les débris d'arbres et de rocher,
Jusqu'à leurs fondements se voyant arracher,
S'élèvent dans les airs en ténébreux nuage,
Et par d'affreux débris signalent leur passage.
Tout cède à son élan ; tout tombe sous ses coups,
Partage sa fureur, s'unit à son courroux.
L'Écho répète au loin le bruit de son tonnerre.
Jusqu'en ses profondeurs on sent trembler la terre.
Sa vitesse s'accroît par un suprême effort ;
Du fleuve épouvanté elle touche le bord ;
Elle veut reculer : sa résistance est vaine :
Une force invincible au sein des flots l'entraîne.
Elle s'ensevelit dans le gouffre profond ;
Sa rage en vains regrets s'exhale et se morfond.
Ainsi l'horrible Guerre, exécrable génie,
Sur les pauvres mortels exerce sa furie.
Créateur des humains, auteur de l'univers,
Pour les mêmes forfaits permets mêmes revers.

La Guerre des Français absorbe les rivages ;
Le Luxe et la Splendeur ornent ses équipages ;
Sous un manteau de gloire elle cache à leurs yeux

De ses terribles coups les effets désastreux.
Elle vole aux cités de France et d'Angleterre;
De nombreux serviteurs escortent sa bannière.
A l'aspect des coursiers, des armes, des drapeaux,
Le peuple des cités, le peuple des hameaux
Prête une oreille avide aux chants de la fanfare,
Et dans les rangs guerriers à marcher se prépare.
Un fils sur son départ accable de regrets
Sa mère par sa joie aux transports indiscrets,
Et du plus doux espoir il berce sa famille.
Déjà la croix d'honneur sur sa poitrine brille.
« Mais le fer ennemi terminera tes jours,
Dit la mère, et mon fils s'éloigne pour toujours ! »
— « Ne crains rien, répond-il à sa mère éperdue :
La balle que j'attends n'est pas encor fondue;
Et ne savez-vous pas qu'il est doux de cueillir
Pour un prince adoré la palme du martyr?
Que m'importe la mort si la France est tranquille,
Si vous vivez heureuse au sein de votre asile?
Le Trépas est aveugle : il n'est pas fait pour moi,
Et nos ennemis seuls doivent subir sa loi. »

La Guerre s'élança sur la France algérienne.
A peine les guerriers ont vu leur souveraine
Que de ses traits soudain leur cœur est enchanté :
La jeunesse, l'orgueil, la force, la beauté,
D'un amour invincible enflamment leur courage;
Le feu qui la dévore en leurs sens se propage,
Et ce peuple de bronze, à ses lois asservi,
Près de son char brillant se rassemble à l'envi.
Un diadème d'or sur son front étincelle;
La Victoire inconstante est fixée auprès d'elle;

Elle agite en ses mains les drapeaux ennemis ;
Les noms de leurs vainqueurs éclatent dans leurs plis :
Canrobert, Saint-Arnaud, en lettres magnifiques,
Rappellent des Français les exploits héroïques ;
Près d'elle ces héros tiennent le premier rang.
La Guerre se refuse aux vœux d'un aspirant,
Aux vœux de Pélissier : « Parmi nous ta présence,
Dit-elle, de mes soins détruirait l'espérance ».

La Guerre, en frémissant, s'élance dans les airs,
Et déjà s'applaudit de ses succès divers.
Elle brandit sa lance, et, frappant sa cuirasse,
Lance au Ciel ses défis, au monde sa menace.

Les ports de l'Occident ont armé leurs vaisseaux,
Et déjà de Toulon ils font gonfler les eaux.
Ceux qui ne sont pas prêts attendent au mouillage
Que les guerriers lointains forment leur équipage,
Et des bras vigoureux entassent dans leurs flancs
Et les foudres de guerre et le feu des volcans.
Dans leurs remparts du Nord les combattants de France
Déploraient le retard causé par la distance ;
Mais la vapeur bouillonne, et siffle dans le sein
De l'obscur appareil enfanté par Vulcain.
Cent chars y sont fixés : dans ces maisons roulantes
Les troupes s'élançaient, ivres, impatientes.
Sur les sillons de fer ils arrivent aux ports ;
Déjà mille canots les mènent à leurs bords.
Les guerriers d'Albion, par le même mobile
Excités, s'éloignaient en hâte de leur île.
Dundas est à leur tête : à son aspect, les mers
A ses nombreux vaisseaux laissent leurs champs ouverts ;

Les vents sur d'autres bords entraînent la tempête,.
Et le matelot dort sans foudre sur sa tête.
La lame qui mugit contre un flanc étranger,
Contre la nef anglaise, impassible au danger,
S'abat, s'incline, et rampe à l'entour du bordage,
En caressant ses murs s'endort dans son sillage.
Les forts de Gibraltar hissent ton pavillon,
Dundas ; puis tu réponds aux saluts de Toulon.

   Louis à ses guerriers veut offrir une fête,
Et leur développer les desseins qu'il projette.
Il part : abandonnant son éclatante cour,
Sur l'aile des vapeurs à Toulon il accourt.
Cent rameurs vigoureux blanchissent l'onde amère,
Et poussent vers Dundas sa chaloupe légère.
Les pavillons hissés s'étendent sur la mer,
Et montrent leurs couleurs aux régions de l'air.

   L'Aurore avait chassé les dernières étoiles.
L'empereur près de lui fait approcher les voiles :
Les canons des vaisseaux, les tonnerres des forts,
Ébranlent les coteaux, les ondes et leurs bords.
Il appelle les chefs : « Sous la même bannière,
Dit-il, le monde voit la France et l'Angleterre
Imposer le silence à leur rivalité,
Et dans leurs bras vengeurs leur glaive redouté
S'élève pour punir une démence impie.
Braves et fiers guerriers, aux champs de la Turquie,
L'Innocence opprimée implore votre bras :
Une tâche pénible est offerte à vos pas.
Par vos nobles exploits rendez la paix au monde :
Du sang des malheureux la chaumière s'inonde.

Hâtez-vous : ces pays de richesses couverts
N'offriront bientôt plus que d'immenses déserts.
Quel est votre ennemi ? C'est celui dont les armes
A vos mères ont fait répandre tant de larmes :
Du plus grand des héros il brisa les destins !
Il voudrait envahir et Byzance et l'Euxin.
A vous, généreux cœurs, à vous seuls est promise
La tâche d'arrêter cette horrible entreprise !
Français, enfants d'un peuple en mon cœur si chéri,
Qui pour son souverain lui-même m'a choisi,
Avant votre départ j'implore sur vos têtes
Celle qui des combats arrête les tempêtes.
Dans une auguste fête employons tout ce jour
A demander à Dieu la gloire et le retour.
Je vous remets un don de votre impératrice,
Talisman qui des mers apaise le caprice,
L'image de la Vierge, en qui les matelots
Trouveront un appui contre l'effort des flots.

   Saint-Arnaud sous le ciel où la gloire vous mène
Dirigera vos pas sur la brûlante arène.
Soldats, vous auriez su vous-mêmes le choisir
Pour vous guider : mon choix prévient votre désir. »

   Il se tait : d'un prélat la Piété dirige
A bord un monument que la Foi seule érige.
L'image de la Vierge est exposée aux yeux
Des guerriers, des marins, d'un peuple curieux.
Son cœur bat, son œil brille, et sa lèvre tremblante
Semble adresser au Ciel une hymne suppliante.
Un esprit, un génie, en guidant le pinceau,
Put répandre la vie en ce brillant tableau.

L'amour et la pitié règnent sur son visage :
Ses yeux fixaient ainsi le Christ en son bas âge.
On y lit les soucis qui dévorent son cœur.

Parabère, entouré de pompes, de splendeur,
Humble comme un mourant, aux voûtes éternelles
Adressait au Seigneur des odes solennelles.
Les guerriers à ses vœux unissaient leurs accents :
Leurs prières aux Cieux montaient avec l'encens.
Ils chassent de leur cœur la Haine et la Vengeance,
Suivent l'ordre du Ciel avec obéissance,
Et murmurent ces mots : « Mon Dieu, que notre plomb
Ne puisse ni rougir ni pâlir un seul front! »

Qu'il est beau le mortel alors que ses mains pures
S'élèvent en priant l'auteur des créatures !

Sur les coteaux voisins le peuple échelonné
Portait sur cette scène un regard fasciné.
Mille canots, chargés de peines et d'alarmes,
Adressaient aux partants leurs adieux et leurs larmes.
Le départ n'est pourtant fixé qu'au lendemain.

Soudain un grondement, comme un bruit souterrain,
A frappé tous les cœurs de crainte et d'épouvante.
Le calme est sur la mer; dans son sein, la tourmente.
Sous l'élément liquide un bras mystérieux
Imprime son pouvoir sur le métal rouilleux.
Arraché de la fange, il élevait sa masse,
Qui de l'onde étonnée atteignait la surface.
Le câble qui tient l'ancre amarrée aux vaisseaux
Lui-même sur le pont enroule ses anneaux.

Les nefs, libres alors, choisissent leur passage :
Elles suivent leur rang dans l'ordre du voyage ,
Et, comme les jouets d'un rapide torrent ,
Elles prennent le large, et gagnent l'Orient.
En vain les matelots aux vents livrent leurs voiles :
La manœuvre est sans force à faire enfler les toiles ;
En vain le timonier, gourmandé par son chef ,
Veut opposer sa barre à l'élan de la nef :
Tout fuit... un mât échappe à la loi générale :
Il court de bord en bord , franchit chaque intervalle.

Louis de ses guerriers recueillait les adieux ;
Il presse Saint-Arnaud , et l'embrasse pour eux.
Il rentre au port ; le peuple accourt sur son passage.
Ce prodige étonnant est d'un heureux présage
Pour les succès futurs. On marche vers l'autel
Pour adresser à Dieu le cantique immortel.
Louis part ; dans Paris il hâte sa rentrée ,
Et, plein d'espoir, se livre aux soins de son armée.
Les jeunes officiers, esprits forts et savants,
Voulaient de ce prodige interpréter le sens :
La Méditerranée a brisé son rivage
Qui du lac indien lui barre le passage ,
Et ses eaux vont baigner les bords de l'Indoustan ,
Et refroidir les flots du torride Océan.

Le pôle boréal gémissait sous les glaces :
Le Lion de ses mers a détaché les masses :
Elles roulent au sud sous le vent d'aquilon ,
Et leurs rochers fondus ont roulé vers Toulon.

Mais la Vierge à Dundas, qui fixait son image,
Explique le prodige en un secret langage :

8*

« J'ai prié , lui dit–elle , et le Dieu des combats
Lui–même au champ d'honneur entraîne tes soldats. »

 Les Prières, par qui l'auteur de la nature
Établit ses liens avec sa créature ,
Humbles , les yeux baissés et rougis par les pleurs,
Déposent à ses pieds ses vœux et ses douleurs.
L'Éternel prend plaisir à leur être propice ;
Il donne les faveurs avant le sacrifice,
Alors que les désirs dans l'esprit des humains
Sont conformes aux plans tracés par ses desseins.
Soudain du Tout–Puissant les phalanges rapides
Volent vers les mortels, et dissipent leurs rides.
Le Ciel aime toujours à se laisser fléchir,
Et dans tous ses exploits l'homme peut réussir
Lorsqu'au pied de son trône il voit pour mandataires
Le Christ et ses élus devancer les Prières.
A la Vierge divine il lègue son pouvoir ;
Au bonheur sa bonté fait précéder l'espoir.
Les Prières alors, fières de leur message,
Volent vers les mortels, embrasent leur courage.
A ses ordres soumis, et les vents et les flots
Ouvrent une mer calme aux vœux des matelots.

 Dans ses divines lois Dieu reste inébranlable,
Et les vœux indiscrets le trouvent immuable.
Les Prières alors abandonnent les cieux,
Et portent ses refus aux cœurs des malheureux,
Répandent dans leur sein la divine parole,
Et le baume du temps les calme et les console.
Elles mêlent leurs pleurs aux pleurs des suppliants.
Les Prières pour Dieu sont le plus doux encens ;

Les Prières font fuir tous les maux de la vie :
La joie et le bonheur sont à celui qui prie.
Aussi tout l'univers est un sublime autel
Qui résonne pour Dieu d'un cantique éternel.

La flotte, abandonnée à son pouvoir magique,
Avait sur ses deux flancs la Sicile et l'Afrique ;
Sur la courbe où la mer semble porter le ciel
La vigie étendait son œil artificiel.
De ce poste élevé d'où l'horizon recule
Aux premières lueurs du dernier crépuscule,
Elle aperçoit des mâts dont les pieds engloutis
Lançaient aux champs d'azur leurs sommets assombris.
« Voile à babord ! » cria la voix aérienne.
Les regards sont tournés vers la côte africaine,
Et la même pensée occupe les esprits :
« Voici les alliés, la flotte de Tunis ! »

Fier du commandement de son escadre immense,
L'illustre chef Dundas brûle d'impatience
D'y réunir encor les vaisseaux étrangers
Qui doivent partager sa gloire et ses dangers.

Il ordonne : aussitôt le matelot s'empresse
De l'élan de sa nef d'arrêter la vitesse.
La voile se replie ; elle s'efface au vent,
De l'air qui la poursuit évite le courant.
L'officier se morfond en manœuvres habiles ;
Mais l'équipage voit ses efforts inutiles.
Dundas ordonne alors de rebrousser chemin.
La Nuit sombre couvrait des mers le vaste sein.
Les dociles marins redoublent de courage ;

Dans leur confusion, ils font tomber l'image
De la Vierge. Aussitôt la mer entre en fureur,
Et semble s'affranchir des lois du Créateur.
Les navires sans frein sont en proie au délire :
Un pouvoir inconnu contre leurs jours conspire ;
Ils s'élèvent sur l'eau, retombent sur leur flanc,
Se relèvent encor, retombent en craquant ;
Sur eux-mêmes tournant d'un mouvement rapide,
Ils projettent au loin un tourbillon liquide.
La nuit disparaissait ; les vaisseaux alliés
Par la mer et les vents voguaient favorisés.
Aux premières lueurs l'escadre impatiente
S'enfonçait fièrement dans l'horrible tourmente.

Hassan, docile aux cris de son cœur généreux,
Voit les vaisseaux épars dans un désordre affreux ;
Il vogue épouvanté, ranime son courage,
Et contre l'amiral approche son bordage ;
Au moment où son flanc sur la lame s'abat,
Il s'élance, et s'attache aux haubans du grand mât ;
Et, portant à ses pieds une vue attentive,
Il entend les accents d'une bouche plaintive :
C'est la Vierge. Un rayon de son regard divin
A pénétré son cœur et dirigé sa main.
Il élève l'image au-dessus de sa tête.
Le calme sur la mer succède à la tempête,
Pendant que les marins, encore épouvantés,
Mornes, silencieux, tremblaient à ses côtés.
Hamelin sur ses sens avait repris l'empire ;
Il court auprès d'Hassan, le presse avec délire ;
Il le tient embrassé long-temps contre son cœur ;
Et crie à ses guerriers « : Voici votre sauveur ! »

— « A qui vous le devez, Seigneur, rendez justice,
Lui dit Hassan : voici votre libératrice ! »
Et ses mains attachaient au grand mât le tableau,
La force des chrétiens, l'espoir du matelot.
Louis savait trop bien que l'amour de la gloire,
Le tumulte des camps, trahiraient la mémoire
Des guerriers pleins de foi dans leur culte pieux ;
Il leur dit : « Parmi vous de bon religieux
Vivront, vous parleront de Dieu, de votre mère ;
De ce que vous aimez : leur chef est Parabère. »

Parabère, étranger aux manœuvres, au bruit,
Qui marquèrent l'horreur de cette affreuse nuit,
Dormait ; sa couche était doucement balancée ;
De célestes pensers son âme était bercée.
Les marins, rassurés sur le destin des bords,
Par cent marques de joie exprimaient leurs transports.
Parabère s'éveille : en voyant le vitrage
Doré par le soleil, il court vers l'équipage ;
Il sent son cœur faiblir à l'aspect d'un turban,
Et blâme les honneurs qu'il rend au musulman.
A peine il a fixé les traits de sa figure
Qu'il trouve en ce guerrier une noble nature.
Pourtant il lui reproche, en ministre chrétien,
De reconnaître un Dieu si différent du sien.

« Ta présence en ce lieu, guerrier, me désespère :
C'est encore un des coups dont nous frappe la Guerre !
Dans cet évènement le Ciel a ses secrets,
Et, malgré mes soucis, j'adore ses décrets.
Mais je crains que ta voix, exercée au blasphème,
Ne porte son poison dans les esprits que j'aime.

Crois-tu qu'il nous fallait le secours de ton bras
Pour repousser le Russe en ses âpres frimas ?
Quand je lis dans tes yeux la haine de mon culte,
Je t'entends soupirer l'ironie et l'insulte. »

— « Ministre, dit Hassan, que j'eusse respecté
Si le Ciel m'eût fait naître au sein de ta cité,
Tu blâmes du Seigneur la sage providence
Qui d'un sang africain m'a fait prendre naissance ;
Qui voulut que ma mère, en me donnant son lait,
De son culte en mon cœur inspirât le respect.
Telle une pauvre feuille arrachée au vieux chêne
Par le vent dans les airs se balance incertaine,
Espère reposer près de la fleur des champs,
Dans l'eau tombe et devient le jouet du torrent,
Aux lois du Créateur doucement s'abandonne.
L'homme ainsi se soumet à ce qui l'environne :
Sous un pôle de glace ou sous la zône en feu :
Vers la Seine ou le Gange il suit la loi de Dieu.
Ce que dit Jésus-Christ, l'ordonne le prophète :
« Donne au pauvre du pain, prête-lui ta retraite ;
» Tends une main prodigue au pauvre pèlerin,
» Et des lieux vénérés ouvre-lui le chemin.
» Élève vers le Ciel tes ferventes prières ;
» Marche d'un pas rapide au secours de tes frères ».
Nous aimons Jésus-Christ, nous respectons sa loi :
Lui-même l'Éternel protége notre foi.
De vos pères suivons, respectons la loi sainte,
Et vers l'éternité tournons nos pas sans crainte. »

— « Mon Dieu, dit le prélat, fais que, du haut des cieux,
Un rayon de ta grâce étincelle à ses yeux !

A l'enfer, au démon, à l'éternelle flamme
Arrache un noble cœur, enlève sa belle âme. »
Puis il ouvre ses bras, en entoure son cou,
L'embrasse, tombe, pleure et mouille son genou.
Hassan, ému, s'incline, abjure son blasphème,
Et demande en pleurant l'eau sainte du baptême.

L'heure avait amené le moment du repas.
Les ordres sont donnés par l'amiral Dundas :
Il veut que d'un festin la chère magnifique
Offre à l'œil étranger la pompe britannique ;
Il s'approche d'Hassan, lui montre le chemin,
L'engage à partager son superbe festin.
Parabère retient la main qu'il a saisie,
Et témoigne au héros sa vive sympathie.
Arrive le moment où les fruits et les fleurs
Aux convives portaient leurs suaves odeurs :
Dundas invite alors l'illustre militaire
A faire le récit de ses exploits de guerre.

CHANT VII.

On se tait : sur Hassan le cercle curieux
Tendait avidement son oreille et ses yeux.
« Vous voulez donc, dit-il, que ma triste mémoire
De nos affreux malheurs vous retrace l'histoire,
Nobles chefs ? Il faut donc à ces mêmes Français
Cause de nos malheurs exposer leurs succès ?
J'obéis : pauvre Alger, tes terrasses d'albâtre
Gémissent sous les pieds d'un vainqueur idolâtre.
Les enfants de l'Europe ont envahi tes champs ;
Leurs possesseurs ont fui dans les sables brûlants ;
Les restes des troupeaux échappés au pillage,
Les femmes, les enfants, par un sentier sauvage
Ont franchi lentement le sommet de l'Atlas,
Et marqué par leurs pleurs la trace de leurs pas.
Pardonnez, ô héros, si des larmes nouvelles
Tombent au souvenir de ces scènes cruelles.

» Allah sur mon pays versait à pleines mains
Les dons qui font aimer l'existence aux humains.
Mais bientôt ses bienfaits pour nous furent plus rares ;
De leurs produits les champs se montrèrent avares ;

En une seule nuit nos riches oliviers
Éprouvèrent les coups des frimas meurtriers.
Jusqu'au sein de nos ports les vagues en furie
Fracassaient nos vaisseaux. Le fléau de l'Asie
Sur toute la contrée étendit ses poisons,
Et de tombes couvrit nos champs et nos vallons.
Le triste oiseau des nuits, au milieu des ténèbres,
Épouvantait nos murs de ses plaintes funèbres.
Cent prodiges affreux attestaient à nos sens
Que nous étions l'objet de noirs ressentiments.

» Dans la plaine de Ghris, non loin de la frontière
Des États de Maroc, humble savant, austère,
Il est un marabout en vénération
Chez les puissants Hachems. Madjeddin est son nom.
Hussein-Dey, pénétré d'une crainte secrète,
Du pieux marabout veut gagner la retraite :

« Mon enfant, me dit-il, choisis quatre spahis :
» A la nuit nous partons pour la plaine de Ghris. »
Tout est prêt : nos coursiers ont franchi la distance ;
Seul vers l'ermite saint le monarque s'avance.
C'était l'heure où la Foi des lèvres des croyants
Élevait vers le Ciel ses mystiques accents ;
Où tous les musulmans, s'échappant de leur couche,
Sur la terre appuyaient leur suppliante bouche.

» Hussein s'annonce ; il entre, et s'offre aux yeux surpris
Du pieux Madjeddin, d'Abd-el-Kader, son fils :
« Sage croyant, dit-il, donne-moi le remède
» Pour chasser de mon cœur la crainte qui m'obsède.
» Que ton fils se retire... » — « Hussein, il doit rester.

» Il connaît vos secrets, il sait les respecter.
» Les ans ont affaibli mon oreille et ma tête ·
» Prince, accueillez mon fils : qu'il soit mon interprète ! »

   » Le jeune Abd-el-Kader, fier, noble avec respect,
Au dey tient ce discours : « Seigneur, c'est à regret
» Que ma voix prophétique à votre oreille expose
» Les maux dont vous serez la victime et la cause.

   » Deux navires français échouaient sur vos bords.
» Échappé du naufrage après de longs efforts,
» Vos sujets inhumains ont pillé l'équipage.
» Après mille tourments, la mort fut son partage.
» Au nom du souverain du royaume français,
» Son consul hautement, pour cet affreux forfait,
» Vous demandait, Seigneur, de punir les coupables...
» Son visage rougit sous vos doigts irritables.
» Je vois des combattants au carnage animés.
» Moi qui combats pour vous, mes bras sont désarmés,
» Et le Ciel donne au monde une leçon terrible.
» Il veut que l'homme ici vive heureux et paisible;
» Que les peuples, entre eux, respectant tous leurs droits,
» Ne s'écartent jamais de ses divines lois.
» Monarque, veille aux soins d'une prompte défense. »

   » Hussein, le cœur navré, se retire en silence,
Gagne Alger, sur sa couche il reste sans sommeil;
Impatient, du peuple il attend le réveil;
Convoque son divan, les chefs des janissaires,
Expose le fléau qui menace ses terres.
Il ordonne à l'instant que le pays entier
S'arme pour sa défense ainsi qu'un seul guerrier.
Leurs tentes en longs rangs couronnent les rivages;

On environne Alger de solides ouvrages :
Pendant un mois entier les bras des citoyens
Pour le fortifier usent tous les moyens.
A l'aspect des canons dont les murs se garnissent ,
Des cris de confiance et d'orgueil retentissent.
Nous appelons alors de nos vœux insensés
Nos rivaux contre nous justement courroucés.
Envoyés de Toulon , quelques vaisseaux de guerre ,
Éloignés de nos feux , se tiennent en croisière.
Nos mâts, captifs aux ports , sont sans renseignement
Sur l'heure et sur le lieu de leur débarquement.
Sur notre sort futur Albion soucieuse
Tendait à ma patrie une main généreuse,
Et la poudre et le plomb, par les États voisins ,
Par leurs marchands venaient combler nos magasins.
Tous les cœurs palpitaient dans toutes les poitrines :
Les uns se reposaient sur les grâces divines ;
D'autres , sur leur courage , et d'autres , sur nos murs ,
Et tous voyaient déjà nos triomphes futurs
En songeant que deux fois les pages de l'histoire
De vains bourdonnements retraçaient la mémoire ,
Et que, de l'Algérien connaissant la valeur,
Tout peuple, à son aspect, sent faiblir son ardeur.

» Du signe du Cancer l'éclatante carrière
De ses torrides feux embrasait l'atmosphère.
Le peuple, harrassé de pénibles travaux ,
Pouvait enfin goûter les douceurs du repos :
Le jour, il reposait dans ses asiles sombres ,
Et, la nuit , il goûtait la fraîcheur de ses ombres.

» L'Aurore avait chassé le voile de la Nuit.

Du haut du minaret une voix retentit :
« .Aux armes , combattants ! les vaisseaux sont en vue :
» De l'horizon lointain ils couvrent l'étendue.
» C'est à Sidi-Ferruch qu'ils marchent à la fois.
» Hâtez-vous , c'est le lieu de vos premiers exploits. »

   » Le sol fuit sous les pas de nos cavaleries ;
L'airain cache sa masse au sein des batteries ;
La flotte avance, approche, et déjà des Français,
De ces pâles guerriers nous distinguons les traits.

   » Du haut de la Casbah Hussein-Pacha contemple
Un spectacle à ses yeux jusqu'alors sans exemple.
Cent immenses vaisseaux étendaient sur les mers
Leurs toiles, leurs couleurs effroi de l'univers.
Six cents vaisseaux marchands , portant dans leurs
     entrailles
Les mortels aliments du démon des batailles ,
Les suivaient : un silence image de la mort,
Silence du bourreau , régnait sur chaque bord.
Les barques qu'aux vaisseaux les amarres suspendent
Descendent sur la mer, sur les flots se répandent.
Vingt énormes vaisseaux s'exposent à nos feux ;
Font rouler dans nos rangs leurs projectiles creux.
Nos abris à revers sont en proie à leurs armes,
Et, dans si peu de temps , déjà combien de larmes !
Dans le secteur privé du feu de leurs vaisseaux
Des chalans encombrés de canons, de chevaux ,
De guerriers empressés de toucher notre terre,
Font sous les avirons bouillonner l'onde amère.

   » Alors l'horrible voix d'innombrables canons
Fait frissonner l'Atlas et bondir les vallons.

Les soldats débarquaient , s'affaissaient sur la grève ;
La lame les abat, les pousse, les relève.
Bientôt cent bataillons, de leurs feux meurtriers,
Dans leur réseau de plomb enlacent nos guerriers.
Nous fuyons, impuissants à tenir la campagne.
L'Arabe se dissipe au pied de sa montagne.

» Hussein a fait fermer ses murs à ses fuyards.
Le janissaire-aga seul vient dans les remparts.
« Ainsi tous ces chrétiens , dit Hussein à son gendre,
» Tu leur as donc permis sur nos bords de descendre ?
» Et, dans ton fol orgueil, pourtant tu te vantais
» De jeter à la mer tous ces chiens de Français ! »
— « J'ai déployé contre eux la force et le courage :
» Ils n'ont pas reculé d'un pas vers le rivage »,
Dit l'aga. Mais Hussein, de rage transporté,
Par le dernier affront à son gendre insulté.

» Sur le Boudjareah , qui domine la ville,
Nous croyions soutenir une lutte facile :
A travers les sentiers sur les rochers tracés
Sur nous les ennemis à grands pas sont lancés.
Nous sommes culbutés , chassés de crête en crête.
Là les Français des yeux dévorent leur conquête ;
Déjà de la victoire ils chantent les concerts.

» Mais Hussein sans effroi voit ses premiers revers.
L'ennemi creuse alors de profondes tranchées.
Par nos adroits pointeurs leurs troupes sont hachées.
A l'aspect de leur sang , à l'odeur de leurs morts,
Leur courage s'enflamme, ils redoublent d'efforts.

» Cependant de guerriers une troupe fidèle
Pour diriger leurs coups à leur tête m'appelle ;
Ensemble nous gagnons le fort de l'Empereur :
A protéger ses murs nous mettons notre ardeur.
Je leur dis : « Mes amis, jurons de nous défendre,
» Ou de mourir couverts de débris et de cendre ».

» Les hardis assaillants s'exposent à nos coups :
Dans nos propres créneaux ils faisaient feu sur nous.
Par leurs doigts cramponnés entre les joints des pierres
Ils dépassent nos murs de leurs têtes altières.
Là les coups redoublés de nos yatagans
Roulent dans les fossés leurs cadavres sanglants.
Nous sentons dans nos cœurs renaître l'espérance ;
Nous les voyons fléchir par notre résistance.
Ils s'éloignent du fort à pas précipités ;
Au moment du succès ils semblent rebutés.
Par leur retraite enfin nous reprenons haleine :
Le Ciel nous accordait sa grâce souveraine.
Nous prions, prosternés, du profond de nos cœurs :
Nous avons cru toucher la fin de nos malheurs.
Sur le salut de tous un seul défenseur veille ;
Sans ordre près des murs chaque soldat sommeille :
Il a, pour son repos, ravi des magasins
Les chanvres, les toisons, les toiles des marins.
Huit jours, autant de nuits, de travaux et de zèle,
Avaient frappé nos sens d'une langueur mortelle.
Un besoin inflexible imposait à nos bras,
A nos corps un repos image du trépas.
Il nous fait éprouver, pour réparer nos forces,
D'un bonheur inouï les trompeuses amorces.
Tout à coup sous nos pieds le sol tremble et frémit ;

Un bruit épouvantable aussitôt retentit :
Je ressentis l'effet d'une horrible secousse ;
Sa force loin du sol me transporte et me pousse.
Je sentais un air froid comme le vent du nord
Quand sur une montagne il souffle avec effort.
Plongé dans le sommeil, fatigué par un rêve,
Il me semblait des cieux retomber sur la grève :
J'interroge mes sens sur leur impression ,
Et la réalité se montre à ma raison.
Puis tout rentre un instant dans un état tranquille.
Je respirais enfin ; ma couche est immobile ;
Mais ce moment fut court : le même mouvement
Me réservait encore un semblable tourment.
Il semble que mon cœur s'échappait par ma bouche :
Alors un choc affreux a fait bondir ma couche.
J'éprouve en tout mon être un tel ébranlement
Que je crois de la mort toucher l'affreux moment ;
Mais de la vie en moi la source se réveille :
Des cris de désespoir ont frappé mon oreille.
Je me touche, et , de vivre encor tout étonné,
J'écarte l'appareil où je suis enchaîné.
Les braves compagnons qui sillonnent la plaine
Viennent me délivrer de ma prison de laine.
Je me lève, je vois nos remparts renversés,
Vers la brèche du fort les soldats entassés.

» Tel auprès d'un cerf mort la meute sanguinaire
D'un avide regard demande son salaire :
Ainsi nos ennemis attendaient le signal
De l'assaut, du délai blâmaient leur général.
Du sang de ses soldats Bourmont est trop avare :
Il voudrait éviter l'assaut qui se prépare,

Hussein offre au vainqueur la satisfaction
Qu'il réclamait d'abord : « C'est trop tard! dit Bourmont :
» Il faut subir nos lois ». Le monarque recule
Devant le sac d'Alger, et soudain capitule.

    » Bourmont doutait encor qu'Hussein eût adhéré.
L'envoyé lui répond : « Soyez-en assuré ;
» Car d'une main je peux vous apporter sa tête,
» De l'autre vous donner la clef de la conquête. »

    — « Non, grand Dieu! dit Bourmont : à personne la
        mort,
» A moins que des combats il n'éprouve le sort ».
Alors ses bataillons, aux chants de leurs musiques,.
Envahissent nos murs et nos places publiques.
Je vous laisse à penser l'horrible désespoir
De ce peuple tombé sous le nouveau pouvoir.
Il rend pourtant justice à ses vainqueurs terribles :
Leurs cœurs à la pitié se montrèrent sensibles.
Alger n'eut pas le sort de Tyr et d'Ilion :
La main de son vainqueur cicatrisait son front.
Ce triomphe pourtant fut pour notre ennemie
De maux et d'embarras une source inouïe.
Veuf de ses citoyens, Alger vit leurs regards
De leurs feux embraser ses malheureux remparts.
Et le vainqueur, pour prix du succès des batailles,
Resta long-temps captif au sein de ses murailles.
Les trésors de l'État, lentement amassés,
Dans les flancs d'un vaisseau se virent entassés.

    » Vers le môle bientôt approchent les navires :
Hussein, de son palais arraché par ses sbires,

Entouré de sa cour, de sa famille en pleurs,
Escorté de son peuple et de ses serviteurs,
Leur cache ses regrets, et dévore sa peine.
— A l'aspect de ces flots où l'aviron l'entraîne,
Que, dans ses jours heureux, fendaient ses matelots,
Ses femmes, ses amis, redoublent leurs sanglots.
« Adieu donc pour jamais, dit-il, rive si chère! »

 » Le dey vogue exilé sur la terre étrangère :
Il n'a pas vu les pleurs qui coulaient de nos yeux,
Mais il a vu nos bras dressés par les adieux,
Les poings de ses guerriers se frapper la poitrine,
Implorant du Très-Haut l'assistance divine ;
Il a vu ses sujets de leurs genoux paver
Ces champs que notre sang n'a pu leur conserver.
De ce spectacle affreux mon âme est tout émue :
Mon sang en bruissant à ma tête reflue.
Par un dernier regard j'embrasse la cité,
Et mon yatagan sur le sol est jeté.
Près du rempart d'Alger je gagne le rivage ;
Vers le vaisseau d'exil je me lance à la nage.
Les ennemis du dey, témoins de mon effort,
Émus par la pitié, me conduisent à bord.
L'infortuné sur moi jette un coup d'œil rapide.
Le désordre où je suis, mon vêtement humide,
Excitent dans son cœur un profond sentiment ;
Il tend vers moi les bras avec empressement :
« Mon Hassan, me dit-il, je conçois ton envie :
 » Accompagne mes pas au fond de l'Italie.
 » Viens maudire avec moi le Destin, dont les coups
 » Ont semblé dédaigner de s'abattre sur nous. »

9

» Du dey je partageai la tranquille infortune;
Mais cette oisiveté me pèse et m'importune :
Je résolus d'aller, par l'État de Tunis,
Combattre les Français contre nous réunis.

» De Rome sur mes pas je vis la ville antique,
Ses vastes monuments; et, dans sa basilique,
Au moment où priait le pontife chrétien,
A l'accent de ses chœurs je confondais le mien.
La pompe, la grandeur de la cérémonie
Élevait mes pensers vers la voûte infinie.
Je priais Mahomet quand s'offrent à mes yeux
De la Mère du Christ les traits mystérieux.
D'une divine ardeur mon âme est embrasée.
Je fuis, car mon idole allait être brisée;
Mais la nuit, mais le jour, ses adorables traits
De sa divinité me peignent les attraits.
Je m'embarquai. L'Afrique, après trois jours d'attente,
Offrait à nos regards sa côte verdoyante.
Nous voyions notre but, et nous avions l'espoir
D'entrer heureusement dans le port vers le soir,
Lorsqu'un vent inconnu sur la mer et sur terre.
Vint sur notre navire exercer sa colère.
Sa source est dans les cieux : il presse le vaisseau
Sur la proue, et permet l'accès au cours de l'eau.
Sur les pompes en vain le modeste équipage
A ce nouveau déluge oppose son courage.
Inutiles efforts ! la Mort nous apparaît.
Alors nous implorons l'appui de Mahomet.
Le courant suit sa loi : notre prière est vaine,
Et l'équipage touche à sa perte certaine.

« Mère du Christ, à toi j'abandonne mon sort :
» De toi, dis–je, j'attends ou la vie ou la mort. »

» A l'instant le vaisseau reprend son équilibre,
Et devant lui des mers retrouve le champ libre.
Objet reconnaissant de sa haute faveur,
La Vierge est désormais l'idole de mon cœur.

» Je vais rejoindre alors mes compagnons de gloire,
Peut–être sur leur tête appeler la victoire ;
Je m'empresse aussitôt d'exposer à leurs yeux
Du monarque déchu les désirs généreux.
Je ramène en ces mots leur âme à l'espérance :

« L'auteur de nos revers est exilé de France;
» Son peuple tout entier contre lui s'est jeté
» Pour avoir oublié qu'il veut la liberté.
» Philippe à ses désirs, à ses vœux s'abandonne :
» La conquête d'Alger pèse sur sa couronne.
» Contre nos ennemis Dieu veut nous protéger.
» Celui qui sous ses coups a fait tomber Alger,
» Bourmont, est exilé : son armée en murmure ;
» Elle ouvre à nos succès une route plus sûre ;
» Livrons-nous à l'espoir : combattons. Quelque jour
» L'étranger de ces bords s'enfuira sans retour. »

» Seigneurs, dans ce récit, ma facile mémoire
D'un malheureux vous trace une poignante histoire.
Bourmont dans les combats a vu tomber son fils :
Il doit se séparer de ses restes chéris.
L'acier chercha son cœur dans sa froide poitrine :

Le père infortuné, que le regret domine,
Met ces restes sacrés dans une boîte d'or,
Et s'éloigne en exil avec ce seul trésor.
Ses compagnons d'exploits l'escortent au rivage :
« Vous le voyez, dit-il, pour prix de mon courage,
» On m'arrache à vos bras, à mon noble pays,
» Et pour me consoler j'ai le cœur de mon fils.
» Guerriers, soyez heureux : votre gloire m'est chère.
» Que son bruit m'entretienne en ma douleur amère ».

» Alger vit accourir ses vaillants défenseurs,
Qui tinrent dans ses murs à l'étroit les vainqueurs.
Le départ de Bourmont nous rendait l'espérance.
Notre Ciel aux Français montrait son inclémence.
La Mort qu'ils ont su fuir au milieu des combats
Sous mille aspects hideux s'attachait à leurs pas.

» Des ministres du roi la sublime sagesse
Voulant de leurs soldats terminer la détresse,
A décidé d'Alger l'évacuation.
Combien nous a charmés leur résolution !

» O malheur ! au moment où nos chères contrées
De l'aspect des Français vont être délivrées,
Le maréchal Clausel entraînait sur nos bords
Des enfants de Paris les redoutables corps.
Pour conjurer les coups que leur fureur apprête
A nos bras valeureux il manquait une tête.
Cent chefs étaient connus par leur haine aux Français,
Connus par leur valeur plus que par leurs succès.

» Dieu veut qu'aux lois d'un seul les hommes obéissent.
Nos principaux agas, qui de rage frémissent,

Au pied de la montagne ont dirigé leurs pas,
Invoquant de nouveau le Destin des combats,
Et, sur leurs fers brillants, sur leurs coursiers agiles,
Ils jurent que jamais sur leurs plaines fertiles
Ne se reposera le vainqueur insolent.
Ils demandent un chef pour guider leur élan.

» Ibrahim, par son âge et son expérience,
Possède du pays l'entière confiance.
Il est pressé par tous, d'une unanime voix,
De donner à l'armée un guide de son choix.

« Compagnons, nous dit-il, à vos vœux je m'incline.
» Obéissez au chef que ma voix vous destine.
» Il est auprès de nous : nul défenseur que lui
» Ne pourrait nous donner un plus solide appui.
» Dans nos derniers combats sa bouillante énergie
» Vous a montré l'amour qu'il a pour la patrie :
» Des balles des Français affrontant le courroux,
» Une main invisible en détournait les coups.
». Sa valeur est égale à sa haute sagesse ;
» Il nous surpasse tous, même par la jeunesse.
» A ce dernier signal ne t'ai-je pas nommé,
» Abd-el-Kader, toi fils d'un marabout aimé ?
» Toi seul dans les combats tu conduiras tes frères.
» De Tunis, de Maroc, contemple les frontières ;
» Vois la mer à tes pieds, derrière toi l'Atlas :
» Tous les peuples guerriers de ces heureux climats
» A tes ordres sacrés jurent obéissance. »

» Il se tait. Ibrahim vers le guerrier s'avance,
Et, suivi des caïds, tour à tour s'inclinant,

Un genou sur le sol, ils lui font le serment
De le suivre partout, de consacrer leur vie,
Leur fortune à briser les fers de la patrie.
Nos vœux pour notre émir s'élèvent vers Allah,
Et sur ce même lieu nous formons sa smalah.
A ses vastes projets abandonnant son âme,
Il sonde les besoins que son pays réclame :
« Renonçons, dit l'émir, aux délices du ciel
» Plutôt que de livrer le foyer paternel,
» Nos champs à l'étranger. Notre ange tutélaire,
» Mahomet, vénéré, béni sur cette terre,
» S'y verrait-il maudit ? Son règne peut finir ?
» Verrons-nous ses autels brisés ? Plutôt mourir !
» Embrasons donc nos cœurs d'une sainte espérance,
» Et nous triompherons par la persévérance ! »

» Ainsi parle l'émir, le jeune Abd-el-Kader,
Et dans les airs sifflants il brandissait son fer.
Il nous pénètre tous de sa divine flamme :
De nouveau pour sultan notre bouche l'acclame.

» De l'est à l'occident les peuples belliqueux
Se portent vers la côte en bataillons nombreux.
Arzew, Bône, Cherchel, Mostaganem, Bougie,
Tlemcen, Mers-el-Kébir, Oran, la Kabylie,
Virent de tous côtés les sombres montagnards
S'apprêter à mourir pour sauver leurs remparts.

» Toulon vomit encor de sa rade maudite
Des enfants de Paris la formidable élite :
Bientôt, sur tous les points de ce grand littoral,
Entre eux et nous s'engage un combat infernal.

Seigneurs, chaque maison, chaque abri, chaque pierre
De cent guerriers fameux vit briser la carrière.
On voyait les Français réunir à l'ardeur,
A l'intrépidité, le calme et la vigueur.
Que feraient-ils un jour s'ils subjuguaient l'Afrique,
S'ils unissaient leurs feux aux feux du Numidique,
S'ils formaient des soldats des peuples de l'Atlas !
Rien ne pourrait alors résister à leurs bras.

» Parmi les combattants que le général guide
Duvivier signalait sa valeur intrépide.
De la savante école élève studieux,
Il acquit des combats les talents précieux.
Le Ciel mit en son cœur le sentiment du sage ;
A l'enfant de l'Arabe il livre le passage,
Et doucement sourit à son poing menaçant ;
Mais il brise le front de son père insolent ;
Impose, à son début, au cœur de l'indigène
Le respect au vainqueur s'il accepte sa haine.
Maumet par sa valeur se montre son égal ;
Mais, pour combler nos maux, un génie infernal
Sur nos malheureux bords pousse Lamoricière,
Qui des champs de combats agrandit la carrière.
A peine de l'école il a quitté les bancs
Qu'il voue à son pays son bras et ses talents.
Il était parmi nous une plaie intestine
Qui fut de nos revers la fatale origine :
L'empereur ottoman, pour combler ses trésors
D'une race ennemie avait couvert nos bords.
Les Turcs, les coulouglis, avides de pillage,
Vont montrer aux Français un souriant visage ;
Puis l'or de ces guerriers offre aux Turcs ses appas :

Ils se laissent séduire, ils leur vendent leurs bras.
L'un des plus influents, Joussouff, est à leur tête;
Il est près des héros leur fidèle interprête,
Et bientôt, par ses soins et par son dévoûment,
Des bataillons de Turcs manœuvrent dans leur camp.
Marey, qui fait bondir les boulets sur la plaine,
Cherchait à sa valeur une plus vaste scène.
Il quitte sans regrets ses amis, ses canons,
Et prend un premier rang parmi ces bataillons.
On parle de Marey sous la tente : on raconte
Comment de son coursier le caprice se dompte;
Son bras impétueux le frappe d'un seul coup :
Soudain sa tête tombe, et roule loin du cou.
Delcambre présentait, dans les premières ombres,
Son corps trempé de fer, son visage aux traits sombres;
Suivi de deux grands chiens, il s'éloigne du fort
Pour veiller au repos du bataillon qui dort.
De ces guerriers fougueux l'ardeur impatiente
De la guerre accusait l'allure nonchalante ;
Ils osent reprocher à leurs vieux généraux
De les laisser languir dans un honteux repos.
Desmichels, fatigué de leur impatience,
Voudrait de leur ardeur calmer la violence :
« Parmi les combattants arrivés en ces lieux
» Rassemblez les sujets qui partagent vos feux ;
» Choisissez, leur dit-il, les plus forts, les plus braves ;
» Qu'ils marchent dans les rangs des spahis, des zouaves :
» Que ces jeunes guerriers, dociles à ma voix,
» Sous vos ardents regards attendent votre choix ».
Il dit, et Duvivier, Maumet, Lamoricière,
A leur noble projet donnent libre carrière.
Aussitôt que la Nuit a mis fin aux combats,

Ils parcourent les rangs, inspectent les soldats,
S'arrêtent auprès d'eux , passent d'un pas rapide ,
Suivant qu'ils voient leur front de sang encore avide ;
Leurs bras encor tendus après un long effort ,
Leurs yeux aimer la vie où mépriser la mort.

» Les enfants de Paris sortis des barricades,
Le front encor sanglant du plomb des fusillades,
Du drapeau de l'émeute arborant les couleurs ,
Sur le sol africain montraient leurs pas vainqueurs.

« La Victoire à vos yeux marche avec des entraves,
» Pour presser son élan vous faut-il d'autres braves ?
» Criaient-ils. Nous voici! Les exploits , les hauts faits
» Dont vous charmez Paris , zouaves , sont-ils vrais ?
» Nous en serons témoins : jaloux de votre gloire ,
» De nos tristes succès effaçons la mémoire.
» Aux mânes des héros que nous avons vaincus
» Immolons l'Africain : pour prix de nos vertus ,
» Que bientôt sur nos cœurs l'étoile du courage
» D'un fratricide exploit cache le témoignage. »

» Les jeunes chefs chargés de leur rassemblement
Sentent bondir leur cœur à leur empressement :
« Intrépides enfants de la reine du monde ,
» Leur dit Lamoricière , une moisson féconde
» De gloire et de lauriers vous attend en ces lieux :
» Vous pourrez contenter vos instincts belliqueux.
» Vous comprenez déjà quel sera votre rôle !
» C'est dans vos bataillons que je forme l'école
» Des combats, qui prépare à l'immortalité
» Les courageux enfants de la grande cité.

» Abandonnez vos cœurs aux charmes de la guerre,
» Et vous verrez en moi moins un chef qu'un bon frère.
» Aujourd'hui faites-moi le serment solennel
» De vous laisser brûler d'un courage éternel
» Tant que du cœur arabe une sanglante goutte
» De ce vaste pays vous défendra la route. »

» Il dit, et ces enfants, amoureux des combats,
Jurèrent d'enchaîner leur destin à ses pas.
L'Afrique les connaît sous le nom de zouaves ;
Les chants les nommeront braves parmi les braves,
Du Maure ils ont coiffé le gracieux turban ;
Ils serrent dans leurs bras l'enfant du musulman.
Rien ne fut épargné par leurs guides habiles
Pour rendre des guerriers les marches plus agiles,
Leurs mousquets plus certains, leurs corps plus vigoureux.
Abd-el-Kader les vit d'un regard soucieux.

» Tel, quand, depuis long-temps, l'air privé de nuage,
Un torrent épuisé dans la gorge sauvage
Sur un lit rocailleux roule ses faibles eaux,
Et laisse dans son cours ses rives en repos,
Quand tout à coup le ciel est caché, quand la nue
Crève, et des monts voisins inonde l'étendue,
L'onde hésite d'abord, descend dans le ravin,
Puis sur les pentes trace un paisible chemin,
Mais à chaque moment la vitesse s'augmente.
Bientôt des deux versants l'onde couvre la pente,
S'élance en bouillonnant au milieu du torrent ;
Il gonfle, il fait entendre au loin son grondement ;
Ses flots précipités tombent dans la vallée ;
Il chasse, il engloutit la tribu désolée ;

Par de nouvelles eaux il accroît sa fureur,
Sur les champs envahis s'établit en vainqueur.
Ainsi ces bataillons, faibles à leur naissance,
Promènent dans le camp leur oïsive impuissance,
Leur feu sacré, le nerf et l'esprit des combats.
Mais déjà d'autres chefs, déjà d'autres soldats,
Prévoyant de ces corps l'illustre renommée,
Transportent dans leurs rangs leur ardeur enflammée,
Et, jetant sur nos champs leurs avides regards,
Contre leurs défenseurs fondent de toutes parts.
A travers les marais, jusqu'aux pieds des montagnes,
Ils couvraient de leurs flots nos désertes campagnes.

» Chaque jour le Soleil vit de nouveaux exploits :
Notre courage cède à des bras plus adroits.
Les Français, entassés au milieu de nos plaines,
Élevaient contre nous des défenses certaines.
Alors, la flamme en main, entourant leurs blockhaus,
Nos bataillons couraient y lancer leurs flambeaux.
Souvent, sur un seul point conduisant nos colonnes,
Nous avons de leurs corps jonché leurs polygones :
Puis, exposés sans cesse aux feux de leurs canons,
Nous étions repoussés jusqu'au pied de nos monts.
Ces exploits nous coûtaient la moitié de nos frères ;
Chaque jour leurs drapeaux s'avançaient dans nos terres.

« Ville délicieuse, odorante cité,
O Blidah, qui montrais au regard enchanté
Tes bosquets surchargés des fruits des Hespérides,
Tes jardins embaumés et tes ruisseaux limpides,
Ils ne sont plus, hélas ! tes riants orangers !
Ils sont tombés, frappés par des bras étrangers !

Ingrate, à nos bourreaux tu livres ton enceinte ;
Tu t'armes avec eux dans notre guerre sainte ;
Tu n'as plus , comme nous, foi dans notre avenir ;
Des promesses d'Allah tu perds le souvenir.
Ainsi parlait l'émir quand l'espion fidèle
Lui montre les apprêts que la ville recèle :
« Pourquoi ces fers ? dit-il ; où vont nos ennemis ?
» De combattre contre eux me serait-il permis ? »

» Il s'élance aussitôt sur son coursier rapide :
Au tombeau de son père il tombe l'œil humide :
« Toi qui me répétais, dès mes plus jeunes ans ,
» Que les âmes des morts protégeaient les vivants,
» Souviens-toi que , pour prix de ton pèlerinage ,
» De la faveur du Ciel tu vis briller le gage ,
» Quand le divin Mouley, sortant de son tombeau ,
» Te rendit le témoin d'un miracle nouveau :
» Sur sa tête rayonne un faisceau de lumière.
» Lève ton front, dit-il, courbé dans la poussière ;
» Reçois ce don du Ciel ; prends ce fruit, Meddjeddin :
» Il prépare à ton fils un titre souverain.
» Tu m'offris, je mangeai la pomme merveilleuse ,
» Et je fus entouré de l'orbe lumineuse
» Qui , lors de ma naissance, avait orné mon front.
» Le peuple de nouveau de sa foi me répond.
» Pour le prix de son choix et de sa confiance ,
» Je dois combler ses vœux , remplir son espérance.
» Indiquez-nous les champs de nos futurs exploits,
» Et les chefs qui voudraient nous imposer leurs lois. »

» Alors il entendit de la tombe sacrée
S'exhaler les accents d'une bouche adorée :

« Notre pays entier est ouvert aux héros
» Que la Mort ou la Paix forceront au repos.
» Clausel doit contre nous porter cette furie
» Dont furent les témoins l'Autriche et l'Italie ;
» Puis Rovigo, Voirol, Desmichels et d'Erlon,
» Et Trézel, et Bugeaud, tous de Napoléon
» Ont guidé les soldats sur les champs de victoire,
» Et tous ont partagé ses revers et sa gloire.
» Tu verras Damrémont, Saint-Arnaud, Ferdinand,
» D'Aumale, Mac-Mahon, Levasseur, Montauban,
» Bosquet et de Lourmel, Barral, Camou, Rulhières,
» Canrobert, Bourbaky, Youssouf, un de nos frères,
» D'innombrables guerriers, intrépides soldats,
» Sur nos champs dévastés doivent suivre nos pas.
» Que de maux, que de sang ! et pourtant cette armée
» Doit se battre pour nous sur une autre contrée ;
» Et ces cruels guerriers, en nos cœurs si maudits.
» Par tous les musulmans un jour seront bénis.
» Aujourd'hui Médéah réclame ton courage.
» Dans le Mouzaïa déjà Clausel s'engage.
» Cours, et, par tes guerriers, aux gorges de l'Atlas
» Que tes fiers ennemis rencontrent le trépas. »

       » Il dit. Le jeune émir baise vingt fois sa tombe ;
De ses yeux obscurcis un flot de larmes tombe.
Quand les pieux devoirs au tombeau sont rendus,
Il se lève, s'élance aux camps, parle aux tribus :
« Vers Médéah, dit-il, portez votre courage,
» Et du Mouzaia garnissez le passage ».
Ils partent, et bientôt de nombreux combattants
Garnissent les rochers, se cachent dans leurs flancs,
Font de tout roc un fort, de tout ravin redoute,

De l'étroit défilé garantissent la route.
Bientôt Clausel paraît ; ses guerriers indomptés
Sur ces abris pendants à pas précipités
S'élancent à l'envi contre leurs adversaires,
Qui font pleuvoir sur eux les balles et les pierres.
La baïonnette au flanc, rien n'étonne leurs yeux,
Rien n'arrête leur marche. Un trépas glorieux
Pour l'honneur du drapeau voici leur seule envie :
Tout guerrier pour la gloire ainsi se sacrifie.
Plus d'effroi de la mort : l'un succombe au trépas,
Un autre le remplace ; officiers et soldats
Rivalisent d'ardeur, de transports, de courage,
Et leur fureur s'accroît par l'odeur du carnage.
L'Arabe, culbuté, roule de roc en roc ;
Il termine ses jours contre le dernier bloc.
Le Maure continue une lutte terrible :
Saisi d'effroi, voyant tout succès impossible,
Il fuit de tous côtés. Clausel sur le plateau,
Au sommet de l'Atlas, arbore son drapeau,
Et dit : « Ici, soldats, acclamez la victoire :
» Tous les siècles passés contemplent votre gloire ».
Le Soleil saluait de ses derniers rayons
Les drapeaux orgueilleux des vaillants bataillons ;
Les soldats sous leurs pieds contemplaient leur conquête
Pendant que vers les cieux ils élevaient leur tête,
Et l'Algérie entière offrait à leurs travaux
La récompense due à ces exploits nouveaux.
La nuit couvre la terre, et la mer est sans voiles,
Et les feux des bivouacs font pâlir les étoiles.
Le silence succède aux joyeuses clameurs,
Et le Sommeil sur tous dispense ses faveurs.

CHANT VIII.

« Au jour les bataillons, les colonnes fougueuses ,
De l'Atlas désert les crêtes orgueilleuses,
Roulent vers Médéah , qui leur ouvre son sein.
Le maréchal, voyant s'accomplir son dessein,
Ramène dans Alger ses troupes triomphantes.

» Les chambres de Paris , sans cesse chancelantes,
Arrêtèrent Clausel dans ses brillants exploits.
Tout le camp retentit du murmure des voix.
Le soldat consterné maudit cette folie,
Pleure le sang versé sans fruit pour la patrie.
Alors Abd-el-Kader exaltait notre espoir,
Et nous tendions déjà nos bras pour recevoir
Le monarque exilé, quand paraît Berthezène ,
Qui de la Mitidja fouille partout la plaine.
Médéah lui présente un lugubre rapport,
Lui montre des soldats le déplorable sort.

» A la voix de l'émir, une innombrable armée
Marche sur Médéah , de vengeance enflammée.

Berthezène prévoit cet immense danger :
Aux troupes il prescrit de regagner Alger.
Dans le Mouzaïa des masses de Kabyles
Couronnent les hauteurs, et, tels que des reptiles,
Couvrent du défilé la longue profondeur.
Les Français par leurs cris sont saisis de frayeur.
Ils veulent fuir : la route en tous sens est cernée :
L'émir contre eux déploie une rage acharnée.
D'échapper à ses coups le chef perdait l'espoir
Quand s'avance un guerrier : je crois encor le voir.
Je lui dois le bonheur d'être votre convive,
L'honneur, encor plus beau, que ma flotte vous suive.
Sur le champ d'un combat, de sang tout ruisselant,
Par la balle étourdi, j'étais tombé sanglant.
Mes compagnons fuyaient : ils reprennent courage,
Disputent aux vainqueurs mon cadavre à leur rage :
Duvivier devant lui chasse mes défenseurs,
Et de sa voix tonnante écarte les vainqueurs.
Il veut que les honneurs dus au chef qui succombe
Aux yeux des combattants éclatent sur ma tombe.
A peine soulevé du théâtre poudreux,
Je reprends mes esprits, et je rouvre les yeux.
Ivre de désespoir, de honte, de colère,
Je demandais la mort. « Non, tu vivras, mon frère,
» Frère par ton grand cœur ! s'écria Duvivier :
» Je te prends sous ma garde, et sois mon prisonnier. »
Sa voix était plaintive : il me semble l'entendre,
Et je vis de ses yeux une larme descendre.
« Heureux, dit-il, cent fois le guerrier, le héros
» Dont le fer ennemi couronne les travaux ! »
Quelque pressentiment attristait sa figure :
Il semblait m'envier en pansant ma blessure.

» L'émir était en proie au plus cruel chagrin.
Il dit aux prisonniers : « Reprenez le chemin
» Du camp, et, pour ce prix, que votre chef consente
» A rendre d'un ami la dépouille sanglante ».
Par le chef des Français le vœu fut accepté,
Et dès le même jour je vis la liberté.

» Verrai-je Duvivier ? C'est ma douce espérance ;
Mon extrême désir m'en donne l'assurance.
Saint-Arnaud répondit : « Mort sous le plomb français !
» Un enfant de Paris nous l'arrache à jamais ! »
Dans l'indignation votre âme est abîmée :
C'est lui qui de sa perte a préservé l'armée !
Berthezène voyait l'ennemi sur ses pas
Qui jusqu'à ses côtés fusillait ses soldats.
Duvivier, tout à coup sortant de la colonne,
Fait face à l'ennemi, que son courage étonne,
Qu'arrête son acier, que repoussent ses feux,
Que le zouave force à s'enfuir de ces lieux.
Son noble dévoûment, son calme, son courage,
De l'étroit défilé délivrent le passage.
Sans lui, le général, les bataillons entiers,
N'avaient plus qu'à mourir, ou tomber prisonniers.

» O toi que respecta la balle du Kabyle,
Tu tombes sous le plomb de la guerre civile !
Puisses-tu, de la tombe où tu dors à jamais,
A ceux de tes amis voir mêler mes regrets ! »

» Dans l'Algérie alors Voirol de Berthezène
A reçu les pouvoirs ; il paraît sur la scène.

Sur Bougie il dirige un vaillant bataillon :
Lamoricière y fait planter son pavillon.
Le Sig et la Macta roulaient leurs eaux tranquilles,
Arrosant dans leur cours les campagnes fertiles.
Ils voyaient les troupeaux rassemblés sur leurs bords
De leur fécondité dévorer les trésors.
Mille ruisseaux, courant à travers la verdure,
Y versaient le tribut d'une eau limpide et pure ;
Le laurier, le cactus, l'asphodèle et l'iris
Sur ces bords enchantés un soir furent flétris.
L'infatigable émir du Sig bordait la rive.
Sur la Macta Trézel au pas de course arrive :
Au jour il est troublé de l'immense appareil
Que son rival déploie aux rayons du soleil.
Il veut fuir ; mais l'émir de sa cavalerie
Contre son adversaire entraîne la furie.
La résistance est vaine, et, dans les rangs français,
La Mort change en ce jour les lauriers en cyprès.
Le Kabyle se livre à l'émouvante fête
De séparer du tronc la misérable tête.
Aux arçons de leur selle ils fixent suspendus
Ces fronts que leur orgueil portait à leurs tribus.
Aux confins de leurs champs, auprès de leur chaumière,
Ils plantent ce trophée hurlant le chant de guerre.
Vierge de la Pudeur, défends moi d'énoncer
L'objet que dans leur bouche ils ont osé placer.

» Ce revers imprévu vint affliger la France :
Bientôt elle réclame une juste vengeance.
Les mânes des guerriers par le fer mutilés
Ont porté vers Paris leurs accents désolés.

» La Nuit sur les humains tendait ses sombres ailes.
Un héros tout couvert de palmes immortelles ,
Loin de lui rejetant un vulgaire repos,
Abandonnait son âme à ses nobles travaux.
Mille plaintes soudain ont frappé ses oreilles.
Tel, en un jour d'été, bourdonnent les abeilles,
Dans le creux d'un vieux chêne alors que, un fer en main,
Le pâtre veut chez lui transporter leur essaim.
Bugeaud entend ces cris que mille voix répètent :
« Toi que les combattants en Afrique regrettent,
» Toi l'ami du soldat, leur père, leur espoir.
» Reparais : à leur tête ils veulent te revoir. »

» Bugeaud se lève, il part; il a quitté la France ;
De Toulon et d'Alger il franchit la distance
Au moment où Clausel foudroyait le rempart
De Tlemcen, où sous lui tremblait le Méchouar.
Bugeaud court sur l'Isser. Les phalanges sauvages
De l'émir occupaient ses abruptes rivages.
Au bord de la Sicka, dans le fond d'un ravin,
Le héros de l'émir a fermé le chemin.
« Guerriers, leur dit Bugeaud, l'émir vers nous s'avance.
» Modérez les transports de votre impatience.
» Méprisez ses clameurs : enflé d'un fol orgueil,
» Ce guerrier croit encor mettre La France en deuil. »
L'impétueux émir fond sur son adversaire.
Tout fuit devant ses pas ; les morts jonchent la terre.
Lorsque les ennemis sont assez avancés :
« En avant ! » dit Bugeaud. Les zouaves, lancés
Dans les rangs confondus de l'informe mêlée,
Gagnent une revanche à jamais signalée.
Comme une onde captive arrêtée en son cours,

Grossit , force ses bords , les détruit pour toujours ,
Tout cède à leur élan : la résistance est vaine ;
Le sabre des spahis couvre de sang la plaine.
Les Arabes fuyaient comme sous les autans
L'Automne voit courir les feuilles sur les champs.
Les chasseurs sur leurs pas s'acharnent sans relâche ,
Et les soldats amis, empressés à leur tâche,
S'enivrent de leur sang : on les voyait hacher
Tous ceux qui, dans leur fuite, ont franchi le rocher.

» L'émir , la rage au cœur, revient sur la carrière ,
Y conduit au galop sa troupe régulière,
De la Sicka soudain envahit le plateau ;
Mais Combes, à grands pas , y conduit son drapeau.
Tournemine, l'obus, ses éclats et ses balles
Portent aux escadrons leurs mortelles rafales.
Leurs combattants alors, précipitant leurs pas ,
Le fer au poing, couraient et sabraient les soldats.
Bugeaud alors s'écrie : « Assez pour votre gloire !
» Par votre humanité couronnez la victoire.
» Cessez , douars : mon or paîra vos prisonniers.
» Ma bourse se refuse aux têtes des guerriers ».

» Le coursier de l'émir dans sa bouche écumante
Serre son frein d'acier, rend sa main impuissante ,
Indocile à sa voix , court avec les fuyards
Qui vont dans Mascara pleurer leurs étendards.

» Pour la première fois la France ouvrit ses villes
A la captivité des Maures , des Kabyles.
« Et tu nous avais dit : « Pour vous point de revers !
» Vos ennemis, vaincus, vont repasser les mers ».
« Émir nous te fuyons. » Ainsi parlait le reste

Des guerriers échappés à ce combat funeste.
L'émir, abandonné, ne vit autour de lui
Que quelques partisans lui donner leur appui.

» Devrais-je à des Français, fier de leur alliance,
Rappeler un revers qui fait gémir la France ?
Aux confins de Tunis est l'antique Cirta,
Cité qu'en vain voulut emporter Jugurtha.
L'ombre de Massinisse erra sur sa ruine.
Constantin de sa cendre exhuma Constantine.
Achmet y fit flotter votre brillant drapeau,
Et promit à Clausel un triomphe nouveau.
Le maréchal y court. Un vent glacé, la neige,
Le givre, des soldats sont le sombre cortége.
Ils ont enfin touché les abords du Rummel ;
Ils contemplent des murs qui s'élèvent au ciel ;
Ils espèrent qu'Achmet leur livrera la ville ;
Ils subissent la rage et les feux du Kabyle.
Le maréchal, rongé de honte et de regrets,
D'un impossible siége arrête les projets.
Il veut battre en retraite, et trouve une déroute.
Les Arabes nombreux partout couvrent sa route.
Les rafales de neige, un vent tempétueux,
Unissent leur courroux au courroux de leurs feux.
Dans ce désordre horrible un héros se présente
Qui peut par sa valeur conjurer la tourmente :
Changarnier ne fuit plus : il montre un front d'airain,
Et combat à grands coups son rival inhumain,
L'arrête, le contient sous son sabre terrible,
Et permet à l'armée une route paisible.
Les débris des guerriers échappés au danger,
Tristes, silencieux, sont rentrés dans Alger.

La nuit Clausel gémit ; il pleure dès l'aurore ;
A la clarté du jour ses pleurs coulent encore :
« Ah ! j'ai trop écouté la voix des espions !
» J'accepte , ô mes soldats , vos malédictions.
» Eh bien ! qu'Abd-el-Kader, content de ses victimes ,
» Abandonne à jamais la route de ses crimes.
» Assez de sang versé ! bénis le Ciel : je veux ,
» Abd-el-Kader, aller au devant de tes vœux. »
— « La France , dit Bugeaud , reconnaît ta puissance ;
» Mais pour ta souveraine , émir, reçois la France.
» Jouis de tes travaux par un nouveau traité. »
Par l'inconstant émir le pacte est accepté,
Et bientôt violé. De votre sang avide,
Il ourdit contre vous une trame perfide.
Profitant du loisir que lui donne la paix,
Il s'arme par leurs mains, et frappe les Français.
D'une honteuse paix la France est indignée :
Elle blâme tout haut la main qui l'a signée.

Bugeaud court au palais du brave Damrémont :
« C'est à vous, lui dit-il , de venger notre affront :
» A d'austères devoirs ma dignité m'engage.
» Si je quitte ces lieux, j'y laisse mon courage.
» Adieu, pays d'Afrique, à bientôt mon retour !
» Loin de vous, compagnons, c'est un siècle qu'un jour ! »

» Les guerriers dans Alger oubliaient leurs blessures,
Sentaient plus vivement les coups de leurs injures.
L'impétueux transport de leur ressentiment
Veut contre Constantine un nouvel armement.
Damrémont avec joie à leur désir se prête :
Leurs cris et leurs rumeurs courent de crête en crête ,

Et jusqu'à la frontière ont fait trembler l'Atlas ,
Qui bientôt retentit sous le bruit de leurs pas.

» Achmet voit sans effroi la troupe qui s'avance.
La place et ses abords sont prêts à la défense.
Il insultait encor vos braves bataillons
Lorsque Vaillant lui-même y pointait les canons.
C'est lui qui sous ses feux les place et les dirige.
Dans un moment suprême , où la valeur l'oblige
A mépriser l'accent qui lui dit : « Garde à toi!
» Car du bronze ennemi tu subirais la loi »,
Damrémont est frappé : « Mort, donne-moi , de grâce,
» Un moment : je veux voir mes soldats dans la place! »
Le bronze tonne ; il brise, il découpe le roc,
Et l'escarpe en entier s'écroule d'un seul bloc.
Dans les terres l'obus exerçant sa furie,
Aux pas des combattants la rampe est aplanie :
« Canons , s'écriaient-ils , bronzes , restez muets :
» Laissez-nous la carrière ; arrêtez vos boulets ».
Quels sont-ils ces guerriers en tête de colonne
Qui marchent sous les feux comme à leur polygone ?
Ce sont ces ouvriers instruits au corps dans l'art
D'élever, de saper, de miner un rempart.
Leurs chefs sont les élus de la savante école
Qui d'Arago , d'Ampère , écoutait la parole :
C'est le corps des sapeurs. Porion les conduit ;
C'est Montfort qui les guide , et Renoux qui les suit.
De leurs pioches armés, ils font rouler les terres,
Et présentent leurs fronts à leurs noirs adversaires.
Garderens a conduit ses zouaves fougueux ,
Et planté son drapeau sur ces murs orgueilleux.
Il tombe. Au même instant, brave colonel Combes ,
Sous la balle ennemie aussi toi tu succombes.

Lamoricière tombe : un génie a pris soin
De préserver son cœur , et d'épargner sa main.

     » Damrémont put sourire en fermant sa paupière ,
Et Vallée a reçu sa parole dernière,
Reçu ses derniers vœux et son dernier soupir.
Cent guerriers à ses pieds venaient aussi mourir.
Sur la brèche aussitôt les troupe intrépides
Franchissent les débris des escarpes rapides.
Vallée est dans la place, au but de son effort.
Il voit chaque maison convertie en un fort.
Ici c'est un volcan qui sous ses pieds s'embrase.
Là c'est un bataillon qu'un monument écrase.
Le zouave un instant voit ses esprits troublés
Par l'aspect des guerriers sans gloire mutilés;
Mais Porion , blessé, méprise la tempête ;
Exhortant ses sapeurs , il s'élance à leur tête ,
Élargit les créneaux d'où s'échappent les plombs ,
Abat les pans de murs , renverse les cloisons ,
Et fait communiquer les mille citadelles
Qui portaient l'épouvante et la mort autour d'elles.
La baïonnette au flanc , il permet aux sapeurs
D'aborder corps à corps leur sombres défenseurs.

     » Tout espoir est perdu pour notre ville sainte.
Les habitants fuyaient , couronnant son enceinte,
Sur la crête des murs tombaient sous les bourreaux,
Ou se précipitaient à travers les créneaux.
Sur la pointe des rocs qui bordent la rivière
Leur chute terminait leur sublime carrière.

     » Ces exploits merveilleux livrèrent à jamais
Ce superbe pays au pouvoir des Français.

» Mais à travers l'Atlas le général projette
D'unir avec Alger sa nouvelle conquête.
Par les Portes-de-Fer traverser les Bilbans
Est le rôle accepté par le duc d'Orléans.
Galbois du défilé protégera l'entrée.
Sous les pas des guerriers la plaine est dévorée.
Un terrain incliné les conduit près du mont
Qui dérobe la gorge aux regards de Bourbon.
Un énorme rocher, vaste porte immobile,
Lui barre le passage. A son coursier agile
Il rend les rênes, court; il franchit le rocher.
Tout à coup son coursier refuse de marcher ;
Il se cramponne au sol ; sa narine se gonfle,
Chasse avec effort l'air qui dans sa gorge ronfle.
Pourquoi ce corps tremblant ? pourquoi ce cou baissé,
Et cet œil inquiet, et ce crin hérissé ?
Pourquoi cette terreur ? Un monstre à forme humaine,
A la peau de serpent, à la fétide haleine,
Étendait ses longs bras, ses doigts tachés de sang,
Et repoussait le duc d'un geste menaçant.

» L'arme au tube bronzé de sa fonte s'échappe ;
L'éclair brille ; le plomb contre le rocher frappe :
Il a manqué son but : le monstre furieux   —
Pousse un sauvage cri, disparaît à ses yeux.

» Une nouvelle roche encombrait le passage.
L'Arabe aux pieds de fer, qui dans l'écume nage,
La franchit, voit le monstre, et reste sans frayeur,
Et soudain sur ses pas s'élance avec ardeur.
Il broyait en frappant de sa jambe nerveuse
Le dernier pic. Au duc s'offrit la gorge ombreuse

Ses guerriers loin de lui, d'un pas tranquille et lent,
Sur les rocs s'avançaient, de leurs armes s'aidant.
Le coursier près du duc paît le jeune feuillage.
Bourbon fixe ses yeux sur ce site sauvage ;
Il gravit les rochers qui dominent les monts ;
Il s'élève, et se livre à des pensers profonds.

« O mon père, dit-il, à l'aspect de ces plaines
» Prêtes à prodiguer les fortunes humaines,
» Tu dirais aux prôneurs du partage des champs :
« Mon royaume, agrandi par des combats sanglants,
» Abandonne à vos bras ces espaces fertiles
» Où vous pourrez créer des hameaux et des villes.
» L'Afrique attend de vous de modiques efforts
» Pour verser en vos mains ses précieux trésors.
» Assez et trop long-temps ces superbes contrées
» Sous un barbare joug restèrent ignorées.
» Aux banquets de Paris s'il n'est place pour tous,
» A vous servir ici tout se montre jaloux.
» Les Romains.... » A ces mots, le feuillage s'agite,
Laisse voir un roc blanc : le duc s'y précipite.
Sur sa face polie il découvre ces mots :
« Des Romains ton grand cœur surpasse les travaux.
» Tes guerriers règneront sur les plaines d'Afrique ;
» Mais tu seras l'objet de la douleur publique... »
Puis un char entraîné par deux coursiers fougueux,
Puis un monstre arrachant leur maître vers les cieux,
Le suspendent en l'air ; puis ses bras l'abandonnent :
Sous le choc de son corps les monuments résonnent.
Son visage sourit au déluge de pleurs
Qui roule autour de lui des couronnes de fleurs.
Si tu veux prévenir la triste destinée,

Abandonne l'Afrique, à l'oubli condamnée.
La menace du monstre est un présage affreux :
Il pourrait l'éviter par un retour honteux ;
Mais de ses bataillons il aperçoit la tête :
Il combat les pensers que la terreur lui prête,
Précipite ses pas, arrive au défilé,
Touche au champ du combat à ses yeux étalé.
Deux lièvres, élancés d'une course rapide,
Passent à ses côtés, puis un chamois timide
Vers lui court : à sa vue il gagne le versant.
La perdrix vers lui vole, et le merle sifflant,
Chassé de sa retraite, effleure son visage,
Et cherche un autre abri sous un autre feuillage.
Qui trouble votre paix, habitants de ces-lieux ?
L'approche du Kabile ? Il veille soucieux.
Chaque rocher, chaque arbre abrite de son ombre
Cet ennemi du Franc au regard dur et sombre.
Le plomb fuit en sifflant de son tube allongé,
Et son bruit retentit, par l'écho prolongé.
Le soldat y répond, criant : « Vive la France ! »
Et vers les ennemis impatient s'avance.
Il pousse son rival sur le terrible fort
De Hamza, qui succombe à son puissant effort.
Le prince fait raser cet obstacle terrible,
Et rend aux Algériens Constantine accessible.

    » Sur un autre théâtre, au fort de Mazagran,
Ben-Thamid a conduit les guerriers du sultan.
Cent Français sont cernés par dix mille Kabiles ;
Leur courage s'épuise en efforts inutiles.
Par le canon ses murs menacent de s'ouvrir :
Lelièvrse ous sa cendre a juré de mourir

En livrant son asile aux fureurs de la poudre.
Le Ciel, dans sa bonté, ne voulut se résoudre
A voir ce sacrifice. A l'aspect des guerriers
Tombant au pied du fort sous le plomb par milliers ,
Ben-Thamid ordonna de porter le carnage
Sur les points défendus avec moins de courage.

» L'émir sur la contrée a l'œil toujours ouvert.
Son ennemi le croit aux confins du désert :
Tout à coup il paraît; sur ses tentes il tombe,
Et partout sur ses pas fait l'effet d'une trombe.

» Il sait que Ferdinand marche vers Médéah :
Il prétend l'écraser dans le Mouzaïa.
Il dit à ses guerriers : « Enfin le jour s'éclaire
» Où nous verrons captifs Ferdinand et son frère.
» Préparez vos mousquets ; pressez-vous de garnir
» Les forts des défilés qu'ils doivent parcourir.
» Les voici! Délivrés de votre impatience,
» Suivez-moi ». Des guerriers disparaît la distance,
Par mille cris l'Arabe accueille les Français,
Auxquels répondent seuls les échos des forêts.
Soudain le plomb vomi par l'effort de la poudre
Vole au milieu des rangs comme du ciel la foudre.
Les pitoyables cris des blessés, des mourants,
Au carnage excitaient les bras des combattants.
Les Français saisissaient leurs armes infernales,
Au mépris des rochers , des boulets et des balles
Que leurs noirs ennemis faisaient pleuvoir sur eux ,
S'élançaient à l'envi d'un pas impétueux,
Brandissant dans les airs, au sein de ces mêlées ,

Leurs fers rouges de sang. Leurs lances, maculées,
Sur les têtes tournaient, s'abattaient sur les fronts ;
Les têtes, les turbans, roulaient loin de leurs troncs.
Changarnier, Cavaignac, des héros les modèles,
S'élançaient, secondés par leurs troupes fidèles,
Contre les ennemis qui cherchaient à périr.
« Fuyez donc, disaient-ils : vous n'avez plus qu'à fuir. »
Retenus par l'appât de trompeuses promesses,
Par l'attrait de la gloire et l'espoir des richesses
Que sans cesse l'émir offrait à leurs regards,
Les Arabes tombaient au pied des étendards.
Contre le fer des Francs la résistance est vaine.
Pour gravir les versants ils ont quitté la plaine.
A travers les rochers, franchis avec efforts,
Ils cherchent un abri dans l'enceinte des forts.
Les zouaves lancés courent à leur poursuite,
La baïonnette aux reins accompagnent leur fuite,
Et vainqueurs et vaincus entrent en même temps
Dans ces forts abattus sur le corps des mourants.

» Il restait à l'émir encore une redoute
Qui barrait aux Français de Médéah la route :
Duvivier y conduit ses valeureux guerriers.
L'émir marche contre eux avec ses réguliers,
Troupes par son génie et par ses soins créées,
L'élite des soldats des guerrières contrées.
Cavaignac observait leurs visages noircis ;
Les siens, à leur aspect, ont froncé les sourcils :
« Avez-vous peur, dit-il, quand vous voyez des braves ?
» Croyez-vous sous vos coups voir toujours des esclaves ?
» S'ils ont votre costume, ils n'ont pas votre sang.
» Seul je marche contre eux ». Aussitôt, s'élançant,

Ses guerriers à l'envi se jettent sur sa trace ;
Puis le porte-drapeau le suit et le dépasse.
Par leur fougue emportés, tous contre leurs rivaux
S'acharnent, et de morts ils couvrent les coteaux.
Alors, sans s'occuper d'un carnage inutile,
Sur la crête du fort grimpant d'un pas agile,
Ils forcent l'ennemi, le joignent de leurs fers,
Et couvrent de mourants, de morts, ces lieux déserts.

» Abd-el-Kader, qui voit succomber tout son monde,
Rendrait en résistant sa perte plus profonde.
Il quitte le combat, et les siens, rebutés
Du service du chef, fuyaient de tous côtés :
Médéah pour jamais fut acquis à la France.

» Bugeaud, qui de Philippe obtint la confiance,
Reparaît sur ces lieux témoins de sa valeur.
L'émir veut attaquer son terrible vainqueur.
Bientôt les deux partis se trouvèrent en vue.
On s'approche, on se joint, on s'attaque, on se tue ;
L'arme blanche s'élève, et tout à coup s'abat,
Se relève : le sang a terni son éclat.
Mille héros tombés se roulent sur la route.
Abd-el-Kader contient son armée en déroute :
Youssouf le reconnaît : il court sus au sultan ;
Il allait le frapper de son yatagan
Quand son coursier s'abat : cette chute funeste
A permis à l'émir de rejoindre le reste
De l'armée ; il criait : « Lâches ! vous fuir ainsi
» A l'aspect d'un seul homme ! et moi je meurs ici. »

» Cependant on l'entraîne à l'extrême frontière.

Vers Tékedempt il court organiser la guerre.
Le général le suit. Sur ce nouveau rempart
Les zouaves déjà fixent leur étendard.

» Après tant de succès, ces sanglantes contrées
Semblent à leur vainqueur à jamais assurées :
Ils sillonnent les champs de précieux travaux ;
L'Afrique ouvre son sol à des peuples nouveaux :
C'est Malte, c'est l'Espagne, et Naple, et l'Italie,
Demandant des terrains à la riche Algérie.

» Mais l'horrible génie auprès d'Abd-el-Kader
Veut retremper son cœur et redresser son fer.
La Guerre arrive au camp, arrive chancelante,
Cache aux yeux du sultan sa démarche tremblante :
« Quoi ! dit-elle au héros, tout repose en tes camps,
» Et Changarnier vers toi creuse, élève tes champs.
» S'ouvre dans tes tribus un facile passage,
» Qui doit à tout jamais les réduire au servage!
» Le Feddah de lauriers pour toi doit se couvrir! »

» La Paix ose approcher la tente de l'émir.
Son cœur d'effroi bondit en voyant sa rivale ;
Elle pleure à l'aspect de son arme fatale :
« Ton nom, dit-elle, émir, remplit tout l'univers :
» Veux-tu monter plus haut ou descendre aux enfers?
» Si ma voix à ton cœur ne peut se faire entendre,
» Au rôle de captif tu vas bientôt descendre.
» Sois grand, sois généreux : reconnais les Français ;
» Accepte pour ton peuple une honorable paix ».

— « Moi! dit l'émir, traiter avec de tels impies !
» Si j'avais mille fronts, je perdrais mille vies,

» Je cours vers le Feddah. » Déjà ses tirailleurs
Déciment de leurs plombs les rangs des travailleurs ;
Et bientôt les tribus occupent les deux rives.
Les Français s'épuisaient en vaines tentatives :
Castaigny, Magagnos, défendent le plateau
Qui permet aux soldats de joindre leurs drapeaux.
Tout fuit devant leurs pas ; l'effort de leur courage
Découvre à la colonne un facile passage ;
Mais ils sont isolés ; des groupes acharnés
De Kabiles contre eux fondent : ils sont cernés.
Par où fuir ? En avant est une escarpe horrible,
Leur unique salut : ils tentent l'impossible.
La crête du plateau recule devant eux,
Et déjà du Kabile ils évitent les feux ;
Mais, hélas ! à leurs pieds le roc manque de place :
Ils tombent : la broussaille entre leurs mains se casse.
De rochers en rochers ils roulent bondissants
Jusqu'au pied de ces rocs sur l'onde surplombants.
Ils sont précipités au bord de la rivière.
Le flot couvrit leurs yeux fermés à la lumière.
Les chasseurs, préférant le sentier du ravin,
Se guident dans le roc par un plus long chemin,
Parviennent sans danger à gagner la colonne.

» Calmet, sur le plateau que la troupe abandonne,
Par cinq rivaux cerné, lutte seul contre tous :
L'un périt par son feu, deux autres sous ses coups.
Sur le point de tomber au fond du précipice,
Il veut au quatrième infliger son supplice :
Il s'attache au Kabile, il l'entraîne avec lui ;
Ils tombent de cent pieds : l'Arabe est son appui.
Calmet est préservé ; sous lui l'Arabe expire ;

De ce plateau Ribains le dernier se retire.
Ribains lutte : son bras est d'un plomb fracassé ;
Il se défend encore ; enfin, débarrassé,
Il regagne son rang. Ton chef te félicite,
Brave et vaillant Ribains, de ta noble conduite ;
Vois-nous avec orgueil. Alors les combattants
Recommencent la lutte et leurs combats sanglants.
Les chasseurs africains, lancés dans la mêlée,
A défaut de canons, remplaçaient leur volée.
Au plus fort du combat on voit Pérès, Bérard,
Conduisant leurs chasseurs, et le fier Corréard
S'est élancé comme eux au milieu des Kabiles.
Ils sont tombés frappés de nombreux projectiles.
La nuit vint mettre un terme à leur acharnement.
Changarnier sur ces lieux forma son campement.

» Dans l'est, Sidi-Sedgoud prêche la guerre sainte :
Baraguey le combat, et sa troupe est contrainte,
Sur le corps de son chef, de demander la paix
En implorant l'aman du général français.

» Bugeaud de tant d'efforts que les succès couronnent
Cueille déjà les fruits que ses guerriers moissonnent.
Lui l'amour des soldats, il regrette leur sang,
Accuse de leurs maux le monstre malfaisant
Qui cache aux Africains le pouvoir de la France,
Les dons de leur lumière et de l'expérience.

« Arabes, disait-il, jouets des imposteurs,
» Pensez-vous des Français jamais être vainqueurs ?
» Les lions cèdent-ils leurs antres aux gazelles ?
» Enfants de l'Algérie, abjurons nos querelles :

10*

» Reconnaissez nos lois : c'est la loi du plus fort.
» Nous rendrons, croyez-le, plus heureux votre sort ;
» Nous promettons respect à vos saintes croyances ;
» Nous verserons sur vous toutes les jouissances.
» Dans vos temples sacrés faites fumer l'encens :
» Le Ciel reçoit les vœux des cœurs compatissants.
» Cherchons à prévenir les malheurs de la vie :
» Ayons un même chef, une même patrie ;
» Croyez-vous que, l'émir de nous étant vainqueur,
» Votre sort sous ses lois pourrait être meilleur ?
» Vous serez déchirés par les guerres civiles :
» Vingt chefs disputeront vos champs et vos asiles.
» Du sang ayons horreur : votre loi le défend.
» Périsse sans pitié celui qui le répand !
» Du Dieu que nous servons l'éternelle sagesse
» Veut en un âge d'or changer votre détresse :
» Apprenez que l'émir n'a d'autre intention
» Que de vous immoler à son ambition ;
» Qu'un oracle menteur d'Eddin dans son enfance
» De l'Afrique à son bras assura la puissance. »

» Bugeaud se tait, espère : ô malheur ! il apprend
Que dans Louancenys Abd-el-Kader l'attend :
« Duc d'Aumale, dit-il, et vous Lamoricière,
Portez contre l'émir votre troupe guerrière ».

» Tels de jeunes chasseurs, partis dès le matin,
Sont incertains d'abord du cours de leur chemin,
Quand bientôt, avertis par des voix qui résonnent,
A l'espoir du butin leurs esprits s'abandonnent :
Ainsi le fils du roi sait, par ses éclaireurs,
Que l'émir de Taguin occupe les hauteurs.
Il y conduit ses pas, et tout à coup les tentes

Du camp d'Abd-el-Kader à leurs yeux sont présentes :
C'est sa smalah. Que peut contre tous ces guerriers
L'effort d'un bataillon et de cent cavaliers?
« Va, Youssouf », dit Bourbon. — « Prince, jamais mes
      braves
» Ne pourront réussir sans l'appui des zouaves.
» Attendons ce renfort. » — Le duc répond : « Jamais
» Aucun de mes aïeux ne douta d'un succès.
» Les vit-on reculer? » — « Seigneur, que faut-il faire? »
— « Courez, entrez, frappez », dit d'Aumale à voix claire.
Youssouf ne peut y croire, et l'ordre est répété.
Sur la smalah soudain il s'est précipité,
Pénètre en son enceinte. Alors le cri des femmes,
Des enfants, des vieillards, se mêle au choc des lames,
Au fracas des mousquets. Les Arabes surpris
S'enfuyaient ; mais sur eux s'élancent les spahis :
A gauche, les chasseurs courent à leur poursuite
De toute leur vitesse ; ils arrêtent leur fuite.
Rien ne peut résister à cet élan guerrier,
Tous, lui-même l'émir, fuit à franc étrier.
Son trésor est pillé : le fantassin succombe ;
Peuple, butin, troupeau, tout en leur pouvoir tombe.
Lorsque les prisonniers virent cet escadron,
Qui seul porte en leur sein la désolation,
Contemplant leurs vainqueurs, ils ne pouvaient pas croire
Par si peu de guerriers une telle victoire.

» Les généraux français virent de tous côtés
Pour leur soumission venir les députés.
Seul, Sidi-Embareck, à son maître fidèle,
A Mascara formait une smalah nouvelle.
Les spahis sur ce camp s'élancent, et le sort

Du chef et des soldats est la honte et la mort.
Le brigadier Gérard, que la France surnomme
Le tueur de lions, mit à mort le grand homme.
Alors de tous les siens l'émir abandonné
Sur les champs marocains a le regard tourné.
Pendant que Ben–Salem excite les Kabiles
A résister encor, les caïds inhabiles
Ne savent profiter de leur position :
Ben–Salem est vaincu. La domination
Des vainqueurs s'étendit dans leurs âpres montagnes,
Autour d'Alger livra leurs fertiles campagnes.

    » Marey court vers le sud. Tout cède à ses exploits :
De nombreuses tribus reconnaissent ses lois.

    » L'émir cherche un appui près de ce puissant prince
Qui des bords marocains gouverne la province.
« Prends, lui dit l'empereur, mes plus braves soldats;
» Va : mes puissants secours ne te manqueront pas. »

    Le premier ennemi qui s'offre à la frontière,
Et qui reçut ses coups, ce fut Lamoricière.
Le fils d'Abd–el–Rhaman, dans la force des ans,
A conduit sur l'Isly de nombreux combattants.
Il est nuit. Bugeaud vient ; les sentinelles veillent :
Sur la foi de leurs yeux les bataillons sommeillent.
Bugeaud, préoccupé de ses soins belliqueux,
Prépare à ses guerriers un succès glorieux.
« Pélissier, dit le chef, qu'ici se réunissent
» Nos braves officiers. » Des vases se remplissent
De la liqueur brûlante enlevée au raisin,
Et la flamme couronne un immense bassin.

Il expose à leurs yeux, en versant à la ronde,
Des plans du lendemain la sagesse profonde.
Long-temps avant l'aurore il traverse l'Isly.
De ses pas assurés l'Ackdar à tressailli.
Le camp des Marocains à ses yeux se présente.
Du prince on voit déjà la magnifique tente,
Et son beau parasol, et son brillant drapeau,
Rayonnent leur éclat à l'entour du plateau.
Saint-Arnaud et Gentil, Bedeau, Lamoricière,
A leur bouillante ardeur donnent libre carrière.
Les spahis enfonçaient les troupes du Maroc.
« Vont-ils déjà s'enfuir sous notre premier choc ?
» S'écriait Saint-Arnaud : il était inutile
» D'étaler tant d'orgueil aux lâches si facile.
» Défendez mieux le fils de votre souverain. »
Ces propos insultants leur parviennent en vain.
Tout fuit, abandonnant des richesses immenses,
Auprès de tant de gloire infimes récompenses.
Le prince les rallie : ils sont encor battus,
Et Bugeaud fait son camp dans le camp des vaincus.
Il leur donne la paix pour prix de sa victoire.
L'émir doit du Maroc quitter le territoire.

» Bou-Maza tenait tête au brave Saint-Arnaud;
Mais Pélissier s'unit soudain à Ladmirault.
Tout cède à la fureur des guerriers intrépides,
Et leurs derniers succès sont encor plus rapides.
Les fuyards ont gagné par le creux des ravins
D'El-Kantara les longs et profonds souterrains.
Ils jurent de finir ici leur existence
Plutôt que de tomber au pouvoir de la France.

» Les soldats inhumains, de leur garde ennuyés,
Ont vu ces malheureux dans l'antre asphyxiés.
Un amas de rameaux, débris de la nature,
Par leur mains rassemblés, encombrent l'ouverture.
Ils y portent la flamme ; au jour, le général
Apporte aux prisonniers un pardon libéral :
Il ne voit à ses pieds que des êtres sans vie
Aux râlements des bœufs mêlant leur agonie.
Pélissier s'éloigna du théâtre d'horreur,
Les larmes dans les yeux, le regret dans le cœur.

» Sans cesse contre vous quelque nouveau prophète
De l'hydre des combats venait dresser la tête.
Bou-Maza se ruait et contre Ladmirault,
Et contre Canrobert, et contre Saint-Arnaud ;
Mais à ses vains projets ils mirent des entraves :
Poursuivi, combattu, cerné par les zouaves,
Il se résigne enfin à son sort meurtrier,
Et donne à son vainqueur son arme et son coursier.

» Bugeaud, par des raisons de haute politique,
Dut quitter pour Paris ses compagnons d'Afrique.

» D'Aumale d'Algérie est nommé gouverneur :
Les tribus avec joie accueillent ce vainqueur,
Et les Béni-Amers, les Hackems, abandonnent
L'émir, que l'infortune et les revers moissonnent.
Dans un nouveau délire ils parjurent leur foi ;
Des traités marocains ils éludent la loi,
Et, sur les lieux témoins de leurs pertes récentes,
Ils tombent expirants sous leurs dernières tentes.
Ceux de qui les Français ont épargné les jours

D'un vainqueur généreux implorent le secours.
Ces innocents jouets de la folie humaine,
Objets de la pitié, se traînent avec peine
Vers les tentes des Ghris, vont pleurer au tombeau
De leur père, et pleurer sur leur propre berceau.

» Le gouverneur ordonne à de Lamoricière
De surveiller l'émir errant sur la frontière.
L'empereur du Maroc a mis sa tête à prix.
Où fuir? Ici la mort, plus loin il sera pris.
Après tant de combats, la victoire indécise
Fuit des rangs de l'émir, dont l'ascendant s'épuise,
Et c'est toi, Boukraïa, toi l'enfant du pays,
C'est toi qui contre nous guides nos ennemis.

» Boukraïa de Kerbans va garder le passage
Où, poursuivi sans cesse, Abd—el—Kader s'engage.
L'émir, au point du jour, s'offrit à son regard :
Un courrier vers le camp s'élance sans retard.
Lamoricière accourt ; il occupe la plaine
Où l'émir doit trouver toute défense vaine.
Son coursier haletant touche le sol français :
Il s'arrête. La peine est peinte sur ses traits.
La Guerre et ses horreurs à ses yeux se présente.
Il est, à son aspect, pénétré d'épouvante :
Elle n'a plus les traits qu'elle avait autrefois,
Capables d'entraîner les mortels sous ses lois.
Ce n'est plus ce démon à la noble prestance,
Entouré de guerriers beaux et pleins d'espérance :
Ses chevaux abattus, aux longs flancs décharnés,
Traînaient avec effort son char, que, consternés,
Suivaient des malheureux aux visages livides,

Exhalant dans les airs leurs haleines fétides.
Heurtant à chaque pas leur pied contre les os
D'un père, d'un ami, d'un frère, d'un héros.
Des femmes en haillons, maigres, à moitié nues,
Portaient en sanglotant leurs plaintes vers les nues.
Sur leurs têtes planaient les vautours dévorants,
Prêts à servir de tombe à leurs corps expirants.

» L'émir cache ses yeux, ses yeux remplis de larmes,
Et, songeant que lui seul a causé ces alarmes,
Dans sa poitrine il sent comme un serpent glacé
Qui lui serre le cœur, de ses plis enlacé.
Saisi d'effroi, ses bras s'abattent vers la terre;
Il voit auprès de lui ses frères et son père
Se dresser devant lui, l'accablant de mépris
Pour tant de sang versé sans avoir aucuns fruits.

» A ce spectacle affreux succède une autre image
Qui porte dans son cœur encor plus de ravage.
C'est l'aspect enchanteur des plaines, des coteaux
Où l'homme unit ses chants aux concerts des oiseaux.
C'est la Paix, autour d'elle entraînant l'Abondance :
Son char, chargé de fleurs, tranquillement s'avance ;
Son regard, embrasé de tendresse et d'amour,
Engageait sous ses lois les peuples d'alentour.
Ses libérales mains répandaient sur leurs têtes
Les trésors destinés à de brillantes fêtes.
L'émir voyait des yeux mouillés de quelques pleurs :
C'est la mère qui tend la couronne de fleurs
Pour orner de sa main le beau front de sa fille,
Que l'amour d'un époux enlève à sa famille.

« Fuis, loin de ma patrie, ô démon sans pitié,
» Guerre, à qui mon esprit a trop sacrifié !
» Je renonce à ton joug. Que des mains étrangères,
» Que les mains des chrétiens fertilisent nos terres.
» Conduisez mes coursiers au gouverneur français.
» C'en est fait, dans mes bras, viens, viens, divine Paix. »
Il dit, et ses guerriers, les yeux remplis de larmes,
Jettent dans la campagne et leur poudre et leurs armes.
Ils se rendent au camp. Du plus loin qu'il le voit,
Le prince vers l'émir accourt et le reçoit.
« Viens, lui dit-il, vers moi, viens avec confiance :
» Mon cœur comprend trop bien tes regrets, ta souffrance,
» Brave émir, quand le Ciel refuse à ta valeur
» D'exaucer les désirs dont brûlait ton grand cœur.
» Étouffe désormais le mal qui te déchire :
» Qu'à l'arrêt du Destin ton désespoir expire.
» Tes frères, en nos mains par nos efforts livrés,
» Verront de beaux soleils leurs coteaux éclairés.
» Libres dans leurs tribus, libres dans leurs mosquées,
» Leurs heures de bienfaits seront toujours marquées.
» La France te reçoit, non comme un prisonnier,
» Mais en héros couvert du plus noble laurier.
» Viens et rassure-toi sur le sort de tes frères :
» Tes frères, comme toi, verront des jours prospères. »

» Il partit pour la France ; et moi je me bannis
De ce théâtre affreux, et je gagne Tunis.
Le dey connut quinze ans mon courage et mon zèle :
« Le Grand-Turc, me dit-il, près de lui nous appelle.
» Va te joindre aux Anglais, aux Français alliés,
» Pour repousser le czar de ses États pillés.
» Tu vis tomber Alger sous les coups de la France,

» Et ta voix murmurait contre la Providence.
» Aujourd'hui tu sauras adorer ses décrets.
» Si Dieu n'avait donné la victoire aux Français,
» Où seraient ces héros, cette armée aguerrie
» Dont les bras vont sauver l'empire de Turquie ?
» Un affreux châtiment doit frapper les États
» Coupables envers Dieu d'odieux attentats.
» Des peuples sont l'objet de sa juste colère,
» Dont la cause est pour nous le plus profond mystère.
» Va donc te réunir aux sublimes héros
» Qui peuvent de l'Europe assurer le repos. »

— « Illustres chefs, dit-il, n'est-il pas téméraire
» D'opposer vos soldats à la Russie entière ?
» Vous avez bien des chefs et peu de combattants,
» Car où sont les soldats quand il n'est plus de camps? »
Saint-Arnaud répondit : « Les plaines de l'Afrique
» Écoutèrent la voix d'un prêtre fanatique.
» Cette voix des tribus éloigna le bonheur,
» Et de nombreux guerriers développa l'ardeur.
» L'Afrique fut encor la périlleuse école
» Où chasseurs et spahis ont maintenu leur rôle.
» Paris est leur loisir, Alger leur champ de Mars.
» Aujourd'hui l'Orient attend leurs étendards.
» Ainsi vous trouverez sur ces rives lointaines
» Les héros illustrés sur vos sanglantes plaines.
» Cavaignac, Changarnier, vous ne les verrez pas :
» Leur cœur, qui bat encor, nous refuse leurs bras. »

Il dit : Le Temps fuyait sur ses ailes rapides.
Hassan quitte la nef, les yeux de pleurs humides.

CHANT IX.

A peine de sa barque Hassan touche le bord
Que les musiciens, sur un signe du lord,
Abandonnant leur âme au feu de leur génie,
Entonnent des combats la farouche harmonie.
Tantôt c'est un lion qui dans les bois rugit;
C'est un coursier blessé qui sur la plaine hennit;
C'est le bruit du canon, c'est le bruit du tonnerre,
Qui soulève les eaux et fait trembler la terre,
Puis leurs bronzes légers, sous leurs lèvres vibrant,
Mêlant des chants de gloire aux plaintes du mourant.

Au départ du héros, cette troupe en délire
Par l'hymne des combats transporte le navire.
Le rebelle aviron se suspend au canot,
Et semble avec regret s'enfoncer dans le flot.
Les guerriers musulmans sentent naître en leur âme
De l'amour de la guerre une divine flamme.
L'escadre cependant, sous un pouvoir divin,
Sur l'humide élément poursuivait son chemin.
Le Soleil arrivait au haut de sa carrière,
Éclairant l'horizon d'un torrent de lumière;

Dans le champ azuré de ce vaste miroir
Le regard se repose au loin sur un point noir :
C'est Malte, d'Albion puissante sentinelle,
Qui fait sur le vieux monde une garde fidèle ;
On approche. Son pied s'étend et s'élargit,
Sa tête vers les cieux s'élève et s'agrandit :
Vaste cône écrasé d'une couleur obscure,
Dont les rochers polis entourent la ceinture.

   Déjà se dessinaient au sommet des coteaux
Les pins levant aux cieux leurs fronts pyramidaux ;
Déjà l'on aperçoit, au versant des montagnes,
Des hameaux, des villas, de riantes campagnes ;
Puis les vaisseaux du port s'offrent à ses regards.
La flotte défilait sous les puissants remparts.
Les hourras des guerriers aux salves se confondent,
Des forts et des vaisseaux, hourras, canons, répondent.
La déesse des cieux, l'étoile de la mer,
Pur esprit cent fois saint, aux matelots si cher,
Pousse la flotte au large . aux rivages de Crète,
Et de l'antique Ida montre la riche tête.
Près d'elle de Cythère on voyait les rochers.
On arrive à Thyra : là, lorsque les nochers,
Sillonnent l'Archipel de leurs barques légères,
Ils songent, pleins d'horreur, aux récits de leurs pères.
C'est là qu'ils entendaient les hurlements affreux
Des monstres abîmés sous des rocs caverneux,
Et qui, par leurs efforts, chassaient loin de leur gouffre
Des torrents infectés de bitume et de soufre,
Repoussés par les cieux, rejetés par les mers,
Qui s'ensevelissaient au milieu des enfers,

Alors près de Naxos la flotte est entraînée ;
Elle couve des yeux cette île fortunée
Qu'un printemps éternel et qu'un ciel toujours pur
Enveloppent de fleurs, de verdure et d'azur.

Plus loin s'offre Paros aux marbres magnifiques,
Aux plaines gémissant sous des débris antiques.
Les restes mutilés des plus beaux monuments
Luttent contre le soc des habitants des champs.

Sur le flanc arrondi d'une verte colline
S'élève une chapelle à la Vierge divine.
Parabère priait quand paraît à ses yeux
De la Mère du Christ le front délicieux.
« Enfant, ne sais-tu pas, dit-elle, qu'une mère
De l'oubli de ses fils sent une peine amère ?
Et vous passez auprès de mon temple sacré
Sans m'adresser vos vœux ? » Elle dit. Éploré,
Le prêtre vers Dundas, humble et courbé, s'avance :
« O vous qui de ces mers connaissez l'inconstance,
Faites, dit-il, Seigneur, que la Reine des flots
Reçoive à son autel les vœux des matelots ».
Il dit, et tout à coup la voile obéissante
S'arrête, et tous, quittant leur demeure flottante,
Les chefs et les soldats, mains jointes et pieds nus,
S'élancent à l'envi sur ces bords inconnus.
Marie à leur élan sourit avec tendresse,
Aplanit les sentiers où la troupe se presse.
Alors les bataillons, dans leurs cercles serrés,
Entourent les abords des portiques sacrés.

Parabère au Sauveur offre le sacrifice
Qui peut rendre aux guerriers la victoire propice.
Une étoile soudain étale sa splendeur :
C'est lé trône où s'assied la Mère du Sauveur.
De la terre et des cieux partageant la distance,
Paros seul vit sa pompe et sa magnificence.
Dès que des chants pieux les suaves concerts
Du monument sacré s'élèvent dans les airs,
De la Mère du Christ les divines phalanges
Sur des accords plus beaux répètent ses louanges.
Puis l'étoile s'entr'ouvre, et laisse de son sein
Tomber des flots de fleurs. La Vierge de sa main
Tressait pour les guerriers des palmes immortelles
Que les Esprits heureux suspendaient à leurs ailes.
La Vierge, en ce moment, bénit leur étendard,
Et d'un geste divin provoque leur départ.

Bientôt paraît Délos : de son temple superbe
Les débris mutilés gisent cachés sous l'herbe.
Icare, Mycione, à babord, à tribord,
Rappellent aux guerriers les temps de l'âge d'or.
S'ils en croyaient leurs cœurs, ils verraient sur la France
De ces temps fortunés revenir la présence.

Puis vient Chio. Zéphirs, courants, puissances, flots,
Accordez à la flotte un moment de repos ;
Permettez que ses yeux contemplent ces rivages,
Et son superbe port, et son ciel sans nuages,
Où des fils précieux, où le plus doux raisin,
Croissent vers le berceau du poète divin :
La riante Scyros à ses yeux se présente :
Là, sous l'habit de femme, auprès de son amante,

Aux dangers des combats pour soustraire son fils,
Le plus valeureux Grec fut conduit par Thétis.
Subissant la rigueur d'une vieillesse usée,
C'est là que s'éteignit le malheureux Thésée.

Voici Lesbos, les yeux sur ce riant pays
Se portent aujourd'hui, comme toujours, ravis.
Les navires nombreux se chargent en cette île
Des fruits délicieux de son climat fertile;
Mais ses chantres divins n'ont pas laissé d'écho :
Alphée et Théophraste, et Phryné, puis Sapho,
Dorment ensevelis dans un profond silence,
Demandant leur réveil aux rivages de France.

Barberousse quitta ce ciel de ses aïeux
Pour porter dans Alger son bras victorieux.

Voici l'île où jadis le fer des Lemniennes
Du sang de leurs époux ensanglanta les plaines.
Vulcain repousse au loin les œuvres de ses mains,
Couvertes de forfaits inconnus aux humains.
Lemniennes, tremblez, vos filles d'âge en âge
Gémiront sans retour dans un dur esclavage.
La flotte avec horreur fuit ces lieux. Ténédos
Paraît : ses rocs, polis par le courroux des flots,
Cachèrent les héros qui portèrent la flamme,
Et le fer, et la mort, dans les murs de Pergame.
Les marins aux soldats réunis sur le pont
Indiquaient de la main les bords de l'Hellespont.
Là commence l'Europe; ici finit l'Asie.
Les premiers habitants, conduits par la furie,
Divisés par leurs mœurs et leurs religions,

Par d'éternels combats rougissaient leurs sillons.
Contre le fils de Sem les enfants redoutables
De Japhet conduisaient leurs troupes innombrables.
Le sage Thélaüs demande à l'Éternel
D'arrêter pour jamais leur projet criminel.
Dieu l'exauce, et la nuit, quand l'ennemi sommeille,
Ce chef vers les guerriers s'empresse, les réveille ;
Il place dans leurs mains les instruments tranchants
Qui soulèvent la terre, et cultivent les champs.
Du bord de l'Hellespont jusqu'auprès du rivage
De l'Euxin , les soldats se livrent à l'ouvrage.
Des esprits entourés de célestes flambeaux
Accouraient dans les rangs, éclairaient leurs travaux.
Arrachés de leur sein , les rochers et les terres
Contre leurs agresseurs formèrent des barrières.
Ce fort qu'un peuple entier n'aurait jamais construit
Par le secours divin fut fini dans la nuit.
On ménagea des ponts de distance en distance.
A la pointe du jour , leur ennemi s'avance :
O prodige ! la plaine est changée en ravin.
Il veut franchir les ponts, mais celui de l'Euxin ,
Abattu par l'effort d'une main généreuse,
A l'onde ouvre un passage ; elle coule boueuse.
Les ponts sont entraînés jusque dans l'Hellespont.
Pour jamais leurs débris se perdent dans le fond.
Et ces cruels rivaux, au lieu d'une victoire,
Engloutis dans les flots, ont une mort sans gloire.
Depuis ce temps les eaux des continents du nord
Vont porter leur fraîcheur sur un torride bord.
La voile, sur l'Euxin long-temps emprisonnée,
Vit ouverte à ses pas la Méditerranée.
Mais vous, voiles d'Europe et des ports africains,

Qui vous pourrait de l'Inde abréger les chemins ?
Grand Dieu ! le monde entier te fait une prière :
Brise aussi de Suez l'incommode barrière ;
Par tes feux souterrains viens déchirer ses flancs ;
Enlève ses rochers par de nouveaux volcans.
L'Europe tend la main aux peuples de l'Aurore :
Il faut dans l'univers que tout mortel t'implore.
Hélas ! Dieu veut laisser cette tâche aux humains ;
Et c'est toi, le plus grand de tous les souverains,
Oui toi, Napoléon, que le Très-Haut destine
A l'accomplissement de cette œuvre divine,
Qui, sans cesse présente aux peuples à venir,
Portera de ton nom le pieux souvenir.

Un spectacle enchanteur s'offre alors à la vue
Des guerriers contemplant cette rive inconnue.
Long-temps l'onde, le ciel et le pont des vaisseaux
Ont seuls frappé leurs yeux ; maintenant des troupeaux,
Des collines, des champs et des vallons fertiles
Rappellent à leurs cœurs les paternels asiles.
Leur regard fasciné s'y fixe avec plaisir,
Et porte dans leur âme un touchant souvenir.
Ils entendent les chants échappés des prairies
Qui disposent leur âme aux douces rêveries.
Mais entre deux rochers s'ouvre un passage étroit
Où de Gallipoli commence le détroit.
Deux forts couvrent leurs fronts : ce sont les Dardanelles,
Des bords de l'Hellespont ardentes sentinelles :
L'escadre les salue. Aussitôt les châteaux
Rendent avec transport le salut des vaisseaux.
Les îlots, les rochers, lèvent un front timide,
Surpris de la grandeur, de la marche rapide

Du nombre des vaisseaux qui jettent sur leurs flancs
L'écume du remous et des flots turbulents.
Ils s'enfuyaient craintifs, observaient leur passage,
Puis, leur effroi passé, jouaient près du sillage.
Au milieu du canal, sur l'un et l'autre bord,
Deux châteaux menaçants apparaissent encor.
Ici sont les tombeaux de Patrocle et d'Achille,
Et là du Simoïs coula l'onde tranquille.
Les Grecs, les Ottomans, en avant des vaisseaux,
Courbés sous l'aviron, dirigent leurs canots.
A l'aspect de la flotte, ils gagnent le rivage.
Les uns sentent au cœur le dépit et la rage ;
Les autres, vers le Ciel élevant leurs clameurs,
Par l'effort de leur voix acclament leurs vengeurs.
Les guerriers contemplaient ces étranges figures,
Leurs habits, leurs turbans et leurs rouges ceintures.

  Voici Gallipoli! Saint-Arnaud sur ces bords
Par le czar menacés détache quelques corps.
Les rares habitants, aux noirs soucis en proie,
Expriment à leur vue et l'espoir et la joie,
Et bientôt l'aviron sous ses coups cadencés
A conduit sur les quais les bataillons pressés.
Les femmes, les vieillards et les enfants expriment
L'ivresse des transports qui dans leurs seins dominent ;
Ils courent au devant de ces libérateurs,
Dont l'aspect vient bannir les soucis de leurs cœurs.
O guerriers, je vous vois en ce moment sublime
Où votre bras arrache au bourreau sa victime ;
Où, les mains et les yeux élevés vers le ciel,
Elle adresse pour vous ses vœux à l'Éternel ;
Où, cédant aux transports de sa reconnaissance,

Elle presse en ses bras les enfants de la France :
Je vous vois, pénétrés d'un généreux transport,
Dans les champs des combats prêts à braver la mort.

Mais les premières nefs, d'une marche rapide,
Sous leurs flancs écumeux gonflent la Propontide.
L'île de Marmara fuyait à leurs côtés :
A peine si leurs yeux sur elle sont portés :
Constantinople était leur unique pensée.
Déjà de sa grandeur leur âme est caressée;
Tous sont impatients, et tous, silencieux,
Avaient les yeux tournés vers l'objet de leurs vœux.

A son poste élevé la vigie attentive
Promenait son regard sur la riante rive.
Tout à coup de Stamboul les pompeux minarets
Peignent sur le ciel bleu leurs orgueilleux sommets.
« Constantinople en vue ! » acclame la vigie.
« Salut ! grande cité ! » l'équipage s'écrie.
Les hardis gabiers grimpent dans les haubans;
Les ponts sont encombrés de tous les combattants.
Les canons des vaisseaux unissent leurs tonnerres
Aux magiques accords des musiques guerrières.
A l'instant les canons de la plage et des forts
Répondent coup pour coup aux saluts de leurs bords.
Les peuples d'alentour, au milieu des campagnes,
De mille chants joyeux remplissent les montagnes.
Abandonnant leurs bœufs au milieu des sillons,
Et courent au rivage en épais tourbillons.
Des heures le sultan voit la marche trop lente;
Il craint de succomber sous le poids de l'attente;
Il craint que cet espoir qui sans cesse le suit

Par la fatalité soit en un jour détruit.
Il rêvait qu'il voyait ses magnanimes hôtes
Par un bras irrité repoussés de ses côtes.
Mais, au bruit des canons, aux chants des Ottomans,
Il bondit sur sa couche. « O fortunés moments !
Mon empire est sauvé ! Non, ce n'est pas un rêve. »
Les chants continuaient. A l'instant il se lève,
Prend ses habits pompeux, précipite ses pas
Vers le port : cent rameurs le mènent vers Dundas ;
Les principaux guerriers vers le sultan accourent,
De leurs cercles brillants respectueux l'entourent.
Cambridge, Saint-Arnaud, Bosquet, Dundas, Raglan,
Canrobert, Hamelin, forment le premier rang.
Puis les autres héros de France, d'Angleterre,
De Tunis, l'entouraient d'une triple barrière.
Alors le souverain leur adresse ces mots :
« Vous remplissez mon cœur, chers et vaillants héros,
Des plus doux sentiments de joie et d'espérance.
Je vous vois en ces lieux comme ma Providence.
J'ai la foi la plus vive en mon pressentiment.
De ce drame le monde attend le dénoûment.
Oui, vos succès certains combleront son attente !
Le czar va recevoir une leçon sanglante.
Que Dieu, dans sa bonté, daigne écarter les coups
Que l'ennemi bientôt doit diriger sur vous !
Qu'ils n'attristent jamais vos familles chéries !
Ayez un prompt retour en vos belles patries.
L'Orient, aujourd'hui comme dans l'avenir,
De vos soins gardera l'éternel souvenir.
Rien ne peut arrêter votre ardeur intrépide,
Notre ciel à vos bras peut se montrer perfide.
Usez et disposez des fruits de nos climats,

Qui peuvent assurer la santé des soldats.
Puissent-ils, au milieu des travaux de la guerre,
Oublier qu'ils sont loin de France et d'Angleterre !
La Turquie est sauvée. Un instant dans ces murs
Montrez vos fronts sereins aux Turcs aux fronts obscurs :
De ma fille en ce jour j'apprête l'hyménée :
A mon fidèle Ali mon cœur l'a destinée.
Puisse votre présence y porter sa splendeur !
Puissé-je en ses amis fêter votre empereur ! »

Saint-Arnaud lui répond : « Notre fière ennemie
Frappe de ses boulets les murs de Silistrie.
Depuis long-temps contre elle Omer lutte en héros.
Hâtons-nous de courir partager ses travaux.
Le Danube, à l'aspect des aigles d'or de France,
Sera rendu bientôt à son premier silence.
Gallipoli, Varna, sont les premiers jallons
Qui doivent diriger nos braves bataillons.
A combattre à l'instant, Sire, nos cœurs soupirent :
Tout délai, tout retard, nous rongent, nous déchirent. »
Il dit, et le sultan, d'un regard gracieux,
Les quitte en les comblant et de dons et de vœux.

Alors des lourds vaisseaux les vapeurs se séparent ;
Leurs guerriers à Varna débarquent, et préparent,
Et dans la ville même, et dans ses environs,
Les moyens d'assurer les rangs des bataillons.
Les camps sont établis : déjà la flotte arrive,
Et tous les combattants envahissent la rive.
Ils portent leurs regards sur ce terrain brûlant
Qui sépare leurs pas du théâtre sanglant.
Le vent du nord portait sur la rive flétrie
Le bruit sourd des canons qui frappaient Silistrie.

C'est le premier appel à leurs premiers hauts faits.
Hélas! d'un vain espoir trop malheureux jouets,
L'infernale cohorte à leurs projets s'oppose,
Par d'invisibles coups à frapper se dispose.
« Vengez-vous, dit son chef ; puissante légion,
Démons, enfin sortez de votre inaction. »
Il dit. Sur les guerriers leur poison tourbillonne,
Et d'un trépas fatal les frappe, les moissonne.
Saint-Arnaud soucieux sans cesse méditait
Son belliqueux dessein ; son âme dévorait
L'heure où vont commencer ses campagnes brillantes.
Avant le point du jour, on doit quitter les tentes :
Déjà l'ordre est donné : sur son fougueux coursier
Il bondit, court au camp, parle à chaque guerrier.
Il va les lancer tous sur la noble carrière.
O malheur ! ils étaient couchés sur la litière.
A chaque heure il reçoit de funestes rapports :
Cinq cents de ses soldats pendant la nuit sont morts.
Le fléau qui sévit frappait en sa présence
L'élite des guerriers, son orgueil, sa puissance ;
Il suit, le cœur en proie aux plus vives douleurs,
Les lignes des faisceaux privés de possesseurs ;
Et pourtant le bruit court que bientôt Andrinople
Aux bataillons de czar ouvre Constantinople.

   Dans Silistrie Omer, par un sublime effort,
Contre son ennemi lutte, il résiste encor.
S'il tombait ! son grand cœur se serre à cette idée,
Et sa mâle figure est de pleurs inondée.

   Mais ceux qui du fléau n'ont pas subi les coups
Vont près du maréchal, lui pressent les genoux :

« Ah ! ne nous laissez pas, loin de notre patrie ,
Sans honneur , sans succès , mourir de maladie....
Avant que sa fureur ait engourdi nos bras ,
Allons chercher la mort au milieu des combats. »

— « Je conçois, dit le chef, l'ardeur qui vous tourmente :
La même passion pousse mon âme ardente.
Nous nous battrons bientôt : croyez-moi, mes enfants .
Demain nous marcherons aux gorges des Balkans.
Je montrerai vos fronts à la ville assiégée :
Bientôt de ses tourments elle sera vengée.
Conservez à vos bras cette mâle vigueur
Dont je vois embrasés votre âme et votre cœur. »

Avant la fin du jour les troupes étaient prêtes.
Le signal est donné : vingt mille baïonnettes
Quittent , en maudissant, l'infect Gallipoli,
Et Bosquet les conduit soudain sur Prévardi;
Il marche vers Schumla , le but de son voyage.
Quel horrible spectacle! il voit sur son passage
Partout la Barbarie exerçant ses forfaits.
Les habitants ont fui cachés dans les forêts.
Les troupeaux sont pillés, les fermes sont désertes,
Et de débris fumants les plaines sont couvertes.
Les enfants, les vieillards , nus, couverts de haillons,
D'un regard effaré suivaient les bataillons.
Saint-Arnaud sur la route a devancé l'armée;
Il étudie, explore avec soin la contrée :
La voie est partout belle, hélas! pas un humain
Ne s'offre à ses regards ; il demeure incertain
Sur les renseignements qui lui sont nécessaires
Pour assurer les pas de ses troupes guerrières.

Près du tronc calciné d'un chêne est un vieillard
Dont l'aspect imposant attache son regard.
Sa joie éclate ; il saute à bas de sa monture ,
Et court vers l'étranger à la noble figure.
« Vous, dit-il, qui devez partager les bienfaits
Qu'aux plus heureux mortels le Créateur a faits,
Ah ! daignez de mes pas assurer la conduite ;
Faites que mes travaux aient une heureuse suite. »
Le vieillard lui répond : « Vous adressez vos vœux
A celui qui s'oppose à vos projets affreux,
Qui protége du czar les fidèles cohortes,
Qui de Stamboul bientôt doit leur ouvrir les portes.
Fuyez : n'exposez pas , sous ce ciel meurtrier,
Vos guerriers à mourir, et vous tout le premier
Ramenez vos soldats dans leur belle patrie ,
Et laissez à nos vœux et l'Europe et l'Asie.
Nous veillons sur le sort des malheureux humains ;
Dieu , Marie et Jésus enchaînent seuls mes mains. »
Saint-Arnaud de Marie offre à ses yeux l'image
Qu'il cache dans son sein , et, sans autre langage :
« Voici , dit-il , mon guide , et ma force , et ma foi ».
A l'aspect de ces traits dont il subit la loi,
Qu'ici-bas tout mortel jusqu'au délire adore,
L'étranger ébloui se prosterne et l'implore ,
Puis d'une voix divine il proféra ces mots :
« La tombe du Sauveur retentit de sanglots ,
Et la nuit et le jour une mère éplorée
Gémit sur le destin d'une fille adorée.
Jamais les alliés ne se verront vainqueurs
Tant que sur le tombeau s'écouleront des pleurs.
Tant qu'à la vierge épouse une main souveraine
Fera sentir le poids de son injuste chaîne. »

— « Quel mystère, ô grand Dieu, vient encor me troubler !
Ah ! parlez : un seul mot peut me le dévoiler,
Car sous les traits humains vous cachez la puissance
Qu'à ses saints bienheureux donne la Providence. »
— « Plus tard, dit le saint ; mais arrêtez vos soldats :
N'attendez en ces lieux ni gloire ni combats :
Silistrie en ce jour a vu loin de ses portes
Des Russes rebutés s'éloigner les cohortes.
C'est en vain que ma voix voulait les retenir,
Leur parlait du mépris qui devait les ternir :
Une puissante main aux murailles captives
Rend la paix ; le Danube a vu libres ses rives. »
Il disparaît : alors l'illustre maréchal
A l'élan des soldats donne le coup fatal.
Aux cœurs impatients de la troupe joyeuse
L'ordre de s'arrêter cause une peine affreuse ;
Mais de la discipline ils connaissent les lois ;
De leur chef bien aimé tous écoutent la voix.
On forme les faisceaux, et soudain il appelle
Les chefs : « Sachez, dit-il, la fatale nouvelle,
Soldats, vos ennemis, par la peur égarés,
Las de lutter, ont fui sur des champs ignorés.
Cessons donc d'espérer de pouvoir les atteindre.
S'ils ne se cachaient pas, ils seraient moins à craindre.
De vos nobles travaux ils ont changé le cours :
Vous les poursuivriez qu'ils vous fuiraient toujours.
J'invoque, lord Raglan, votre haute sagesse :
Regardez nos guerriers : à l'ardeur qui les presse
Donnons un autre champ. La fièvre des combats
Dévore en nos pays citoyens et soldats.
Il leur tarde de voir le drapeau de la France
Cimenter dans le sang notre heureuse alliance ».

11*

— « Sans doute, dit Raglan, tant de préparatifs
Ne seront pas perdus. Resterons-nous oisifs
Quand la Gloire sur nous étend son auréole,
La Gloire notre vœu, la Gloire notre idole?
Un prodige d'ailleurs, à nos regards surpris,
Nous traça nos devoirs, et leur but, et leur prix.
Laissons nos ennemis sur leurs plaines stériles.
Allons porter nos pas vers ses ports, dans ses villes.
C'est vers Sébastopol qu'il faut tourner nos coups.
Marchons sans retarder : le Ciel est avec nous ! »
— « Jamais, dit Hamelin, la mer ne fut plus belle :
Je vois que sur son sein le calme nous appelle.
Fuyons donc au plus tôt ces lieux empoisonnés
Où tant de nos soldats sont déjà moissonnés.
Elchingen a péri; Carrabuccia tombe.
Sous un ciel plus clément je veux avoir ma tombe. »
Saint-Arnaud répondit : « Je rends grâces au Sort :
Puisqu'il règne entre nous un si parfait accord,
Éloignons de Varna les flottes inactives;
Rendons à leur élan nos colonnes oisives;
Fuyons ces lieux : je sens mon courage tomber
En voyant mes soldats sans gloire succomber.
A Londres, à Paris, le peuple s'inquiète
De voir dans les mortiers la bombe encor muette;
Des noirs forfaits du czar l'univers indigné
S'étonne que son cœur n'ait pas déjà saigné.
Ainsi nous connaissons notre but, notre tâche.
A combler tant de vœux travaillons sans relâche. »
Il se tait : tous les chefs partagent ses transports,
Pour la lutte prochaine assurent les ressorts.

Hamelin fait sonder les abords des rivages;

Canrobert étudie, il explore les plages.
Dundas vers Odessa voulut parlementer :
Les boulets des remparts sont venus l'insulter.
Il vient d'interroger l'Angleterre et la France
Si de cet acte impie il doit tirer vengeance.
On lui répond : « Frappez ». L'horrible branlebas
Retentit sur les nefs à la voix de Dundas.
Toutes voiles dehors, son pavillon s'avance
Vers la belle cité dans un profond silence.
Tous les canons des forts tonnent sur les vaisseaux,
Qui, méprisant les feux, font écumer les flots.
Les marins sont joyeux comme en un jour de fête :
Pour l'heure du combat dans les ponts tout s'apprête :
La mèche est allumée, et déjà le pointeur
A fixé de son but l'inconstante hauteur.
De nouveau des remparts la lumière étincelle,
Porte sur les vaisseaux une flamme nouvelle,
Quand, soumise à la loi d'un unique signal,
La flotte est arrêtée, et montre un flanc fatal,
Et les forts, au travers d'une épaisse fumée,
Des canons alliés reçoivent la bordée.
Aussitôt chaque bord tourne autour du grand mât,
Présente l'autre flanc, d'où partent en éclat
De leurs bouches de fer mille sphères rougies
Qui portent dans les ponts de nombreux incendies.

Odessa, Richelieu sera ton protecteur :
Tu lui dois ton salut, tu lui dus ta splendeur.
Mais les vaisseaux du czar, soumis à l'impuissance,
Reçoivent sans pitié le prix de leur offense.
L'amiral épargna les toits des habitants;
Tous ses coups sont tournés sur des forts insolents.

Les chênes monstrueux, couchés en pyramide,
Qui devaient s'élancer sur l'élément liquide,
Montrer à l'univers l'orgueilleux pavillon,
Se voient enveloppés d'un sombre tourbillon,
Qui tout à coup dégage une gerbe enflammée,
Élève jusqu'aux cieux la cendre et la fumée,
Puis ces débris enfin, projetés dans les airs,
Retombent, vont porter sur mille points divers
Leur fureur. Le goudron, soumis à sa puissance,
Du terrible fléau qui dans son sein s'élance
Dégage dans les airs une sombre vapeur
Qui porte aux environs sa pénétrante odeur ;
Puis il s'écoule en lave enflammée et bouillante,
Et va s'ensevelir dans la rade écumante.
La brise pousse au loin le tourbillon obscur
Qui de l'éclat du ciel teint et ternit l'azur.
L'incendie a gagné le chantier des cordages ;
Sans obstacle il s'étend et poursuit ses ravages
En trouvant sous ses pas le léger élément
De son avidité si facile aliment.
La flamme comme un mont s'élève dans la nue ;
Du port entier sa base occupe l'étendue :
Tout brûle en ce moment : les vaisseaux dans le port.
Les vaisseaux en chantier, subissent son effort.
L'incendie a gagné le magasin à poudre :
L'insolence au trépas doit enfin se résoudre.
Aussitôt les démons couvrent le port fumant,
Et de l'explosion attendent le moment.
Il arrive. Au lointain le superbe Caucase
Du coup a tressailli sur son immense base,
Les vaisseaux alliés ont bondi sur les flots ;
De Varna, satisfaits, ils regagnent les eaux.

Vers sa division Canrobert avec joie
S'élance : au choléra ses guerriers sont en proie.
Naguères ces soldats qui, sous l'œil du sultan,
Montraient un front si fier au peuple musulman
Aujourd'hui se traînaient sur le chaume des tentes,
Exhalant vers les cieux leurs âmes expirantes.
« Souveraine des cieux, ô toi, dit le héros,
Qui sur une mer calme as guidé nos vaisseaux,
Nous aurais-tu conduits loin de notre patrie
Pour ne plus la revoir ? Oh non, Vierge Marie !
J'ai foi dans ta puissance et foi dans ton amour :
Ces pauvres exilés la reverront un jour. »
A ces mots, de son sein tirant sa sainte image,
Il l'embrasse : des pleurs inondent son visage.
Il pleure ses amis, il pleure ses soldats
Comme une mère pleure un fils mort en ses bras.

Tout à coup un fantôme à tout être invisible
Se présente, et, du fond de sa poitrine horrible,
Par sa bouche de feu, par ses naseaux brûlés,
Répand autour de lui des poisons qui, mêlés
Aux plus purs éléments du fluide limpide,
Forment dans les poumons un mélange morbide.
L'homme atteint sent bientôt se figer tout son sang :
Il tombe sous la tente, il tombe dans le rang.
Le chef ordonne : alors la branche est allumée ;
La paille humide aux airs projette sa fumée.
Un rire de pitié dans le ciel retentit.
Sur l'incendie alors le héros répandit
Des matières, des gaz, différentes essences,
Qui du monstre devaient vaincre les espérances.
Vains efforts! des hourras partent du sein des airs ;

Mille stridentes voix y joignent leurs concerts.
Le général, vaincu, sent faiblir son courage,
Et, voyant sur ses yeux comme un épais nuage,
Il allait s'affaisser : un bras mystérieux
Le retient, et l'arrache à ce péril affreux.
Les soldats sur ses pas traînent leurs marches lentes,
Sous les murs de Varna bientôt dressent leurs tentes.
Celui sur qui la Guerre appuyait son fardeau
Fléchissait sous son poids ; dans le port Saint-Arnaud
A déjà réuni de nombreuses carènes
Pour transporter l'armée aux rives criméennes.
L'ardeur est dans son cœur ; la langueur dans son corps
Mine secrètement ses précieux ressorts.
Il redouble de zèle ; il craint que sa carrière
Ne trouve avant le temps la fatale barrière ;
Qu'à sa gloire future un funeste Destin
Ne ravisse à jamais et son cœur et sa main.
Ses trois divisions, sous ses yeux amenées,
Offrent des combattants les lignes décimées.
Nuit et jour, ses pensers, par de longs examens,
Des succès des combats préparent les moyens.
Il souffre : un bras jaloux brise son espérance ;
Il sent couler des pleurs qu'il dévore en silence.

Ce n'était pas assez de sa propre douleur :
Un démon veut frapper plus vivement son cœur :
« Vous, enfants des enfers, qui partagez ma haine,
C'est trop peu, leur dit-il, de votre infecte haleine
Pour chasser de ces lieux ces nombreux combattants.
Pour leur nuire inventons des moyens plus puissants. »
Il dit, et les démons aux paroles perfides
Se glissent dans les cœurs, de noirs forfaits avides.

Deux Grecs aux sombres traits, sur le rivage assis,
Des malheurs d'Odessa rappelaient les récits.
« J'ai perdu, dit Seboul, cent tonnes de Madère. »
— « Moi, dit l'autre, j'ai vu consumer ma galère. »
Un des démons les voit, se transforme en serpent,
Vers eux par les rochers se dirige en rampant ;
Il souffle dans leur cœur la haine et la vengeance.
A peine ils ont senti leur maligne influence
Que Seboul dit : « C'était un spectacle bien beau !
On peut renouveler ce superbe tableau.
Dans l'obscure Varna répandons la lumière ;
Que la prochaine nuit de nos flambeaux s'éclaire :
Vengeons-nous. Dans Varna, dans les champs, à leur tour,
Qu'armée et bâtiments, tout brûle sans retour ».

Tout le jour du soleil la chaleur dévorante
A désolé la terre et desséché la plante ;
Chaque tente est un four ; les torrents sont sans eaux ;
Les soldats, accablés, sont restés sans repos.
Panajauty, Seboul, ont terminé leur trame :
Ils cachent ces objets qu'un frottement enflamme.

Quand la Nuit sur la terre étale sa splendeur ;
Quand citoyens, soldats, ont goûté sa fraîcheur ;
Quand, las de ses bienfaits, ils gagnent leur asile ;
Quand tout dort dans les camps, quand tout repose en
                                     ville !
Quand la garde succombe aux fatigues du jour,
Panajauty, Seboul, ont quitté leur séjour :
Ils ont passé. Varna d'un torrent de lumière
Dans la nuit ténébreuse au même instant s'éclaire.

Au bruit décrépitant le peuple réveillé
Se reproche déjà d'avoir trop sommeillé.
Les flammes s'avançaient. Déjà des poudrières
Leurs langues en fureur allaient lécher les pierres ;
Mais Saint-Arnaud accourt : ses soldats, sous ses yeux,
Sous un torrent de pluie ont comprimé les feux.
Ni les bois enflammés qui tombent sur leur tête,
Ni l'aspect de la mort, rien, rien ne les arrête.
Les canonniers, fixés aux sommets des pignons,
Des couverts embrasés arrachaient les brandons.
Les efforts de leurs bras ont vaincu l'incendie.
Ils partent... Tout à coup il reprend sa furie.
Bosquet, Bizot, Thyri, se rencontrent partout,
Et Jérôme au fléau porte le dernier coup.

   Aux livides lueurs des flammes courroucées,
Ils montraient un front calme, et cachaient leurs pensées.
Les plus légers brandons sur les poudres tombant
Auraient anéanti, soldat, ville, habitant.
Une nuit, tout un jour, d'une lutte incessante,
La Mort devant les yeux, hideuse, menaçante,
Ne put ni ralentir ni suspendre l'ardeur
Des braves qui du feu domptèrent la fureur.
Au sein de ces débris deux hommes seuls sourirent :
Seuls sous le plomb vengeur ces criminels périrent.

   Arnaud, plus résolu, plus ferme en ses projets,
D'un prompt embarquement dirige les apprêts.
Il gémit sur ces maux ; il pleure ces courages
Qui dorment pour jamais sur les fatales plages ;
Il sent que l'heure approche : il est prêt à mourir ;
Mais c'est loin de Varna qu'il désire finir.

On s'embarque ; on s'enfuit de la cité funeste,
Sol d'expiation , d'incendie et de peste.
Pourtant un souvenir y traîne le regard ,
Et montre une ombre amie errant sur le rempart.
Le vent souffle de l'est ; des vergues descendues,
En travers du vaisseau les voiles sont tendues.
Les nefs, libres enfin de leurs liens de fer,
Tremblent, poussent le flot, gagnent la haute mer,
Et les soldats, voguant sur les liquides plaines,
Ouvrent tous leurs poumons à de pures haleines.

Chaque jour empirait l'état du maréchal :
Son zèle et son ardeur luttaient contre son mal.
Dès que de ses tourments la rigueur se relâche ,
De ses âpres travaux Arnaud reprend la tâche ;
Mais, sentant qu'il ne peut survivre à sa douleur,
A son commandement il cherche un successeur.

Déjà l'on découvrait les côtes de Crimée
Reflétant du soleil la chaleur enflammée.
Une chaîne de pics, surmontant chaque mont ,
En traits heurtés au loin découpait l'horizon.
Tous vers ces lieux brûlants portaient un œil avide.
Le souvenir des maux fuit d'une aile rapide.
Il n'est qu'une clameur, il n'est plus qu'une voix :
Des cris d'enthousiasme échappent à la fois :
« Vive Napoléon ! cent fois vive la France ! »
Deux héros gardaient seuls un douloureux silence.
Dans ses bras Canrobert entourait son ami,
Cherchant à réveiller son courage endormi :
« Je suis vaincu... Je suis au bout de ma carrière ;
Je vous laisse mon cœur, à Dieu mon âme entière.

Le plus ancien de vous me remplace. Morris
Aura de mes travaux et le poids et le prix ».
Il dit; mais Canrobert à ses regards déploie
L'ordre de l'empereur. Un doux rayon de joie
Éclaire Saint-Arnaud, heureux que l'empereur
Ait lui-même voulu nommer son successeur.
« Pourtant, dit Canrobert, Morris au grand courage
Sur moi devrait avoir un immense avantage. »
— « Non, répondit le chef : qu'il pousse ses chevaux
Contre nos ennemis; mais vous dans les travaux
D'un siége dont Dieu seul a fixé la durée
A la persévérance excitez votre armée.
Morris, au même instant, et les larmes aux yeux,
Arrive; il connaît tout, et son cœur généreux
Applaudit; il bénit le décret du monarque.

    « C'en est fait ! à vos soins j'abandonne ma barque »,
Dit Saint-Arnaud. La mer bientôt montre son bord :
Tout y paraît tranquille, un silence de mort
D'un prompt débarquement indique le présage.

    Vers Eupatoria l'on fixe le mouillage.
Alors la flotte entière, assise sur les flots,
Semble un immense port sorti du sein des eaux.
Comme un vaste miroir la mer était unie.
La ville abandonnée ouvre sa rade amie,
Et le colonel Steel, le colonel Trochus,
De leurs légers esquifs sont déjà descendus.
Les premiers, ces guerriers, au nom de leur puissance,
Arborent le drapeau d'Angleterre et de France :
Sébastopol était seul le but de leurs coups.
La nuit est calme et belle, et le ciel pur et doux,

Tout sur ces bords permet une descente aisée.
Le signal du départ monte avec la fusée.
L'horizon se parait des premières lueurs ;
Les files des vaisseaux de toutes les grandeurs
Sur les rides de l'eau glissent et s'échelonnent ;
L'onde semble sourire aux nefs qui la sillonnent.
Les armes qui brillaient au sein des bataillons
Des naissantes clartés reflétaient les rayons.
La côte est devant eux ; ils portent sur la rive
Calme et silencieuse une vue attentive.
L'ancre tombe, les nefs s'arrêtent sous leur poids.
Chaloupes et chalans, mus par la même voix,
Aussitôt couvrent l'onde ; aussitôt vers la plage
Mille embarcations ont rangé leur bordage.
La vigie attentive, en vain, du haut des mâts,
Cherche les ennemis ; elle ne les voit pas.
Les vaisseaux embossés au plus près des falaises
Sont prêts à ricocher le fer de leurs fournaises.
L'armée impatiente attendait : le signal
Apparaît au grand mât du navire amiral.
Un cri de joie alors part de chaque poitrine.
Canrobert vers la plage aussitôt s'achemine ;
Ses robustes marins, courbés sur l'aviron,
Touchent le sol, soudain plantent son pavillon.
Trois guidons aux guerriers ont désigné leur place :
Vers ces signaux les chefs arrêtent leur audace.
Sur sa nef Saint-Arnaud, témoin de leurs élans,
D'une guerrière ardeur voit ranimer ses sens.

    A droite Canrobert installe ses insignes ;
Bosquet auprès de lui range en ordre ses lignes,
Et le prince Louis près de lui prend son rang.

Les superbes Anglais, conduits par lord Raglan,
Sur les rocs du rivage arborent leur bannière.
Saint-Arnaud à son tour vient fouler cette terre.
Son coursier vigoureux, aussi prompt que le vol,
Vers ces remparts humains court, dévore le sol.

À l'aspect de son chef, que sa présence enflamme,
Son armée à l'envi par des vivat l'acclame.
Les képis des guerriers, les armes du combat,
S'agitent dans les airs, y jettent leur éclat.
Les échos des vallons, des monts de la Crimée,
Portent des cris d'orgueil de l'une à l'autre armée.
Saint-Arnaud rayonnait; des pleurs mouillaient ses yeux
En rendant son salut aux drapeaux glorieux.
Contre un retour fâcheux les voiles attentives
De leurs flancs protecteurs enveloppaient les rives.
Les Français regardaient comme un présage heureux
Que les troupes du czar s'enfuissent devant eux.
Leur chef semble saisi d'une terreur panique,
Tandis qu'il suit les lois d'une habile tactique.
Mentschikoff, pénétré de ses futurs succès,
Regardait avec joie avancer les Français.
Il laisse ses rivaux s'établir sur la plage,
Des rocs de Bulgana leur livre le passage :
Il veut les entraîner au sommet du plateau
Que l'Alma sinueuse entoure de ses eaux :
C'est là que, dominant le cours de la rivière,
Sûr de vaincre, le prince attend son adversaire.

Le premier, Canrobert franchit la Bulgana ;
Il gravit son versant, il découvre l'Alma ;
Sous son regard s'étend la fertile vallée.

Sur les hauteurs le prince a rangé son armée.
Ses tirailleurs couvraient les enclos, les jardins,
S'abritaient de leurs murs, veillaient dans les ravins,
Attendant, l'arme à l'œil, qu'une marche imprudente
Appelât vers son but la balle impatiente.
Semés sur les coteaux ainsi que des fourmis,
L'œil ne les reconnaît qu'à l'éclat des fusils.

Des premières clartés l'horizon se colore.
Bosquet marche en avant; il regarde, il explore
Les lieux qui vont bientôt illustrer ses travaux.
Au point où la rivière à la mer joint ses eaux,
Où l'Alma s'élargit, il soupçonne un passage;
Il lance ses soldats sur ce double rivage.
Ils s'enfoncent dans l'eau jusqu'au milieu du corps;
De la rive opposée ils ont touché les bords.
D'un premier coup de feu déjà l'écho résonne.
L'oreille des guerriers du sifflement s'étonne;
D'un effroi d'un moment leur poitrine a frémi.
On s'arrête, et bientôt on court à l'ennemi.

Bouat des contre-forts gravit déjà les pentes;
Les canonniers, courbés, font effort sur les jantes,
Favorisent les pas des malheureux coursiers,
Du sabre et de la voix leur ouvrent les sentiers.

Les zouaves suivaient, et bientôt les devancent;
Sur les rochers pendants, pleins d'ardeur, ils s'élancent
Dans les fentes des rocs ils cramponnent leurs doigts;
L'épaule d'un guerrier vient soulager leur poids.
Par un rapide effort les bras se raccourcissent;
Sur le sommet des rocs ils se lèvent, se hissent,

Ils gagnent du chemin, évitant tout détour :
Quel qu'il soit, le meilleur est pour eux le plus court.
Leur pied mal assuré manque les interstices
D'une crevasse usée : alors des précipices
Ces généreux soldats mesurent la hauteur.
Ceux qui les secondaient partagent leur malheur.

Bientôt sur le plateau des masses se dessinent,
Et contre l'ennemi vaillamment s'acheminent.
Les canons avançaient, les chevaux haletants
Écumaient, frémissaient sur leurs jarrets tremblants ;
Mais le servant se penche et s'appuie à la roue,
Aux efforts du coursier tout entier se dévoue,
Et Bosquet pousse un cri, soulève son chapeau
Quand il voit ses canons atteindre le plateau.

C'est le canon français qui le premier résonne.
Le prince Mentschikoff est surpris ; il s'étonne
Que les Français aient pu dans un si court moment
Conquérir de l'Alma le rapide versant ;
Puis son bronze fait feu. De sa gueule enflammée
Les globes creux fuyaient entourés de fumée,
Bondissaient sur le sol au sein des bataillons,
Faisant siffler dans l'air leurs mortels tourbillons.
Du sang des combattants partout la terre est teinte.
La surprise du prince a fait place à la crainte.
Après une heure ainsi d'un combat acharné,
« Il faut, dit Mentschikoff, que ce feu soit tourné ».
Il choisit les plus prompts dans sa cavalerie ;
Il les fait soutenir par son artillerie.
Sous leurs pas le sol tremble. Un court moment encor,
Les canonniers français sont voués à la mort.

Mais Barral se présente ; il dirige en personne
Ses boulets meurtriers, et fait fuir la colonne.
Quand il la vit partir, il fléchit les genoux :
« Vous le voyez, dit-il, Dieu combat avec nous »,

Pendant que se passaient ces actions insignes,
Saint-Arnaud en bataille avait formé ses lignes.
Bosquet, Napoléon, Canrobert, sir Evans,
De la droite à la gauche aussi tenaient leurs rangs.

Le fracas des canons, des combattants la vue,
La poudre qui s'enflamme et s'élève à la nue,
Ou roule sur la plaine en épais tourbillons,
D'une guerrière ardeur brûlaient les bataillons.

Tel un jeune étalon, retenu par le Maure,
Voit au loin sa cavale et des yeux la dévore,
Hérisse sa crinière ; il s'agite, il hennit,
Frappe du pied le sol, et sous le frein bondit.
Ainsi les alliés, à l'aspect de leurs frères
Succombant sans secours sous leurs fiers adversaires,
Ne pouvant contenir leur belliqueuse ardeur,
Concentrent en secret leurs transports de fureur.
Ils grondaient... Le signal ne se fit pas attendre.
La voix de Saint-Arnaud vient de se faire entendre,
« Droit marchez devant vous !...». A pas précipités
Sur les bords de l'Alma les drapeaux sont portés ;
Ils sont prêts à franchir le terrible passage.
L'aigle chère aux Français étend sur le rivage
Ses belles ailes d'or. Vers lui les léopards
De la fière Albion sur ces bords sont épars.
L'ennemi devant eux se massant en colonne

Sur le coteau voisin se range et s'échelonne.
Cent mille combattants se dévorent des yeux,
Et leurs fronts sont garnis de tirailleurs nombreux.
Une grêle de plomb accable les zouaves;
Mais Bourbaky, suivi de l'élite des braves,
Les conduit sur la berge; ils enlacent leurs bras
Aux racines du sol, et glissent jusqu'en bas.
Aux arbres de la rive ici les uns se pendent;
Là d'autres dans l'Alma tombent et se répandent;
Enfin de tous côtés, émus par le succès,
D'autres par les rameaux grimpent jusqu'aux sommets
Qui sous leur poids en pont se courbent et fléchissent.
Enfin sur l'autre bord ils sautent et bondissent.
L'ennemi paraissait dans un pli de terrain.
Il tire. On lui répond. Il disparaît soudain.

La rivière est passée. Alors, d'un pas rapide,
Zouaves et chasseurs au courage intrépide,
Sous la grêle de plomb qui tombe dans les rangs
S'élancent à l'envi contre les combattants.

Louis marche à leur tête, au combat les entraîne.
Le Russe met la flamme aux moissons de la plaine.
La fumée aux Français cache leurs ennemis.
Pendant qu'à leurs canons ces braves sont soumis.
Le sang des alliés coule à flots sur la terre;
Les boulets, les obus, balayaient la carrière.
Bertrand conduit son bronze, arrête le danger,
Et ses boulets vainqueurs viennent les protéger.

Près d'eux sur le versant, en tête des zouaves,
Est le colonel Cler; non loin sont d'autres braves,

Fantassins descendus des ponts de leurs vaisseaux,
Accourus sur ces bords, conduits par Duchâteaux,
Ils sont au pied du mont, où rien ne les arrête,
Et bientôt des hauteurs ils couronnent la crête.

Les canons ennemis, tout à coup démasqués,
Avec fracas tonnaient, sur les Français braqués.
Alors sur tous les points la lutte est engagée ;
La ligne de Bosquet, par le fer ravagée,
Était à bout d'efforts. Privé de ses canons,
Canrobert voit tomber ses braves bataillons.

Il est un bâtiment où l'armée ennemie,
Ainsi que dans un fort exerce sa furie.
De ses positions il est le point central.
C'est de là qu'à Bosquet il lance un fer fatal.
Là contre Canrobert des pièces foudroyantes
Redoublaient par leurs feux ses pertes effrayantes.
En carré le héros dispose ses guerriers.
Il a vu resplendir des armes par milliers :
Des Russes accourus c'était l'infanterie
Dont les flancs sont gardés par son artillerie.
Elle tonne. Barral accepte le combat,
Et contre eux son tonnerre avec rage s'abat.
En vain l'officier au devoir les ramène :
La foudre des canons les chasse de la plaine.
C'est en vain que Bourdoff excite leur ardeur,
Qu'il leur saisit les mains, électrise leur cœur.
Bosquet, noble témoin de ce zèle sublime,
Disait : « J'embrasserais ce rival magnanime ! »
Lecler, Napoléon, à travers les ravins,
Des versants de l'Alma franchissent les chemins,

12

Et, malgré les boulets, le plomb qui les décime,
Du plus haut mamelon ils atteignent la cime.
Ils font halte un instant; les soldats, dispersés
Dans leur marche rapide, en rang sont replacés.
Et les Russes, surpris de tant de hardiesse,
En arrière ont porté leur honte et leur faiblesse.
Ils veulent se venger par un noble trépas :
Leur boulet a frappé le général Thomas.

Placé sur un rocher, Saint-Arnaud, de sa vue,
De sa vaillante armée embrassait l'étendue :
« Oh! les braves soldats! répétait Saint-Arnaud,
Grand Dieu! les dignes fils de Friedland, d'Eylau! »
Par le bruit des canons ses souffrances fléchissent;
Il sourit aux boulets qui près de lui bondissent.
La marche des combats lui désigne le but
Où le sang des Français doit son dernier tribut.

Forey des alliés commandait la réserve.
Il passe le torrent près du chef qui l'observe;
Il défile à grands pas : « Courez vers Canrobert,
Lui cria Saint-Arnaud : j'ai sur vous l'œil ouvert ».
D'Aurelle arrive enfin au pied de l'édifice,
Après avoir franchi l'abrupte précipice
Qui fait du Télégraphe un formidable fort
Que le Russe obstiné défend jusqu'à la mort.
Déjà de ses guerriers le plateau se couronne.
Le canon ennemi sur ses bataillons tonne.
Les chasseurs, abrités dans un pli du terrain,
Contre les ennemis lancent un plomb certain.
A leur aide Toussaint conduit sa batterie,
Et des Russes en vain combat l'artillerie.

Alors Cler se dévoue; il pique son coursier :
« Mes zouaves, à moi!... » Sous le fer meurtrier,
Dans un élan fougueux, il parcourt la carrière ;
Ses soldats de ses pas dévorent la poussière,
Et sa poitrine crie : « A la tour! à la tour! »
Aussitôt Bourbaki, puis Barral à son tour,
Comme un torrent humain que nul effort n'arrête,
De ces murs foudroyants escaladent le faîte.
Tout guerrier corps à corps s'attache à son rival :
Toujours l'un des rivaux reçoit le coup fatal.
Mourants, blessés, tombés, sur la terre se roulent.
Les pieds des combattants les heurtent et les foulent.
L'ennemi subissait ce formidable choc,
Et contre ses efforts résistait comme un roc.

   Cler a saisi son aigle; il s'élance, il l'arbore ;
Il tombe; il meurt, hélas! L'enseigne tricolore
S'agite dans les mains du valeureux Fleury.
Tant d'audace irritait les défenseurs surpris.
« Sont-ce bien des mortels, disaient-ils, qui se ruent
Ainsi sur le trépas? » Leurs efforts continuent.
Par de nouveaux secours les Russes culbutés
Quittent enfin leur fort à pas précipités.
Ils lancent tout leur plomb sur la brillante enseigne.
Ils ont frappé Fleury, qui tombe et déjà baigne
Dans son sang, emportant d'unanimes regrets.

   A travers un torrent de balles, de boulets,
Poidevin fait briller l'aigle d'or de la France :
Un boulet lui ravit le jour et l'espérance.

   Canrobert, que l'on voit toujours au premier rang,
Frappé, touche le sol à peine respirant.

Un cri de désespoir s'échappe des poitrines :
« Le général est mort ! » mais les grâces divines
Veillaient sur son destin. Une main de son cœur
Cherche les battements. O fortune! ô bonheur!
Il revient à la vie, et, pâle de souffrance,
Il reprend son coursier, sur sa selle il s'élance ;
Il retourne au combat, aux acclamations,
Aux chaleureux transports de tous ses bataillons.

   Les Russes, culbutés, songent à la retraite.
Les zouaves couraient : Louis est à leur tête.
Le maréchal les suit de l'œil sur le plateau ;
Ils passent sous ses yeux, inclinant leur drapeau.
Il dit à haute voix : « Merci, merci, zouaves! »
Ces mots font tressaillir les cœurs de tous ses braves.
« Courez vers les Anglais : par le nombre accablés,
Ils succombent, dit-il, de mille feux criblés. »
Le plus beau régiment a vu sa perte entière.
Brown, affrontant encor la grêle meurtrière,
S'avançait lentement. Evans paraît alors :
Aux efforts des Français il unit ses efforts.
Les Russes dans leurs rangs font des traces sanglantes;
Mais Toussaint prend de flanc leurs lignes menaçantes.
Les gardes de Bentenck pressent les ennemis,
Enfin les highlanders, à sir Campbell soumis,
Marchent sous un torrent de fer et de mitraille,
De la redoute russe abordent la muraille,
A bout portant font feu. Lord Brown sur le plateau
Étreignait l'ennemi dans son mortel réseau.

   Les Russes sont défaits. Tel un oiseau timide
A l'aspect du chasseur fuit d'une aile rapide,

Ils gagnent la Katchka , délaissant entassés ,
Sur les champs des combats, morts, mourants et blessés.

Des dames, des seigneurs, de nobles personnages,
Promenaient sur ces lieux leurs brillants équipages ;
De ce drame sanglant avides spectateurs ,
Ils couronnaient déjà les fronts de leurs vengeurs.

Mentschikoff a voulu leur donner une fête.
Il les rendit témoins d'un affreuse défaite.
Sur les plaines où la Mort vole, frappe au hasard ,
Deux superbes coursiers roulaient un noble char.
C'est celui d'Eudoxie. Inquièté, sa vue
Du grand champ de bataille embrassait l'étendue.
Au premier coup du bronze, un noir pressentiment
L'avertit du danger que courait son amant.
Déjà les curieux fuyaient ces lieux funestes.
Comme attachée au sol, Eudoxie, hélas ! reste,
Quand, un éclat d'obus traversant le panneau ,
Le sang de son beau front coule comme un ruisseau.
Sa vie, hélas ! s'éteint sans plainte. sans souffrance.

A l'ardeur des Français Ulrich fait résistance.
Au moment où son fer s'opposait à l'élan
Du valeureux d'Arbois, et lui perçait le flanc ,
Il vit dans un nuage une vierge : c'est elle !
Le pourpre de son front sur sa robe ruisselle.
C'est Eudoxie! Ulrich, par ce signe effrayé ,
Sent défaillir son cœur, et tombe foudroyé.
Ses soldats sur son corps sont tombés en grand nombre.
La Nuit sur ce théâtre étend son voile sombre.

Saint-Arnaud veut camper aux lieux où son rival
Vit ses drapeaux frappés par un destin fatal.

Dieu voulut que la Mort, de sa faux meurtrière,
De l'homme avant le temps menaçât la carrière;
Mais il permit aussi qu'une sensible main
Luttât contre sa rage, et Cabrol a ce soin

« Mon triomphe, Cabrol, me rappelle à la vie,
Dit le chef; mon succès me rend mon énergie.
Ce bronze enfin muet, ces acclamations,
Ces accents de victoire au sein des bataillons,
Excitent dans mon âme un sentiment d'ivresse
Qui calme ma douleur, et chasse ma tristesse.
Est-ce bien moi, Cabrol, dites, qui suis vainqueur?
Louis le croira-t-il ? O mon noble empereur,
Je te vois tressaillir! Ton orgueil et ta joie
Bannissent de mon cœur la douleur qui le broie.
Mais ce n'est pas au plomb qui frappe le hallier
Que doit échoir l'honneur d'abattre un sanglier :
C'est à l'adroit chasseur qui dirige la balle,
C'est au bras exercé qui tient l'arme fatale.
Eh bien! ce n'est pas moi, Cabrol, c'est l'Éternel.
Que demain vers ma tente on élève un autel;
Entonnons la grande hymne où le cœur remercie
De notre heureux succès Dieu, Jésus et Marie.

Parabère était prêt. Dès l'aube du matin,
Les louanges de Dieu retentissent au loin.
Saint-Arnaud joint ses mains; les deux genoux à terre,
Il adresse au Très-Haut sa fervente prière :
« Prends pitié de ces morts étendus sur ces champs,

Mon Dieu ! qui sans tombeau sont restés trop long-temps ;
Prends pitié des blessés, allége leur souffrance :
Pour guérir leur douleur seconde la science ».

Ce devoir accompli, vint le culte des morts.
Les mourants, les blessés, étouffaient sous leurs corps.
Le funèbre brancard sur les plaines rougies
Marchait en se couvrant de victimes roidies.
En cet affreux moment, des ennemis vaincus
L'élite en grande pompe, aux regards abattus,
Montrant le crèpe au bras, approche de la tente
De Saint-Arnaud. Au seuil Totleben se présente :
« Seigneur, permettez-nous, dit le jeune guerrier,
De chercher un ami qu'un destin meurtrier
A peut être couché pour jamais sur ce sable,
Et de rendre son cœur au czar inconsolable. »
— « Ces champs vous sont ouverts : trouvez votre héros,
Répond le maréchal ; que l'éternel repos
N'ait point glacé son cœur. Puisse votre monarque
Trouver de mon respect une éclatante marque !
Puisse-t-il dire un jour : « Ces généreux Français
» Méritent mon estime au sein de leurs succès ! »

Aussitôt les guerriers s'éloignent en silence.
Sur la plaine des morts leur cortége s'avance.
Les soldats, empressés, suivent ces nobles cœurs,
Et sous leurs humbles traits partagent leurs douleurs.

C'est ici que le soir on vit Ulrich combattre ;
C'est ici qu'on le vit chanceler et s'abattre.
Voici son casque d'or et son sabre éclatant,
Son coursier sur le sol à peine haletant !

On retourne les morts, on entend une plainte ;
L'âme de ces guerriers d'espérance est atteinte.
Au milieu du silence on entend un soupir.
On se presse : c'est lui ! On court le secourir.
Il vit ; mais sur ses yeux la mort étend ses ailes.
On l'emporte : il peut voir ses compagnons fidèles.
Auprès de son amante il veut fermer les yeux,
Et qu'en la même tombe ils soient unis tous deux.
Ses vœux sont accomplis, le soir, au bruit des armes,
Sur un double tombeau les yeux fondaient en larmes.

CHANT X.

Les funèbres devoirs étaient tous accomplis.
Par l'ordre de leur chef ils sont ensevelis
Les martyrs des combats. Les Russes en retraite
Vont dans Sébastopol déplorer leur défaite.

Les vainqueurs à leur tour doivent verser des pleurs :
Saint-Arnaud succombait à ses vives douleurs ;
Canrobert, son ami, son compagnon d'Afrique ,
S'attendait chaque jour au dénoûment tragique
Qui devait emporter l'illustre maréchal
A l'amour des soldats par un trépas fatal.

« Rendez, dit Saint-Arnaud, ma fin moins douloureuse
Tracez cette journée en faits si glorieuse,
Afin que le dernier battement de mon cœur
Soit, par votre récit, un moment de bonheur. »

L'illustre général s'approche de sa couche ;
A ses désirs sacrés il consacre sa bouche.
« Un guide anglais, dit-il, arborait un guidon.
Là devait s'appuyer une division.
Kornileff l'aperçoit . sort du rang, court au guide ,
Le tue , et, retournant d'une course rapide,

Il apporte à son chef le signal triomphant,
Mais un second Anglais s'élance hors du rang,
Court sur le meurtrier ; par son corps il se cache,
Du feu des ennemis, l'atteint, le tue, arrache
Le guidon, rentre aux rangs, de cinq plombs labouré,
Expire dans les bras de son frère éploré. »

Ce récit d'un sourire anime le visage
Du héros : « Canrobert, arme-toi de courage :
Dis à Napoléon, mon brave successeur,
Que mon dernier penser fut pour mon empereur.
Lorsque sa volonté, sa bienveillance extrême,
Entre mes mains plaça l'autorité suprême
De sa vaillante armée, une secrète voix
Me disait que toi seul eût mérité ce choix.
De l'antique Israël a disparu la trace ;
Israël a péri : la France le remplace.
C'est elle dont la voix jusqu'au fond des déserts
Portera la loi sainte à cent peuples divers.
C'est elle dont le bras, par un zèle sublime,
Dans les cœurs des pervers doit étouffer le crime.
Quel pénible devoir ! aussi quels souvenirs
Laisseront derrière eux ces glorieux martyrs !

« Toi, disciple savant de la pieuse école,
Rappelle à ton esprit ma dernière parole :
« Jamais les alliés ne se verront vainqueurs
» Tant qu'au tombeau du Christ s'écouleront des pleurs,
» Tant qu'à la Vierge épouse une main souveraine
» Fera sentir le poids de son injuste chaîne.
» Libre de ton fardeau, vers le tombeau divin
» Un jour je t'ouvrirai moi-même le chemin ».

On entendit alors sortir de sa poitrine
Comme un souffle léger. A l'instant la colline
Retentit de sanglots, qui portent sur ce bord
Ces cris pleins de douleur : « Il est mort! il est mort! »
Le *Berthollet* porta sa dépouille mortelle;
Beïkos le reçut dans l'ardente chapelle.
Des pleurs coulaient des yeux du peuple musulman ;
Les regrets dévoraient le monarque ottoman.
Il voulut retenir sur ce triste rivage
Les restes du héros modèle de courage.
Louis lui déclara son douloureux refus :
« Je veux, dit l'empereur, quand je ne serai plus,
Partager son tombeau, puisque, pour mon service,
De son cœur, de sa vie il fit le sacrifice,
Et, tant que je vivrai, je veux que mon ami
Apprenne par mes pleurs qu'il ne craint pas l'oubli ».
Le funèbre convoi traversa le Bosphore :
Tous les fronts découverts que le regret dévore
Saluaient le cercueil. Les portes du palais
S'ouvrent, et le sultan exprime ses regrets.
Pendant que tous les cœurs des musulmans gémissent,
Les salves des adieux dans les airs retentissent.
Le Bosphore est franchi; la nuit tombe des cieux ;
La nef poursuit son cours triste et silencieux.
La vapeur l'entraînait : la mer est dévorée.
Dans Marseille bientôt la nef fait son entrée.

Le peuple, les soldats, sous le signe de deuil,
Jusqu'au sein de Paris entourent son cercueil.
De tous les citoyens la foule recueillie
Autour de l'empereur au convoi se rallie,
Et tous versaient des pleurs en voyant ce coursier

Le front bas, lentement suivre son cavalier.
Le pleure-t-on partout? Eh non! la Moscovie,
Tremblante sous son bras, de sa mort est ravie;
Elle voit ses guerriers, des Français triomphants,
Lui donner sans péril le pays des sultans.

Canrobert, ce héros des plaines africaines,
Du sang de Saint-Arnaud sent bouillonner ses veines;
De sa vaillante armée il reçoit les serments,
Contre Sébastopol conduit ses régiments.
Déjà la vaste rade à leurs yeux se déploie:
Les cœurs sont palpitants d'espérance et de joie.

Tel un port se présente aux vœux des matelots,
Misérables jouets de la fureur des flots:
Ainsi Sébastopol, l'orgueil de la Crimée,
Semble offrir le repos au désir de l'armée.
Là sont des toits brillants, ici des arsenaux;
L'asile des soldats, la passe des bateaux;
Les navires coulés, du bord fermant l'entrée,
Les remparts de la place, aux combats préparée,
Le Central et le Mât, deux formidables forts,
Sur deux coteaux voisins protégent les dehors;
Puis le Mamelon-Vert; ici, plus redoutable,
Malakoff rend lui seul la place inexpugnable,
Et les chemins couverts, qui des feux, des regards,
Par leur protection dérobent les remparts,
Appuyés à la mer, au fort de Quarantaine,
Qui semblent défier toute puissance humaine.
« Voici, dit Canrobert en montrant les glacis,
Ces déserts défendus par les feux ennemis!

Voici, braves guerriers, la suprême carrière
Où vos brillants exploits étonneront la terre.
Notre tâche est pénible, amis, mais le succès
Aux soldats tels que vous n'échappera jamais. »

Sur le front de Balbeck les Français se répandent;
Près de Balaclava leurs alliés se rendent.
A leur aspect, le chef qui défend la cité
Abandonne ses murs, et fuit épouvanté.

Raglan fait occuper cette importante ville,
Et défend ses remparts contre un retour hostile.

Du siége Canrobert prépare le succès;
Bosquet vers Inkermann se rattache aux Anglais :
Aux forces du dehors ses troupes feront face ;
Forey doit s'attacher au siége de la place;
Bizot et les guerriers attachés à ses pas,
Le crayon à la main, secondé du compas,
Aux postes avancés signalent leur présence.
Le boulet part : c'est lui qui donne la distance,
Par la flamme et le son, par le temps calculé.

Le jour vient de finir; le ciel est étoilé;
La mer seule bruyait; l'astre des nuits éclaire
Ces lieux silencieux de sa pâle lumière.
Les sapeurs ont fixé dans le sol les cordeaux
Qui doivent indiquer le lieu de leurs travaux.
Alors leurs protecteurs dans l'ombre se répandent :
En avant du tracé sur la terre ils s'étendent;
Enfin les travailleurs, sombres et soucieux,
En rangs vers les cordeaux marchent silencieux.
Il venait de la place une légère brise,

Qui, refoulant tout bruit, secondait l'entreprise.
Le signal est donné : tout à coup mille fers
Dans la terre et le roc creusent de longs couverts.
La ronde, au point du jour, l'active sentinelle
D'un œil épouvanté virent la parallèle
Envelopper la ville ainsi qu'un long serpent
Qui, pour l'étreindre un jour, lui présente le flanc.
Les canons du rempart contre ces travaux tonnent ;
D'innombrables mousquets les crêtes se couronnent.
Cachés dans des abris, les plus adroits tireurs
En avant des travaux fusillent les pointeurs.
Et la nuit, et le jour, ce travail continue.
Les abris, les fossés, augmentent d'étendue ;
Sans cesse les obus, les bombes, les boulets,
S'élancent des remparts, frappent les parapets,
S'enfoncent dans leur masse, éclatent, bouleversent
Les abris protecteurs, sur les soldats renversent
Leurs débris, où leur corps est enterré vivant.
Rien n'arrête leurs bras : les travaux vont croissant.
Toujours ce bruit affreux conserve sa furie,
Et la nuit, et le jour, il a même énergie.
Le bastion du Mât, le bastion central,
Surpassent tous les feux par leur pouvoir fatal.

La Guerre appesantit son bras sur les armées :
Combien sur leur destin de mères alarmées !
Depuis le laboureur jusques au souverain,
Tous avaient éprouvé son pouvoir inhumain.
Sur tous ces combattants, que la fatigue accable,
Que décime le feu, Marie inconsolable
Jette un triste regard : « N'est-ce donc pas assez,
Seigneur, de misères, assez de pleurs versés ?

Écoute mes accents, mon fils, je t'en supplie;
O grand Dieu! mets un terme à cette guerre impie. »
— Jésus-Christ lui répond : « Ma divine bonté
Dans les cœurs des humains a mis la liberté.
Il faut que leur esprit dirige leur conduite;
Que de leurs actions ils aient tout le mérite :
Je leur montre la paix : elle brille à leurs yeux;
Ils veulent les combats : qu'ils sévissent contre eux.
Le temps n'est pas venu d'exaucer ta prière :
Il faut que le fléau dure une année entière. »

Le soleil chaque jour retarde son lever.
Canrobert, soucieux, voit l'hiver arriver :
Déjà tombent du ciel quelques flocons de neige.
Par une ardeur nouvelle il active le siége.
Les diligents sapeurs travaillent à ces monts
Que l'art doit façonner pour l'abri des canons.
L'assiégé s'aperçoit du coup qui le menace.
Alors sur les travaux, des bouches de la place,
Les globes meurtriers précipitent leur vol,
Puis un torrent de fer partout couvre le sol.
Cet horrible ouragan cause d'affreux ravages,
Frappe les assaillants, écrase leurs ouvrages.
Il faut tous les efforts des chefs, des généraux,
Pour forcer les soldats à des exploits nouveaux.
« A l'assaut! » s'écriait, dans ses couverts captive,
L'armée impatiente; « à quand l'heure? » Elle arrive
Le signal est donné : trois bombes dans les cieux
Montent; les assiégeants ont commencé leurs feux.
Cent pièces de canon contre les remparts grondent :
Les canons de la place aussitôt leur répondent.
Les boulets bondissants, les éclats meurtriers

Des bombes, des obus, mutilent les guerriers.
Les canons égueulés refusent leur service.
Un épais tourbillon couvre tout édifice.
C'est la nuit dans le jour, c'est la nuit du combat,
Où les globes en feu portent un court éclat.
L'armée entière assiste à ce concert terrible.
La défense reçoit une atteinte sensible :
Là les feux sont éteints ; au central bastion,
Une caserne croule, écrase un bataillon.
Aux plus heureux succès Canrobert devait croire,
Et l'armée entonnait le chant de la victoire.
Mais le feu de la place a repris sa fureur.
Sur un amas de poudre, ô spectacle d'horreur !
Une bombe s'abat : la matière enflammée
Projette dans les airs un globe de fumée.
Les assaillants, atteints, poussent d'horribles cris,
Retombent recouverts de terre et de débris.

L'air est calme : la flotte au repos se condamne ;
Ses voiles sur les mâts aux vergues sont en panne.
Enfin le boulet vole ; alors des flots de fer
Répondent aux boulets qui viennent de la mer.
Les bombes, les obus, sifflent dans les cordages,
Arrachent les haubans, brisent les bastingages.
Une épaisse fumée oblige le pointeur
D'attendre que le vent dissipe la vapeur.
Leurs canons sont muets. Tout à coup une bombe
Vers la nef amirale arrive, siffle, tombe.
La dunette en éclats vole : blessés, mourants,
Se tordent au milieu de ses débris fumants.
Tel au courroux des cieux le roc est insensible :
Tel on vit Hamelin à son poste impassible.

La mère du Sauveur ne prétend pas aux droits
De changer du Très-Haut les immortelles lois;
Mais sa main bienfaisante écarte de nos têtes
Les coups des ennemis et les coups des tempêtes.
C'est par ce grand pouvoir, sublime et souverain ,
Que la Mort épargna la tête d'Hamelin.
Il porte sa fureur contre la Quarantaine :
Ses boulets sur les flots font bondir sa carène ;
Mais la nuit vint voiler aux globes éternels
Les terribles tableaux de ces combats cruels.
Le prince Mentschikoff, que le succès rassure,
Se dresse avec orgueil; son esprit le mesure.
Les alliés, trompés dans leur plus doux espoir,
Gémissent d'un malheur qu'ils auraient dû prévoir.
Les Russes, au contraire, ont repris l'espérance ,
Par des efforts nouveaux accroissent leur défense.

Les collines, les monts , les rochers, les échos ,
Après un tel fracas, espéraient le repos ;
Ils ne connaissent pas la vengeance et la haine
A l'ardeur des combats qui poussent l'âme humaine ;
Car, dès le point du jour, les détonations
Ébranlaient les rochers, les échos et les monts.

Canrobert veut savoir l'état de la tranchée:
Son âme jusqu'aux pleurs de douleur est touchée;
Dans une batterie, offerts à ses regards ,
Sont des corps mutilés sur des débris épars.
Les canons sont brisés, sur eux le sang ruisselle :
Un seul a résisté : son chef est auprès d'elle
Penhoat, au milieu de ce désastre affreux,
Recevait de plein fouet les projectiles creux.

« Partez, dit Canrobert : ce point n'est plus tenable. »
— « Je tiendrai, répond-il, même contre le diable,
Tant que j'aurai deux mains, un tronc d'écouvillon,
Un boulet pour charger le tronc de mon canon. »

Aux yeux de Mentschikoff cette lutte infernale
Pourrait dans l'avenir lui devenir fatale.
Canons contre canons, mortiers contre mortiers,
Mutilaient sans succès la fleur de ces guerriers :
« Soldats, laisserons-nous, dit-il, nos adversaires
S'avancer contre nous à l'abri de leurs terres ?
Parmi vous trouverai-je un chef et des soldats
Qui, la nuit, dans leurs rangs porteraient le trépas ? »

Totleben à ses vœux ne se fait pas attendre :
Qui construit des remparts sait aussi les défendre.
« Prince, permettez-moi, dit-il, lorsque la nuit
De son obscurité nous couvrira, sans bruit,
De guider au dehors deux mille volontaires,
Qui brûlent de marcher contre nos adversaires. »
Il dit, et Mentschikoff applaudit à ses vœux.

La nuit vient : Totleben, et les plus courageux,
Et les plus résolus, sans bruit quittent la place;
Dans l'ombre se courbant, ils franchissent l'espace,
Arrivent en poussant de frénétiques cris,
Tombent sur les canons des alliés surpris.
Les Français sont armés ; la lutte alors s'engage
Contre les ennemis, qui, transportés de rage,
Enclouaient leurs canons. On combat corps à corps;
On couvre les affûts et de sang et de morts.
Dans cet affreux chaos, Lebelin de Dionne,

Clairin , sont accourus ; leur voix de loin résonne.
Herman les suit de près ; ses braves voltigeurs
S'élancent d'un seul bond contre les agresseurs ,
Culbutent ces guerriers , repoussent sur la plaine
Les restes échappés à leur perte certaine.
Près de l'un des canons, vaillamment défendu ,
Un des plus braves chefs sans vie est étendu.
Volinoff a reçu cinq coups de baïonnette.
Pour sauver ce héros la science est muette.
En vain des assiégeants il a reçu les soins :
Il bénit les Français de la voix et des mains.
Il était obsédé d'une pensée amère :
Il voulait qu'on cachât son trépas à sa mère;
Car il sait qu'elle aussi doit mourir de douleur
Si de son cher enfant elle apprend le malheur.
Sébastopol souffrait : c'est un toît qui s'embrase :
Sous l'effet d'une bombe un monument s'écrase.
Assiégeants , assiégés , aspirent au moment
Où Dieu doit mettre un terme à tant d'acharnement.

Tel, quand le laboureur voit tomber sur la plaine
La grêle qui détruit sa récolte prochaine ,
Il gémit, il maudit le terrible fléau ,
Et, pour le voir finir, il s'adresse au Très-Haut.
Le nuage grandit ; un feu soudain l'éclaire ,
Messager éclatant précurseur du tonnerre.
Alors il se résigne, et laisse à l'Éternel
Le soin de terminer son désespoir cruel.
Ainsi les combattants, dont les rangs s'éclaircissent,
Sur leurs vides affreux jetant les yeux , pâlissent.
Mais de nouveaux renforts arrivent aux combats.
C'en est fait ! plus d'espoir de finir ces débats :

Dieu repousse leurs vœux ; ils étanchent leurs larmes,
Laissant à ses arrêts le destin de leurs armes.

Liprandi réunit ses corps à Kamara,
Et couvre les hauteurs de la Tchernaïa.
Les Turcs les défendaient ; il court sur leurs redoutes,
Et, malgré leurs efforts, il les écrase toutes.
Les affûts en éclat, les canons démontés,
Jusqu'au fond du ravin tombent précipités.

Des Russes ce succès augmente le courage.
En vain les highlanders leur barrent le passage :
Leurs rangs sont labourés d'obus et de boulets.
Alors Campbell contre eux conduit ses Écossais.
Les cavaliers, surpris, partent à toute bride,
Comme un nuage fuit d'une course rapide.
De nouveaux cavaliers sur ces lieux s'élançaient.
Au sommet du plateau les Anglais se montraient.
Les Russes sur la plaine arrivent, les attendent,
Dans les enclos de ceps les Anglais se répandent ;
Ils franchissent bientôt les forêts d'échalas :
Pour se toucher alors ils n'ont que quelques pas.

On s'arrête un instant : tout à coup sur la tête
Le sabre des guerriers à s'abattre s'apprête.
Le pistolet résonne ; on marche. Les Anglais,
Les Russes, confondus, en contractant leurs traits,
Se dévorent des yeux. Mille cris retentissent
Dans l'affreuse mêlée, et les chevaux hennissent.
Les sabres s'abattaient ; les casques des dragons,
De coups frappés, roulaient au pied des escadrons.
Les Russes sont vainqueurs. A lui Carlett appelle

Les guerriers qu'à regret la reine éloigne d'elle ;
Il voit les ennemis s'élancer sur leurs flancs
Et, malgré leurs efforts, ces braves combattants,
Écrasés, poursuivis par la cavalerie,
S'éloignent sous les feux de leur artillerie.

Liprandi marche droit contre Balaclava,
S'étend sur le plateau de la Tchernaïa.
Vingt mille combattants à frapper se disposent ;
Dans le fond du ravin vingt mille se reposent.

Le canon retentit. Bosquet sur la hauteur
A lancé de Vinoy le drapeau protecteur.
Canrobert et les chefs de sa bouillante armée
Du haut du mamelon observent la vallée.
Les Russes de leur camp regagnent les sommets :
Ils voudraient à leur suite entraîner les Anglais.

Sur l'ordre de Raglan, Cathcart à leur poursuite,
Fond ; son infanterie accourt, marche à sa suite.
A gauche, ses guerriers se trouvent découverts ;
Par les feux ennemis ils sont pris à revers.
Lucan veut s'arrêter ; Noland lui notifie
L'ordre de lord Raglan : Lucan se sacrifie :
« Marchons ! courons ! dit-il au brave Cardigan ».
Ce chef d'abord hésite ; enfin, obéissant,
Il jette sur sa troupe un regard de tristesse,
Et s'écrie : « A la mort ! » Sur sa selle il se dresse,
Et pique son coursier. L'impétueux Noland
De la cavalerie a pris le premier rang.
Du feu des ennemis il brave la tempête,
S'élance le premier, le sabre sur la tête.

Frappé, sa main saisit les crins de son coursier,
Qui porte dans les rangs le corps du cavalier.

Les escadrons chargeaient dans l'affreuse mêlée ;
Ils ouvraient devant eux une large trouée,
Qui bientôt, comme un flot, se fermait derrière eux.
Sur le plateau Raglan les dévore des yeux ;
« Ils sont perdus ! » dit-il. Les lances ennemies
S'enfoncent dans les flancs des troupes désunies.
Ils avancent toujours, remontant le torrent ;
Leur valeur les conduit jusques au dernier rang.

« Arrachons à la mort cette troupe héroïque,
S'est écrié Morris; courons, chasseurs d'Afrique! »
Soudain ces escadrons, affrontant les boulets,
Gravissent les versants, atteignent leurs sommets,
Fondent sur les canons : les pièces, attelées,
S'éloignent en lançant leurs dernières volées.

Abdelal arrivait. Ses valeureux chasseurs
S'élancent sur leurs traces ; alors les tirailleurs
De Liprandi, cachés dans l'épaisse broussaille,
Se dressent devant eux, les criblent de mitraille.
Dangla reçoit la mort dans les rangs ennemis ;
Burton, Ollier, Hurtin, de leurs guerriers suivis,
Culbutent les carrés. Mais voici sur la plaine
Les Cosaques du Don. Morris repousse, entraîne
Ses agiles coursiers formés en tirailleurs,
Arrache les Anglais des mains de leurs vainqueurs.

Leur retour fut affreux. Sur les plaines semées
De morts et de mourants, les troupes décimées

Reprennent au galop le chemin de leurs camps.
Sans maîtres, ou trainant leurs cadavres sanglants,
Les chevaux, éperdus de ce tumulte horrible,
Et fouettés par le plomb qui sans cesse les crible,
Tremblant sur leurs jarrets, et les flancs déchirés,
Aux régiments voisins se pressaient effarés.

De sa division voyant le faible reste,
Lord Raglan se repent de son ordre funeste.
Son cœur est dévoré de regrets, et sa main
Couvre ses yeux en pleurs, qu'il veut cacher en vain.

Le siége se poursuit. Une ardeur mutuelle
Semble traîner la guerre en longueur éternelle.

Tels, quand l'épée au poing, deux valeureux jouteurs
A punir un affront poussent leurs bras vengeurs,
Cent fois l'arme s'attend à frapper la poitrine;
Cent fois le fer, chassé de la ligne, décline.
Par les coups répétés la main s'appesantit;
Les flancs sont haletants; la lutte ralentit,
S'arrête; mais bientôt les armes se redressent;
Les chocs de fer à fer plus rapides se pressent,
Et de chaque côté c'est la même fureur,
Même adresse. Nul d'eux ne peut être vainqueur.
Ils cessent. Furieux, des yeux ils se dévorent;
Du pourpre du dépit leurs lèvres se colorent.
Ainsi les combattants, Russes, Anglais, Français,
Voyaient de leurs combats balancer les succès.
La vengeance du Ciel s'exerce impitoyable,
Frappe sur l'innocent comme sur le coupable.
Les sapeurs vigoureux entament le rocher;

Le bastion du Mât les voyait approcher.
Chaque nuit l'ennemi réparait son dommage;
Chaque jour la tranchée avançait davantage.
Le feu des assiégés sur les crêtes s'abat ;
Les assiégeants brisaient le bastion du Mât.
A l'envi les canons tonnent avec furie;
Les robustes sapeurs redoublent d'énergie ;
Sous leurs casques de fer ils méprisent le plomb;
Leurs cuirasses d'acier repoussent tout affront.
La balle sur leurs corps s'aplatit ou ricoche,
Et rien ne ralentit le travail de leur pioche.

Le bastion du Mât voit tomber son manteau :
Le jour est arrivé pour un nouvel assaut.

Mais les deux fils du czar arrivent en Crimée.
D'ardeur et d'énergie ils embrasent l'armée ;
Ils veulent par leurs yeux juger du coup fatal
Qui devra pour jamais abattre leur rival.
Sébastopol éclate en transports d'allégresse ;
Les cloches, les canons résonnent leur ivresse.
Aux camps des alliés ils portent à la fois
Et des chants d'espérance, et de la Mort la voix.

Muse qui par tes chants célèbres la victoire
Ainsi que les revers, seconde ma mémoire !
La nuit était obscure. Un noir et froid brouillard
Rendait tout sur la terre invisible au regard.
De l'empereur du Nord l'armée était grossie
Des renforts arrivés de la Bessarabie.
Liprandi, Dannenberg, abandonnent leur camp,
Gagnent à travers bois les plateaux d'Inkermann.

Liprandi dirigeait ces forces imposantes
Contre Balaclava , dont il couvre les pentes.
Tout reposait encor dans le camp des Anglais.
Soudain le sifflement des obus, des boulets,
Aux gardes d'Albion vient de se faire entendre :
Les Russes arrivaient. Surpris, il faut se rendre.
Mais des Anglais se rendre ! on ne l'a jamais vu.
Leur brave général sort à demi vêtu,
Rassemble autour de lui ses compagnons de guerre,
Et vingt fois les rallie au drapeau d'Angleterre.
Les chevaux au piquet sont atteints des obus ;
Les guerriers sont frappés, sur le chaume étendus.
Brown accourt, affrontant des forces inégales ;
Ses Anglais sont criblés de mitraille, de balles.
Des hourras, des clameurs, portent de toutes parts
L'épouvante aux soldats errants dans les brouillards.
Ils marchaient, ils glissaient sur la terre boueuse.
Dans un torrent de sang tombe une pluie affreuse.
Les Russes ont fait fuir les postes avancés,
Qui cédaient lentement, de meurtres harassés.

Il est une redoute unique protectrice
Des guerriers d'Albion , autel du sacrifice
Pour tous ses défenseurs. Brown y met le drapeau.
Le montre aux Russes près d'envahir le plateau.
Contre lui le canon gronde, et de ses volées
Les lignes des Anglais se voyaient accablées.
Après tant de travaux, faudrait-il donc céder
Ce sol couvert de morts , impossible à garder ?

Au pied de la redoute , on se sabre, on se tue.
Le sang-froid des Anglais montre son étendue.

13

Cambridge à leur secours vole vers les taillis
D'où les Russes sortaient, par leurs feux accueillis.

Cathcart près de lui voit une troupe nombreuse :
Elle précipitait sa marche ténébreuse.
Il s'élance au galop pour la prendre de flanc,
Dans un sentier couvert se dérobe un instant.
Il est prêt à charger. Soudain une colonne
Que cachaient les brouillards se dresse et l'environne.

Lord Cathcart le premier reçoit le coup fatal ;
Seymour veut relever le corps du général.
Blessé de mille coups, à ses côtés il tombe.
A l'aspect du héros qu'ils aimaient, qui succombe,
Les soldats furieux, et d'ardeur transportés,
Courent, pour le venger, mourir à ses côtés.
Près du corps de leur chef ils écument de rage,
A travers l'ennemi font un sanglant passage.
De nouveaux assaillants arrivent aux combats.
Le jour commence à peine, et déjà le Trépas
A frappé de ses coups la moitié de l'armée.
Des bataillons nouveaux arrivés en Crimée
Sous les yeux des grands-ducs redoublaient leurs efforts,
Et semblaient en riant s'abattre sur les morts.

Pennafater survient : déjà son canon gronde ;
Il porte le trépas dans la masse profonde ;
Mais, écoutant la voix de leurs sous-officiers,
Les Russes s'avançaient sous ces feux meurtriers.
De leurs rangs éclaircis les sanglantes trouées
Par d'autres combattants étaient soudain fermées.

L'air était plein de brume, et l'on n'apercevait
Qu'une épaisse fumée et l'éclat du mousquet.
D'innombrables tireurs, en avant de leurs masses,
Prodiguaient aux Anglais d'insultantes menaces,
Et la protection d'un feu toujours croissant
Permet au bataillon de marcher en avant.
Cependant les transports d'une extrême vaillance,
Des régiments anglais la ferme contenance,
De leurs nombreux rivaux retardent les succès.
Mais ils se croient perdus, ces valeureux Anglais ;
Leurs plus chers généraux, leurs plus grands capitaines,
Ont versé sous leurs yeux tout le sang de leurs veines.
Ils espèrent toujours, ces malheureux soldats ;
Ils tombaient. Le secours, hélas ! n'arrivait pas !

Les coups désespérés de ces cœurs héroïques
Contre un cercle de fer et de feux énergiques
Sont encore impuissants. Leurs bras, appesantis
Par tant de coups portés, semblent être engourdis.
Des ennemis le cercle avance davantage,
Comme s'avance un flot. Ils sont près du naufrage.
Plus d'espoir ! il fallait se rendre ou bien mourir.
Se rendre, des Anglais ! plutôt cent fois périr !
Dans les rangs des vainqueurs, que leurs succès excitent,
Ils cherchent le trépas, courent, se précipitent.
Dans leurs nerveuses mains les armes se brisaient ;
Leurs lances dans les flancs des Russes se tordaient.
Ils font de leurs mousquets des assommoirs terribles,
Et de monceaux de morts couvrent ces champs horribles.
Trois heures a duré ce drame monstrueux :
La grêle des mousquets sévit toujours contre eux.

  Tout à coup un grand cri retentit dans la plaine :
« Courage! les Anglais, hourra! vive la reine! »
Au pas de course alors s'élancent les Français,
Aux yeux des ennemis brandissant leurs mousquets.
« Hourra! hourra! hourra! » les highlanders répondent.
Dans les rangs des vainqueurs les Français se confondent.
Bourbaky le premier, au plus fort des combats,
De ses fougueux chasseurs précipitait les pas.

  Tel, lorsque le vaisseau brisé sur une roche
Est prêt à s'engloutir, en ce moment s'approche
Un navire étranger : ses barques, ses canots,
Sauvent, portent à bord les pauvres matelots.
On voit les malheureux exposés au naufrage
Renaître à l'espérance, et reprendre courage.
Ils bénissent le Ciel, bénissent leurs sauveurs,
Répandent dans les airs leur joie et leurs clameurs.
En voyant les Français, les Anglais les acclament,
Poussent de longs hourras, et de fureur s'enflamment,
Répondent par les cris de « Vive l'empereur! »
Alors les bataillons, chargeant avec ardeur,
Dans les rangs ennemis font de larges trouées,
Foulent les morts au sein des broussailles fourrées.
Les Russes, effrayés par ces torrents humains,
Voyaient l'arme brûlante échapper de leurs mains.
Ils lâchent pied : leurs chefs au combat les ramènent.
Sur les piques d'acier les poussent, les entraînent.
Par le nombre croissant les Français repoussés
Combattaient en lions, puis cédaient harassés.
On ne peut distinguer à travers la broussaille
Qu'un fouillis de guerriers. Le boulet, la mitraille,
Contre les alliés vomis par cent canons,

Font dans les rangs serrés des abattis profonds.
Canrobert arrivait : « Il manque ici des braves :
Que Montaudon, dit-il, amène ses zouaves! »
Dubos et Montaudon, à pas précipités,
Arrivent haletants, et leurs feux redoutés
Allaient porter la mort dans les rangs. Il s'écrie :
« Ne tirez pas, Français : vous trancherez la vie
Aux braves combattants qu'il nous faut secourir.
La baïonnette ici seule doit vous servir ».
Il dit. Soudain Dubos et Montaudon en tête
S'élancent ; leurs soldats croisent la baïonnette,
Marchent, courent aux cris de « Vive l'empereur ! »
Les Anglais, les Français, répètent la clameur
Qui du bruit des combats étouffe la furie.
Les clairons font vibrer l'hymne de la patrie,
Le *God save the queen*. Alors cet ouragan
Culbute l'ennemi jusqu'à son dernier rang.
Les officiers en vain résistent à l'orage :
Ils veulent s'effacer pour livrer le passage
A ce torrent humain. Mais, bientôt désunis,
Sous les coups de Bosquet ils sont anéantis.

Sur un autre terrain, plein d'une ardeur extrême,
Dans la foule Camas porte l'aigle lui-même.
L'ennemi lâche pied ; il revient de nouveau,
S'acharne sur Camas, l'étend sur le carreau,
Arrache de ses mains l'enseigne glorieuse.
Le colonel, couché sur la plaine boueuse,
S'écrie : « A l'aigle, enfants ! » Hélas ! teinte de sang,
L'aigle de main en main fuit jusqu'au dernier rang.
De nouveaux défenseurs signalent leur courage ;
Dans les rangs ennemis ils ouvrent un passage.

Ils reprennent leur aigle, ils l'offrent à Camas,
Qui meurt en retenant le drapeau dans ses bras,
Et le dernier soupir que sa poitrine exhale
Est : « Vive l'empereur ! » Alors l'arme fatale
S'agite dans les mains des guerriers irrités,
Et l'ennemi vaincu s'enfuit de tous côtés.

De Roujoux, au milieu de son artillerie,
Près des affûts brisés touche le sol, sans vie.
Sous le fer qui hachait ses hommes, ses coursiers,
Laboussinière accourt, place ses canonniers
Contre ses agresseurs à si courte distance
Que son tir dans leurs rangs fait un ravage immense.
Les Russes foudroyaient les abords du plateau.
Bosquet vit ses guerriers plier sous le fardeau.
A son ordre, Barral contre les Russes tonne ;
Sous les coups de Fargeot la carrière frissonne ;
Puis Canrobert paraît : des zouaves fougueux
Il hâte encor le pas: « Cessez, dit-il, vos feux ;
Que tout cède à l'effort de votre baïonnette ».
Bosquet, l'épée en main, court, s'élance à leur tête ;
Il renverse les rangs qui voudraient le tourner,
Force les ennemis à tout abandonner.
Le brouillard disparaît ; les flots de la rivière
Sur le champ des combats lancent l'armée entière.
Penkoff prend la redoute ; il en est débusqué.
Le vainqueur, à son tour, s'y retrouve attaqué.
Les Anglais sont criblés. Une mort glorieuse
S'acharne sans pitié sur la troupe fameuse.
En voyant les débris de ce beau régiment,
Les Russes font entendre un long rugissement.
Les bataillons d'Alger, les chasseurs, les zouaves,

Fixaient leur général : « Allez , courez, mes braves,
Que tout cède à vos bras ; portez les derniers coups ;
Déchaînez votre ardeur : je marche devant vous.
Volez, enfants du feu ». Tous ils se précipitent ;
Dans les replis du sol se cachent et s'abritent ,
S'élancent de nouveau sur le terrain fumant,
Se relèvent, font feu, s'abattent sur-le-champ ,
Franchissent les buissons ainsi que des panthères.
Ils avancent toujours au secours de leurs frères.

A gauche du plateau, le colonel Dikson
Voit le plomb en fureur frapper son bataillon.
Soudain Napoléon sur Inkermann arrive.
Les Russes ont cessé de prendre l'offensive :
Ils semblent étouffés dans les profonds ravins.
Et déjà la victoire échappe de leurs mains.
On entend un grand cri , que le plateau répète :
« Les tirailleurs d'Alger! » D'Autemarre, à leur tète,
Arrivait au combat ainsi qu'un ouragan.
Les Russes , pétrifiés , reçoivent leur élan.
Ce n'est plus un combat, c'est une boucherie :
Les zouaves ardents déchaînaient leur furie
Sur les retranchements par les Russes repris,
Qui des gardes royaux fusillaient les débris.
Ils comblent les fossés, escaladent les pentes,
Couvrent les parapets et leurs armes fumantes,
Font un massacre affreux de ceux dont la valeur
Croit pouvoir résister à l'effort du vainqueur.
« Victoire! » Les Français, ivres , fous de carnage,
De sang plus altérés , poursuivent avec rage
Jusqu'aux escarpements d'où sont précipités
Les chefs et les soldats pèle-mêle jetés.

L'endroit où se passa ce drame épouvantable
L'Abattoir est nommé. De sang insatiable,
Bourbaky lance encor le plomb de ses mousquets
Sur les fuyards. Enfin ils furent sans effets.

Bosquet, cette victoire est ton plus bel ouvrage :
L'Anglais, reconnaissant, t'en rapporte l'hommage.
Vers toi ces fiers guerriers s'avancent souriant,
Et dans leurs bras unis te portent triomphant.
Ils te baisaient les mains, agitaient ton épée,
Des crins de ton coursier se faisaient un trophée ;
Dans leurs robustes mains ils serraient tes genoux,
Criant : « Vive Bosquet, notre sauveur à tous ! »

Honneur à Canrobert ! Les pages de l'histoire
Dans le temple immortel consacreront ta gloire :
Tes sublimes exploits, en cent langues chantés,
Seront sur tous les bords sans cesse répétés.

Les deux grands-ducs, témoins de ce revers horrible,
Sentent leur cœur pressé d'une étreinte pénible ;
Tout le jour exposés aux dangers des combats,
Ils ont encouragé les chefs et les soldats.
Cette victoire encor échappait à leur vue,
Et d'un abîme affreux ils sondaient l'étendue.
Les généraux, navrés de ces coups désastreux,
Près des ducs se rendaient confus et malheureux.
De colère enflammés, les ducs couvrent d'injures
Ces braves mutilés, qui, montrant leurs blessures,
Regrettaient de n'avoir trouvé dans les combats
Un trépas glorieux ainsi que les soldats,

Les alliés aussi déploraient bien des pertes :
Les lignes des Anglais sont à moitié désertes.
La Victoire à Cambridge offre en vain ses attraits :
La mort de ses amis l'accable de regrets.
Il se plaint au Destin que la balle ennemie,
Frappant ses vêtements, ait épargné sa vie.
Abîmé de chagrin, le désespoir au cœur,
Il quitte pour jamais ce théâtre d'horreur.

Pendant que d'Inkermann le sang rougit la plaine,
Contre les assiégeants Mentschikoff se déchaîne,
Il marche, secondé de la nuit, des brouillards ;
Sur les retranchements il fond de toutes parts.
Les défenseurs, surpris, cèdent à sa furie :
Par les Russes déjà la tranchée envahie
S'écrasait sous leurs pas ; les couverts se comblaient ;
Sous les coups des marteaux les canons s'enclouaient.

Rassemblant les soldats chargés de leur défense,
La Motterouge accourt, sur l'ennemi s'élance.
De ces braves guerriers le choc impétueux
Roule, et des ennemis fait un carnage affreux.
Mais Thimoleff accourt, et reprend l'offensive.
Pour arrêter ses pas soudain Lourmel arrive :
Par sa vaillante ardeur les travaux protégés
Sont encor une fois des ennemis purgés.
Les Russes, refoulés, cèdent à sa vaillance,
Et rentrent dans les murs armés pour leur défense.

D'Aurelle se déploie aux abords de la mer
Au milieu d'une grêle et de plomb et de fer.
De Lourmel veut tenter de couper leur retraite :

13*

Il presse ses chasseurs, il se met à leur tête,
De son empressement Forey triste témoin
Comprend que son ardeur l'emportera trop loin.
« O mon ami, dit-il, ah! je vous en conjure,
Gardez dans vos transports une juste mesure;
Maîtrisez vos esprits trop prompts à s'enflammer.
Car un trépas fatal viendrait nous alarmer.
Plus loin les ennemis, du haut de leur muraille,
Pourraient vous accabler par un flot de mitraille.
Rendez-vous à mes vœux : point de témérité !
Votre ami pleurera s'il n'est pas écouté. »
Une larme de feu sur leur paupière roule,
Et sur leur sein pressé, et sur leurs mains s'écoule.
Il partit, de Lourmel ; il poursuit les fuyards,
Et sa fougue l'entraîne aux fossés des remparts.
Dès que les ennemis ont dégagé la plaine,
Des forts sur les Français la fureur se déchaîne.
Les bombes, les obus, leur lancent leurs éclats.
Boisis et Chevrier ont subi le trépas.
D'Aurelle alors combat le canon de la place,
Et permet aux guerriers punis de leur audace
D'opérer leur retour; ils gagnaient leurs abris
Les pieds trempés de sang et foulant les débris
Des sabres, des mousquets. Un trouble inexprimable
Règne au milieu des rangs que la mitraille accable,
Qui hache les soldats. Hélas! un coup mortel
Dans l'épaisse mêlée a frappé de Lourmel.
L'intrépide Forey s'élance hors d'haleine;
Il cherche son ami délaissé sur la plaine.
Il ne le trouve pas : inutiles efforts !
Il est enseveli sous un monceau de morts.
Le jeune de Lourmel, dans sa douleur amère,

Dût-il périr aussi, veut retrouver son frère.
Une invisible main, la main de l'Éternel,
A donné son secours à l'amour fraternel.
Il conduit ce guerrier aux lieux où le carnage
Entraîna le héros trop bouillant de courage;
Il retrouve son corps sous des morts abîmé.
O sort fatal! son œil est à jamais fermé.
Il le prend dans ses bras; de son malheur il doute;
De son sang la patrie eut la dernière goutte.
Ses soldats, ses amis, déplorant son trépas,
Semblaient indifférents au fracas des combats.

O Muse, permets-moi d'arracher du silence
Un trait de dévoùment, d'amour et de vaillance.
Le brave Cornulhier, profondément atteint,
Restait abandonné : Paschal vers lui revint.
Il le prend dans ses bras; sur son dos il le place;
Pendant que l'ennemi le crible de la place,
Sous son glorieux poids il arrive haletant,
Le pose sur le sol, ôte son vêtement,
Et, d'une main tremblante, il lave d'une eau pure
Le sang qui coule à flot de sa large blessure.
Puis sa bouche, placée aussitôt sur son cœur,
Attire un sang qui coule avec trop de lenteur.
Celui qui pour guérir a consacré sa vie
Arrive, et voit sa tâche heureusement remplie.
Le général a pris sa propre croix d'honneur,
Et sa main du guerrier a décoré le cœur.

Il faisait nuit : la lune, au haut de sa carrière,
Éclairait Inkermann de sa pâle lumière.
Les soldats s'empressaient d'enlever les blessés

Et de les arracher sous les morts entassés.
Les blessures offraient des images affreuses :
Les boulets, les éclats des bombes furieuses
Avaient tant mutilé les corps des malheureux
Qu'il n'était plus permis de connaître aucun d'eux.
Sous les lambeaux fangeux des sanglants uniformes,
Les martyrs de la guerre avaient perdu leurs formes.
Quelques boutons noircis seuls indiquaient les corps
Auxquels appartenaient la plupart de ces morts.
Par un raffinement de basse barbarie,
Sur ces champs qu'ils quittaient couverts de corps sans vie.
Insultant aux vivants dans ceux qui ne sont plus,
Les Russes projetaient les bombes, les obus,
Pendant que les Français portaient à l'ambulance
Leurs blessés, leur donnant une prompte assistance.
Instruit de ce forfait, leur auguste empereur
En demandera compte à son infâme auteur.

   Canrobert parcourait avec inquiétude
Le théâtre sanglant de cette solitude.
Sous des monceaux de corps s'il entendait gémir,
A sa voix les soldats s'empressaient d'accourir.
Les malheureux soudain voient panser leurs blessures :
Mille soins des combats réparent les injures.

   Les bruits de guerre à peine ont frappé l'Occident
Que les yeux des Anglais ont fixé l'Orient.
Aucun pressentiment ne vient frapper leur âme :
Seymour à son départ a préparé sa femme,
L'entretient des lauriers qu'il est prêt à cueillir,
De son heureux retour dans un court avenir.

« Je veux partir aussi, dit sa belle compagne;
Je veux faire avec toi cette noble campagne. »
Sourde aux vœux de sa mère, elle fuit de ses bras,
Accourt vers son époux, et s'attache à ses pas.
« De toi me séparer, dit-elle, une journée!
Des femmes je serais la plus infortunée.
A ton absence, hélas! je ne puis consentir :
Vivre sans toi, jamais! j'aimerais mieux mourir.
Je vois qu'à mon amour tu préfères la gloire,
Même une belle mort après une victoire.
Cet amour dans votre âme étouffe notre amour,
Qui brûle dans nos cœurs comme le premier jour. »

Ils partirent tous deux. L'épouse bien aimée,
Suivit partout Seymour au sein de la Crimée.
Ce jour, plus que jamais, le fracas des canons
Avait fait tressaillir les plaines et les monts.
Anna, le cœur rempli de crainte et d'épouvante,
Pensant à son époux, sanglotait dans sa tente.
On n'entend plus la voix du monstre des combats.
Il fait déjà bien nuit : Seymour n'arrivait pas.
« Il est mort! » cria-t-elle. Elle sort, et s'élance
Sur les funestes champs. Les guerriers en silence
Près d'elle s'avançaient : elle parle. Leurs yeux
Se sont mouillés de pleurs. O destin malheureux!
Elle connaît son sort, et, s'armant de courage,
Elle marche, elle court : bientôt sur son passage
Elle voit des soldats pêle-mêle entassés,
Près des corps des chevaux mutilés ou blessés.
Ces pauvres animaux, par des efforts suprêmes,
Se levaient, retombaient affaissés sur eux-mêmes
Les blessés, les mourants, troublaient seuls par leurs cris,

Par leurs gémissements, le silence des nuits.
Ils étendaient les bras ; ils regrettaient la vie :
Ils semblaient repousser leur affreuse agonie.
Des soldats de corvée, à pas lents, harassés,
Cherchaient à secourir leurs compagnons blessés.
De lanternes armés, d'autres vont reconnaître
Les chefs que dans les rangs on n'a pas vus paraître.
Quelques femmes en pleurs osent tourner le corps
Afin de comtempler le visage des morts,
Cherchent à retrouver une tendre victime
A la pâle clarté de l'astre qui s'abîme.

A cette batterie où la garde du czar
Succomba, qui pourrait arrêter le regard ?
Ce ne sont pas des morts isolés sur la terre,
Mais des monts de Français, Russes et d'Angleterre,
Pêle-mêle étendus. Les uns semblent dormants
Et doucement sourire, et d'autres menaçants
Ont encor l'air farouche. En tombant sous les balles,
Quelques-uns avaient pris des poses sépulcrales :
On eût dit qu'un ami, dans ses derniers adieux,
A pris soin de leurs corps en leur fermant les yeux.
D'autres sont à genoux, tenant près de leur bouche,
Prêts à charger leur arme, à la main leur cartouche.
Plusieurs avaient les bras, les yeux levés au ciel,
Et semblaient de leurs vœux implorer l'Éternel,
Ou, comme s'ils voulaient protéger leur poitrine,
Ils cherchent à parer le coup qu'on leur destine.

Ces figures avaient une extrême pâleur,
Et le vent, qui soufflait alors avec fureur,

Remuait ces débris d'hommes et d'uniformes,
Et semblait ranimer ces dépouilles énormes.
On eût dit que ces morts, soulevant leurs tombeaux,
Allaient se préparer à des combats nouveaux.

Telle est la solitude effroyable explorée
Par Anna dans la nuit, seule et désespérée.
C'est là qu'il est, grand Dieu! ces soldats l'aimaient tant
Que ces braves pour lui sont morts en combattant!
Et l'ennemi lui-même, en ces combats funestes,
Voulait de ce héros leur disputer les restes.

Sur le champ de bataille on voyait circuler
Ceux dont la mission est de nous consoler.
Aux blessés, aux mourants, ils prodiguent leur zèle,
Et montrent à leurs yeux une gloire immortelle,
Qui devra remplacer gloire, titres, honneurs,
Trop éphémères prix dus à ces nobles cœurs.
« Allez! Dieu vous attend dans une autre patrie :
Sans crainte et sans regrets abandonnez la vie.
Ce qui vous charma fuit comme la fleur d'un jour.
Les prix qui vous sont dus sont à vous sans retour.
Rêvez une autre vie, en bonheur immortelle :
Les cieux vous sont ouverts : vers lui Dieu vous appelle.
A quitter qui vous plut n'ayez aucuns regrets :
Ici les biens sont faux : au ciel ils sont tous vrais. »

Tels sont les aumôniers. L'un deux, d'un pas rapide,
Foulait le champ des morts, et son oreille avide
Recueillait tous les bruits, tous les gémissements
Que faisaient retentir les guerriers expirants.
Il entend tout à coup les sanglots d'une femme

Qui livrait aux échos les transports de son âme.
Il se hâte, il approche; il comprend sa douleur,
Et le malheur affreux qui vient frapper son cœur.
Il voit Anna serrant une tête adorée,
La tête de Seymour pâle et défigurée.
Elle osait lui parler : il ne lui répond pas.
Par les regrets brisée, elle veut le trépas ;
Au reflet de la lune une lame éclatante
Vient frapper ses regards. Éperdue, haletante,
Elle court, s'en saisit, et déjà sur son cœur
Place l'arme : une main arrête son ardeur.
D'un indicible effroi cette femme saisie
Près du prêtre affligé s'affaisse évanouie.
Il appelle : sa voix attire les soldats ;
Ils arrivent ; soudain il réclame leurs bras,
Et la veuve d'un jour est portée en sa tente.
Le prêtre y fait placer la dépouille sanglante
De son époux. Alors le ministre pieux
Confia sa douleur à des soins généreux.

Le vent s'est élevé ; les flots sont moins tranquilles ;
Les soldats que les coups ont rendus inutiles
Sont transportés à bord. Au bout de quelques jours,
Rendus à leur famille, ils en ont les secours.
Anna, rentrée aussi, dans l'âme de sa mère
Verse de sa douleur la souvenance amère.
Une femme lui dit : « Vos pleurs sont superflus :
Encore quelques jours, vous n'y penserez plus ».
A ces mots, trop compris par son âme sensible,
Elle sentit son cœur frappé d'un coup terrible.
Elle tombe, et sa main, pour repousser la Mort,
Qui finit ses regrets, ne fit aucun effort.

Les soldats racontaient qu'à peine la nuit couvre
Inkermann, du guerrier soudain la tombe s'ouvre.
Une ombre en voile blanc s'assied sur le tombeau,
Pleure, et de son époux rallume le flambeau.
Ils entendent leur bouche exhaler une plainte.
Dans leurs embrassements leur douleur est éteinte.
La Nuit protége ainsi leurs funèbres amours,
Et l'Aurore rapide en interrompt le cours.

CHANT XI.

Les troupes de la place, aux remparts attachées,
Foudroyaient les Français au sein de leurs tranchées,
Et les soldats, à bout de peines et d'efforts,
Voulaient donner l'assaut ou rejoindre les morts.
Un avenir lugubre à leurs yeux se présente ;
Le découragement pénètre dans la tente.
Les frimas approchaient ; et déjà leurs rigueurs
De terribles soucis accablaient tous les cœurs.
Canrobert réunit les chefs de son armée
Pour exposer les vœux de son âme alarmée :
« Deux fois, dit-il, l'assaut fut par nous résolu.
Le Ciel nous est contraire : il ne l'a pas voulu.
Bientôt les ouragans et de mer et de terre
Vont s'abattre sur nous, plus affreux que la guerre.
Faut-il continuer nos pénibles travaux ?
Faut-il les ajourner, remonter nos vaisseaux ?
Faut-il faire verser tout le sang de nos veines,
Et risquer un assaut aux chances incertaines ? »

Raglan, le chef anglais, prend la parole, et dit :
« Sans cesse des remparts la défense grandit.
L'assiégé voit sans crainte et le froid et la neige,

Qui pèsent lourdement sur les travaux du siége.
Préparons donc l'assaut : prolonger ses délais
C'est reculer long-temps le jour de nos succès. »
Il dit, et les guerriers, d'une voix unanime,
Adoptent le conseil de ce chef magnanime.
Cette décision se répand dans les camps,
Et porte l'allégresse aux cœurs des combattants.
Ils sondent l'avenir, y trouvent l'espérance,
Et redoublent d'efforts et de persévérance.
Armés contre le roc, six mille travailleurs
S'empressent sur les pas des valeureux sapeurs.
Dans leurs étroits couverts pour les canons ils ouvrent
Le sol pour élever des ma ses qui les couvrent.

Le ciel, jusqu'à ce jour sans nuages et pur.
Permettait de marcher vers la place à pas sûr.
Canrobert connaît seul la loi du sacrifice
Qu'impose à ses guerriers l'éternelle justice,
Et son bras résigné se livre aveuglément
Au pouvoir immortel dont il est l'instrument.
Sensible, généreux, son cœur est plein d'alarmes,
De pitié sur le sort des ses compagnons d'armes.
Sans cesse sa présence anime les travaux :
Il refuse à son corps un moment de repos.
Des succès, des revers l'éternelle balance
Des malheureux soldats prolonge la souffrance,
Et, la nuit et le jour, sa suppliante voix
Adresse sa prière aux pieds du Roi des rois.
Sa voix semble au Très-Haut devenir importune.
« Élus, vous qui voyez, dit-il, notre infortune,
Anges, portez mes vœux vers le trône éternel ;
Anges, faites cesser notre destin cruel. »

Gabriel, le hérault des célestes phalanges,
Porte au trône éternel le message des anges.
Au pied de Dieu trois fois il prosterne son front.
Cent fois de ses respects son regard lui répond ;
D'une voix qui toujours exprima la tendresse,
Des malheureux soldats il dépeint la détresse :
« Tendez la main, dit-il, sur ce théâtre affreux,
Et que les combattants s'éloignent de ces lieux ».

— « Une tendre pitié près de moi vous appelle,
Lui répond le Très-Haut : dans leur rage cruelle,
Ces terribles enfants n'ont pas encor assez
Éprouvé de tourments pour tant de pleurs versés :
L'homme m'est toujours cher : pourtant je l'abandonne
Au soin de se tresser lui-même sa couronne
D'épines ou de fleurs ; qu'en pleine liberté
L'homme s'ouvre un chemin vers l'immortalité.
Vois, Gabriel, dit-il, si leurs combats me troublent :
Je souris à leurs maux, et je veux qu'ils redoublent.
Pour ces ingrats la guerre est un fléau trop doux :
Je veux des vents contre eux déchaîner le courroux. »
Sa bouche les appelle : à cette voix dociles,
Ils s'élèvent soudain sur leurs ailes agiles.
Au pied de l'éternelle et grande Majesté
Ils viennent déposer leur souffle redouté.
« Allez, dit le Très-Haut, parcourez les rivages
De Crimée, et partout exercez vos ravages. »

Il dit : le ciel se cache aux yeux des matelots ;
Tous les vents réunis s'abattent sur les flots ;
Les plaines de l'Euxin, un moment si paisibles,
Se couvrent tout à coup de rides insensibles.

Les vents frappent alors ces sillons infinis,
Élèvent leurs sommets, creusent encor leurs plis;
Ils pressent sur leurs flancs; ils repoussent leur base,
Qui cède, qui s'affaisse, et sous leur poids s'écrase.
Par la masse foulée, elle monte au sommet.
Les vents contre la digue accroissent leur effet,
Jettent les flots voisins sur les vagues voisines.
La mer est un amas de mobiles collines,
Qui retombent sans cesse, et chassent en dehors
Le liquide soumis à ses puissants efforts.
C'est la vague. Ses flancs et sa croupe arrondie
Permettent d'exercer aux vents plus de furie.
A leur élan fougueux offrant plus de grandeur,
La masse soulevée atteint plus de hauteur,
Et sous un poids plus lourd sa chute est plus profonde :
Comme un corps étranger elle se perd dans l'onde,
Et soulève en tombant et pousse vers les cieux
Le mobile élément des sillons caverneux.
Une sourde rumeur de ses flancs se dégage,
Et la vague nouvelle élève davantage
Un sommet que couronne un écumant bandeau.
La mer offre l'aspect d'un immense troupeau
Qui de frayeur bondit sur un tapis de neige
Lorsque des loups, sortant de leur forêt de liége,
Par d'affreux hurlements annoncent leurs combats,
Que la troupe aux abois s'enfuit devant leurs pas.

Pleins du courroux des vents, par une lutte égale,
Les flots se font entre eux une guerre infernale.
On les voit s'élancer l'un sur l'autre en fureur,
Se franchir. Le vaincu repousse le vainqueur,
Qui fuit de vague en vague, arrive vers la terre,

A la fureur des vents il pense se soustraire,
Et, poursuivi sans cesse, il veut franchir les bords.
Les rochers de sa fougue arrêtent les efforts ;
Il s'attache à ses pieds, cède à sa résistance,
Comme un bélier recule ; il accroît sa puissance.
Il porte son courroux sur ses flancs, sur son front,
Monte ; mais, impuissant, il tombe dans le fond ;
Mais la vague voisine accourt, mugit et tonne,
Frappe plus furieuse. Au loin l'écho résonne,
Déchaîne un vain courroux : le flot est arrêté ;
Par un dernier affront le roc est insulté.
De fureur redoublant, le flot bondit de rage,
Et d'un torrent d'écume inonde son visage.
Le rocher le repousse, et le voue au mépris.
Bouillonnant à ses pieds, sur des bords plus unis
Dans les torrents il roule ; il arrête leur course,
Et va mêler son onde à l'onde de sa source.

Tel un jeune coursier blessé par le harnais
A se laisser monter se refuse à jamais :
Tel l'Euxin, tourmenté par les vents en délire,
Aux vœux des matelots refuse son empire.

Qu'allez-vous devenir, ô malheureux soldats
Qu'enchaînent sur son sein les ordres de Dundas ?
Les accents du saint roi que la France révère,
La voix du grand patron de la vieille Angleterre,
Les hymnes des élus de ces deux nations
Ne peuvent protéger vos nobles pavillons.
La Mort s'offre hideuse au milieu du naufrage,
Le sifflet retentit au sein de l'équipage :
Aux manœuvres du bord on court de tous côtés.

Au salut des vaisseaux , de zèle transportés,
Les uns placent des coins au pied de la mâture;
D'autres vont soulager les mâts de leur voilure ;
D'autres ont enfoncé les ancres dans la mer
Pour fixer les vaisseaux à leurs chaînes de fer.
La vague, d'un seul choc , brise leur résistance,
Soulève le vaisseau , sur son dos le balance,
Se dérobe sous lui ; dans le gouffre béant
Il est précipité ; le flot, comme un géant ,
Par un effort suprême a soulevé sa croupe,
L'abandonne bientôt, et repousse sa poupe.
Le matelot, jouet des flots capricieux,
Tantôt touche aux enfers , tantôt touche les cieux ;
Tantôt, la proue en l'air , la poupe fuit, s'affaisse;
Soudain, comme un coursier, se cabre et se redresse,
Et les flots, écrasés par la voûte de plomb,
Semblent ouvrir au ciel leur abîme profond.
Les matelots priaient. La tempête redouble.
Lui-même en vain Dundas veut réprimer son trouble.
Sous la fureur des vents les ancres ont cédé;
Son vaisseau de ses mâts se voit dépossédé.
Il roule vers la plage : hélas ! le *Henri-Quatre*
Subit le même sort ; près de lui vient s'abattre
Le *Pluton* , et, plus loin, vingt vaisseaux de transports
Seuls greniers de l'armée , échouaient sur les bords.
On voyait sur le pont la vague furieuse
Enlever les soldats, sur la côte rocheuse
Les rouler , et , jouets de la fureur des flots,
Leurs plaintes se mêler au grondement des eaux.

Sur le camp la tempête exerçait ses ravages.
L'onde s'écoule à flots des ténébreux nuages.

Les tentes, les abris, les armes, les couverts,
Comme un léger duvet serpentaient dans les airs.
Ce déluge lavait le sang des rouges plaines,
Entraînait les chevaux attachés à leurs chaînes.
D'un regard abattu, les chefs, les généraux,
Pensent qu'ils ont perdu les fruits de leurs travaux.
De leurs maux la tempête a comblé la mesure.
L'eau glacée envahit jusques à la ceinture
Les malheureux soldats, qui, dans ce jour affreux
Luttaient contre le czar, luttaient contre les cieux.
Les troupes de la place, en leurs remparts cachées,
D'un torrent de boulets accablaient les tranchées.
Jamais, en aucun temps, infortunés mortels,
Vous ne vîtes des maux plus nombreux, plus cruels.
Mais la Reine des cieux, sur leur sort attendrie,
Dit aux vents : « C'est assez, cessez votre furie ».
A cet ordre soumis, ils montent dans les airs,
Et le calme renaît sur la terre et les mers.

   Mais bientôt un fléau plus cruel, plus funeste,
Des tristes bataillons veut dévorer le reste.
L'oiseau trouve un abri dans l'arbre ou le rocher :
Le malheureux soldat n'a rien pour se cacher.
France, écoute la voix de ton impératrice :
Elle veut t'imposer un nouveau sacrifice ;
Elle voit tes soldats sur le terrain glissant
Et leur tâche rebelle à leur bras impuissant.
Leurs vêtements, troués par le fer et les balles,
Exposent leur poitrine au courroux des raffales.
Peuvent-ils vivre ainsi ? De froid ils vont périr :
Dans leurs veines le sang va cesser de courir.
C'est en vain que leurs pas sur le terrain résonnent :

Pour rendre la chaleur à leurs corps qui frissonnent.
De leurs doigts engourdis l'arme vient de tomber.
S'ils restaient en repos, ils pourraient succomber.
Alors sur les débris des tissus qui les couvrent
Leurs bras violemment se ferment et se rouvrent.
O France, hâte-toi d'écarter le fléau
Qui creuse à tes enfants un ignoble tombeau.
Ta souveraine veut que ta main libérale
Par les dons de ton cœur librement se signale.
De tes nombreux troupeaux fais tisser les toisons :
Les vaisseaux à tes fils transporteront tes dons.

    Docile à ces accents, la France alors s'empresse
De porter dans les ports ses gages de tendresse,
Et bientôt les vapeurs entassaient dans leurs bords
Contre le froid cruel d'innombrables trésors.
Montebello quitta les rives de la France,
Et courut des soldats alléger la souffrance.
Ils changent leurs habits par le fer lacérés,
N'offrant que des lambeaux de balles labourés.
On vit ces cœurs de bronze, à la misère en proie,
A l'aspect de ces dons verser des pleurs de joie.
« La France pense à nous ! O généreux pays,
Tes dons coûteront cher à tes valeureux fils.
Sans toi nous périssions sans honneur et sans gloire :
Par toi nous périrons aux champs de la victoire.
L'exil a disparu. La patrie en ces lieux
Par tes preuves d'amour est présente à nos yeux. »

    Sans cesse les guerriers, dans leur brusque langage,
Demandaient à leur chef d'occuper leur courage
« Un moment, mes amis ! leur disait Canrobert :

14

Le chemin du rempart n'est pas encore ouvert :
Laissez à mes boulets préparer l'ouverture
Qui permette à vos pas une route plus sûre.
De nuls dangers frappés, vous les affrontez tous.
Si vous ne le craignez, moi je le crains pour vous.
Je n'exposerai pas des cœurs comme les vôtres :
Vous perdre est mon souci : je n'en connais pas d'autres. »

Ces généreux soldats, par des efforts nouveaux,
Réparent la tranchée, en écoulent les eaux,
Remplacent les affûts, remontent sur les roues
Les canons renversés et souillés par les boues.
Les Français, les Anglais, par Forey sont rangés
Dans les retranchements de boulets ravagés.

Mais la Guerre, toujours constante dans sa rage,
Sans relâche excitait les Russes au carnage.
Il faisait nuit. Kourleff, après de longs travaux,
Ce favori du czar goûtait un doux repos.
Il est dans son sommeil frappé d'un songe étrange :
Il voit les alliés étendus dans la fange,
Sur les retranchements engourdis par le froid.
Le démon des combats les signalait du doigt.
Sa voix impérieuse, éclatante, lui crie :
« Le voici le moment de venger ta patrie !
Marche vers tes rivaux. Au fond de leurs mousquets,
Sous un humide plomb, la poudre est sans effets :
L'ardeur des alliés par le froid est éteinte ;
Marche, te dis-je encor, marche contre eux sans crainte. »

Mais, dans le même instant, l'ombre de de Lourmel
Se montre à Canrobert, et, d'un ton solennel,
ui dit : « Comment ! tu dors, et tes ennemis veillent !

Ils viennent égorger tes soldats qui sommeillent. »
— L'ombre fuit : il se lève; il court vers ses soldats,
Les réveille; il leur dit : « Vous touchez au trépas!
Armez-vous : l'ennemi, dans le plus grand silence,
Vers nos retranchements, plein de rage, s'élance. »

On obéit : le timbre avait sonné deux coups.
Forcy dit à voix basse : « Infernaux, garde à vous! »
Couverts de manteaux blancs, quittant leur embuscade,
Les Russes s'approchaient de la gabionnade.
Sur ces lieux, les marins, au repos condamnés,
Par Burileff conduits, sans bruit sont amenés.
Ils ont déjà trompé l'œil de la sentinelle.
Un silence profond à leur but les appelle.
La neige tombe épaisse; elle assourdit leurs pas;
Ils touchent, haletants, le lieu de leurs combats.
Sous le blanc tourbillon qui les frappe au visage,
Sur les retranchements ils fondent avec rage.
Un pas de plus encore, ils touchent les Français.
Mais tout à coup le plomb vomi par les mousquets
Abat le premier rang; le second le remplace.
Au lieu de reculer, il se fait tuer sur place,
Accable les Français d'une grêle de plomb.
Par la crosse et le fer la garde lui répond.
Bouton, le sabre au poing, sur la crête s'élance.
Mille guerriers, armés de la terrible lance,
Imitent le héros, de fureur transportés.
Sur ces fantômes blancs mille coups sont portés.
L'intrépide Bouton, dans la mêlée épaisse,
Reçoit deux coups de feu; sur la neige il s'affaisse.
Guillemain accourait : il veut le protéger :
Il arrive trop tard. Il vient pour le venger.

Au sein de la tranchée où l'ennemi s'engage,
Fourcade des sapeurs a fait cesser l'ouvrage.
Armés de leurs mousquets, ils luttent furieux,
Et de leurs ennemis font un carnage affreux.
Fourcade d'une balle a la jambe brisée;
Sarlat d'un bloc de pierre a la tête écrasée.
Le nombre des guerriers va toujours en croissant.
La neige disparaît sous des mares de sang.
Mais Roumejoux arrive; il combat, il rejette
Ces fantômes sanglants; il presse leur retraite.
Alors, de tous côtés, les hardis agresseurs
Se dérobent aux coups des alliés vainqueurs.
Le jour vient éclairer de sa pâle lumière
Les sanglantes horreurs qui jonchent la carrière.
Dès l'aube, Osten-Sacken fait réclamer les corps.
Les glacis sont couverts de blessés et de morts.
L'armée entière assiste à ce devoir pénible,
Et gémit sur le fruit de cette lutte horrible.
Le canon de la place aussitôt retentit,
Et le boulet français contre le mur bondit.

De l'empire des cieux l'auguste souveraine
Détourne ses regards de la sanglante plaine.
Aux rives du Bosphore elle porte les yeux,
Et voit le tendre objet d'un forfait odieux.
Depuis long-temps l'éclat d'une fête brillante
Unissait à jamais Galib et son amante;
Fatmah dans son bonheur oubliait Zédaïr.
La captive à ses maux succombe, et veut mourir.
Près d'elle en ce moment sa compagne s'empresse,
Déplore son oubli, la comble de tendresse,
Et la Mère du Christ, bénissant leurs transports,

Se résout d'appeler plus d'espoir sur ces bords.
Elle voit des vaisseaux sillonner la Baltique :
Ils acclament un nom au courage héroïque :
C'est lui qu'elle choisit pour forcer le Destin
A rapprocher la paix des rives de l'Euxin.
C'est Niel : de Bunmarsund il brise la défense.
Niel de Sébastopol détruira la puissance.
« Gabriel, va trouver, dit-elle, ce héros :
Que sous Sébastopol, par des exploits nouveaux,
Il vienne signaler son zèle et son courage. »
L'archange fend les airs ; il remplit son message.
Niel obéit, franchit les rivages du Sund,
Voit encore fumants Viborg et Bunmarsund ;
Il traverse les mers, il arrive en Crimée,
Comme un dieu tutélaire apparaît à l'armée.
Sur ses pas on s'empresse, et ses regards ardents
Contemplent tour à tour les remparts insolents,
Les traits de ses amis, les héros qui l'entourent,
Du fond de la tranchée, ensemble qu'ils parcourent,
Malakoff défendu par le Mamelon-Vert ;
A droite le fort Blanc, par le Redan couvert ;
La Quarantaine, à l'est, appuyée au rivage ;
Les masses protégeant le port du Carénage ;
Un vaste espace à gauche, asile de la Mort,
Pour garder les vivants remplacé par un fort ;
Les Carrières enfin, ligne bastionnée,
Étalant de canons leurs crêtes couronnées.
Des forts et des remparts les larges parapets
Protégent la cité du courroux des boulets.

Le cortége avançait vers une croix modeste.
« Ce point, dit Canrobert, fut aux Russes funeste. »

Vers le retranchement Pétroff s'est avancé ;
Bréchet de sa fureur le voyant menacé,
Accourt vers le glacis ; il dévore l'espace ;
De deux coups de poignard son sein reçoit la trace ;
Mais de son adversaire il traverse le flanc,
Et dans le sang des morts voit écouler son sang.
Pétroff dort en ce lieu : une main attentive
Veille sur le repos de sa cendre plaintive.
Niel exhale un soupir, puis, d'un geste soudain,
Vers la tour Malakoff il étendit la main :
« Voici, dit-il, guerriers, notre but, notre tâche ! »
Alors contre ce fort sans cesse, sans relâche,
Dix mille travailleurs se hâtent d'approcher ;
Ils enlèvent la terre ; ils brisent le rocher,
Et le Mamelon-Vert, qui défend son approche,
Frissonne sous le coup du pic et de la pioche.

Totleben voit le trait qu'on veut lui préparer :
Par des remparts nouveaux il saura le parer.
Le Central et le Mât, armés de leurs tonnerres,
Et les ouvrages blancs, le Redan, les Carrières,
Concentreront leurs feux devant le Mamelon ;
Mais ce n'est pas assez de leur protection.

Des troupes en faisceau les armes sont rangées ;
Elles quittent les forts, par la nuit protégées.
Leurs fers creusent le sol, excavent les fossés ;
Sur les débris des rocs les rocs sont entassés,
Et les forts, s'entourant d'une ceinture immense,
Voient de vastes déblais accroître leur défense.
Le jour succède enfin à la plus sombre nuit.
Bizot vers Canrobert court, aussitôt l'instruit,

« Grand général, dit-il , je connais ton courage :
Tu n'as jamais pâli devant aucun orage.
Je viens frapper, hélas! ton cœur d'un coup fatal :
Des obstacles nouveaux protégent ton rival.
Au milieu de la nuit que ta troupe soit prête :
Ces travaux sont détruits si je marche à leur tête.
Employons tout le jour à ranger nos soldats :
Pour un brillant exploit qu'ils reposent leurs bras. »
— « Que contre les remparts la seule artillerie
Aujourd'hui, dit le chef, accroisse sa furie. »
   Il dit. La Nuit touchait au milieu de son cours ;

Le valeureux Mayran, par de secrets détours,
Sur le tapis neigeux silencieux s'avance :
Il croit que l'ennemi sommeille en confiance.
Mille guerriers soudain se dressent sur ses pas,
Mêlant le bruit des feux aux cris de leurs hourras.
Monnet voit ses deux mains par les balles brisées.
Il quitte le combat, ses forces épuisées.
Lecler l'a remplacé : la vengeance est sa loi.
Il montre les remparts : « Zouaves, suivez-moi. »
Puis il court le premier. Valasquer, Delafosse,
Mesmiers et leurs soldats du sabre, de la crosse,
Signalent leur valeur. Sur les hauts parapets,
A droite, Lacretelle affronte les boulets ;
A gauche, accourt d'Arbois ; ses zouaves le suivent ;
Ils touchent les remblais ; au sommet ils arrivent.
La Mort frappe en aveugle officiers et soldats ;
De ceux qu'elle épargna elle hâte le pas.
Tout à coup des lueurs étranges, fantastiques,
Éclairent de leurs feux ces combats frénétiques.
Le lugubre tocsin mêle ses tintements

Au fracas des canons, des forts, des bâtiments.
Les Cosaques du Don, les plus mûrs, les plus braves,
Acharnés, corps à corps combattent les zouaves.
Les valeureux sapeurs, dans les fossés cachés,
Abattent à grands coups les postes retranchés
Tombés en leur pouvoir. Des Russes intrépides
Arrivent plus nombreux, de combats plus avides,
Sur leurs épaulements; le torrent de leurs feux
Force les alliés d'abandonner ces lieux.
C'était pitié de voir ces braves en retraite
S'éloigner de ces forts qu'ils croyaient leur conquête.
Ce qu'ils ont employé de valeur et d'efforts
Se montrait en comptant les blessés et les morts.

Aux yeux de Nicolas, Osten-Sacken s'empresse
D'étaler ses succès, des Français la détresse.
Son cœur bondit de joie en apprenant les maux
Dont l'Éternel lui-même accable ses rivaux.

« Dieu sous leurs pas, dit-il, entr'ouvre les abîmes.
Venge-toi, venge-nous; augmente les victimes.
Dans les camps alliés déverse les poisons;
Chasse de mes états leurs tristes bataillons. »

Il dit, et sa prière est soudain exaucée :
Du port *la Sémillante* est à peine lancée
Qu'au milieu de la nuit un affreux ouragan
La pousse sur les rocs; ils entr'ouvrent son flanc :
L'onde se précipite au sein de l'équipage;
Le bronze tonne... Un cri fait trembler le rivage :
La voix est étouffée, et soudain dans les flots
Disparaissent canons, soldats et matelots,
Au jour un seul débris sur la côte écumante

Se présente. On y lit ces mots : *la Sémillante.*
Aux abîmes, à l'onde, huit cents mères en deuil
Demandent pour leurs fils un plus noble cercueil.

Le poison que le czar à son secours appelle
Pour combler le tribut de sa guerre cruelle
Descend des bords glacés , royaume des Autans,
Court sur Saint-Pétersbourg sur les ailes des Vents.
Le monarque a senti sa poitrine oppressée :
Dans un réseau de fer elle semble enlacée.
Pour la première fois il entrevoit la mort.
Sa main touche son cœur : il le sent battre encor.
Il sourit ; mais soudain les rapports de Crimée
Lui montrent les succès, les pertes de l'armée ;
Et, pour toucher enfin le but de ses efforts,
Osten-Sacken au czar demande des renforts.
Grand Dieu, quel sacrifice! Il se lève, il s'agite.
A calmer ses esprits la science l'invite ;
Mais, sourd à ses conseils, il court vers ses soldats,
Leur parle, les excite à venger les trépas.

Borée, en souriant, voit son auguste proie,
Et sa rigueur sur elle aussitôt se déploie.
Le czar rentre, couvert de son guerrier manteau :
Sur son trône il s'assied : « Je descends au tombeau,
Alexandre, dit-il : tu vas prendre ma place ;
Tu soutiendras l'honneur de notre illustre race.
Je rends mon âme à Dieu ; je meurs l'épée en main.
Poursuis jusqu'aux succès mon belliqueux dessein.
Avec nos ennemis qu'aucune paix honteuse
Ne vienne tourmenter ma tombe glorieuse.
Je te laisse la foi des prêtres, des seigneurs,
Des soldats : de nos droits voilà les défenseurs! »

14*

D'un silence éternel sa parole est frappée.
Par un effort suprême il remet son épée
Dans la main de son fils. Alexandre en sanglots
Éclate, et de ses pleurs inonde le héros.

Pendant qu'Osten-Sacken de ses canons foudroie
Les travaux ennemis, à ses yeux se déploie
Une page lugubre. Il lit : « Le czar est mort! »
Et ce cri retentit, et court de bord en bord.

Tel, quand près du bouvier la foudre vient s'abattre,
Qu'il voit sur les sillons ses deux bœufs se débattre,
Il est saisi d'effroi, glacé par la stupeur ;
Mais il reprend ses sens ; il juge son malheur ;
Il porte vers le ciel ses yeux et sa détresse ;
Il se résigne aux coups d'une main vengeresse ;
Il recommande à Dieu le soin de ses travaux,
Et creuse ses sillons par des efforts nouveaux.
Osten-Sacken ainsi, les yeux fixés à terre,
Paraissait foudroyé par un coup de tonnerre.
Ses guerriers, empressés, sous le signe de deuil,
Tout le jour du palais encombrèrent le seuil.

Affrontant des combats les lois impérieuses,
Canrobert y porta ses larmes généreuses.
Les yeux bandés, vers lui conduit par deux héros,
Osten-Sacken éclate à sa vue en sanglots.

Ce trépas imprévu surprit l'Europe entière ;
A des pensers sans nombre il ouvrit la carrière.
Un monarque aux grands cœurs est un mortel sacré :
Tout citoyen doit être à l'opprobre livré
S'il peut se réjouir du trépas d'un monarque.
Grand Dieu. de ta bonté le monde voit la marque :

Du sang qu'il fit verser tu voulus le punir,
Et donner un exemple aux siècles à venir.
Mais son fils de la paix nous donne l'espérance.
Il aime les Français : qui n'aime pas la France ?
Nicolas, sur ta tombe, où te suit la Douleur,
Permets-nous d'acclamer ton noble successeur.
Alexandre, docile aux désirs de son père ,
Crut faillir au devoir en arrêtant la guerre,
Et la Guerre et la Paix , dans son cœur combattant ,
Ne laissaient aucun choix à son esprit flottant !
Mais la voix du Très-Haut sans cesse lui répète :
« Moi seul dois des combats conjurer la tempête ».
Alors les combattants, acceptant ses décrets,
Courent dans les combats étouffer leurs regrets.

Chaque parti conserve une égale espérance.
Louis, de son côté, veut forcer la balance.
Il porte le regard vers les champs africains,
Des confins de Tunis aux coteaux marocains.
Il demande un héros, il les passe en revue,
Et jusque dans leur cœur il enfonce sa vue.

« Ils sont tous grands, dit-il, ils sont tous valeureux :
Je ne saurais jamais faire de choix entre eux. »
Tout à coup son esprit plonge sous une tente :
Un guerrier soucieux à ses yeux se présente.
Il marche à pas rapide, et son éperon d'or
Retentit sur le sol, qu'il frappe avec effort.
Sur la table un journal arrivé de Crimée
S'étendait : on y lit : *Bulletin de l'armée*.
Le héros s'arrêtait; il se frappait le cœur.
« Que fais-je donc ici ? Louis, mon empereur,

Donnez enfin carrière à l'ardeur qui m'embrase :
Dites un mot : je pars, j'arrive, et les écrase,
Vos ennemis. » A peine il profère ces mots
Que les pas d'un coursier font vibrer les échos.
Pélissier écoutait : déjà son cœur palpite.
« Est-ce un pressentiment? quel doux transport m'agite !
J'entends autour de moi comme un bourdonnement
Qui m'annonce la fin de mon cruel tourment. »
Un pli de l'empereur à ses yeux se déploie :
« Rendez-vous en Crimée ». Il part, rempli de joie.
A son impatience et les vents et les flots
Semblent se conformer. Déjà les matelots
Le jettent sur la plage : « Où sont nos adversaires ?
Où sont nos combattants? Ah! j'entends leurs tonnerres ».

Contre Eupatoria Liprandi s'est lancé.
Sous son bras Ibrahim tombe de coups percé ;
Zélim-Pacha reçoit une balle mortelle ;
Ali-Beg, Rusten-Beg, dans le sang qui ruisselle
Tombaient à ses côtés. Le commandant Osmond
Avec deux cents Français aux Russes faisait front.
Le bouillant Pélissier brûle d'impatience
De courir aux combats signaler sa vaillance :
« Amenez mon coursier ». De son obscur réduit
L'Arabe retiré vers son maître est conduit.
Mais à peine du pied il a touché l'arène
Qu'il s'échappe, hennit, s'elance sur la plaine ;
Il franchit les rochers, les ravins et les monts,
Puis, appaisant enfin ses esprits vagabonds,
Il revient vers son maître. A ses désirs docile,
Il accepte son poids : le cavalier habile,
Guidé par la fumée et le bruit des combats,

Vers l'ardente carrière accélère ses pas.
Une troupe apparaît : « A moi, chasseurs d'Afrique ! »
Ces braves, ralliés à leur chef héroïque,
Rencontrent l'ennemi, sabrent les canonniers,
Et, de la batterie éventrant les coursiers,
S'élancent au milieu de l'épaisse mêlée.
Sans cesse dans leurs mains la lame maculée
Abat sur le carreau les plus braves soldats.
Les restes par la fuite échappent au trépas.
Et Pélissier, suivi d'un modeste cortége,
Retourne sur ses pas, prend la route du siége.
Canrobert avec joie accueille ce héros,
Tout prêt à partager sa gloire et ses travaux.

Pour défendre les forts de solides barrières,
Les Russes nuit et jour amoncellent les terres.
L'infatigable Niel, dès que paraît le jour,
Inspecte les travaux poussés contre la tour.
Il frémit en voyant les travaux de la place
S'étendre, s'élever, accroître leur menace.
Ils marchent contre nous à jambes de géant.
« Ces forts doivent, dit-il, rentrer dans le néant. »
Il court vers Canrobert, lui témoigne ses craintes.
« Je saurai, lui dit-il, éloigner leurs atteintes. »
Les bataillons sont prêts. Déjà le jour s'enfuit.
Sur les épaulements ils attendent sans bruit.
Canrobert aux soldats parle, excite leur zèle,
Les flatte, les instruit, par leur nom les appelle.
Une fusée enfin s'élève dans les airs.
Les troupes aussitôt franchissent les couverts.
Comme l'on voit les flots, poussés par les orages,
Courir en mugissant, dévorer les rivages,

Ainsi les bataillons par les couverts vomis
Précipitent leurs pas contre les ennemis.
Des Russes valeureux les masses impassibles
Opposent une digue à leurs rivaux terribles,
A la voix de leurs chefs animés aux combats,
Plutôt que de céder préfèrent le trépas.
On s'approche, on se joint, on se frappe au visage.
Le fer impatient s'ouvre un sanglant passage
Dans les tissus épais qui couvrent les guerriers.
Un cri part, le sang coule. Aux pieds des meurtriers
Le vaincu tombe : un œil qui se couvre de larmes
Déplore en se fermant l'insuccès de ses armes.
Champanet, précédant les sapeurs de Frossard,
Les couvre, leur permet de toucher le rempart.
Armés de leurs outils, sapant la parallèle,
Ils forment pour l'attaque une masse nouvelle.
Les Russes sont vengés : une grêle de plomb
S'abat sur les Français, frappe Veissier au front.
Veissier, qui de l'armée avait acquis l'estime,
Tombe : la France perd un héros magnanime.
Toi qu'épargna la Mort sous le ciel de l'Atlas,
De l'Alma, d'Inkermann, en voyant ton trépas,
Les Français consternés accroissent leur furie.
Le Russe expose en vain son courage et sa vie :
Ils cède sa tranchée, et s'enfuit dans ses murs,
Laissant le sol jonché de cadavres impurs.
Ces travaux, heureux fruits du sang et du courage,
Contre Sébastopol amoncellent l'orage.
Le Mamelon reçoit un torrent de boulets
Des ouvrages nouveaux conquis par les Français.

Mais un ordre émané du commandant suprême

Prescrit de rassembler les troupes, que lui-même
Gortchakoff guidera dans l'ombre de la nuit :
Dans les ravins Kourleff en ordre les conduit.
Banon dans la tranchée au repos s'abandonne.
Gortchakoff aussitôt court, s'élance, couronne
D'un torrent de guerriers les crêtes des travaux.
Leurs sauvages clameurs réveillent les échos.
Le long des parapets les gardes se répandent,
Répondent par le plomb aux hourras qu'ils entendent :
Les Russes s'étendaient sur un immense front,
Méprisant le courroux d'une grêle de plomb.
Des zouaves Banon excite l'énergie,
Contre les assaillants déchaîne leur furie.
Ils repoussent l'attaque, et l'ennemi soudain
Va reformer ses rangs loin du sanglant terrain.
Il retourne, il s'élance avec des cris de rage ;
Il combat, il succombe aux efforts de courage.
Trois fois la charge sonne, et trois fois les soldats,
A peine culbutés, retournent aux combats.

Montès accourt ; vers lui le brave Banon tombe.
O prodige! à l'instant sa mère au loin succombe
En rêvant que, sur l'herbe, un énorme serpent
Dans ses plis tortueux étouffait son enfant.
Jamin d'un coup de sabre a vu sa main coupée :
Il frissonne ; de l'autre, il reprend son épée,
La brandit sur les fronts : à ses pieds il abat
Les plus braves guerriers acharnés au combat.
Il est encor frappé ; sa blessure est légère.
Tout à coup son visage est frappé par la pierre.
Le sang à gros bouillons qui coule sur ses yeux
Lui commandait de fuir : il reste sur ces lieux.
Alors vers les Anglais les Russes se prolongent,

Couronnent leurs couverts, les forcent, et s'y plongent.
Des secours arrivaient de Karabelnaïa.
Ils redoublent d'efforts, redoublent leur hourra ;
Ils donnent à leur rage une libre carrière ;
Mais, affrontant du plomb la grêle meurtrière,
D'Autemarre accouru lance dans le ravin
Ses chasseurs. L'ennemi lui cède le terrain.
Gibon le poursuivait, quand des troupes nouvelles
A la voix de leur chef quittent leurs citadelles.
Ils arrêtent sa fuite, et marchent aux combats
Pour recevoir la mort ou donner le trépas.
Du pied de la tranchée au pied de la muraille
Tout le terrain n'est plus qu'un grand champ de bataille.
Assiégés, assiégeants, embrasés de fureur,
Sous les canons muets déployaient leur valeur.

Brancion dans la foule a conduit ses zouaves ;
Banon, Maindos, Bertrand, à l'aspect de ces braves,
Redoublent leurs efforts : les Russes autour d'eux
Signalent leur bravoure, et leurs fers et leurs feux
Dans les rangs des Français font un carnage horrible.

Une femme, une mère, a sur ces champs terribles
Nuit et jour sa pensée, et ses genoux durcis
Pour son fils accusaient ses douloureux soucis.
De Crécy, possesseur d'une fortune immense,
A consacré son bras à l'honneur de la France.
Il voudrait ajouter à son titre, à son nom,
Des titres glorieux conquis sous le canon.
Il combat sur ces lieux ; sur l'affreuse carrière
Il combat en lion ; il voit un adversaire.
A la première vue, il voudrait l'embrasser :
Hélas ! cruel devoir ! il faudra se percer.

Les nombreux combattants sur eux fixent la vue.
Et, muets, de la lutte ils attendent l'issue;
Au moment où Crécy va frapper son rival,
Son pied glisse : Crécy reçoit le coup fatal.
Burleff lui tend la main : c'est une main amie.
Il jure de veiller au destin de sa vie,
Et dans Sébastopol le vainqueur glorieux
Entoure de ses soins le héros malheureux.
Crécy vit tous les jours les sœurs religieuses
Verser sur ses bandeaux quelques larmes pieuses,
Et, chaque jour, sa mère et sa famille en pleurs
Au sein d'un faible espoir dévorent leurs douleurs.
Huit jours sont écoulés : la page se déploie;
Des pleurs du désespoir leur paupière se noie,
Et leur cœur s'abandonne au regret éternel.

Mais le combat touchait au moment solennel.
Les braves étrangers que l'héritier dirige
De leur bouillante ardeur signalent le prodige.
Gortchakoff apparaît : le fer de de Failly
Trois fois s'est élancé pour venger de Crécy :
Trois fois le fer s'éloigne; et, bouillant de colère,
De Failly court frapper un moins noble adversaire.
« Souviens-toi que ta vie était entre mes mains,
Prince : Dieu seul a droit de briser tes destins.
Jamais mon fer vengeur dans ma main redoutable
D'attenter à tes jours ne se rendra coupable.
Je préfère tomber sur ces horribles champs
Que de voir tes guerriers sur ta tombe pleurants.
Dieu sourit, et soudain de son trône de gloire
Dans les rangs des Français fait voler la Victoire.

Les Russes en retraite, à leur sort résignés,
Laissent leurs compagnons morts dans le sang baignés.

  Osten-Sacken demande une trève à nos armes.
Alors, silencieux sur la plaine d'alarmes,
Le brancard, fléchissant sous le triste fardeau,
Le descendait glacé dans l'immense tombeau.
De cet affreux spectacle, ah! détournons la vue;
Portons-la vers le ciel : point de tombe à la nue.
Le général anglais signale à Canrobert
Les vains efforts tentés sur le Mamelon-Vert.
Le fort du Cimetière, immense, redoutable,
D'un torrent de boulets sans cesse nous accable.
Sous ces terribles feux il n'est point de succès :
Les plus vaillants exploits resteront sans effets.
« Mes troupes, dit Raglan, détruiront les carrières
Qui sur les logements précipitent les sphères;
Sans crainte vos guerriers contre le Mamelon
Pourront alors marcher et l'attaquer de front. »
— « Frappons, dit Canrobert, hâtons donc leur ruine;
Hâtons donc les regrets que le Ciel nous destine. »

  Il dit : cinq cents canons sont prêts, et le signal
S'élève. Le fracas d'un tonnerre infernal
Jusqu'en ses fondements fait tressaillir la terre;
D'une faible lueur déjà le jour s'éclaire;
Le ciel est triste et gris; un humide brouillard
Se mêle à la fumée, et court vers le rempart.
Les bombes, les obus, s'élancent dans l'espace.
Leur sifflement lugubre a réveillé la place;
Elle tonne à son tour. Ses bombes, ses boulets,
Frappent avec fureur contre les parapets.

Un unique nuage, à la teinte noirâtre,
Répand un torrent d'eau sur ce sanglant théâtre.
Les canonniers offraient un aspect repoussant :
Leurs habits sont couverts et de boue et de sang ;
Du pied ils écartaient le cadavre d'un frère
Pour placer l'étoupille à l'œil de la lumière.

Dumas, dans la tranchée, au printemps de ses jours,
De ses vaillants exploits vit arrêter le cours.
Dans le moment critique où sa troupe fidèle
D'un nouveau débouché coupait le parallèle,
Les canons attentifs y lancent leurs obus ;
Il tombe, et vingt sapeurs vers lui sont étendus.
« Cessez, dit Canrobert à son artillerie ;
Bataillons, sur les forts portez votre furie. »
Les guerriers, pleins d'ardeur, se livrent aux combats.
L'intrépide Bizot porte partout ses pas.
A ses pieds tout à coup une bombe fumante
S'abat, et les sapeurs sont saisis d'épouvante.
Brissaud court vers le globe ; il arrive : sa main
Va le précipiter dans le fond du ravin :
Il éclate, et reçoit une horrible blessure.
Il tombe, et de son sang la terre se sature.
O rives de la Vienne, éclatez en sanglots
En rappelant l'exploit de ce jeune héros.

Les Français, les Anglais, d'un même feu s'embrasent ;
Ils couronnent les forts, sous leurs pieds les écrasent,
Et les sapeurs, armés de leurs lourds instruments,
Ouvrent aux alliés de nouveaux logements.
La mitraille sur eux s'abat et les décime.
La vengeance ou la rage au combat les anime.

Le nombre à la valeur cède, et, quand vient la Nuit,
L'ennemi consterné dans la place s'enfuit.
Dans l'ardente fureur dont le feu le dévore,
Il conserve l'espoir de se venger encore.
Les derniers rangs font feu ; leur homicide plomb,
Poussé par le Destin, frappe Marrust au front.
Il tombe. Bourriech à ses côtés chancelle ;
Il expire, frappé d'une balle mortelle.
L'aveugle plomb, hélas ! vient d'atteindre Bizot,
Et son généreux sang, s'écoulant à grand flot,
Réjaillissait sur Niel. O fatale journée,
Qui voit l'armée entière aux regrets condamnée !

Canrobert, par sa mort navré de désespoir,
Aux restes de Bizot rend les derniers devoirs.
De guerriers gémissants une foule éplorée
Entoure du héros la dépouille sacrée.
« Le Ciel veut, dit le chef, suspendre nos progrès.
Par son bras nous touchions à l'heure du succès :
Il meurt, et sur mon front comme la foudre tombe
Cette mort. (Que de morts partageront sa tombe !)
La Mort nous a ravi l'exemple des héros
En condamnant son bras à l'éternel repos.
Le génie à la Mort donne une part cruelle :
Saint-Laurent dans la tombe à son chef est fidèle,
Et, comme témoignage et d'estime et d'amour,
Mouhat près de Bizot tombe le même jour.

Dans les rangs des Anglais, la Mort inexorable
A frappé cent héros de sa faulx implacable :
Thyfert a succombé ; Raglan pleure Douglas,
Et Londres, consterné, déplore son trépas.

Pleure aussi, Gortchakoff : la Guerre te destine
Des regrets éternels : tu perds Schéniaskine,
Ivoff et Svéisky, Loackin, Roscenthal ;
Volosky sous tes yeux tombe d'un coup fatal.

Les combattants rendaient la paix à leurs murailles,
Abandonnant leurs bras aux soins des funérailles ;
Et Totleben, et Niel, ces illustres rivaux,
Dissertaient sur les lois de leurs rudes travaux.
« Vous tomberez, dit Niel ; oui, dit le Moscovite :
La chute se retarde, et jamais ne s'évite ;
Mais, en ce jour affreux, on verra l'agresseur
Même porter envie au sort du défenseur. »
— « Il existe, dit Niel, des esprits tutélaires
Qui des forfaits humains se font les adversaires,
Qui veillent au bonheur des hommes vertueux,
Et détournent leurs pas des sentiers dangereux. »

La trève est expirée. Au fond de la tranchée
Niel pratique une fouille à tous les yeux cachée ;
Sous le Mamelon-Vert il creuse un souterrain.
Dans un immense coffre une prudente main
Prépare le fourneau ; la poudre s'amoncelle ;
Elle reçoit du feu le conducteur fidèle.
Les mineurs aussitôt de terres, de gazons,
Comblent du souterrain les abîmes profonds.
Tout est prêt : la nuit vient, et la troupe craintive
S'abrite, attend l'effet de l'œuvre destructive.
Les Russes dessinaient au-dessus des remparts
Leurs têtes, qu'animaient leurs sinistres regards.
Le feu prend ; le sol tremble, il s'agite, il ondule,
Se crevasse. Le gaz fuit, et dans l'air circule.

Une gerbe de feu rend le jour à la nuit,
Puis le gouffre s'entr'ouvre ; il repousse à grand bruit
Les terres, les rochers, qui, fuyant de l'abîme,
Forment un vaste mont à la mouvante cime,
Qui tout à coup s'affaisse, et jette en retombant
Les débris dispersés loin du gouffre fumant.

    Les canonniers français, que les éclats éloignent,
A leurs pièces soudain courent et les rejoignent.
Déjà les assiégés font tonner leurs canons,
Croyant qu'on veut tenter l'assaut du bastion.
Les boulets alliés à leurs boulets répondent.
De bombes et d'obus les entonnoirs s'inondent.
L'élite des guerriers devance les sapeurs,
Qui dans l'antre fumant guident les travailleurs ;
Sous l'orage de fer leurs flots se précipitent :
Dans l'enceinte du gouffre, à l'escarpe, ils s'abritent,
Et Renoux, directeur de ces nouveaux exploits,
Anime les soldats du geste et de la voix.
Au sein des entonnoirs, sous un affreux déluge,
De boulets les sapeurs se forment un refuge
Des rangs entiers tombaient ; ils allaient tous périr :
Ils quittent une tâche impossible à remplir.

    Frappé par ce revers, l'illustre Raglan jette
Sur les travaux du siége une vue inquiète.
« Canrobert, notre assaut ne peut pas réussir,
Dit-il : de son repos la flotte doit sortir.
Elle perd sous ces murs des heures précieuses.
Portons sur d'autres lieux des attaques heureuses.
Que Bruat, que Lyons, oisifs sur leurs vaisseaux,
Sur les remparts de Kertch arborent nos drapeaux. »

Canrobert à ces vœux désire se soustraire.
Il voudrait concentrer ses ressources de guerre
Contre Sébastopol ; pourtant il condescend
Pour s'assurer l'accord de ce héros puissant.
Sous l'effort de la flotte Iénikalé succombe ;
Tangarog est soumis, et Kertch en cendres tombe.
Les barques des pêcheurs, les canots sont coulés ;
La flamme se répand sur ces bords désolés.
Alors les alliés s'abattent sur les plaines ;
Ils détruisent l'espoir des récoltes prochaines ;
Des fourrages, des grains, ils brûlent les dépôts,
Et les munitions s'abîment dans les flots.
Les Russes, courroucés, augmentent leur défense :
Ils sentent redoubler, l'ardeur de la vengeance.

Pélissier d'un front calme aborde Canrobert :
« De nuages je vois notre avenir couvert.
Si nous laissons ces forts entourer leurs murailles,
Ils nous réserveront de vaines funérailles.
Sans hésiter, brisons ces postes avancés,
Ou n'espérons jamais de franchir leurs fossés. »
A ses vœux Canrobert s'empresse de souscrire :
A voir tomber ces forts son âme entière aspire.
Raoult, La Motterouge, et Bazaine, et Guérin,
Et Rivet, sont chargés d'accomplir ce dessein.
Sur le Mamelon-Vert les troupes en silence
Marchent, et Pélissier à leur tête s'avance.
La Nuit vient. Les guerriers couvrent les parapets,
Et sur les défenseurs font tonner leurs mousquets.
Sur le saillant Garnier précipite sa rage ;
Bazaine et Viennot sont aux flancs de l'ouvrage.
Des Russes les héros ont accueilli les feux :

Ils fondent dans le fort, et tout fuit devant eux.
Mais les vaincus à peine ont regagné la place
Que leur foudre s'abat sur cet étroit espace.
Guérin et ses sapeurs dans l'ouvrage conquis
Creusent le sol fumant, et forment leurs abris.
Au torrent de boulets qui grondent sur leur tête
Lebeuf de ses boulets oppose la tempête.
Il fait taire leurs feux ; ses canons protecteurs
Rendent la tâche aisée aux bras des travailleurs.

Au loin des ennemis la voix se fait entendre.
« Au fort, soldats, au fort ! mourir, ou les reprendre ! »
Trois fois les bataillons sous les feux sont conduits,
Et, trois fois culbutés, ils gagnent leurs réduits.
Les vainqueurs, enflammés d'une ardeur téméraire,
Au bastion central vont porter leur bannière ;
Des fougasses pierriers atteignent les soldats :
Ils cèdent un terrain qui s'ouvre sous leurs pas.
Les balles, les boulets, les criblent, les poursuivent ;
Sur les épaulements en désordre ils arrivent.
Canrobert les observe ; il pousse un long sanglot
En voyant le brancard emporter Viennot.

« Je dois donc tous vous perdre, ô mes amis de guerre !
Vous n'avez plus de chef, légion étrangère ,
Cœurs indisciplinés, venus de tous pays
Vous ranger sous des chefs constamment obéis.
Le Ciel aux grands dangers a façonné votre âme :
La paix vous est horreur ; la guerre vous enflamme.
Viennot partageait votre amour des combats :
Il ne conduira plus au champ d'honneur vos pas.
Vous l'avez vu tomber ce courage héroïque

Que l'Arabe épargna sur les plaines d'Afrique.
Ah! pleurez, Espagnols, Germains, Italiens,
Et confondez vos pleurs et vos regrets aux miens. »

Les ennemis vaincus, leurs prisonniers, leurs armes,
N'ont pu de Canrobert faire cesser les larmes.
Julien et Dubosquet sur le fatal brancard,
Morts, recevaient encor l'orage du rempart.

Le héros déplorait les augustes victimes.
Il élève les yeux aux régions sublimes :
Il voit au sein des airs d'innombrables démons
Qui sur ces champs d'horreur répandaient leurs poison:
La Vierge au milieu d'eux foulait d'un pied tranquille
Un des monstres à forme empruntée au reptile.
Il osait approcher ses plis de son beau corps :
Une invisible main repousse ses efforts.
Il tremble, il tombe, il fuit comme l'éclair aux nues,
Et, furieux, s'abat sur des plaines connues.
Dans le camp des Anglais il court de rang en rang ;
Il touche inaperçu la tente de Raglan.
Il glisse sous ses pieds, et sa poitrine exhale
Mêlée à des parfums son haleine fatale.
C'est l'Envie : elle veut détruire le concert
Dont la douceur charmait Raglan et Canrobert.
Les démons ont reçu de Dieu le privilége
De lire dans le cœur le vice qui l'assiége ;
Elle hésite en voyant un héros généreux
Dont le cœur est rempli de penchants vertueux.
Bon ami, bon époux, bon citoyen, bon père,
Hélas ! il aime trop sa superbe Angleterre.

15

L'Envie alors lui dit d'un ton plein de douceur :
« C'est toi qui dans ces murs dois entrer en vainqueur :
Aux vœux de Canrobert résiste, sois rebelle;
Que le dissentiment en France le rappelle,
Et parmi les guerriers prends le suprême pas :
Et les remparts, Raglan, céderont à ton bras.
Suis mes avis; sinon regagne ta patrie,
Ou d'un traître poison redoute la furie ».

Elle dit : le héros pour la première fois
Abandonne son âme à sa perfide voix.
Dans ses desseins pourtant il hésite, il balance :
« Je vais, dit-il, briser notre sainte alliance.
N'est-ce pas exposer leur fortune et mon nom ?
Mais j'aurai sous mes lois Niel, Bosquet, Mac-Mahon.
Oh ! combien du Français j'aime le caractère !
Leur générosité soulageait la misère
De mes soldats mourants, sans vivres assurés,
Gisant sur le terrain, transis, désespérés;
Et c'était Canrobert, c'était sa main amie
Sa libérale main, qui conservait leur vie
Pendant que mes vaisseaux luttaient contre les vents,
Retenaient dans leur sein leur pain, leurs vêtements.
O puissante Albion, souveraine de l'onde,
Garde toujours ton rang à la tête du monde.
Chef de l'armée anglaise, ainsi, moi, lord Raglan,
Je veux dans le combat tenir le premier rang.
Sébastopol tombant, verrai-je la Victoire
Porter sur Canrobert l'auréole de gloire?
Ah ! ce penser m'inspire un transport infernal !
Je vois dans Canrobert désormais un rival.

A-t-il par sa valeur et son expérience
Pu de nos ennemis vaincre la résistance ?
Non ! si de son pouvoir le Ciel m'eût investi,
Sébastopol déjà serait anéanti.

———————

CHANT XII.

L'empereur des Français veille sur son armée :
Il sait que de sa vue elle serait charmée ;
Sa douleur est extrême en voyant le Trépas
Moissonner constamment ses généreux soldats.
Il reconnaît la main d'une auguste puissance
Qui punit un forfait et poursuit sa vengeance ;
Il veut, comme holocauste ou sacrificateur,
Offrir à l'Éternel et son bras et son cœur.

A l'assaut des remparts où le canon résonne
Lui-même conduira ses troupes en personne :
Ce n'est plus un projet, déjà c'est un désir.
L'armée est informée, et Louis va partir.
Les guerriers se livraient aux transports d'allégresse :
Il est dans tous les cœurs, il les remplit d'ivresse.
Tous ont le même vœu, soldats et généraux :
Les morts pour l'acclamer quitteraient leurs tombeaux.

Aux soins de son époux la noble impératrice
Résignée acceptait ce triste sacrifice,
Quand un songe lui porte un avis solennel :
La France doit subir un désastre cruel.

L'airain sacré sonnait la sublime prière
Qui pour la Vierge sainte arrive la première.

Napoléon déjà préparait son départ.
De son rêve Eugénie en ces mots lui fait part :
« D'un déluge nouveau j'ai vu l'affreuse image.
Le ciel était couvert d'un ténébreux nuage ;
Les ondes à grands flots s'abattaient sur les champs,
.Et roulaient dans leur cours les pauvres habitants.
Le Ciel, pour éprouver ton zèle et ta vaillance,
Veut savoir si ton cœur aime vraiment la France.
J'ai vu ta voix, guidant d'illustres citoyens,
Pour secourir ton peuple user tous les moyens.
Dans le courant des flots j'ai vu tes mains plongées
Relever sur leur front les têtes submergées,
Et ton bras, au courroux du flot dévastateur
Creusant un nouveau lit, conjurait sa fureur.
Ne pars pas : tes guerriers, des rives étrangères.
A ton cœur généreux recommandent leurs mères. »
Elle fuit. L'empereur, accablé de regrets,
De son prochain départ ajourne les apprêts.

L'affreux chef des démons rassemble ses cohortes :
« Sébastopol, dit-il, verrait briser ses portes
Si l'empereur français au pied de ses remparts
De ses braves guerriers guidait les étendards.
Aux rives d'Occident retenez sa présence ;
A de nouveaux dangers appliquez sa puissance :
Près de lui la Discorde est sans force et sans voix.
Contre un fléau vulgaire appelez ses exploits. »
Il dit, et de Satan les dociles ministres
Volent vers l'Occident pleins de' projets sinistres.
De l'empire français ils ont couvert les champs.
Ils s'élèvent soudain aux régions des vents.

A leur paisible cours ils ferment le passage.
Le ciel a disparu sous un épais nuage.
L'onde tombe à grands flots; les fleuves débordés
Grondent avec fureur sur les champs inondés.
Les arbres, arrachés, dans leur chute se brisent :
Ils veulent résister, et leurs forces s'épuisent ;
Ils roulent dans les flots, et leurs débris épars
A leur course fougueuse élèvent des remparts.
Sur eux l'épais limon des plaines s'amoncelle.
A la hauteur des eaux s'élève et se nivelle ;
Le flot s'arrête, écume au pied des bâtiments,
Pressé contre leurs murs, mine leurs fondements.
Ils croulent dans les eaux; des familles entières
Gisent sous les débris des poutres et des pierres,
Ou roulent, vains jouets de la fureur des flots,
Implorant à grands cris le secours des canots.
Mais l'empereur paraît : sa main sur les abîmes
S'étend, et de leur sein arrache les victimes.
Les habitants couraient, descendaient des hauteurs
Pour réunir leurs bras à ses bras protecteurs.
Et tout à coup ces eaux, qui pesaient sur leur source,
Tombent, et vers la mer précipitent leur course.
Les démons, rebutés par ces nobles efforts,
Vaincus par le héros, abandonnent ces bords.

Les ordres du monarque arrivaient en Crimée.
Il veut que Canrobert rassemble son armée,
Et que tous les guerriers et de terre et des mers
Contre Sébastopol réunissent leurs fers.
Bruat quitte aussitôt de Kertch le vert rivage,
Et sous les forts tonnants vient prendre son mouillage.
Raglan sentit le coup bien avant dans son sein

Qui détruit pour jamais son superbe dessein.
Il pleure en apprenant l'ordre, à ses vœux contraire,
Qui détache Bruat des vaisseaux d'Angleterre;
Mais, malgré son chagrin, il chasse loin de lui
Le penser d'enlever aux Français son appui.
Cependant elle fuit la noble courtoisie
Qui liait les deux chefs par sa douce harmonie,
Et Raglan se refuse à la main qu'on lui tend.
Le venin de l'Envie en son cœur se répand.
Canrobert dans ses yeux voit rayonner la haine :
Il succombe aux soucis, à son amère peine.
« Ah ! Raglan, je suis prêt à suivre tes avis
Si de suivre les miens je vois que tu rougis.
Un abîme à l'armée ouvre son étendue
Si les chefs alliés n'ont pas la même vue. »

Dans ses divines lois le Souverain des cieux
Est tour à tour contraire ou propice à nos vœux.
Sans cesse il veut de l'homme éprouver le courage :
Il montre un ciel d'azur après un sombre orage.
Touché du désespoir qu'éprouve le héros,
Lui-même l'Éternel soulagera ses maux :
Il veut dans sa grande œuvre entraîner l'Italie:
Il inspire Emmanuel : ce souverain s'allie
Aux Français; ses soldats, dociles à sa voix,
Veulent de leurs voisins partager les exploits.
Au port de Kamiesch ils ont fait leur entrée :
Des transports d'allégresse accueillent leur armée.
La Marmora conduit ses soldats valeureux,
Impatients de gloire et de courir aux feux.
La rage du démon de leur aspect s'irrite.
Auprès du chef anglais il court, se précipite;

Il inspire Raglan : « Il faut que tes soldats
Vers Eupatoria, dit-il, portent leurs pas :
C'est là que tes exploits vont charmer l'Angleterre ».

   À ces nouveaux desseins Canrobert est contraire :
« De fatigue, dit-il, mes soldats sont à bout.
Contre Sébastopol portons le dernier coup,
Et ne me privez pas du secours de mes braves.
À nos heureux succès ne mettez pas d'entraves,
Je vous prie ; entre nous point de dissentiment :
Acceptez le fardeau de mon commandement ».
— « J'y consens, dit Raglan, mais les troupes françaises
Seules se chargeront des attaques anglaises. »
Canrobert à ces vœux devait se refuser,
Et leur dernier lien venait de se briser.
Ce héros se dévoue, et la ligne électrique
Au pied de l'empereur porte ainsi sa supplique :
« Le beau commandement, auguste souverain,
Que m'avait confié votre puissante main,
Cette main qui du monde éloigna la tempête,
Sire, doit désormais flatter une autre tête :
Du brave Pélissier vous savez la valeur.
Ordonnez : Pélissier sera mon successeur.
Sous ses ordres veuillez que je vous serve encore. »

   À peine il entrevoit les lueurs de l'aurore,
Près de lui Canrobert a mandé Pélissier ;
En ces termes il parle à l'illustre officier :
« Sous vos ordres long-temps je servis en Afrique :
Vous êtes sous les miens, mais votre chef abdique
Le beau commandement dont il s'enorgueillit,
Et pour le remplacer c'est vous, vous qu'il choisit ».

— « Non, reprit Pélissier, mon cœur vous en supplie,
Gardez votre haut rang, l'honneur vous y convie,
Et l'amour de l'armée et du succès l'espoir.
Vous le regretterez. » — « Quand on fait son devoir,
On ne regrette rien. » Sur le mâle visage
De Pélissier des pleurs se traçaient un passage.
« Je pleure, et ce n'est pas la crainte du fardeau.
Votre abnégation m'accable. » — « Le vaisseau
Emporte mes désirs aux pieds de notre arbitre.

De commandant en chef Pélissier prit le titre.

Un spectacle émouvant, sublime, solennel,
Attendait les guerriers se rendant à l'appel
Du héros. Aux soldats, aux chefs de son armée,
A son commandement long-temps accoutumée,
Qu'il a couverts de gloire, il faisait ses adieux.
Tous les cœurs sont navrés, tous ont les pleurs aux yeux.
« Mes amis, leur dit-il, dans nos rudes épreuves
Vous m'avez soutenu : par de nouvelles preuves
De votre dévoûment, portez plus haut le nom
De votre nouveau chef et de Napoléon ;
Donnez votre concours au héros plein de gloire
Qui doit me remplacer : vous aurez la victoire.
Moi je vais retourner près de mes vétérans,
Pour servir Pélissier combattre aux premiers rangs. »
Il dit ; mais le canon tonne à la Quarantaine.
Les assiégés de forts avaient couvert la plaine.
« Allons, dit Pélissier : par des exploits nouveaux,
De Sales et Raoult, attaquons ces travaux :
Qu'ils tombent. » Aussitôt Pâté conduit lui-même
Ses braves étrangers. Par leur élan suprême

Des hauts retranchements ils touchent le sommet.
A la fuite aussitôt l'assiégé se soumet ;
Mais en force il revient, sur Raoult il se jette ;
Il combat corps à corps : l'arme est la baïonnette.
Après de longs exploits de luttes et d'efforts ,
Les alliés vainqueurs s'installent dans les forts.

Sur le Mamelon-Vert des Russes plus solides ,
Plus nombreux , et guidés par des chefs intrépides ,
Espérant, par leurs cris , par le son des clairons ,
Exciter la terreur au sein des bataillons ,
Accouraient vers les forts ; ils s'élancent en masse ;
Par des ruisseaux de sang ils indiquent leur trace.
Les Français , furieux , frappaient ces murs vivants.
De tous côtés fondaient de nouveaux combattants.
Les guerriers de la garde arrivent ; ils culbutent
Les Russes acharnés qui jusqu'à la mort luttent.
Les fossés sont comblés de soldats étendus ,
Qui pour leur souverain sont à jamais perdus.
C'est un combat terrible, un grand champ de bataille ;
C'est un torrent humain sous un flot de mitraille.
Qui fuit et qui revient avec plus de fureur.
Trois fois l'assaillant fuit ; enfin il est vainqueur.
Le jour vint mettre un terme à cette lutte horrible :
Le Soleil semblait fuir cette plaine terrible
A l'aspect des guerriers morts , mourants, entassés ,
Gisant sur les débris des forts bouleversés.

L'animal carnassier que le besoin tenaille
Quitte son centre obscur, court au champ de bataille ,
Attiré par l'odeur des cadavres, du sang ,
Pour assouvir sa faim arrive en rugissant.

Les têtes des guerriers sous ses griffes aiguës
Tournent, et, quand il sent ses entrailles repues,
Il traîne dans son bouge à travers les sentiers
Des membres palpitants, des cadavres entiers.
Les corbeaux de leurs yeux ont creusé les orbites;
Les chacals à leur vue abandonnent leurs gites.
Ils guettent leur essor, accourent au butin,
Se livrent jusqu'au jour à leur affreux festin.

Anthès et Kergoet, Raoult, couverts de gloire,
Avaient fermé les yeux aux cris de la Victoire.
Les forts qu'ils ont conquis, fruit de tant de labeurs,
Doivent être tournés contre leurs protecteurs.
Le colonel Guérin, la gloire du génie,
Dirigeait les sapeurs, qui, malgré la furie
Des canons des remparts, forment les parapets
Qui doivent foudroyer la place de plus près.

Sur le funèbre fort le drapeau blanc s'élève :
Pour enterrer les morts c'est le signal de trève.
Les Russes, les Français, ensemble confondus,
Fouillent le sol sanglant, et, les cœurs éperdus,
Livrés aux noirs pensers, ils recouvrent de terre
Les restes mutilés des martyrs de la guerre.

Les beaux jours arrivaient. Sur son étroit plateau
L'armée était en proie au plus cruel fléau.
L'eau manquait aux soldats, aux chevaux les fourrages,
Aux aliments le bois, aux bœufs les pâturages,
Et la Tchernaia, de son cours, de ses bords
Aux Russes prodiguait les précieux trésors.
Canrobert et Morris, Brunet et d'Allonville
Ont l'ordre d'occuper ce rivage fertile.

À minuit, ces guerriers, calmes, silencieux,
Marchent à l'ennemi, se guident sur leurs feux.
Ainsi qu'un ouragan tout à coup ils s'élancent :
Le sol tremble, la crainte et l'effroi les devancent.

Tel, au fond d'un vallon, un troupeau de chamois
Entend dans le lointain le hurlement des bois :
Il se trouble, il bondit : la meute carnassière
Vient d'éventer sa trace, et la troupe légère
Au danger qui s'approche oppose un vaste camp :
Tel le Russe s'enfuit sous le canon tonnant.

Ces bataillons pesaient lourdement sur le siège.
Pélissier reconnaît un bras qui le protège.
Le moment est venu qu'il doit saper les forts
Qui peuvent lui donner le prix de ses efforts.
« Contre le Mamelon, dont le feu nous accable,
Et qui rend à lui seul la place inexpugnable,
Raglan, dit Pélissier, agissons de concert.
Poussons tous nos guerriers sur le Mamelon-Vert. »
— « Je suis prêt, dit Raglan, l'attaque est résolue. »
La nuit dérobe encor les remparts à la vue.
Pélissier parcourait les travaux. Les soldats
De leurs tentes sortaient, et couraient sur ses pas,
Ils demandaient l'assaut, ils brandissaient leurs armes.
Des yeux du général on vit couler des larmes.

« Contenez-vous, dit-il : ce soir notre drapeau
Flottera sur le fort qui s'oppose à l'assaut.
Je dois rendre à vos pas la route plus facile.
Bosquet vous conduira. » Bosquet, ce chef habile,
Dispose les soldats dans les profonds abris

Que ses pas ont foulés, que sa plume a décrits.
Le signal est donné : deux rapides fusées,
Élèvent dans les airs leurs flammes irrisées.
Aussitôt sur les forts, ainsi qu'un ouragan,
De Failly, Lavarande, ont porté leur élan.
Déjà du Mamelon Wimpfen touche la base.
Rose et ses Algériens, que la fureur embrase ;
Au centre, Brancion ; les zouaves enfin,
Pour y courir ensemble ont franchi le ravin.
Une grêle de plomb, les bombes. la mitraille,
Couchent les assaillants. Sur le champ de bataille
Panthès à gauche accourt, gravit le Mamelon ;
Rose lutte en héros, s'empare du canon ;
Brancion, du succès qui ne fait aucun doute,
Intrépide, de front attaque la redoute.
Les premiers rangs tombaient : on allait reculer.
Brancion saisit l'aigle ; il court pour signaler
Le point où ses guerriers doivent mourir ou vaincre.
Le héros est atteint, et meurt pour les convaincre.
Brancion meurt en saint. Tous ses devoirs pieux
L'ont préparé long-temps à s'élever aux cieux.
Malheureux, d'une épouse il afflige la vie ;
Heureux, il a donné son sang pour la patrie.
Lavarande, Failly, s'élancent vers les forts
Désignés par leur chef pour but de leurs efforts ;
Ils franchissent l'espace, et les crêtes rougies
Tombent en leur pouvoir à jamais envahies.
De nouveaux défenseurs arrivent, et Mayran
Comme un rocher contre eux, s'oppose à leur élan,
Pendant que Larouy, sorti d'une ravine,
La baïonnette au flanc, préparait leur ruine.
A peine ces rivaux fondent sur les Français

Que déjà Larouy compte sur le succès
Il approche du fort par une marche oblique,
D'un vaisseau qui louvoie emprunte la tactique.
Il coupe la retraite aux ennemis surpris :
Quatre cents prisonniers dans ses réseaux sont pris.
L'ivresse du combat, l'ivresse de la gloire,
D'un revers accablant précédaient la victoire.
Les vainqueurs, excités par de trompeurs appâts,
Aux murs de Malakoff osent porter leurs pas.
Le fossé qui l'abrite à leurs yeux se présente :
Ils se laissent glisser dans sa gorge béante ;
Ils grimpent, et leurs bras touchent déjà l'airain.
De nouveaux défenseurs rendent leur effort vain.
Au bastion central flotte l'aigle de France.
La poudre sous le sol s'enflamme, aux airs s'élance,
Et jette les Français mutilés loin du fort.
Klein, Tigé, du Trochet, ici trouvent la mort.
Bosquet prévoit le sort d'un aveugle courage :
Des feux des ennemis il va brider la rage :
« Wimpfen, Camou, courez, allez sauver leurs jours :
Ils vont tous succomber s'ils n'ont votre secours ».

Ces héros, sous le fer, le plomb, qui les écrasent,
S'élancent : la fureur, la rage, les embrasent ;
Ils touchent la redoute, ils sont dans les fossés ;
Ils gravissent l'escarpe, et les Russes, chassés,
Ont laissé l'aigle d'or planer sur la redoute.
Le Soleil la salue au terme de sa route.
Pendant que se passaient ces exploits, lord Raglan
Conduisait ses guerriers contre le Grand-Redan.
Cet ouvrage tombait sous ses efforts terribles.
Les Anglais, entraînés par un charme invincible,

Sur le fort Malakoff s'élançant follement,
Comme leurs alliés, courent imprudemment
Au pied du bastion ; mais son artillerie,
Ses mousquets, dans leurs rangs ont porté leur furie.
Ils y sont décimés : ils font de vains efforts ;
Ils cèdent en laissant le sol couvert de morts.
Leur gloire enivre encor la sensible Angleterre,
Qui pleure ses enfants comme pleure une mère.

Mais les travaux conquis par de si grands labeurs
Se couvrent de canons par les soins des sapeurs.
Kourleff, le calme au front et dans le cœur la rage,
Jure, les mains au ciel, de reprendre l'ouvrage ;
Trois fois ses bataillons cherchent à l'envahir,
Et, trois fois repoussés, le Sort vint les trahir.

Hardy dans ce combat perdit sa noble vie :
Mais aux Russes enfin la redoute est ravie.
Qu'elle a coûté de sang ! Monteille, Tribouillard,
Laboissière, sanglants, tombaient sur le rempart.

Au nom de ton armée, illustre Lavarande,
Reçois de ses regrets la solennelle offrande.
Toi qui portas l'effroi sur le sol africain,
Que protégea long-temps une invincible main,
Un boulet te ravit à tes compagnons d'armes.
Les blessés, les mourants même versent des larmes :
Ils avaient tant besoin de tes soins précieux !
Ta perte dans les rangs leur laisse un vide affreux.
Les morts sont déposés dans leurs derniers asiles :
Les guerriers y versaient des larmes inutiles.

Ce triomphe enflammait le cœur des alliés.

Ils demandaient l'assaut ; leurs cris multipliés
Causent au général une douleur amère :
« C'est pour mourir, dit-il, sur la terre étrangère !
Pas encor, mes enfants : nous ne sommes pas prêts.
Ne nous exposons pas à d'éternels regrets. »

Un démon infernal pénètre dans sa tente,
Examine ses plans, les change, les commente :
« Là les guerriers, dit-il, s'élancent dans les forts,
Sur les éboulements aux faciles abords.
Voici déjà ton aigle arborée à son faîte :
Les Russes sont forcés de subir la retraite. »
— « Je vois, dit Pélissier, nos efforts, nos travaux,
Vont recevoir leur prix par des exploits nouveaux. »
— « A tes succès certains je connais des entraves »,
Dit le monstre. Bosquet et ses vaillants zouaves
Peuvent seuls arrêter les nombreux ennemis
Qui viendront t'attaquer sur tes propres glacis. »
Il dit : alors Bousquet, qui connaît les ouvrages,
Qui sait de Malakoff les plus secrets passages,
Par Saint-Jean-d'Angely fut soudain remplacé.
Il part en prévoyant un revers commencé
Dans l'assaut qui s'apprête. Il est nuit · les fusées,
Les bombes dans les airs s'élèvent embrasées.
La cité retentit du lugubre tocsin.
Mayran tient ses guerriers cachés dans le ravin :
Il attend qu'une bombe au sein des airs signale
L'heure d'agir, hélas ! par une erreur fatale,
D'une bombe ennemie il voit l'éclat trompeur.
Il sort, vers la cité s'élance avec ardeur.
Brunet reste au repos ; ses troupes, soucieuses,
Ont perdu, l'arme au bras, des heures précieuses,

Alors Brunet s'élance ; il tombe le premier,
Il meurt ! Laboussinière est d'un plomb meurtrier
Atteint : il meurt ! son corps roule dans la poussière.
Soldats et généraux pleurent Laboussinière.
Lui qu'épargna le plomb dans plus de vingt combats,
Soit dans l'Ouencénis, soit contre les Flittas,
Que Bugeaud signalait comme un type, un modèle
De guerrières vertus, de bravoure et de zèle.

Les Russes sont partout, partout sont assurés
De repousser des chocs follement préparés.
Les vapeurs ennemis vomissaient leurs volées.
Mayran tombe au milieu des troupes mutilées.
Mayran s'est relevé ; sous un torrent de fer,
Qui roule de la place et roule de la mer,
Mayran, d'un nouveau coup frappé dans la poitrine,
Chancelle, et pour jamais sur la terre s'incline.
Des plus beaux grenadiers il dépassait le front.
A leurs pieds tout son sang s'écoule à gros bouillon.
Tombé comme un grand chêne arraché par l'orage,
Le bruit de son trépas retentit sur la plage ;
Il porte dans les cœurs les regrets et l'effroi.
En te voyant la Mort devait fuir loin de toi !
A sa rage en ce jour l'aveugle s'abandonne :
Elle s'enorgueillit de n'épargner personne ;
De sa division les plus braves soldats,
Écrasés par le fer, partageaient son trépas.
Renaud de ses guerriers a rassemblé l'élite ;
Ulrich sur l'ennemi court et se précipite.
Inutile courage, inutiles efforts !
La Victoire recule à l'aspect de ces morts.
Pour retenir ses pas d'Autemarre s'élance,

Le Russe, épouvanté, s'enfuit en sa présence;
Il parle à ses guerriers, vers la tour les conduit,
Et cherche par sa gorge à forcer le réduit.
En tête des guerriers Garnier marche, les mène
Vers les remparts; le feu les couche sur la plaine.
Il s'arrête un moment dans la dépression
Du sol; il y rallie encor son bataillon.
Aussitôt ses chasseurs volent comme un orage,
Sautent dans les fossés, escaladent l'ouvrage;
Sur leurs canons brûlants frappent les artilleurs.
Garnier se sent blessé; Roger, frappé tu meurs;
Ton bataillon franchit les faubourgs de la ville;
La Karabelnaïa s'ouvre à leur course agile;
Les poings des combattants remplacent les mousquets,
Et les débris des rocs remplacent les boulets.

A l'abri du canon, dans un étroit passage,
En tête des chasseurs, le colonel s'engage.
Le général Kouleff s'élance contre lui:
Les remparts du Redan lui donnent leur appui.
Manèque s'écriait: « Accourez, d'Autemarre;
Accourez nous soustraire au sort qu'il nous prépare ».
Sa voix est étouffée, et le canon des forts
Lui répondait: « Fuyez, fuyez... Vous êtes morts! »
Il fallut fuir. Garnier, percé de cinq blessures,
Meurt broyant de ses dents ses affreuses tortures.

Les Russes sont rentrés dans leurs retranchements.
En vain Grammont accourt sur leurs escarpements.
Il tombe, et par sa mort rend la lutte impossible.
Niol, Sorbier, Moreno, dans leur élan terrible,
Dans la tour Malakoff précipitent leurs pas.

Niol, Sorbier, Moreno, reçoivent le trépas.
Manèque aux mains en sang, aux cuisses traversées,
Espérait voir encor ses troupes renforcées.
Vain espoir ! les Anglais cédaient aussi comme eux.
Campbell est tombé mort, atteint d'un coup affreux ;
Stratford, Yea, frappés de blessures mortelles,
Dans les rangs ont laissé des lacunes cruelles.
Les troupes de Mayran étaient à bout d'efforts,
Aux Russes ne pouvaient opposer que des morts.
Tout est perdu ! Pourtant, dans ce moment suprême,
Pélissier prend soudain une mesure extrême :
Lord Raglan des combats va reprendre le cours.
La garde de Louis donnera son concours
Aux guerriers harassés. Hélas ! leur ardeur cède.
Pélissier reconnaît qu'il n'est plus de remède,
Et, le cœur bourrelé de regrets, de chagrins,
Il force les guerriers à gagner les ravins ;
Puis, couverts par la nuit, ils vont dans les tranchées
Essuyer de leurs poings leurs larmes épanchées.

Ce malheur est horrible : il ne reste pas seul :
La Mort développait son lugubre linceul
Sur une auguste tête. Un espoir plein de charmes
Assurait lord Raglan du succès de ses armes.
Quand il vit son échec, quand il vit ses revers,
Il livra son esprit à des regrets amers :
« Je ne te verrai plus, ô ma belle patrie !
L'aspect de mes guerriers ne soutient plus ma vie.
Je meurs en déplorant de n'avoir pu mourir
Quand l'espoir du succès venait me réjouir.
Je vais joindre le czar, Saint-Arnaud, dans la tombe.

Ah! pardon, Canrobert! grand Dieu, garde qu'il tombe!
Gortchakoff de sa mort partagea les regrets :
« Je veux que mes canons, dit-il, restent muets ».
Sa mort frappa d'effroi la sensible Angleterre,
Qui pleura sa valeur, son noble caractère.
Elle veut que Raglan repose sur son sein.
Huit coursiers ont conduit sur les bords de l'Euxin
De l'illustre héros les dépouilles mortelles.
Les chefs, les généraux, gémissent autour d'elles.
L'armée entière assiste au plus grand des convois,
Et le vaisseau l'emporte à la tombe des rois.

Bientôt les combattants ont repris leur courage :
Les canons alliés frappent le Carénage,
Et le duel acharné de pointeur à pointeur
Commence et se poursuit avec plus de fureur.
Assiégés, assiégeants, soulèvent rocs et terres
Ou pour se protéger ou pour lancer leurs sphères.
Canrobert, sur ces lieux témoins de ses exploits
Rappelé par son chef, accourait à sa voix.
Il parcourt les travaux : tous les soldats l'acclament ;
Ils volent sur ses pas, pour leur chef le réclament.
De ces ovations Pélissier est surpris :
— « Préparez-vous, dit-il, à rentrer dans Paris ».
— « Seigneur, dit Canrobert, soit faveur ou disgrâce,
C'est un arrêt du Ciel, c'est moi qui dans la place
Dois préparer l'entrée à nos braves soldats :
Mais sur des lieux sacrés je dois porter mes pas.
Livrez votre grand cœur à la douce espérance :
La cité va tomber au pouvoir de la France.
Pélissier, vous touchez au but de vos travaux :
Le Souverain des cieux prend en pitié nos maux. »

Il dit : le vieux guerrier de ce discours s'étonne.
Canrobert va partir. Déjà le canon tonne ;
Ses compagnons pleuraient, et son chef Pélissier
Dans des adieux touchants l'embrasse le dernier.
Ses intimes amis, que le chagrin déchire,
Voulaient l'accompagner jusque vers son navire.
Il s'oppose à leurs vœux, et, par un doux regard,
Exprime ses désirs, fait ses adieux, et part.

Dans un sentier étroit qui conduit au rivage
Seul il descend la côte ; il voit sur son passage
Une blanche colombe : une auréole d'or
Resplendit sur sa tête ; elle prend son essor,
S'abat sur son chemin, l'attend, puis se relève,
Par un charme inconnu l'entraîne vers la grève.
La nuit couvre la mer, et le tranquille flot
Sur le bord doucement balançait un canot.
D'un esprit Canrobert sent le secret empire :
L'oiseau mystérieux sur l'avant se retire ;
L'ombre de Saint-Arnaud se présente à ses yeux ;
Elle entoure l'oiseau de rayons radieux.
Canrobert dans ses bras court et se précipite :
« Ils n'ont donc pas connu ton sublime mérite,
Dit Saint-Arnaud : de fiel ton cœur est abreuvé ?
Enfin de leurs travaux le terme est arrivé ! »

Aussi prompt que l'éclair, le canot fuit sur l'onde ;
Il touche le rivage où le Sauveur du monde,
Où Dieu lui-même, Dieu, sous les traits des mortels,
Des faux dieux renversa les odieux autels.
« Salut, dit Canrobert, antique Palestine ;
Permets que sur ton sein mon humble front s'incline.

Salut, terre sacrée où la céleste voix
Aux mortels annonça leurs devoirs et leurs droits.
Permets, ô Jésus-Christ, que ma faible paupière
Mêlé ses pleurs aux pleurs versés sur le Calvaire. »
Aussitôt il s'élance, et laisse le canot
Au lieu même où Jésus a marché sur le flot.
La colombe s'élève; elle fuit dans l'espace,
Laissant sur son passage une brillante trace.
Il la suit pénétré d'une pieuse ardeur,
Quand à ses pas un gouffre offre sa profondeur.
Il s'arrête ; il entend une voix qui lui crie :
« Ta foi manque. Est-ce ainsi que tu sers ta patrie? »
Il brave le danger, l'air lui sert de support,
Et, surpris, haletant, il touche l'autre bord.
Son pas respectueux presse la plaine aride,
Et sur les monts voisins il porte un œil avide.
Tout à coup la vapeur lui cache l'horizon;
Elle s'enflamme au loin, s'élève en tourbillon;
Elle avance vers lui, s'oppose à son passage.:
« Marie, en vous j'ai foi : soutenez mon courage .
Il marche. De la flamme affrontant la fureur,
Il arrive au tombeau du divin Rédempteur,
Épuisé de fatigue, il tombe sur la pierre :
Des pieux pèlerins il trouble la prière.

Jodaël, à genoux sur la tombe courbé,
Inattentif d'abord, en prière absorbé,
A ces accents plaintifs, vers le héros s'avance ;
Sa généreuse main lui rend la connaissance.
Sa voix faible disait : « Il me faut donc mourir ?
O noble mission, je n'ai pu t'accomplir!
Pauvre mère, ta fille, au sérail retenue,

Pour toi, par mon trépas, est à jamais perdue. »
A ces mots, Jodaël redouble ses secours.
Dans le cœur du héros le sang reprend son cours.
Il se lève. Vers lui la foule est rassemblée.
A ses pieds, une femme, en pleurs, échevelée,
Disait : « Noble étranger, est-ce une illusion ?
M'apportez-vous l'espoir ou la déception ?
Votre esprit était-il agité par un songe ?
Venez-vous dissiper le chagrin qui me ronge ? »

— « Le Ciel, dit Canrobert, finit votre tourment.
Vous verrez dans vos bras arriver votre enfant
Lorsque l'astre des nuits par trois fois sur la terre
De son disque arrondi versera la lumière. »

Au temple de Marie, humble, respectueux,
Le héros va porter soudain ses pas pieux.
A ses nobles désirs le grand-prêtre s'empresse.
La foule vers l'autel se rassemble et se presse.
Des saints religieux les sublimes accents
S'épanchent à la fois de leurs cœurs suppliants.
Ils implorent la paix, et soudain l'assistance
Par un rayon divin en reçoit l'assurance.

Canrobert va partir. Jodaël suit ses pas :
« Je vous offre, dit-il, le secours de mon bras :
Ce bras peut quelque jour vous devenir utile ».
— « Venez, dit Canrobert. » Alors, d'un pas agile,
Ils courent au canot. Sans mât, sans gouvernail,
Leur divin protecteur les conduit au sérail.
Au nom de Canrobert toutes les portes s'ouvrent.

De fleurs jusqu'au palais les citoyens le couvrent.
Lui-même Abdul Medjid lui tend sa noble main,
De ses salons pompeux lui montre le chemin.

Ali Gabil, Fatmah, près du héros s'empressent.
A ses récits sanglants leurs poitrines s'oppressent,
Espérant du grand drame ouïr le dénoûment.
« Vous seuls pouvez, dit-il, en hâter le moment.
Le Souverain des cieux vous demande justice.
A nos armes vous seul vous le rendrez propice :
Sébastopol verra les alliés vainqueurs
Lorsque sur un tombeau s'étancheront des pleurs.
Empressez-vous du Ciel d'appaiser la colère.
Et loin de vos États fuira l'horrible Guerre. »

— « Je veux, dit le sultan, vous laisser en ces lieux
Les moyens d'accomplir vos projets généreux. »

— « Sire, dit Canrobert, abandonnez sans crainte
Votre esprit aux devoirs d'une doctrine sainte.
Le Dieu de l'univers, dont vous avez la foi,
A des moyens secrets de nous donner sa loi.
A l'homme qu'il choisit sa voix se fait entendre :
C'est un ange souvent qui vers lui vient descendre ;
C'est une vision, c'est un songe, un esprit ;
C'est l'âme d'un héros qui parle, qui prescrit
Sa volonté suprême. Abdul Medjid, une âme,
L'âme de Saint-Arnaud vous prévient qu'une femme
Zédaïr, retenue au sein de ce palais,
Doit par sa liberté couronner nos succès.
Rendez donc Zédaïr à sa mère éplorée :

Vous verrez en nos mains la place alors livrée.
— « Ah! pourquoi, dit Fatmah, ma captive, ma sœur,
N'as-tu de tes tourments entretenu mon cœur ?
Sachez que Zédaïr à ses chagrins succombe,
Que mes soins de sa tête ont éloigné la tombe.
Aux décrets du Très-Haut je brûle d'obéir :
Lui seul tient en ses mains le sort de Zédaïr.
Prions donc le Seigneur afin qu'il ne retienne
Plus long-temps en ces lieux la noble Syrienne.
Le jour où sur son front reviendra l'incarnat,
Dès que ses yeux mourants reprendront leur éclat,
Elle sera rendue aux désirs de sa mère. »

— « De mes malheurs enfin je connais le mystère,
Mère, tu m'imploras : je fus sourd à tes vœux :
De mon impiété je rends justice aux cieux,
Dit le sultan. Allah, toi qui lis en mon âme,
Tu me vois bien puni de mon forfait infâme.
Si j'avais plus souvent porté mon cœur vers toi,
De l'horrible démon j'aurais foulé la loi.
O glorieux martyrs, vous vivriez encore!
Qu'un regret éternel à jamais me dévore!
Allah, sur Zédaïr tends ta puissante main,
Et puissé-je la rendre à sa mère demain.
Russes, Anglais, Français, cessez votre carnage :
Chaque jour votre histoire ouvre une affreuse page.
O nobles alliés, ô grand Napoléon,
Je ne veux plus de sang : plutôt votre abandon.
Jamais mon repentir n'effacera mes crimes.
Mahomet, te faut-il de nouvelles victimes?
Je m'offre en sacrifice. » Une voix répondit :
« Sébastopol aussi comme toi fut maudit :

Sa voix sur l'univers appela la tempête :
A tomber sur son front le tonnerre s'apprête. »
— « Sire, dit Canrobert, l'époux de Zédaïr,
En généreux sujet, demande à vous servir :
Son bras peut en secret briser les artifices
Qui doivent sous nos pieds ouvrir les précipices :
Dans Sébastopol même il veut guider nos pas,
Et de vos défenseurs éloigner le trépas. »

A ces plans Canrobert ne trouve plus d'entraves :
Il cingle vers la France en priant pour ses braves.
Louis, impatient, attendait le héros.
Il arrive : il le voit éclater en sanglots.
« Je conçois, dit Louis, votre poignante peine :
Vous vouliez ramener sur les bords de la Seine
Ma triomphante armée, et seul vous revenez.
Vous pleurez les soldats que vous abandonnez ;
Mais votre souverain reconnaît votre zèle :
Jamais monarque n'eut un sujet plus fidèle.
Je connais vos exploits au tombeau du Sauveur :
Je vous fais maréchal, et de plus sénateur. »

Cependant Jodaël, sous l'habit d'un ermite,
Gagne à travers l'Euxin la cité moscovite.
Sébastopol au Turc offre déjà son port :
Quelques boulets français engloutissent son bord.
Il tombe dans les flots ; il les surmonte, il nage ;
De la cité fumante il touche le rivage,
Et, sous son vêtement étranger aux combats,
Aux seuls temples sacrés il va porter ses pas.

Mais de Sébastopol la défense s'active :
Sur ses travaux il jette une vue attentive ;
Les bombes, les obus dans la terre enfoncés,
Contre les assaillants doivent être lancés.
Jodaël, aussitôt qu'au ciel l'étoile brille,
De la main des volcans écarte l'étoupille,
Et l'ennemi, surpris, verra de ses volcans ,
Au moment de l'assaut, les effets impuissants.
Chaque jour l'assiégeant s'approche de la place :
Elle semble étouffée en son étroit espace.
Totleben a conduit des combattants nouveaux
Qui doivent sous leurs coups écraser les travaux.
Il s'élance en lion jusqu'au sein des tranchées :
Il pousse ses soldats : ses troupes sont hâchées.

Gortchakoff vers Traktir a jeté les regards :
Il veut que se guerriers protégent ses remparts.
Ses ordres sont donnés. La nuit est épaissie
Par la brume. Read a quitté Mackensie.
La Marmora s'oppose à ses premiers efforts :
Il cède le terrain à l'aspect de ses morts.
Cent soixante canons, placés en batterie,
Dans sa marche appuyaient l'immense infanterie
Qui de la Tchernaïa traverse le torrent.
Camou vers le canal occupe son versant ;
Dans un pli de terrain il cache sa colonne.
Sur les postes français déjà le canon tonne.
Les tirailleurs d'Alger, à pas précipités,
Fondent sur l'ennemi. Les Russes, culbutés,
Repassent le canal. Une grêle terrible
De balles de boulets, les poursuit et les crible.

Vers le pont Gortchakoff conduit ses bataillons.
Le canon de Vautré gronde contre leurs fronts.
Ils fuyaient : Dannenberg, ranimant leur courage,
Oblige les Français à livrer le passage,
Les contient, les repousse, et déjà le succès
A porté dans son cœur ses enivrants attraits.
Mais Herbillon, Camou, lancent de la ravine
Leurs zouaves ; Faucheux descend de la colline,
S'oppose à leurs progrès. Mortellement blessés,
Parbois, Alpy, tombaient sur les morts entassés ;
Mais de Failly, songeant à prendre l'offensive,
Dans le vallon brumeux tient sa troupe attentive.
Les Russes, qui montaient les versants escarpés,
A l'aspect des Français d'épouvante frappés,
Reculent ; mais leurs chefs au feu les reconduisent.
Leur exemple, leur voix, d'ardeur les électrisent.
On s'aborde, on s'abat ; les guerriers africains
Par des coups redoublés rendent leurs efforts vains.

Read pousse à Traktir ses troupes haletantes.
Forgeot les attendait : ses pièces foudroyantes
Jonchent le sol de morts, et Dulac le vaillant
Refoule leurs débris par un combat brillant.
Elles fuyaient : Faucheux leur barre le passage.
Une nouvelle lutte encore ici s'engage :
Les Russes, acharnés, vont reprendre le pont ;
Mais Danner les abat sous un torrent de plomb.
Read est tombé mort. Gortchakoff en personne
Sur le plateau conduit sa vaillante colonne.
La Marmora soudain descend vers le canal :
Il brûle de lutter contre ce fier rival.
Alors, sur tous les points de cette ligne immense,

Avec plus de fureur le combat recommence.
La Marmora fléchit ; Lefaucheux le soutient.
Le char de la Victoire erre encore incertain.
Montevecho, frappé, succombe à sa blessure.
Sur le sort du combat Herbillon le rassure.
Les Russes, attaqués et de front et de flanc,
Gravissent du plateau le rapide versant.
Cler cache ses guerriers dans un pli de colline.
Il attend l'ennemi qui vers lui s'achemine.
Il range ses canons ; il le laisse monter.
Les Russes sont si près qu'on pourrait les compter.
Ils touchent le plateau ; toutes les pièces tonnent.
Le bruit sourd des tambours et les clairons résonnent.
Les bataillons français fondent sur leurs rivaux ;
La résistance est vaine : à travers les coteaux,
Protégés par les feux de leur artillerie,
Les Russes sont forcés de gagner Mackensie.
Une trêve rendit le silence à ces bords.
Pendant deux jours entiers on enterra les morts.

Et Pélissier, en proie à ses vives alarmes,
Renaît à l'espérance, au succès de ses armes.
Sans cesse sur les pas du colonel Froissard,
Son regard soucieux dévore le rempart
D'où le jet de la pierre accuse la distance,
D'où part avec les feux l'orgueilleuse insolence.
Il entend sous ses pieds le perfide instrument
Qui creuse pour la poudre un secret logement.
« Malakoff, sur ton front que le bronze couronne,
J'appelle mes guerriers, et la mort t'environne.
Bataillons, le voici le moment de l'assaut !
Vous allez de vos jours voir briller le plus beau. »

Les héros, convoqués par leur chef magnanime,
Ont résolu l'assaut d'un avis unanime.
Ils gardent le secret : trois jours consécutifs,
La troupe s'abandonne à ses préparatifs.
Le soleil a paru : un bruit épouvantable
Retentit dans les airs, au tonnerre semblable.
Mille canons, grondant sans trêve ni répit,
A la fureur des Cieux imposent un défi.
Cent fois plus meurtriers que l'éclat de la foudre,
Mille globes de fer, projetés par la poudre,
Labouraient les glacis de leurs longs ricochets,
Écrasaient les remparts, sapaient leurs parapets.

Tel, quand le laboureur oubliant sa prière,
Sur lui du Créateur attire la colère,
Il entend au lointain le grondement des vents ;
La grêle tout à coup tombe, hache les champs.
Ainsi Sébastopol voit les sphères fumantes
Abattre sur ses toits les flammes dévorantes.
Ses vaisseaux, dans le port subissant leur fureur,
Éclairaient la cité d'une horrible lueur.
De tous les citoyens la ville abandonnée
Voit que la dernière heure est pour elle sonnée.
Les Russes, loin de fuir les débris des remparts,
Pour les défendre encor courent de toutes parts.
Leurs canons démontés dorment dans la poussière.
Le bras des assiégés alors lance la pierre.
Les remparts sont serrés comme dans un étau.
« Voici, dit Pélissier, le moment de l'assaut ! »

Une secrète joie éclaire son visage:
Le soldat dans ses yeux lit un heureux présage.

Le soleil apparaît au milieu de son cours.
Pélissier de Marie implore le secours.
« Pour mon succès, dit-il, je te livre ma tête,
Qui vingt ans des combats affronta la tempête.
Un transport inconnu s'empare de mes sens :
Reçois l'expression de mes pieux accents ! »

Le clairon, le tambour, la musique guerrière,
Enflamment les soldats d'une sainte colère.
Malakoff doit subir l'effort de Mac-Mahon.
Ses bataillons soudain touchent le bastion,
Sautent dans les fossés, sur les crêtes gravissent,
Y plantent leur drapeau, dans les airs le brandissent.
Le tambour bat au champ : il est frappé de mort
Par le plomb projeté par le réduit du fort.
Des flots de combattants sur cet étroit espace
Roulent de tous côtés, se disputent la place.
Assiégés, assiégeants, ensemble confondus,
Sous la pierre et le plomb sont sans vie étendus.
Des troncs d'écouvillons, des débris de blindage,
Servent aux assiégés à déchaîner leur rage.
Les Russes, plus nombreux, transportés de fureur,
Repoussaient à l'envi leur ennemi vainqueur.
Mais le drapeau français dans les airs se balance ;
Il appelle vers lui les enfants de la France.
Sur le réduit voisin de nouveaux assaillants,
Suivant La Motterouge, arrivent haletants,
Ils couvrent de leurs flots les flancs et la courtine ;
Ils enclouent les canons, et brisent la poitrine
Des pointeurs mutilés, résignés et sans voix,
Embrassant leurs canons pour la dernière fois.

Vinoy s'est élancé sur la deuxième ligne :
Tout obstacle est vaincu par sa valeur insigne.
La mitraille écharpait des bataillons entiers :
Rien n'arrête l'ardeur de ces braves guerriers.
Gortchakoff voit Chabron approcher de ses portes.
Bourbaky sous ses feux y lance ses cohortes.
Il compte ses soldats ; le vide est dans leurs rangs :
Il fronce le sourcil, il fait grincer ses dents ;
Mais Dulac près de lui s'est ouvert un passage.
Tout cède à ses efforts ; tout tombe sous sa rage ,
Et déjà la Victoire et ses brillants attraits
Font bondir tous les cœurs et rire tous les traits.
Mais les feux redoublés des redoutes voisines
Arrachent Malakoff à ses promptes ruines ,
Et les triomphateurs tombent morts ou blessés :
On enlève Dupuy, les membres fracassés.

Renoux court signaler le courage héroïque
Qui le fit admirer sur les plaines d'Afrique.
A ses vaillants exploits ce héros veut encor
Ajouter une page écrite en lettres d'or :
Renoux et ses sapeurs ferment les intervalles
Des créneaux du réduit d'où part un flot de balles.
De nouveaux défenseurs viennent fondre sur lui :
Il ne peut à des morts demander un appui ;
Il regagne à pas lents sa triste parallèle.
Il voit Magnan frappé : sa blessure est mortelle.

A peine ce héros, au printemps de ses jours ,
De la savante école avait fini les cours
Qu'il voulut s'illustrer sur les sanglantes plaines.
Sous les yeux des Bugeaud, Clauzel et Berthezènes,

Puis vers Constantinople il conduisit ses pas
Pour instruire les Turcs au grand art des combats.
Habile dans leur langue, il guida leur courage,
Défendit du Danube aux Russes le passage.
Sébastopol aussi réclama ses efforts ;
Sébastopol le vit couché parmi les morts.
Ses bataillons navrés, que la fureur anime,
Vengent par cent trépas cette noble victime.
Mais Saint-Pol et Bisson rassemblent les débris
Restes des bataillons que les feux ont meurtris.
Sur le Petit-Redan soudain Saint-Pol s'élance :
Saint-Pol meurt ; mais il voit couronner sa vaillance.
Les balles des Kabyles ont épargné ses jours :
La balle moscovite en a tranché le cours.
Son âme n'a pas vu ses dépouilles pleurées,
De parents et d'amis dans l'église entourées,
Ni son père en sanglots, ni son épouse en deuil,
Ni la foule arroser d'eau sainte son cercueil.

Loin de ces murs sanglants, et sur une autre rive,
Fatmah brisait les fers de sa belle captive.
Sa mère va serrer Zédaïr dans ses bras.
Une suite nombreuse accompagne ses pas.
C'est le moment suprême où Sébastopol tombe :
C'est assez de héros descendus dans la tombe.

Abdul Medjid, les yeux fixés sur l'Occident,
Suit le cours du soleil dans l'onde descendant.
Ses tourments cesseront quand fuira la lumière.
Une secrète voix répond à sa prière.
Long-temps ses bras au ciel restèrent élevés,
Et long-temps ses genoux pressèrent les pavés,

16*

Vers les champs des combats il transporte son âme.
Dieu lui permet de voir la fin de ce grand drame.

Tel que dans un sommeil l'esprit est affecté,
Le sultan est témoin de la réalité.
C'est la garde qui court, et qui s'ouvre un passage
Dans les flots ennemis, qui subissent sa rage.
C'est Cornullier qui meurt; Lagrandière, à son tour,
Sous les coups de Morloff perd l'espoir et le jour.
Sous un torrent de feux, Marolles, à la tête
De ses fiers grenadiers, que nul danger n'arrête,
Traverse l'ouragan de balles, de boulets,
Couronne les hauteurs des sanglants parapets.
Marolles disparaît. Tes chants, antique Grèce,
Auraient livré son corps aux soins d'une déesse.
Les soldats, consternés, ont retourné les morts :
Ils n'ont de leur héros pu retrouver le corps
Pontevès a péri, lui dont les champs d'Afrique
Admirèrent long-temps le courage héroïque.
Les Russes ont chassé Dulac hors du Redan.
La Motterouge arrive, arrête leur élan :
Mac-Mahon se maintient, et, dominant la plaine,
Se joue à Malakoff de la furie humaine.
Les vaisseaux ennemis de leurs feux infernaux
Foudroyaient les Français. Au galop des chevaux
Les canons de Souty traversent l'étendue.
Les vapeurs ennemis se montrent à leur vue.
Ses boulets aussitôt ricochent sur leur pont ;
Ils s'éloignent : du port ils vont gagner le fond.
Souty vient de tomber une jambe brisée :
Rapatel, moins heureux, a la tête écrasée.
Bosquet, de ce cartel habile directeur,

D'une bombe dans l'air calcule la hauteur.
Il doit fuir : à ses pieds finit la trajectoire :
Il reste inébranlable à son poste de gloire.
La bombe tombe, éclate, et lance dans son flanc
Un débris : de ses chairs s'écoule un flot de sang.
Il s'affaisse, et s'écrie : « Ah! gardez le silence ».
Pélissier, informé, combat la résistance
Qui force le héros à rester sur les lieux ,
Et le fatal brancard l'emporte loin des feux.
Il traverse les rangs : partout sur son passage
La douleur des soldats se peint sur leur visage.
Le souverain des cieux vers Bosquet tend la main :
Sa plaie à tous les yeux se referme soudain.

  Mackam et Codrington n'ont pas pu teindre encore
Les plaines des combats : le dépit les dévore .
Le signal tout à coup se déploie à leurs yeux.
Aussitôt les Anglais, comme un torrent fougueux ,
Franchissent en courant le champ qui les sépare.
L'intrépide colonne en un moment s'empare
Des fossés du Redan, gravit les parapets
Sous un torrent de plomb, de pierres, de boulets,
Frappés de tous côtés par l'affreuse tempête
Qui siffle dans les rangs et gronde sur leur tête.
Il fallut reculer après de vains efforts
En laissant les glacis recouverts de leurs morts.
De Sales, à son tour, reçoit l'ordre ; il s'élance :
Il est sur son coursier ; sa troupe le devance.
Sur tous les points alors des foudroyants remparts ,
Les assiégeants fougueux courent de toutes parts.
Le vent contre la place entraîne la poussière
Que leurs pas soulevaient de l'ardente carrière.

Pélissier montre alors le bastion central
Comme but où doit tendre un assaut principal.
Déjà les murs, minés par les soins du génie,
De leurs volcans nombreux ont subi la furie.
Les Russes, à leur tour, enflamment leurs fourneaux,
Et de débris de rocs recouvrent les héros.
Les chasseurs haletants courent sur la lunette.
Le sang des assiégés rougit leur baïonnette.
Trochu vient de tomber. Les Russes, plus nombreux,
Accablent les chasseurs de pierres et de feux.
Breton, Rivet, poussaient sur la sanglante arène
Les guerriers résignés à leur perte certaine.
A la jambe Rivet légèrement blessé
Meurt par le sang qu'il perd des veines épanché.
D'une balle Breton frappé contre la tempe
Chancelle évanoui, meurt sur le sol qu'il trempe.
Les assaillants vont fuir, et les sapeurs en vain
Par des ponts sur les morts leur ouvrent le chemin.
Ils n'osent les franchir, et, saisis d'épouvante,
Ils sentent sous leurs pieds une voûte mouvante.
« Courez-donc, leur disaient les sapeurs alarmés,
Avant que les fourneaux se trouvent enflammés. »
Des mines tout à coup l'explosion rapide
Ouvre un profond abîme à la troupe timide.
Aux premiers rangs la Mort vient d'imposer sa loi.
Leurs compagnons restaient, mornes, transis d'effroi.
Les Russes aussitôt, enflammés de furie,
Chassent les assaillants, ou les laissent sans vie.
Plus nombreux, enivrés par l'espoir du succès,
Contre les assaillants ils lancent tous leurs traits.
Pélissier n'avait plus goutte de sang aux veines :
Brisé de désespoir, il succombe à ses peines.

« Puisque vous mourez tous, je veux aussi mourir :
Napoléon, reçois notre dernier soupir. »
Tout à coup il s'écrie : « A Malakoff victoire ! »
Mac-Mahon y soutient son grand titre de gloire.
Kourleff sur ce rempart veut porter son secours :
Un boulet le moissonne au printemps de ses jours;
Lissenko tombe aussi; puis Jouffereff s'élance :
Il tombe dans son sang. Martineau se balance'
Comme un homme abîmé dans l'ivresse du vin;
Il chancelle, il s'abat, et finit son destin.

Les Français furieux se faisaient tuer sur place
Plutôt que de céder un pouce de l'espace.
Adam, le bras brisé, conduit son régiment :
A sa tête il tombait blessé mortellement.
Frostrosky roule à terre avec des cris de rage :
Les Russes vers son corps ont ouvert un passage.
Autour de lui la lutte est un tableau d'horreur.
Le mort, sur le terrain tranquille spectateur,
Donne à ses compagnons ses balles et sa lance,
Et laisse à leur valeur le soin de sa vengeance.
Les zouaves tombaient sous les feux meurtriers.
A leur secours Douai ramène ses guerriers.
Sur les corps mutilés que la Mort amoncelle
Les tirailleurs d'Alger renversent pêle-mêle,•
Pour combler les fossés, fascines, gabions,
Et des ponts sont offerts aux pas des bataillons.

Roques est tombé mort ; vers lui Kerguen expire;
Huguenet du trépas a reconnu l'empire.
Le sol est emporté par l'effort des fourneaux,
Qui des guerriers au loin projettent les lambeaux.

Malakoff disparaît sous les épais nuages
De poudre et de poussière, et cache ses ravages.
Mac-Mahon, renversé, roule sur les débris
Le brouillard se dissipe. On entend mille cris.
Le drapeau tricolore étend sa large flamme
Sur la tour, et l'armée avec transport l'acclame.

Les démons, furieux du succès des vainqueurs,
Font retentir les airs de stridentes clameurs.
Autour de Malakoff ils tracent leurs spirales,
Et gagnent en hurlant les voûtes infernales.

Le soleil se couchait; le silence, la nuit,
Succèdent tout à coup à la lumière, au bruit.
Les Français autour d'eux portent des yeux avides,
S'apprêtent à brandir leurs armes homicides;
Ils cherchent leurs rivaux : ces combattants surpris
Ne trouvent autour d'eux que morts et que débris.
La place défendue avec tant d'énergie
Est par ses défenseurs livrée à l'incendie,
Et les explosions et la chute des toits
Repoussent les vainqueurs, les vaincus à la fois.
L'obscurité s'enfuit de cet affreux théâtre
Qui reflète des feux la lumière rougeâtre.
Les Russes, gravissant les collines du nord,
Gardaient dans leur retraite un silence de mort.

Le prince Gortchakoff, vers les Français s'avance :
Les mains de ses vainqueurs saluaient sa présence.
Pélissier court au prince, et, l'épée au fourreau,
Lui montre les effets du terrible fléau :

« Vous voyez, lui dit-il, le fruit de ma victoire!
Sur vous comme sur moi plane la même gloire.
Je donne à mes guerriers, pour prix de leurs succès,
Des débris et des morts, et d'éternels regrets. »
— « Je veux vous donner plus, dit le prince : Alexandre
Aux vœux du monde entier a voulu condescendre.
Il vous donne la paix : l'extrême empressemen t
De son généreux cœur en hâte le moment.
La valeur des guerriers qu'enfante la Russie
Pouvait de ces combats prolonger la furie ;
Mais j'ai vu l'Éternel qui combattait pour vous ;
J'ai reconnu son bras, qui détournait nos coups.
Nos volcans, de nos forts entr'ouvrant les entrailles,
Vous réservaient à tous d'horribles funérailles.
Une main vengeresse en secret a détruit
L'appareil qui devait enflammer leur réduit.
Lutter contre le Ciel n'est-ce pas un délire ? »
Puis il dit aux héros que sa présence attire :
« Vous avez triomphé des obstacles nombreux
Que la Russie entière assembla sur ces lieux.
Abjurons à jamais notre affreuse querelle ;
Qu'entre nos pays règne une paix éternelle ;
Et, si la Guerre appelle un jour nos combattants,
Que Russes et Français soient dans les mêmes rangs. »
Il dit, et se retire. On vit de sa paupière
Des larmes s'écouler, arroser cette terre
Couverte de boulets ; il heurte à chaque pas
Les bombes, les obus et leurs sanglants éclats.

Cependant Pélissier, du haut de la colline,
Voit un groupe guerrier qui vers lui s'achemine :
Ils portaient en triomphe, entouré de brandons,

Un jeune homme étranger au fracas des canons :
« Le voici ! s'écriaient les soldats du cortége
Celui qui nous permet de survivre à ce siége :
Sans lui Sébastopol nous ouvrait des tombeaux.
Par lui la poudre reste au sein de ses fourneaux.
Qu'il ait sa récompense. Aux champs de la Syrie
Rendons à Jodaël sa famille chérie. »
La voile ouvre ses flancs au souffle du zéphir ,
Et bientôt dans ses bras il presse Zélaïr.

Soudain la Renommée entonne sa trompette ,
Et de Sébastopol signale la défaite.
La voix d'Abdul Medjid s'étend de bord en bord ,
De son âme enivrée exprime le transport.
« Alliés , je vous dois cent fois plus que la vie :
Louis , ta noble armée a sauvé la Turquie ;
Du sang de tes héros le peuple du Croissant
Jusqu'au dernier soupir sera reconnaissant.
Dans mes temples sacrés l'argent , l'or et l'ivoire
Sur le marbre et l'airain publiront votre histoire ,
Dans les âges lointains , étalée à leurs yeux ,
Elle dira vos noms à nos derniers neveux. »

La tâche était remplie. Un vide inexprimable
Dans l'âme des vainqueurs se fait et les accable.
Assis sur les débris , les yeux fixés au ciel ,
Ils demandaient pardon de leur succès cruel.

Napoléon s'écrie : « Au fond de la Crimée ,
Honneur à vous , honneur à ma vaillante armée !
Je ne veux pas rester plus long-temps loin de vous.
Rentrez, braves soldats; je vous réserve à tous ,

Pour prix de vos exploits, les palmes de la gloire.
Venez vers moi jouir du fruit de la victoire.
Venez, braves soldats : que mon touchant accueil
Étale à vos regards ma joie et mon orgueil ;
Venez rendre la joie à vos sensibles mères,
Charmer de vos exploits l'oreille de vos pères :
La France les acclame, et le nom du Sauveur
Se mêle aux cris joyeux de « Vive l'Empereur! »

L'airain dans les clochers, le bronze aux Invalides,
Font vibrer la cité sous les ondes rapides.
La foule, dans Paris, ivre de ses transports,
Dans sa joie oubliait les blessés et les morts.
Marie à ses autels vit le peuple de France
Se livrer aux douceurs de la reconnaissance.

Vierge, puissions-nous voir, pour prix de notre sang,
Prier à tes genoux les peuples du Croissant !
Rends à Sébastopol ses familles errantes,
Et relève leurs toits de leurs cendres fumantes.

Rois, portez vos regards sur ces bords désolés,
Et les peuples enfin ne seront plus troublés.
Songez que si jamais votre cœur en délire,
Oubliant ses malheurs, s'abandonne à l'empire
Du démon des combats, la justice du Ciel
A vos crimes réserve un remords éternel.

TABLE

—

ERRATA.

———

Page 2, vers 5, *au lieu de :* mains, *lisez :* pas.

Page 4, vers 25, *au lieu de :* mise, *lisez :* traîné.

Page 11, vers 21, *au lieu de :* débuts, *lisez :* débats.

Page 26, vers 21, *au lieu de :* en un moment se troublent, *lisez :* subitement s'entr'ouvrent.

Page 41, après le vers 6, *lisez :*

De leur gloire aujourd'hui mon soleil est troublé.

Supprimez le vers :

« La domination, etc. »

Page 56, vers 20, *au lieu de :* de, *lisez :* des.

Page 65, vers 8, *au lieu de :* bras, *lisez :* pas.

Page 112, vers 3, *au lieu de :* tomber et, *lisez :* l'heure vient.

Page 112, vers 30, *au lieu de :* dispose, *lisez :* ordonne.

Page 124, vers 2, *au lieu de :* voile, *lisez :* cache.

Page 145, vers 21, *au lieu de :* vous, *lisez :* vieux.

Page 155, vers 28, *au lieu de :* il voulut fermer l'œil, *lisez :* il veut quitter ces lieux.

Page 171, vers 7, *au lieu de :* il fond sur eux, les broie, *lisez :* elle frappe leur croupe, et....

Page 182, vers 26, *au lieu de :* vos, *lisez :* nos.

Page 205, vers 14, *au lieu de :* nos, *lisez :* leurs.

Page 207, vers 1, *au lieu de :* les bataillons, les colonnes, *lisez :* des bataillons les colonnes....

Page 207, vers 2, *au lieu de :* désert, *lisez :* désertant.

Page 286, vers 18, *au lieu de :* leurs traces, *lisez :* leur trace.

Page 276, vers 18, *au lieu de :* du bord, *lisez :* du port.

Page 307, vers 28, *au lieu de :* ligne bastionnée, *lisez :* lignes bastionnées,

LIMOGES. — IMPRIMERIE DE CHAPOULAUD FRÈRES.